天使头像

伊莎贝拉·德·埃斯特肖像

女子头像

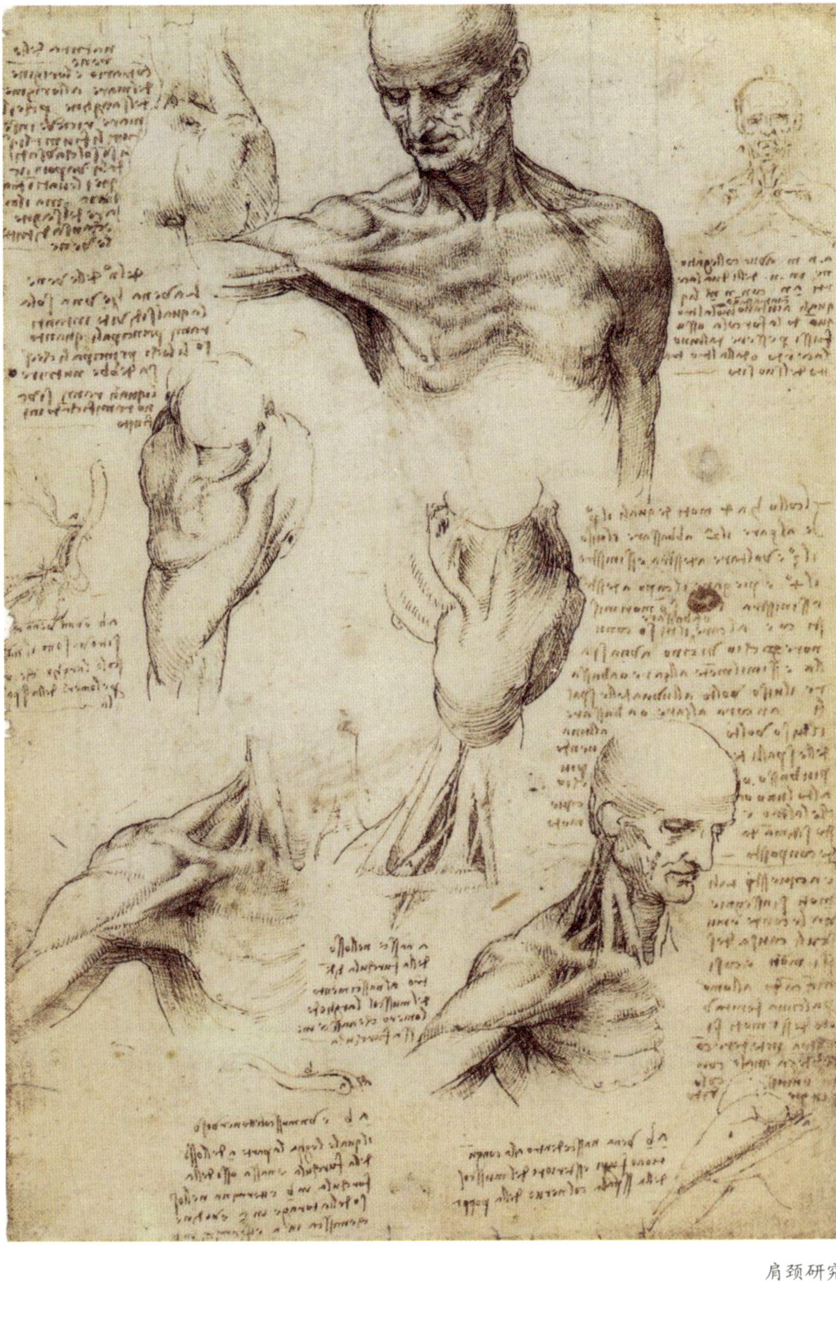

肩颈研究

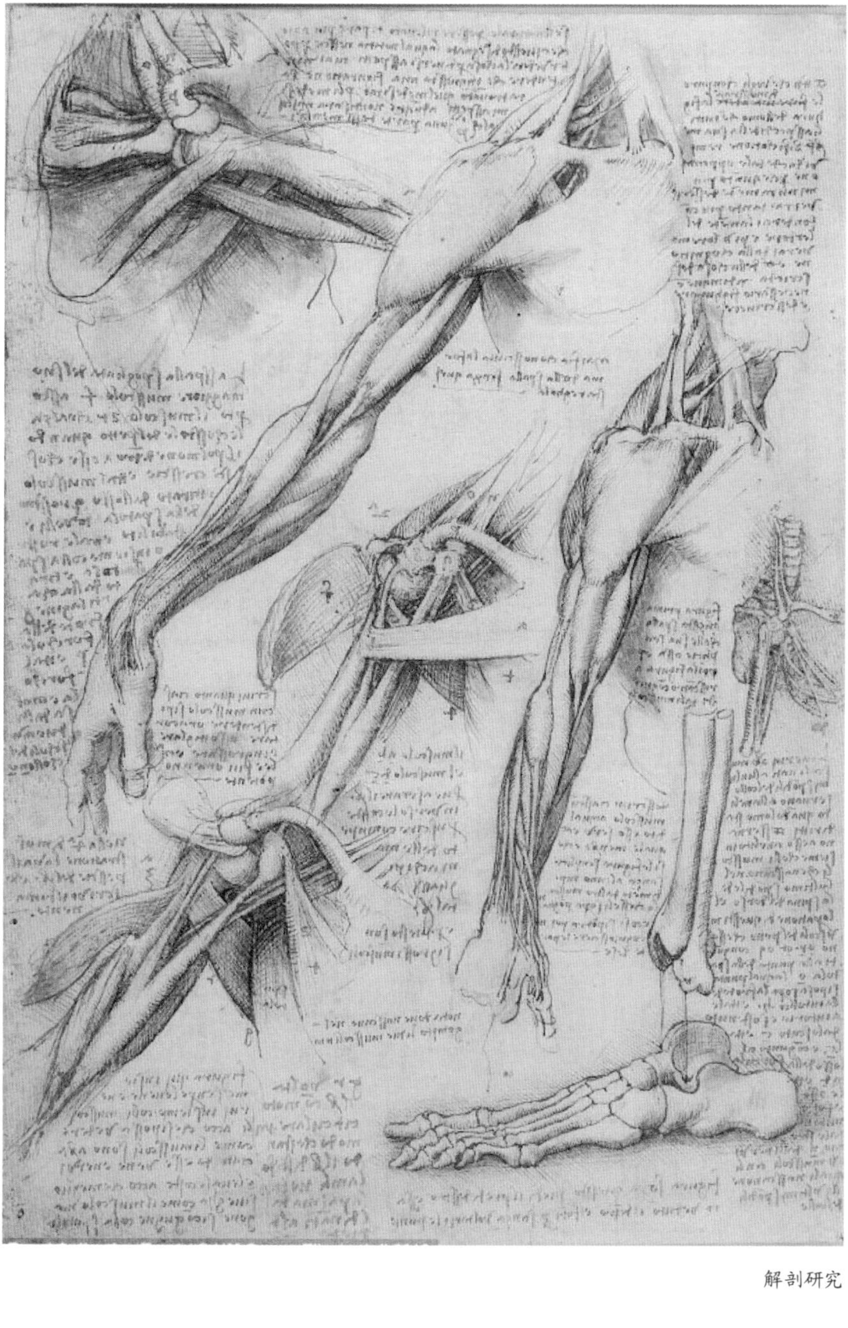

解剖研究

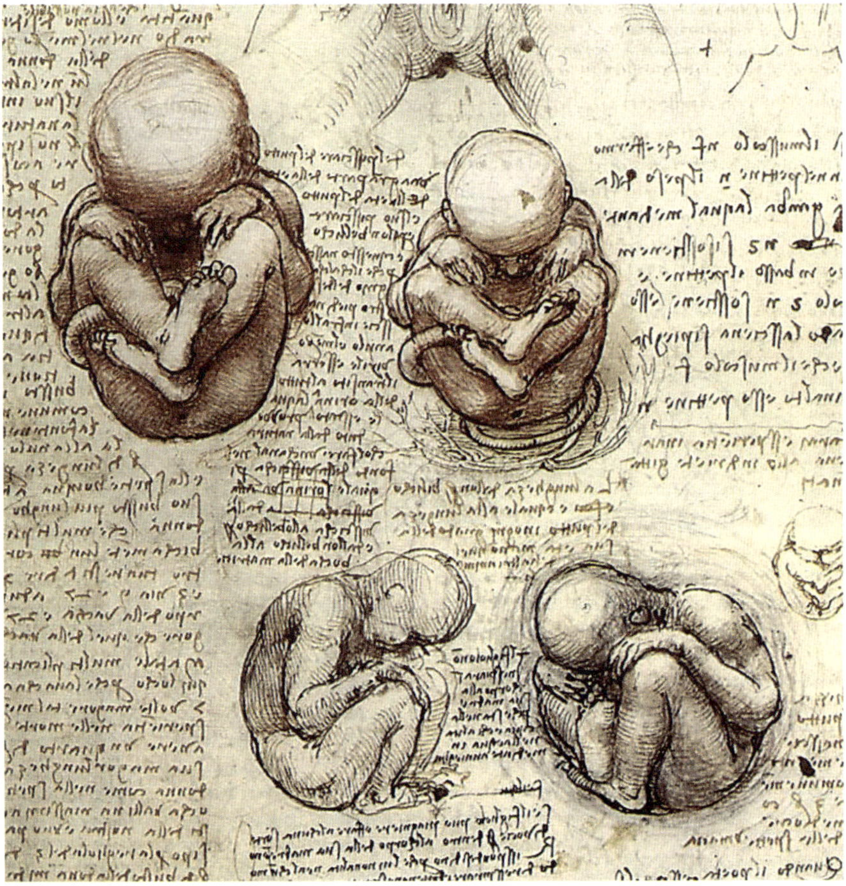

胎儿研究

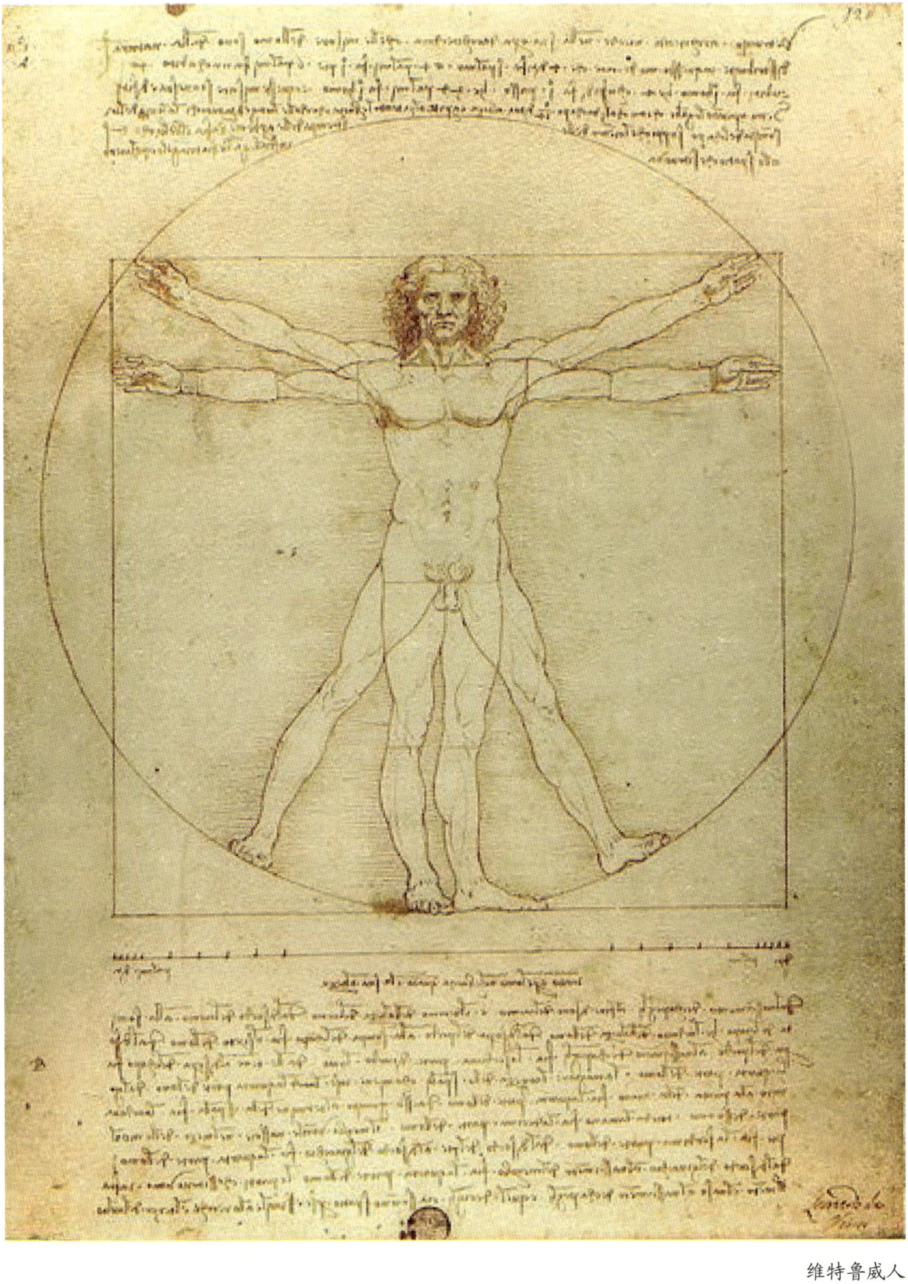

维特鲁威人

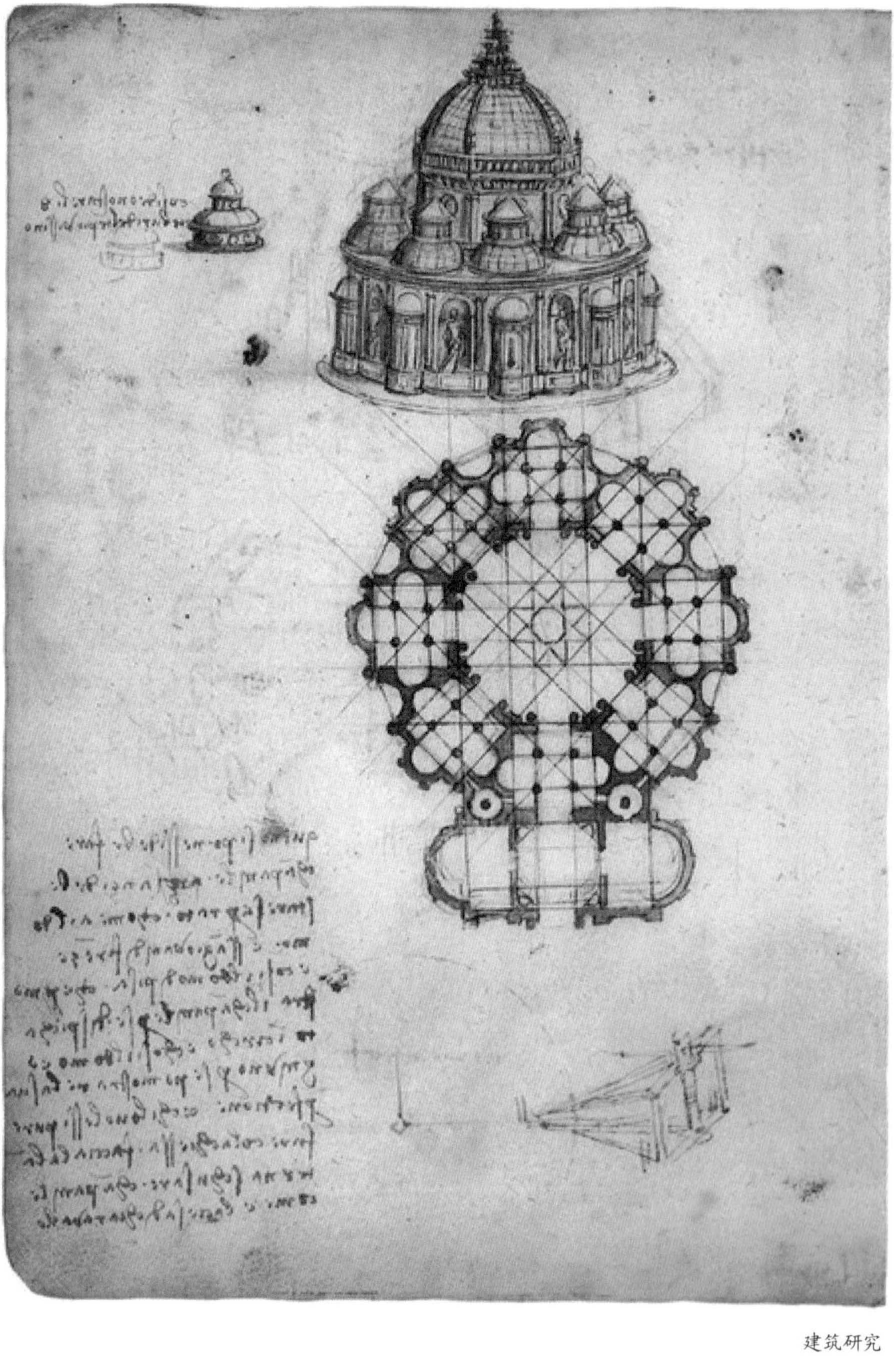

建筑研究

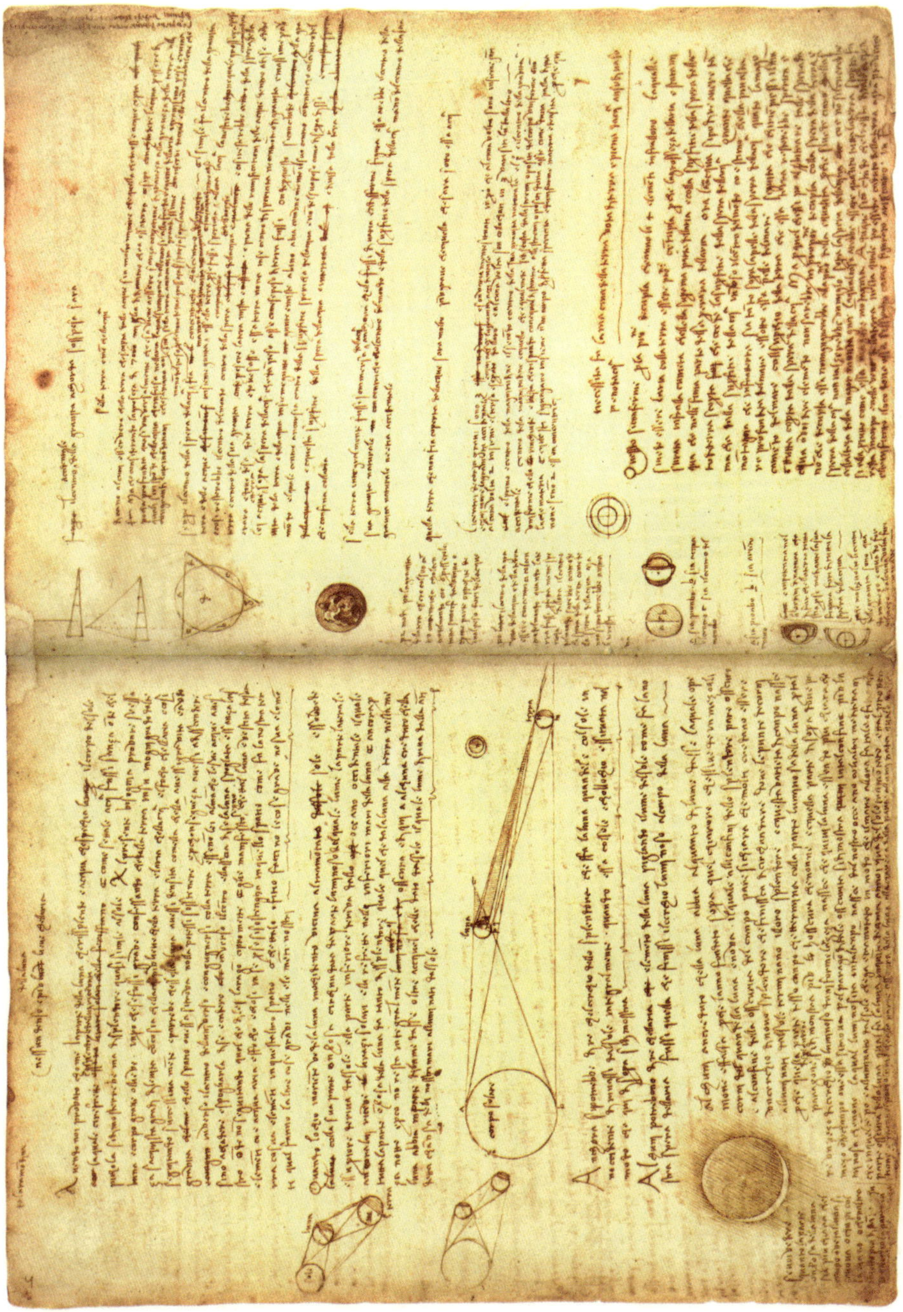

山谷地图

老人与水流

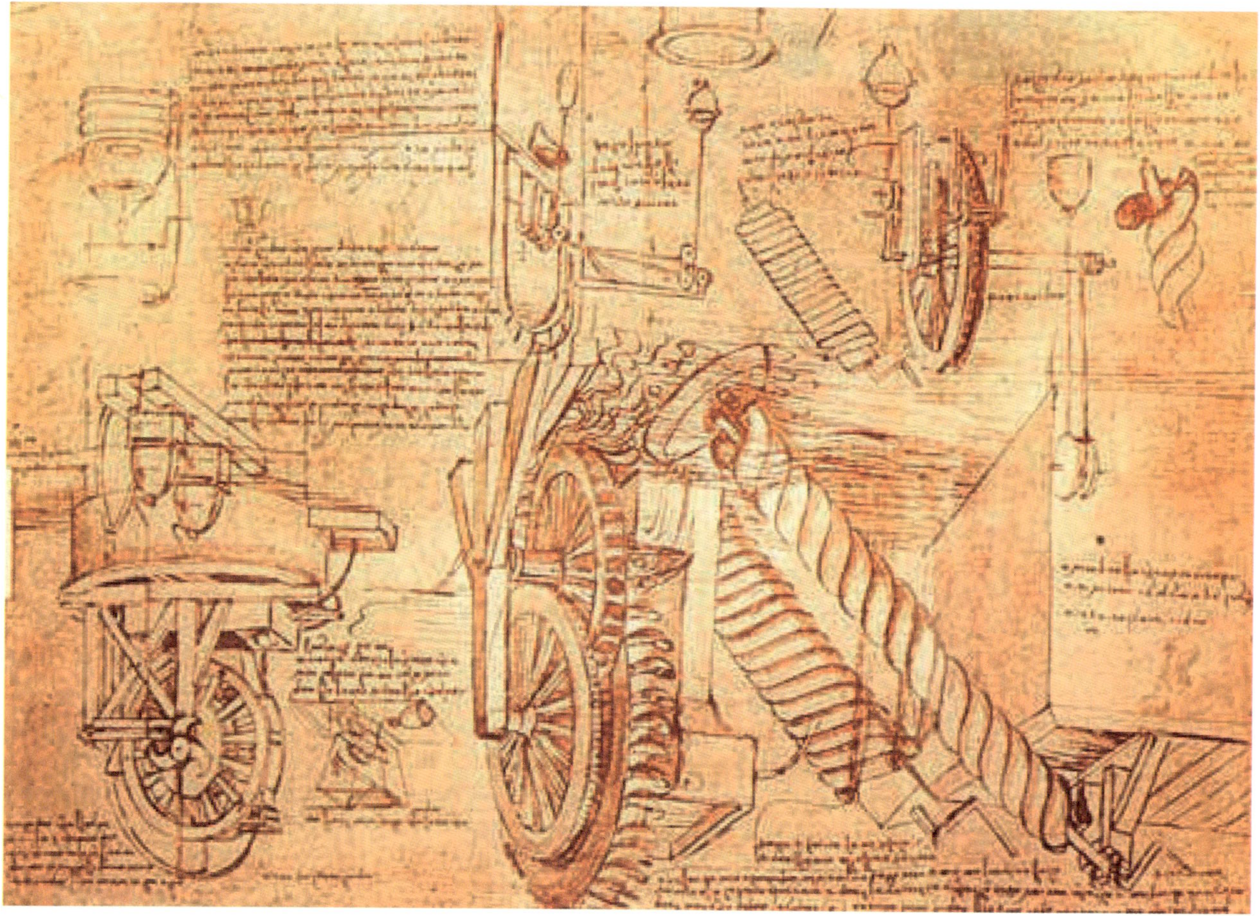

水力机械

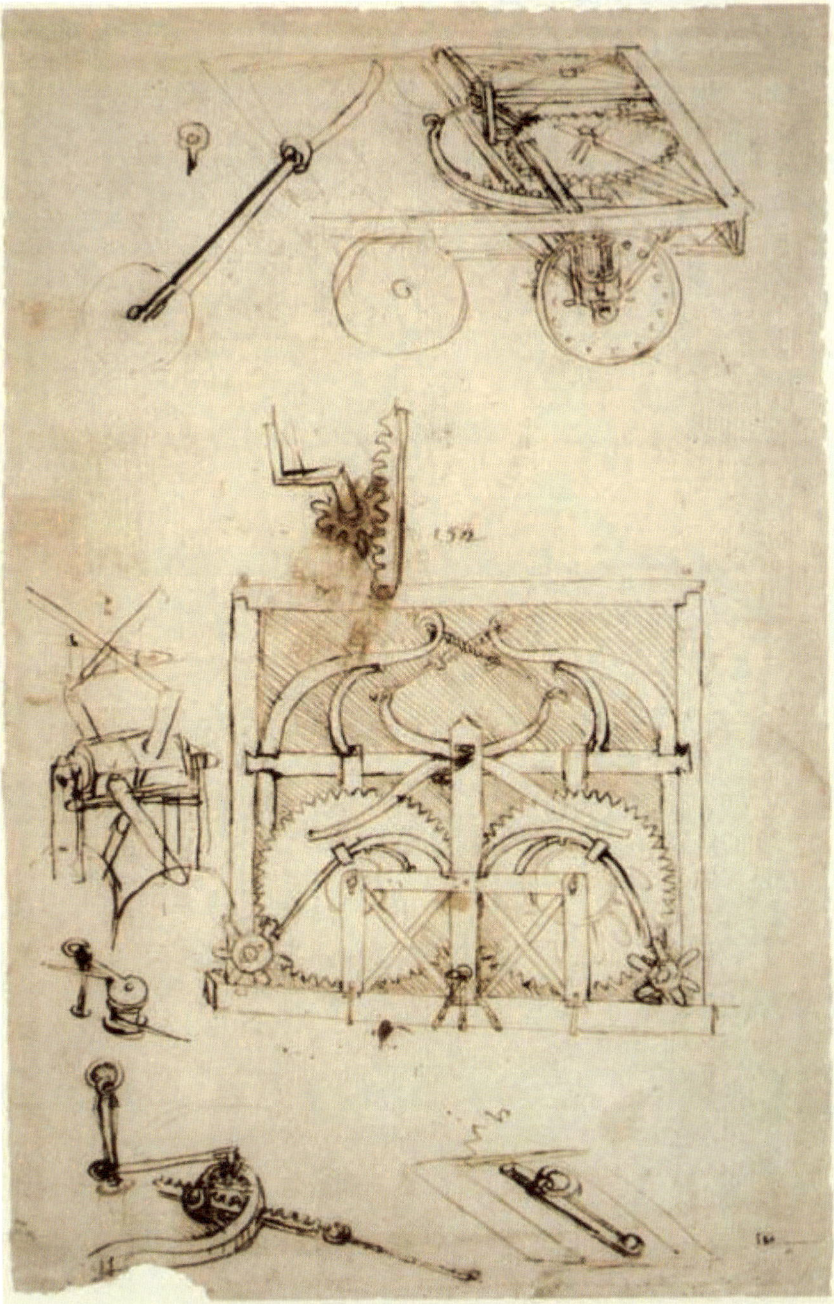

弹簧动力车

镰刀战车

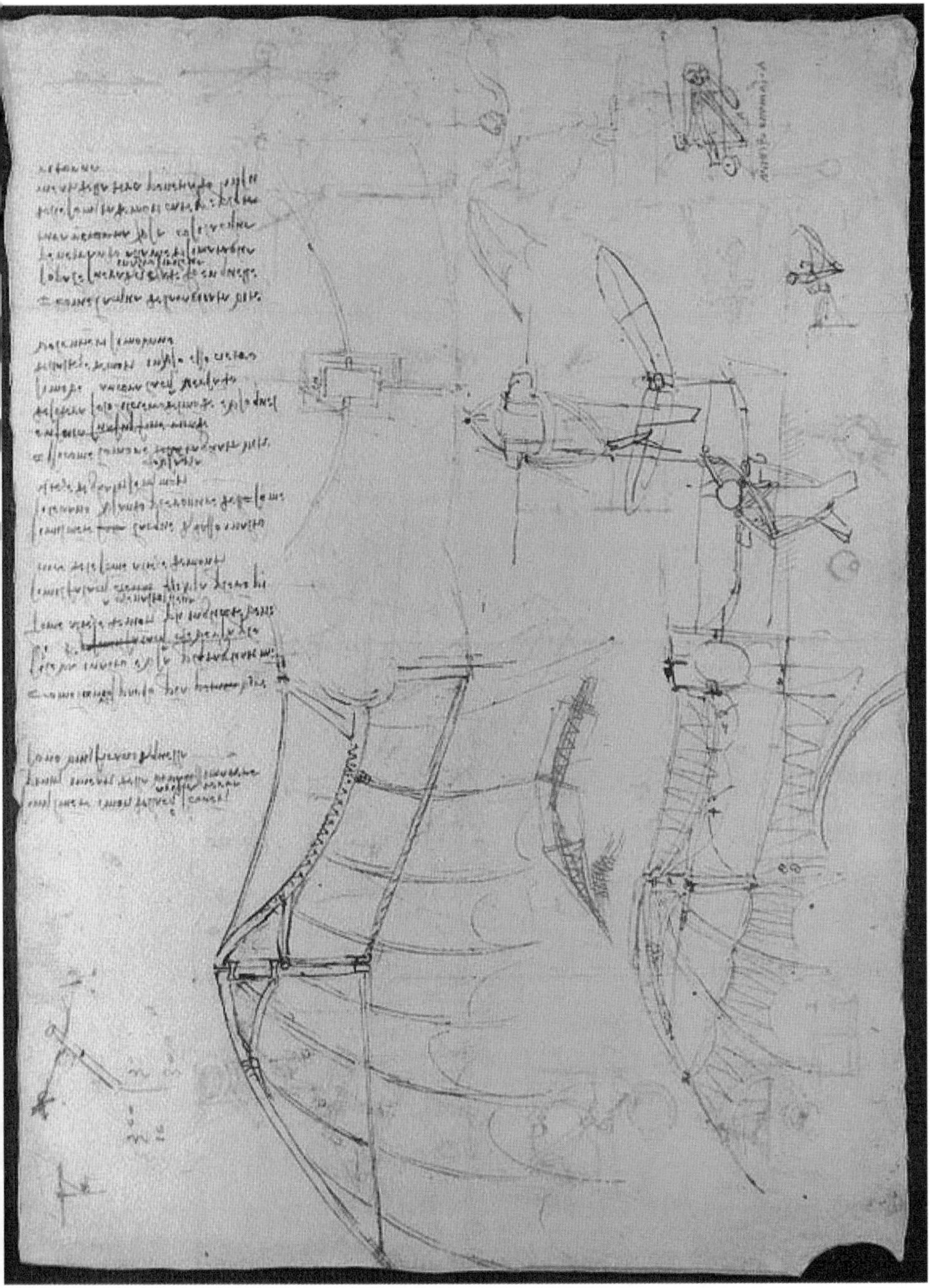

自画像

译林人文精选

07

莱奥纳多·达·芬奇

[意大利]

达·芬奇笔记

周莉 译

译林出版社

图书在版编目（CIP）数据

达·芬奇笔记 /（意）莱奥纳多·达·芬奇著；周莉译．—南京：译林出版社，2018.11
（译林人文精选）
ISBN 978-7-5447-7444-4

I.①达… II.①莱… ②周… III.①散文集－意大利－中世纪 IV.①I546.63

中国版本图书馆 CIP 数据核字（2018）第 150855 号

达·芬奇笔记 ［意大利］莱奥纳多·达·芬奇 / 著 周 莉 / 译

责任编辑 马爱新
装帧设计 好谢翔工作室
校　　对 孙玉兰
责任印制 单 莉

出版发行 译林出版社
地　　址 南京市湖南路 1 号 A 楼
邮　　箱 yilin@yilin.com
网　　址 www.yilin.com
市场热线 025-86633278
排　　版 南京展望文化发展有限公司
印　　刷 江苏凤凰新华印务有限公司
开　　本 880 毫米 ×1230 毫米 1/32
印　　张 12.75
插　　页 12
版　　次 2018 年 11 月第 1 版 2018 年 11 月第 1 次印刷
书　　号 ISBN 978-7-5447-7444-4
定　　价 55.00 元

解不开的达·芬奇密码

蒯乐昊

1898年，精神分析学鼻祖弗洛伊德给他的朋友写信："也许，最著名的左撇子就是达·芬奇了，没人知道他有过什么风流韵事。"

关于这个左撇子，我们知之甚少，在他身后，留下的谜团远比他留下的作品更多。达·芬奇生前留下大量未经整理的手稿，部分手稿在他死后的最初两百年里散佚无闻，直到1817年才重见人日，而且已经遭到严重损坏。起初人们对这些失而复得的手稿茫然无头绪，因为它是用一种不可解的文字书写的，仿佛作者在刻意掩饰某些秘密。直到17世纪中叶，才有专家破译出了部分内容，原来，这个左撇子用他的左手反向书写，所以这些文字只有在镜像中才可以窥见真义。今天，在这些巡回展出的手稿前，往往会配上一面镜子。

作为一个天才画家，不包括草图手稿，达·芬奇传世的完整作品只有不足二十幅（实际上，十五幅才是大部分专家认可的数字）。那个时代绘画作坊加上订单生产的模式，导致很多画作并非完全出自一人之手，师傅来不及画，委托徒弟当枪手是司空见惯的事情，何况达·芬奇又是以画画慢著称的。他的精力被旺盛的好奇心和广泛的科研分散了，以至于他的许多画作都停留在了未完工的状态，包括那幅世人皆知的《蒙娜丽莎》，画中的女子等了一辈子都没等到这幅订制的作品。

头脑的秘密与渴望

莱奥纳多·达·芬奇无疑是文艺复兴时期最杰出的代表，如果你嫌"画家、雕塑家、数学家、天文学家、预言家、科学家、发明家、医学家、生物学家、建筑工程师和军事工程师"这些标签太过庞杂，那么只需一枚标签即可以概括他马不停蹄的一生："天才。"

这个天才还颇勤奋，为了能够争取到更多的时间来满足他那无休无止的好奇心和探索欲，他创造了一种"多相睡眠法"，即每工作四小时睡十五分钟，这样，一昼夜花在睡眠上的时间只有不到一个半小时。这种睡眠法亦被后人称为"达·芬奇睡眠法"。——"一日忙碌，可得一夜安眠，一生忙碌，可得死而无憾。"达·芬奇笔记里的一夜安眠，不过是普通人的打一个小盹儿而已。

后世科学家们发现，多相睡眠法很接近婴儿在母体里的休息方式，一位当代的意大利生理学家对一名航海运动员进行了长达两个月的类似睡眠实验，经测试，受试者的逻辑思维和记忆、运算等能力均完好无损。而另一位试图模仿达·芬奇睡眠法的画家也成功地实现了此法，但半年后，这位画家又恢复了正常的作息。人们问他原因，这位画家苦笑着答："我发现我并不是达·芬奇那样的天才，每天多出来的这么多时间，我不知道该如何打发。"

多相睡眠法只是达·芬奇天赋异禀的一个小例子，这个例子告诉我们的，无非是人类对自己的所知是多么有限，我们的生理，乃至心理、智能都还拥有巨大的可供开发的潜能。达·芬奇在很早就知晓了这一点，并对自己进行了长期有意识的训练，来开发自己的大脑。就连做梦的时候，他的头脑也在工作，他曾经列出过以下一些头脑训练的方法：

激发想象——“凝望泼洒有多块污渍或混有各色石块的墙壁，若你正需创构某场景，便能在其中看见多种景致，装点有各种岩石、树木、山峦、河流、溪谷、广阔的平原等等；还可看出各种战斗场面，以及多种奇特人物生动的姿态、脸部表情、服饰等无数事物。”

训练记忆——从某个细节开始观察，当它的形象完全印刻在你的记忆中时，再将视线转到另一个细节。一个画家的头脑应该像一面镜子。晚上睡觉前，把白天工作中的每一件事情都回顾一遍。“我从切身经验发现，黑暗中躺在床上，回想所研究的形体的轮廓，或其他经过细思认为值得注意的事物，大有益处。这的确是值得称赞的方法，有助于将事物印在脑海。”

拓宽思维——读书时在旁边放一本笔记本，随时写下一些句子和段落。记下这本书带来的启发，并画下书里提到的一些画面。

达·芬奇得以传世的手稿，就是建立在这样的习惯之上，这些零碎、交叉、随心所欲又不成体系的手稿显示出惊人的思维广度，他解剖人体，他设计机械，他醉心于几何与数学，他研究动物、山川、河流与太阳，还构想了自行车、装甲坦克、机器人、潜水服和飞机的设计。

我相信莱奥纳多本人一定深深享受到了智力所能带来的无上乐趣，同时又被自己不断开疆辟壤的雄心所拖累，他经常在笔记本里写这样一句话：“告诉我，到底哪一样可算得上真正完工了呢！”

上帝做了六天的创造性工作，到第七天就休息了。而人类在这个世界上，且不谈创造，单单是认识自己与这个世界，便是一场永无休止、永无宁日的旅程。在孩童时代，达·芬奇就是十万个为什么的代言人，他常常扯着叔叔弗朗切斯科的袖子，央求说：“告诉我。”

年纪略长，他周围的朋友也成了他求知的对象，他给自己留下字条，提醒自己记住：“向詹尼诺·邦巴迪里请教，费拉拉塔楼没有洞眼的外墙是如何建造的。”“向本尼德托·波蒂纳里请教，佛兰德人如何在冰上行走。”“请精通算术的大师教授如何将三角形变成同等面积的正方形。”

从天气到天使的师承

叔叔弗朗切斯科是达·芬奇的第一位偶像，他只比达·芬奇大十六岁，却已经承担起打理整个家族庄园的职责，他要管理农务，监督橄榄、葡萄、小麦的灌溉、种植和收成。达·芬奇的童年是在山间度过的，从五岁开始，莱奥纳多就跟着叔叔踏遍了葡萄园和庄稼地，在他的眼里，叔叔无所不知，不但教会了他推测天气变化，告诉他野生动物的习性，还教他辨认各种植物和药草，掌握其用途，简直可算是达·芬奇的第一位自然科学导师。

叔叔与当地神父相加，便是达·芬奇的童年师承。神父教他如何阅读和写字，并教会了他如何用算盘进行计算，这就是他早期所受教育的全部。但此时的达·芬奇，已经显露出了过人的艺术天赋，他很早就学会了弹七弦琴和吹奏长笛，而且可以即兴演唱，无论歌词还是曲调，张口就来，在乡间享有神童美誉。

在祖父去世、叔叔结婚以后，家里人一致同意将达·芬奇送到他父亲那里去生活。十四岁的莱奥纳多因此离开了芬奇村，来到文艺复兴的心脏之城，佛罗伦萨。

达·芬奇在家庭中的地位始终充满矛盾：一方面，他是私生子，这导致他无法成为家业的继承人；而另一方面，他父亲的前两桩婚姻并无子嗣，在很长一段时间内，达·芬奇都是这个家庭里唯一的孩子，继母对他也仁慈有加。这种复杂的情感在他的图画叙事中也可以找到痕迹，这个我们稍后再谈。事实很清楚，这个非婚生的长子得靠自己谋生，因此他必须掌握某种技艺，父亲把业已表现出绘画天赋的达·芬奇送到了韦罗基奥的工作坊，使他成了一名学徒。

韦罗基奥不但是一名杰出的艺术家，更是一位伟大的老师，他的徒子徒孙列出来就是一张光辉灿烂的名单，他是达·芬奇、波提切利的师父，也是拉斐尔、米开朗基罗的师爷。韦罗基奥跟达·芬奇之间的段子，中国少年们最耳熟能详的大概就是画鸡蛋那个了，但其实达·芬奇在老师手下进步神速，韦罗基奥对其应该也相当器重，他的大卫青铜雕像，据说就是以年轻俊俏的达·芬奇为模特而塑。另一幅《基督洗礼》，画面左下角的天使也是以达·芬奇为原型。这种偏心宠爱使得达·芬奇的师兄弟们大为妒忌，他们趁师傅出游途中病重，从画面上刮掉了这个人物。当时已是交画前夕，达·芬奇救场，他模仿师傅的笔法，照着镜子重新画出了天使。这个画面中的配角神情灵动，竟使旁边老师画的人物黯然失色。韦罗基奥看了以后大受触动，自叹技不如人，从此封笔不再作画，专攻雕塑。

这一年，达·芬奇二十岁，学徒第三年，已经取得画家公会的认可，但他没有自立门户，依然留在韦罗基奥的工作坊帮忙。

同性恋？恋母狂？禁欲修士？
战争狂人？暗黑解剖者？

出于对达·芬奇的强烈兴趣，弗洛伊德在他的《达·芬奇的童年回忆》里，对这位巨匠进行了精神解剖般的心理分析，其立论依据即落在莱奥纳多的童年与母亲、父亲的关系之上。

把早于自己三百多年的名家作为精神分析对象可真是一桩安全的买卖，因为不管立论如何，对方也无法从坟墓里坐起来反驳。弗洛伊德的研究主要针对达·芬奇的手稿和画作展开，并大胆地得出了达·芬奇有强烈恋母情结、童年时代即与母亲乱伦的结论。

任何革命都带着荷尔蒙的气息，文艺复兴首先是人性的复兴。“在那个恣意横流的淫欲与悲观的禁欲主义相斗争的时代，身为一位艺术家和表现女性美的画家，达·芬奇表现出了不该有的情形：他冷漠地拒绝了性欲。”在书稿的第一页，弗洛伊德开宗明义。

在达·芬奇的手稿里，可以清晰地见到这种性冷淡，达·芬奇毫不讳言：“生殖行为和与之相关的一切都令人恶心，如果没有因袭已久的风俗，没有美丽的脸蛋和渴望美感的天性，人类很快就要消亡了。”

除了胚胎在子宫里的研究草稿，达·芬奇画过一幅男女交媾的草图，图像显示，这位大师把男人的身体全部准确地画出来了，甚至还有性器官的详细解剖图，而与之对应的女性身体却处理得十分潦草，女性没有头部，第二性征被处理得相当丑陋，有些器官甚至是错误的。同时，这个交欢中的男人的面部表情表现出一种“愤怒的抵抗”，“他眉头紧锁，厌恶的目光向旁边斜视，双唇禁闭，嘴角向下。他的脸上，看不到性爱的欢愉和尽情的幸福，只有愤怒和厌恶”。

达·芬奇在青年时代曾被指控为同性恋，他身材高大，容貌俊美，喜欢华服和音乐，在工作坊中，他身边围绕着许多俊美的男模特和学徒，他们之间过从甚密，引起世人侧目。法庭召来达·芬奇和三名青年问话，最终撤销了此案。在模特学徒中，有一位名叫贾可莫的十岁男童声名狼藉，达·芬奇在笔记里直斥其“偷窃、虚伪、自私、贪婪”。他不但没有绘画才能，还经常偷达·芬奇的东西，即便如此，达·芬奇还是收他为学徒，把他留在身边长达三十年，悉心照拂，他有许多人物素描，都是以这位鬈发美少年为模特儿。

“我似乎命中注定要论及飞鸢，因为在我幼年最初的记忆中，仿佛曾有一只鸢飞向摇篮中的我，用尾巴撬开我的嘴，并用尾巴在我的嘴里拍打数次。”在弗洛伊德的理论体系里，这只鸢（弗洛伊德根据翻译误解为秃鹫）就是达·芬奇最早的性臆想，它揭示了在父亲缺席的情形下，达·芬奇与母亲卡特琳娜之间的强烈爱恋。

达·芬奇在母亲身边度过了生命中的最初五年，后来，他被父系家族接纳了，但仍常常骑马到母亲家附近去偷看她，此时她已经再婚。

达·芬奇始终厌恶男女交配，亦终生保持了对母亲的忠贞（他一辈子没有爱上任何女子)。在他的笔记里,有一部分是琐碎的日常账本,其中有个神秘的卡特琳娜。虽然很多专家认为这个卡特琳娜不过是一个跟达·芬奇母亲同名的女仆,但弗洛伊德却通过达·芬奇为卡特琳娜所支付的豪华葬礼费用,判断她就是达·芬奇的母亲。

在达·芬奇身上存在着许多人格悖论,他性格和善,从童年起就开始茹素。当他开始拒绝荤腥的时候,他的祖父觉得"这是家族的不祥之兆"。为了研究鸟的翅膀如何飞翔,他常常从市集买回大量鸟雀,观察后再将它们放生。但这种厚德爱生的品性,丝毫不影响他在死刑犯行刑之前一路饶有兴趣地跟着他们,只为了观察和刻画人在极度恐惧绝望时的面部表情。他解剖过不下三十具尸体,也发明过大量的战争武器:连发枪一个开关控制十支枪口,是现代冲锋机关枪的鼻祖;巨型十字弓杀伤力不输给大炮;马车连着锋利镰刀的镰刀战车,堪称文艺复兴时代的"血滴子"……但同时,他亦有很多仁爱的发明,比如,为了拯救黑死病肆虐的欧洲,他想过设计一套城市下水和供水的管道系统,把生活污水排放和饮用水严格分离,并把可饮用的水直接输送入每个家庭。他构想了自行汽车、脚踏车、降落伞、飞行机器等的设计图,而这些都在之后的几个世纪里成为了现实。

1994年,微软总裁比尔·盖茨以3080万美元的价格购买了达·芬奇的《哈默手稿》,手稿中记录了达·芬奇在多个领域的研究成就,也记载了他关注人体解剖的原因。传记作家麦克尔·怀特问他为什么要斥巨资购买手稿,盖茨苦笑答:"因为我需要它。"

被认为患有轻度自闭症的科学狂人比尔·盖茨并未按惯例将《哈默手稿》(以收藏者的名字命名)易名为《盖茨手稿》,而是恢复了它的初始名字——《莱彻斯特手稿》,并推动手稿在全世界范围内巡回展览。在达·芬奇的世界里,善与恶之类的道德评判不是最重要的,这个世界的真正推动力在于人类对智与美的无穷渴求,前者进化为科学，而后者进化为艺术。

达·芬奇画作里隐藏的迷思

作为科学家的达·芬奇，常常延宕了作为艺术家的达·芬奇的创作雄心，他后半生几乎都在绘画拖延症的状态中度过，鲜有画作问世。即使在创作的时候，他也是动脑多过动手。在画他的传世之作《最后的晚餐》（意大利米兰圣玛利亚修道院膳食堂壁画）时，修道院院长不理解画家整日思索的习惯，频频催促，画家拒绝加快进度，院长怒而向公爵告状。达·芬奇则跟公爵解释说，需要冥思苦想方可完善构思，眼下只有耶稣和犹大两个头像尚未画完，除非天赐灵感，否则很难完成耶稣的头像，而物色犹大这种卑鄙小人的头像也需假以时日，但为了早日完工，他可勉为其难，用头脑简单的院长的头像来充数。

在丹·布朗的畅销小说以及后来改编的电影里，达·芬奇的真实身份是郇山隐修会的大师，这个组织的大师都是蜚声世界的巨匠，如贝尔尼尼、波提切利、伽利略、牛顿、雨果等，而他们共同守护着一个秘密，关于基督和圣杯的秘密，亦是西方文明里的终极秘密。

从小醉心宗教与科学的丹·布朗相信，基督是有尘世生活及子嗣的，抹大拉的玛利亚，这个被宗教典籍污为妓女的人，其真实身份是耶稣的妻子。基督被出卖时，玛利亚已经受孕，为躲避迫害，不得不东躲西藏，人们隐去了玛利亚的名姓，只以“圣杯”（Sang Real，意即王室血统）来隐喻基督的血脉后人。据说，这个秘密在达·芬奇的《最后的晚餐》中表达得很清楚：耶稣和玛利亚并肩而坐，耶稣穿红罩衣，披蓝斗篷，而玛利亚穿蓝罩衣，披红斗篷，一阴一阳。耶稣和玛利亚的身体倾斜分开来，从而在画面的焦点位置上形成一个明显的V形，而V形在符号学里正代表圣杯，以及女性子宫。而连起来看，他们俩的体态边际正形成了一个巨大而清晰的字母M，代表Matrimonio（婚姻），亦代表抹大拉的玛利亚。

关于圣杯的秘密，当然不是丹·布朗自己的创见，实际上，很多古代文献，如《诺斯替教派福音书》、《科普特文古卷》、《死海古卷》等已经从很多侧面披露了这一点。但拉进达·芬奇来做佐证，仍然有很多人不服。他们始终相信，《最后的晚餐》里坐在耶稣身边的压根就是男人，是约翰，耶稣门徒中年龄最小的一位，因此面容清秀。在门徒们激动恐慌之中，只有他低头垂目，看起来跟耶稣一样平静，甚至比耶稣更加平静。通过翻阅达·芬奇的草图，发现他最早在设计人物姿势的时候，并没有设计字母M的造型，约翰把头埋在餐桌上，仿佛痛不欲生，亦仿佛在昏睡。

在达·芬奇的很多画作里，都可以看见这种男生女相、雌雄同体的人物，他笔下的圣约翰、报喜天使加百利、酒神……无一不是容貌俊美阴柔，笑容婉转神秘。他的人物还常见一种意有所指的独特手势，比如指天誓日，或者横掌相向。

在《岩间圣母》（现藏于法国巴黎卢浮宫）中，达·芬奇打破了传统的人物安排，挨着圣母玛利亚的小孩竟然不是耶稣，而是施洗者圣约翰，耶稣小小年纪就离开母亲，由大天使乌列尔照应，玛利亚似乎要伸手抚摸孩子的头，但是无形的距离又让她够不到，乌列尔在圣母和圣子之间，做了一个诡异的手势。这幅按需订制的画作让教会大为不满，他们最后要求达·芬奇另画了一幅《岩间圣母》（现藏于英国伦敦国家美术馆），在耶稣头上加了光环，圣约翰手里加上权杖，并删掉了大天使乌列尔的那只手，才算勉强去除了歧义、交代完整了人物身份。这种母子分离的叙事，也是达·芬奇自己的童年隐喻。

“1473年8月5日，圣母玛利亚大殿祝圣日。”在一幅用硬笔和墨水绘制的风景画上，莱奥纳多·达·芬奇记下了第一则有日期的笔记。他的探索，和我们的探索，就从这里开始。

目　录

艺术篇

第一章　眼睛与透视…………………………………… 3
第二章　光影………………………………………… 10
第三章　色彩………………………………………… 22
第四章　人物………………………………………… 33
第五章　景物………………………………………… 56
第六章　构图………………………………………… 78
第七章　画家如何学习……………………………… 95
第八章　艺术的比较………………………………… 109
第九章　建筑设计…………………………………… 123

科学篇

第十章　人体小宇宙………………………………… 143
第十一章　天文……………………………………… 170
第十二章　地理……………………………………… 183
第十三章　水………………………………………… 200
第十四章　空气……………………………………… 214
第十五章　力学……………………………………… 224
第十六章　飞行……………………………………… 255
第十七章　科学方法………………………………… 277

生活篇

第十八章　故事和寓言…………………………………… 289

第十九章　生活感悟……………………………………… 310

第二十章　书信杂记……………………………………… 334

附录：达・芬奇生活经历年表 ……………………………… 383

艺术篇

第一章　眼睛与透视[1]

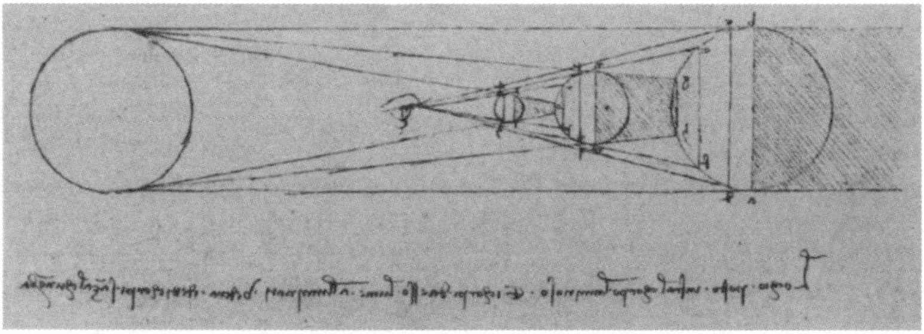

眼　睛

绘画涉及眼睛所有十种功能，即明暗、材质、色彩、形状、位置、距离远近和动静状态。我的小书便是这些功能的综合，提醒画者应遵循何等规则，用何等方式，以绘画临摹自然一切的造物和世间一切的美景。

眼睛是灵魂之窗，是最主要的感官。通过眼睛，人才能最为全面地认识自然无限之功的壮景。

君不见，眼睛拥抱全世界的美？……它评审并修正人类一切的

1　达·芬奇的笔记有数千页，本书为选译，标题为编者所加。如无特别说明，注释均为译注。——编注

艺术……它是数学之王，基于视觉观察的科学是绝对正确的。它已测出了众多星星的大小及之间的距离；它已发现了各种元素及它们的所在……它孕育了建筑学、透视学，以及神圣的绘画艺术。

啊，无与伦比的眼睛，你是天主最伟大的造物！怎样的赞誉才能颂出你的崇高？怎样的人，怎样的语言，才能完全描述你的功能？眼睛是人体之窗，人体通过眼睛探路，欣赏世间的美。因为眼睛，灵魂才甘于留在肉体的囚笼中，没了眼睛，这样的肉体牢笼便是折磨。

伟大的必然性是多么地神奇啊！你以最崇高的理性，使一切的果均直接源于它们的因。一切自然的行动都遵从无法逆转的最高法则，尽可能以最直截的过程服从你。谁能相信这般小的空间竟能容纳宇宙万象？啊，非凡的过程！要怎样的天才方能揭示这样的自然？怎样的言语才能阐明如此伟大的奇迹？实在是没有！正是这样才引导人类著述思索神圣的事物。形状、色彩、宇宙各部的一切形象都缩聚于此一点。多么神奇的一点！伟大而神奇的必然性啊——你使一切的果遵从你的规则，都循最短的路径，直接源于它们的因。奇迹啊……已然消失的各种形体，混聚于这方寸小天地中，它能够通过扩展而重新将其构建。在解剖学中阐述，眼中角膜的直径与角膜和晶状体间距离的比例关系。

眼睛如此完美，世间的美都反映于眼中，无论何人若愿失去眼睛，便使自己无法表现自然的万物。灵魂甘于囚禁在人类的肉体中，那是因为我们有眼睛，能看见世间万物；因为自然林林总总的一切都经由眼睛呈现给了灵魂。无论何人若失去眼睛，便将灵魂留在了黑暗的牢笼中，再没有希望看见太阳，看见这整个世界的光源。世上有多少人憎恶黑夜，尽管黑夜短暂。倘若这样的黑夜将伴他们一生，他们该怎么办？

绘画学

绘画的艺术通过自身科学的方法，在平面上展现辽阔的景致和遥远的地平线。

画家能够通过改变介于物体与眼睛之间空气的颜色，向观者表明距离的变化。他能够借使物体的形状依稀难辨，来表现雾气；他能够借云层笼罩的山脉，以及云中隐约的山谷来表现雨景；他能够表现绕着战士旋转的烟尘；他能够表现不同透明度的流水，以及水面和水底的游鱼；他能够表现翠绿水草所拥河床上洁净的河沙，以及沉积于河沙中色彩斑斓的光滑卵石；他能够表现上空各种高度的星星。

绘画的科学始于点，其次是线，再次是面，最后是由面覆盖的形体。这便是表现物体所需的一切，因为事实上，绘画从不曾越过面，任何有形的物体都是通过它的面来表现。

一个物体与另一个物体之间的边界在性质上是一条数学概念线，而非实际绘出的线，因为一种色彩的终止处便是另一种色彩的开始——界线是无形的。

形体的界线是最轻微的——这个命题证明属实。因为一个物体的界限是面，这个面既不是其所包含的形体的一部分，也不是形体周围空气的一部分，而是置于空气和形体之间的媒介。形体的边线则是构成其界面轮廓的线，这线的粗细并不可见。因此，画家们，不要用线条将你所画的形体包围，尤其是表现那些比实际要小的物体时，因为如果在远处看，不仅它们的外部轮廓会变得不清楚，而且某些部分都会看不见。

绘画学研究物体表面的各种色彩，以及被色彩包裹的物体的形状；研究物体相对的远近；研究随距离逐渐增加，物体所要缩小的程度。绘画学是透视之母，是视线的科学。透视分三部：第一部只处理物体线条的绘制；第二部处理物体没入远处时色彩的弱化；第三部处理随距离的不同，物体清晰度的变化。只处理物体线条和边界的第一部称作素描，亦即物体轮廓的定型。由此产生的另一门处理光和影的科学——亦称为明暗对照法——需进一步解释。

透　视

透视是绘画的舵和缰绳。

绘画以透视为基础。透视学无非是透彻了解眼睛功能的学问，而眼睛的功能无非是将眼前一切物体的形状和色彩纳入棱锥体。我之所以说纳入棱锥体，是因为没有物体比棱锥体的入眼点更小。因此，在一切物体的边缘添加延长线，这些延长线交会于一点，必定构成棱锥体。

透视分三部，其名称为：线形透视、色彩透视，及隐没透视[1]。第一部线形透视为减缩透视，探讨物体远离眼睛时明显缩小的原因；第二部色彩透视，论述远离眼睛时不同色彩的变化方式；最后第三部隐没透视，解释为何距离越遥远，物体便会显得越模糊。

1　这后两部透视现总称为“空气透视”。

在透视的实践中，光和眼睛所适用的定律相同。

透视无非是透过一片光滑的、相当透明的玻璃，对其后某处的观察。这片玻璃后的一切物体都会映在玻璃的表面。物体都以棱锥状趋近眼睛这一点，而且这些棱锥都在玻璃面上相交。

将一张不太透明的纸置于物体和光源之间，便能非常逼真地画下物体。

以铅垂线表示垂直的平面，设想将该垂直平面置于棱锥汇聚的交点前，该平面之于这一交点便好比一玻璃平面，在上面画下你透过它所看见的各种物体。这样画下的物体将会比其本体小得多，因为眼睛与玻璃面之间的距离小于玻璃面与物体之间的距离。

两匹马沿平行的跑道奔向终点，若于跑道的正中看去，两匹马似乎向对方跑去。正如已阐述的那样，这种视觉的产生是因为映入眼中的马的影像在向瞳孔表面的中心移动。

至于眼中的中心点，那便更容易理解了：注视他人的眼睛，便能在他人的眼中看见自身的影像。设想有两条直线，从自己的双耳延伸至他人眼中自身影像的双耳，便会清楚地意识到，这两条直线交会的点将会比自身映于他人眼中的影像稍稍靠后。

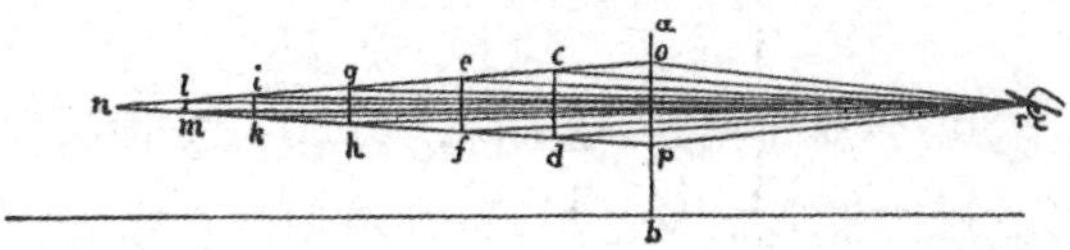

设ab为垂直平面，r为棱锥体没入眼中的那一点，n为缩减点，该缩减点始终与眼睛径直相对，始终随眼的移动而移动——正如影随杆动，身动影移。这两个点都是棱锥体的顶点，而棱锥体的公共底面则在两点间的垂直平面上。虽然两个棱锥体的底面相等，顶角却不等，因为以缩减点为顶点的角小于以眼睛为顶点的角。若有人问我："你能通过什么实际的经验，向我证明这些点呢？"我的回答是——论及缩减点随人而动，请在路经犁过的田地时，注意那些延伸至脚下小路的笔直垄沟，你会发现，眼前的一对对垄沟似乎试图靠拢，于远端汇聚……

空气透视

还有一种透视，我称之为空气透视，因为通过表现空气的差异，观者便能辨别似乎位于同一水平线上不同建筑物的距离差异。例如，墙外有几座建筑，露出墙头的部分看上去大小相等，但若希望在画中使一座建筑显得比另一座远，则必须使空气的浓度有所差异。要知道，在同等浓度的空气中，透过空气所见的最远物体——比如远山——会呈现蓝色，与太阳在东方时空气的色泽仿佛。因此，露出墙头最近的建筑应用本色绘制，而较远的建筑则应画得较为模糊，而且更蓝一些……

因此，画家们，让你的小物体略约显示即可，不要画得太精细，否则你画的效果就违反了自然——你的最高指导。物体显得小是由于它与眼睛的距离远，这段距离中充满了空气，大量的空气形成了一个较厚的体，它干扰了视线，使眼睛看不到物体的细节。

任何形体就其对眼睛的影响来说，都包含三方面属性，即大小、形状及色彩。相比于形状及色彩，可在更远的距离识别本体的大小；而相比于形状，可在更远的距离辨清色彩。但这一法则并不适用于发光体。

大小相同的多个物体中，离眼睛最远的显得最小。

大小及色调相同的几个物体，距离最远的显得最小，颜色最淡。

几个物体大小相同，距离相等，最亮的物体看起来最近、最大。

在等深的阴影中，距离眼睛最近的显得最浅。

从天空的颜色可以看出，介于深色物体与眼睛之间的明亮的空气越丰富，物体便显得越蓝。

地平线下的烟为浅淡的白，而地平线上的烟则为浓重的黑。虽然烟本身的颜色是均匀的，但由于所见位置不同，本是均匀的颜色便会显得有所差异。

当我处于与海岸和群山等距处，海岸看来却比群山远得多。

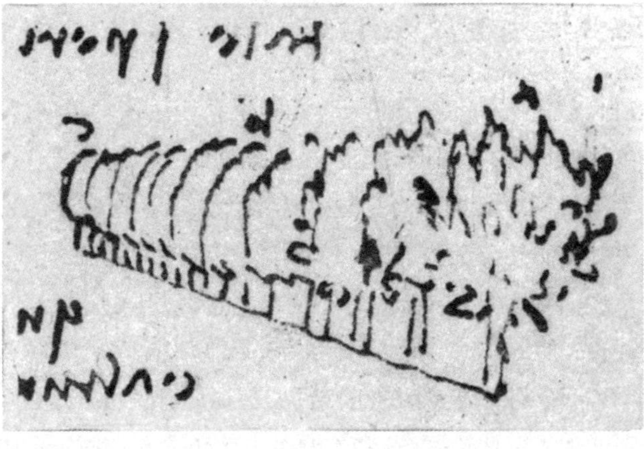

第二章　光影

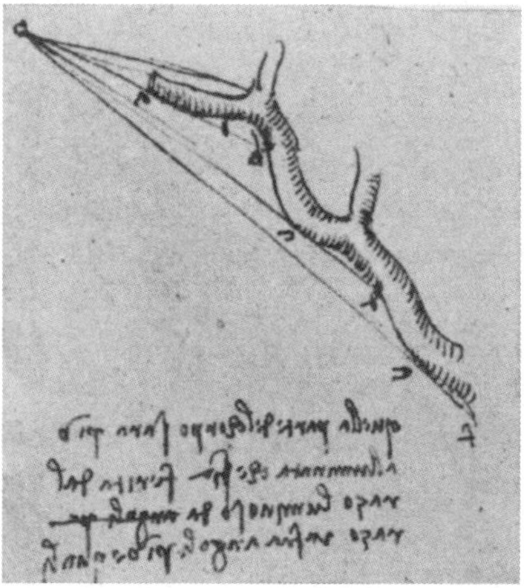

在对自然过程的各项研究中，光的研究最令探索者愉悦。而在数学的主要特点中，论证的确定性最能提高研究者的智力。因此，透视学应列于经院学者的所有论述和体系之前。在透视学的领域中，阐述光束的方法是论证法，其中不仅能发现数学的美，也能感受到物理学的荣光，两门科学之花便这样装点着它。其中所设定的多条定理十分冗长，但我将简述其结论性的摘要，并根据论题的性质，从自然或数学引证；有时从原因推断结果，有时从结果推求原因。我还在结论中增加了一些论题，这些论题虽未曾包含在那些定理中，却可从中导出。万物之光的天主将赐予我研究光的启示。

观察光，体味它的美。眨眼再看，所见的光已与适才不同，适才的光已不见。

若创造者不断死去，那么是谁在不断造出新光？

光和光源

不透明物体抛光表面上的光与光泽［高光］有何区别？即使观察的视线移动，不透明物体抛光表面上的光是静止不动的；而随眼睛观察位置的变动，同样物体上的反射光则会出现在不同的地方。

物体上的高光或光泽并非一定位于光线所照部分的中心，而会随眼睛观察位置的移动而移动。

光泽［或高光］不带有色彩，而类似于在潮湿物体表面所见的一种白亮的感觉。光则带有反射其光芒的物体的色彩。

空气极适于即时集取并展示所见各种物体的每一幅影像。太阳一出现在东方的地平线上，我们的半球便完全布满阳光，充满了太阳灿烂的影像。一切固体物的表面朝向太阳或被阳光照射的空气，便会浸染阳光或空气中的光。一切固体都被光和影环绕包裹。若所见部分完全处于光亮或阴影中，便无法透彻认知物体的细节。

被照亮的物体上，离光源最近的部位最亮。每一个浑圆的物体，被光影包围时，看上去会有一边比另一边大，因为一边比较亮。

眼睛与物体间的距离决定明暗两部的增减。

若物体的边界接有与其本身相近的颜色，且眼睛处于明暗两部之间，便无法准确地感知物体的形状。

论及一切可见的物体，应考虑三点，即眼睛的观察位置、所观察的物体的位置，以及照亮物体的光源的位置。

清晰的单个光源比漫射的光使物体更突出，更醒目。一景致的一侧被阳光照射，而另一侧则覆有云层，其光源只是空中漫射的光线，比较这两者，便可看出这一点。

处于光和影中的物体，其向光的一面相比于阴影中的一面，能更为迅速而清晰地将细部的像传送给眼睛。

发光体放出的光越明亮，所照物体投下的阴影便越深。

经验证明，若光线从一点放出，并以此点为圆心，于空中四散漫射，射得越远，这些光线便散得越开。将一物体置于光源和墙体之间，墙上的影总大于物体本身，这是因为照射物体的光线抵达墙体时已散开了。

与球形的光源相比，一个狭长的发光体会让派生阴影的轮廓更复杂，从而会违背下述规律：阴影距原生阴影越近（或者应该说，距投下阴影的物体越近），其轮廓就越清晰，原因是发光体的狭长形状。

照射不透明物体的光分为四种：普通光，如地平线上空气的光；特殊光，如阳光、窗口的光、门洞的光，以及其他空间的光；第三种为反射光；第四种则是透过类似亚麻布、纸张等半透明物体的透射光。

玻璃、水晶，或其他的透明物体则不行，它们都会显得物体和光源之间似乎毫无介隔。

阴影研究

光驱逐黑暗，影阻断光。

影阻断光。在我看来，透视中阴影最为重要，因为没有阴影，便无法清晰地描绘不透明的固体物；若不透明的固体物不以别的色调为背景，限定物体的轮廓线本身也将模糊不清。因此，我关于阴影的首要论点为，一切不透明物体的全部表面均为光和影所包围。我将用第一节专门阐述这一论点。

而且，由于阴影中所抽离的光线的量不同，阴影具有不同的暗度。这样的阴影我称为原生阴影，因为它们是覆盖有关物体的最初的阴影。我将用第二节专门论述原生阴影。

原生阴影放出一些暗沉的射线，散布于空气中。这些射线的强度随源头原生阴影的暗度变化而变化。因此，我将这些阴影称为派生阴影，并用第三节专门讨论。

而且，这些派生阴影投射至物体上时，随投射处的不同，所造成的效果也不同。对此，我将用第四节专门论述。

由于光线常照射于派生阴影所到之处的周围，派生阴影便与光线杂糅，一同反射回源头，这一变化多少改变了派生阴影的性质。关于这一点，我将用第五节专门论述。

此外，我将用第六节探讨反射光在反射时的种种不同，这些反射光会改变原生阴影的色彩，色彩改变的种类与这些明亮反射线不同反射点的数目一样多。

我还将用第七节探讨各条反射光的反射点与落点间不同的距

离，以及反射光投射至不透明的物体上所获得的各种色差。

阴影具有普遍物质的共性。万物在初始时都更为强壮，在终结时则变得较为虚弱。我是说初始时，无论其形状或情况，无论可见或不可见。阴影不像小小的橡子长成参天的橡树那样，由初始的微小逐渐壮大，而像橡树的主干，于甫出土处最为粗壮。由于黑暗是最深的阴影，光亮是最浅的阴影，所以，画者们，请将物体在近处投下的阴影画得深些，让阴影的末端没入光亮，似乎浑然无尽。

阴影是光的弱化，也是黑暗的弱化，它介于光明和黑暗之间。

阴影可能非常深，也可能非常浅淡。

阴影的起止介于明和暗之间，可能无限弱化，也可能无限增强。

阴影是因不透明物体的介入而致使的光的弱化，它与被不透明物体阻断的光线相对应。

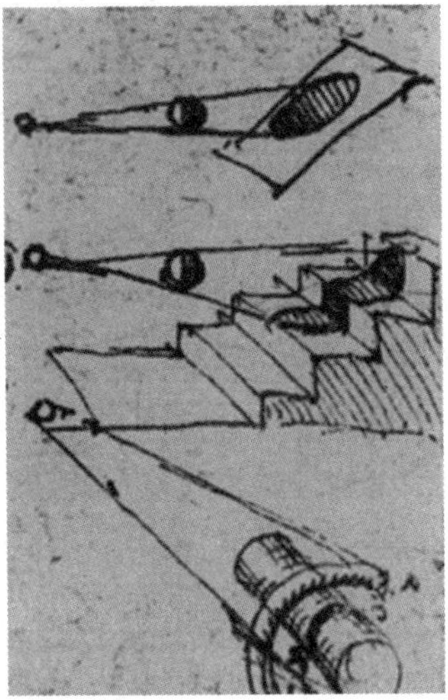

在同一截面上，阴影的深度看上去从来不是均匀的，除非该截面的每个部分与发光体等距。由于围绕它的背景更暗或者更亮，阴影会显示更亮或更浓。

投在坑洼表面上的阴影将会显示出与投影物体相似的所有轮廓，如果眼睛正好在光源中心看的话。

因为已经证明每种确定的光都

是或似乎是源自一点，被它照亮的一侧中，光线垂直入射的部位最亮，如直线ag、ah和al所示。入射光线倾斜角度大的部位则得光少，如b、c、d所示。由此你还可知道哪些部位得不到光，如m、k所示。

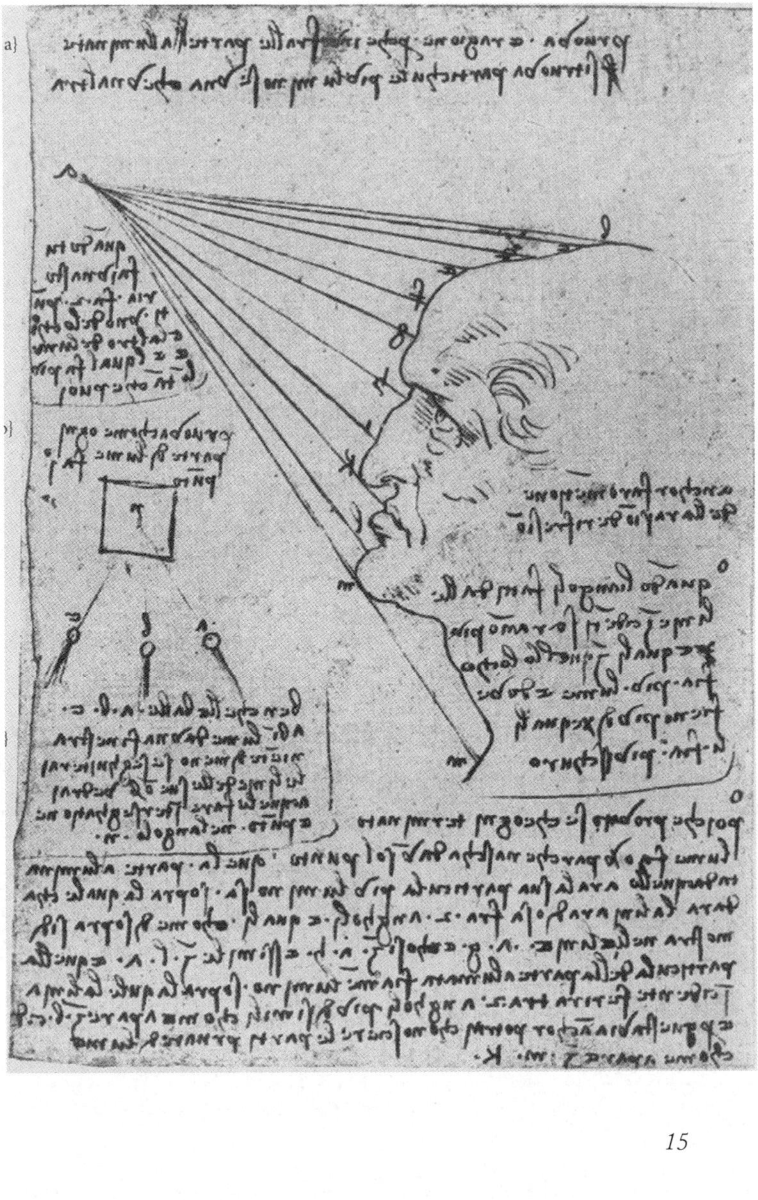

柳树和其他相似的树种，其大枝每三四年被修剪掉，这些树会抽出非常直的枝条。它们的阴影在中部，即这些大枝生出的地方，而树梢阴影很少，因为叶子小，树枝少而细。

因此，朝天空生长的枝条产生极少的阴影及浮雕感。而和地平线形成夹角向下生长的枝条，从阴影的暗处发出，越往末端越稀疏。这些枝条会有很强的浮雕感，因为在黑暗背景衬托下光亮度渐变。

坐在暗室门口者的脸部明暗显得特别动人。观者会发现，其阴影部分的脸隐入室内的幽暗，而受光部分的脸则从美丽的天空汲取光彩。如此强化的明暗对比使光亮处展现出最柔和的阴影，使暗处展现出最微妙的光，从而极大地增强了脸部的立体感和美感。

LIONARDO DA VINCI

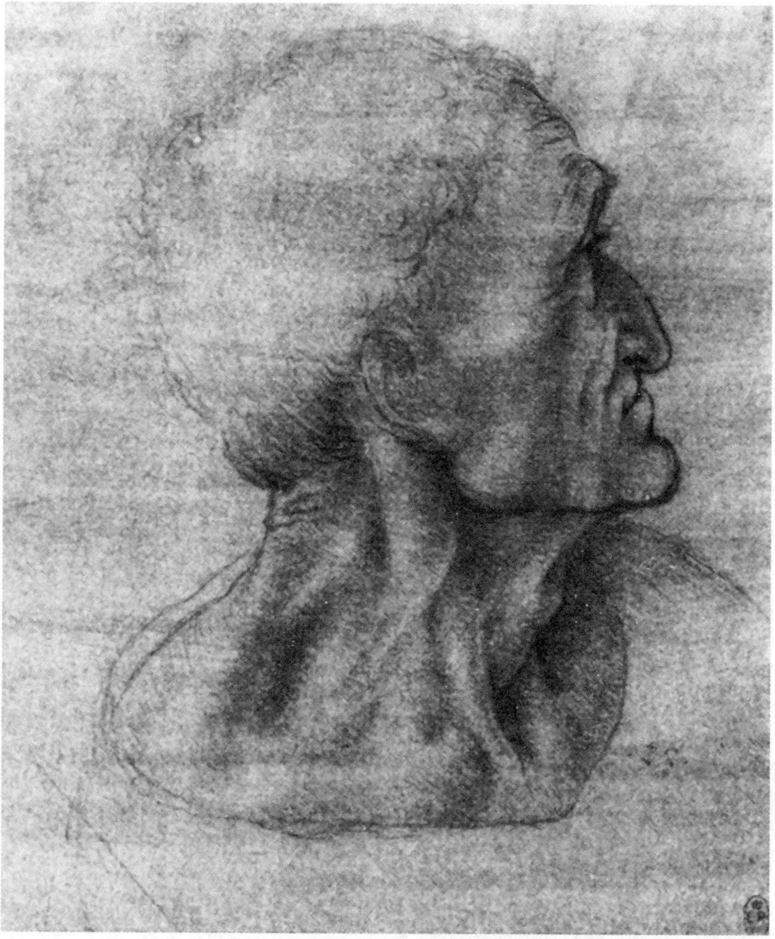

第三章　色彩

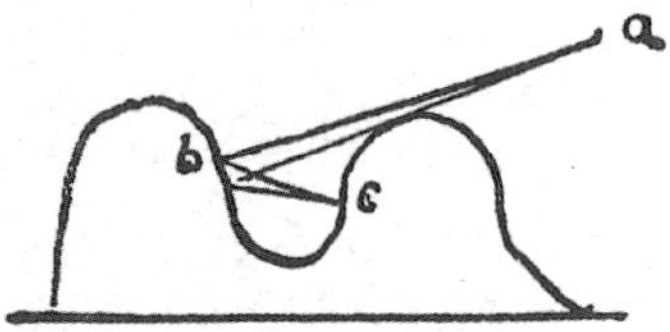

有色表面的哪一部分理应最深？若a为光源，b为光直线照射处，那么光线照射不到的c处便只能被b处的反射光照亮。假设b处为红色，那么b处红色表面的反射光便会将c处的表面染红；若c处也为红色，c处的色彩便会显得比b处深。若c处本为黄色，则c处所见颜色介于红黄之间。

物体的表面会染有照射光的颜色，以及介入眼睛和该物体间的空气的颜色，即介于眼睛和物体间透明介质的颜色。

所在阴影越深，色彩便越不易展现自身的美；但光越强，在明亮空间中的色彩便显得越美。

所在阴影越深，色彩所展现的变化越少。从开阔处透过门洞向幽暗的教堂内看去，便能证明这一点，教堂内多彩的绘画似乎均被暗影笼罩。因此，隔了相当的距离后，各种色彩的阴影都会显得同样黑暗。同时处于光和影中的物体，其向光的一面显示其真实的色彩。

调　色

纯色有六种：第一种为白色。虽然一些哲学家不将白色或黑色视作色谱内的色彩，因为白色是各色之本，而黑色是各色皆无，但这两色对于画家却不可或缺，所以我们将它们纳入色谱，并认为根据这一色谱，白色为纯色之首，第二位为黄色，第三位为绿色，第四位为蓝色，第五位为红色，黑色则排在第六位。

白色在画家眼中代表光，没有光，便看不见任何色彩，黄色代表大地，绿色代表水，蓝色代表空气，红色代表火，而黑色则代表火元素上方的黑暗，无论黑暗多么浓重，阳光定会在穿透黑暗后大放光明。若想大略地察看各种混合色，可透过不同颜色的玻璃片观察外面乡村的各种色彩。你会发现，透过玻璃片所见物体的色彩都混入了玻璃片的颜色，你便能看出哪种颜色因这一混杂而变深，或变浅。举例来说，若玻璃片为黄色，那么透过这一黄色入眼的各物体影像的色彩有可能增强，也有可能削弱。蓝色、黑色、白色削弱得最为厉害。而黄和绿是增强得最多的两色。这样，你便能用眼睛审视无穷多种的混合色，从而为混合调成的新复合色挑选色彩。你还可用两块色彩不同的玻璃，举至眼前，进行同样的观察，独自不断地尝试。

将绿色和沥青混合，便可调制精妙的绿色，使阴影较暗。若要使阴影浅淡些，便将绿色与赭黄色调和。若需更浅淡的阴影，调和黄绿两色。亮处用纯黄色。一切高光处，用绿色和姜黄色的调和色。

要调制精妙的红色，用朱砂、红铅粉，或烧赭石，便可画出红色的暗影。若需较浅淡的阴影，调和红铅粉和朱红。亮处用纯朱红色。高光处用纯胭脂红。

一份颜料、一份上等松节油，再加一份次等松节油，便可调制出绘制油画的好油彩。

若将提灯染成绿色，或其他透明的颜色，在灯中置一光源，实验结果会显示，所有被提灯照亮的物体似乎都被染成了提灯的颜色。

你或许也曾见过，教堂的彩窗如何将透过的光染成窗玻璃的颜色。假如这个例子还不足以让你信服，那么请观察透过雾气呈现红色的落日，观察它如何将所有反射其光芒的云染成红色。

每个快速移动的物体似乎都会将其所经之处染上自身的彩影。经验可证明这一论点：在黑云中迅猛穿梭，蜿蜒飞行的全程中，闪电仿佛一条发亮的长蛇。同样，若挥动发红的烙铁，其全程似乎形成了一个火圈。这是因为感官的反应速度快于判断力。

在绘画论的最后一节探讨彩虹，先著写混合调色的章节，这样或许能通过这些画者调和而出的色彩求证出虹彩的起源。

彩虹中央的颜色相互混杂。虽然彩虹由雨水、阳光和眼睛产生，但彩虹本身不在雨中，也不在观者的眼中。看见彩虹，观者需立于雨和太阳之间，因此，若太阳在东，而雨在西，彩虹将出现在西边的雨幕上。

映　衬

一切本身无色的物体都会全部或部分地染上其对面的色彩，可像镜子般映照的物体都会染上所照物体的颜色。若物体为白色，它被红色照射的部分便会呈现红色。其他的颜色，无论明亮或暗淡，也会产生同样的效果。

一切不透明的白色物体都会像白墙那样，染有其对面物体的色彩。

任何不透明的白色表面都会因周围物体所反射的映像，而部分地染上它们的色彩。

白色并非一种色彩，然而它能够成为各种色彩的接受体。因此，置于露天的白色物体，其所有阴影均为蓝色……其被阳光及空气照射的部分呈现太阳及空气的颜色，背阳的部分则留于阴影中，只带有空气的色泽。若该白色物体没有映照延伸至地平线的绿色田野，本身也不面对地平线处的光亮，它无疑将只呈现与空气相同的色泽。

白自身无色，因此白色的物体多少会染上周围物体的颜色，致使自身的白发生一定程度的改变，所以若要表现白色的物体，需在物体周围留有大量空间。若见一女子身穿白衣，立于乡间，其面阳侧的白极为明亮，以至于有些部分像太阳一样耀眼。在背阳的一侧，由于空气本身与透入的阳光交织，泛出蓝光，所以女子画像的那一侧似乎浸染于蓝色中。若女子周围的地面乃是草地，且女子立于一片阳光普照的草地与太阳之间，你会发现，朝向那片草地的每一片衣褶都被反射光染上了草地的颜色。由此，白色便变为其邻近发光体与不发光的物体的颜色。

同度的白色中，最黑暗的背景所衬托的白显得最耀眼。黑色则在较白背景的衬托下显得更黑。黄色背景的衬托使红色显得最为鲜艳。任何颜色都在与其形成最鲜明对比的颜色衬托下显得最为鲜艳夺目。

黑色的衣服会使人的肤色显得比原本的肤色白，白色的衣服令肤色显暗，黄色的衣服使肤色显黑，而红色的衣服则令肤色显得苍白。

若希望一色令紧挨的另一色更诱人，请观察构成彩虹，或称虹彩的阳光所展示的规则。虹彩由雨滴的运动形成，因为每一颗小雨滴在其下落过程中，都会随所经位置，变换彩虹的各种色彩。

树　色

相较于一天的其他时刻，在天气晴好的正午，因为空气干爽，乡野景致会呈现出最迷人的蔚蓝色。在这样的环境中观察树木，你会发现，树梢的翠绿色美到了极致，而中心则极暗。远处介于观者与树木间的空气倘若有暗物的衬托，将显得更美，呈现最动人的蔚蓝色。

从阳光照射的一面观察物体，则见不到阴影。但如果视线低于光线，便能看见阳光中所见不到的一切阴影部分。

在观者和阳光之间的树叶呈现三种主色，一为最迷人的闪亮的绿，这种闪亮的绿像镜子一样反射空气中的光，照亮太阳照不到的物体；二为处于阴影中，只朝向地面的部分；三为非黑暗色所围的最暗沉的部分。

乡间树木若位于观者和太阳之间，看起来会比观者处于太阳和树木间时美得多，因为与阳光同方向的枝梢树叶极剔透，并不剔透的那部分树叶的叶尖也闪闪发亮，阴影则由于没有遮挡而显出纯正的黑色。观者立于树木和太阳之间，则仅能看到树叶本身不太强烈的自然色泽，以及一定的反射光，但由于没有背景与之形成强烈的明暗对比，这些反射光并不明显。若观者立于树下，则可能看到阳光照射不到的黑暗部分。

起风时。

观察到迎风的树比背风情况下亮得多，这是因为风翻起了叶片的背面，而所有树叶背面的色泽都浅于其正面的色泽。倘若风起处有阳光，且观者背对太阳，叶片会显得格外明亮。

树叶的偶生色有四种，即光、影、泽、透。

远处植物叶片的偶生色部分会相互杂糅，范围最大的偶生色将占据主导。

深色叶子的光亮：照在颜色最深的叶子上的光最接近叶子上反射的大气颜色，因为，被照到部分的光亮融合了暗色，自身形成一种蓝色。这光亮来自大气中的蓝色，后者被平滑的叶子表面反射。因此，这就增强了光投射在黑暗物体之上时通常会产生的蓝色。

但是青黄色的叶子反射大气的光亮时，就不会接近蓝色；因为从镜子中看任何物体，都带有镜子的色彩。蓝色的大气由黄色的叶子反射出来是绿色，由于蓝色和黄色混合得出明艳的绿色，所以，带有黄色的叶子的光泽是黄绿色。

描绘茂密的树时，注意避免在一棵树上过多地重复使用与后面另一棵树同样的颜色，要变化运用更亮、更深或更强的绿色。

山　色

在远山中，阴影的颜色是美丽的蓝色，比亮处的部分蓝色纯得多。因此，当山上岩石的颜色是红色时，它们被照亮处呈紫色，并且照得越亮会越显出山石本身的颜色。

表现冬天的风景时，山不应该画成像我们在夏天看到的山峦那样的蓝色。

从很远处看群山，本身颜色最暗的山会显得最蓝。

所以，当树的叶子落掉后，它们呈灰色，有叶子时是绿色，而按照绿色深过灰色的程度，绿色将比灰色呈现更多蓝色。

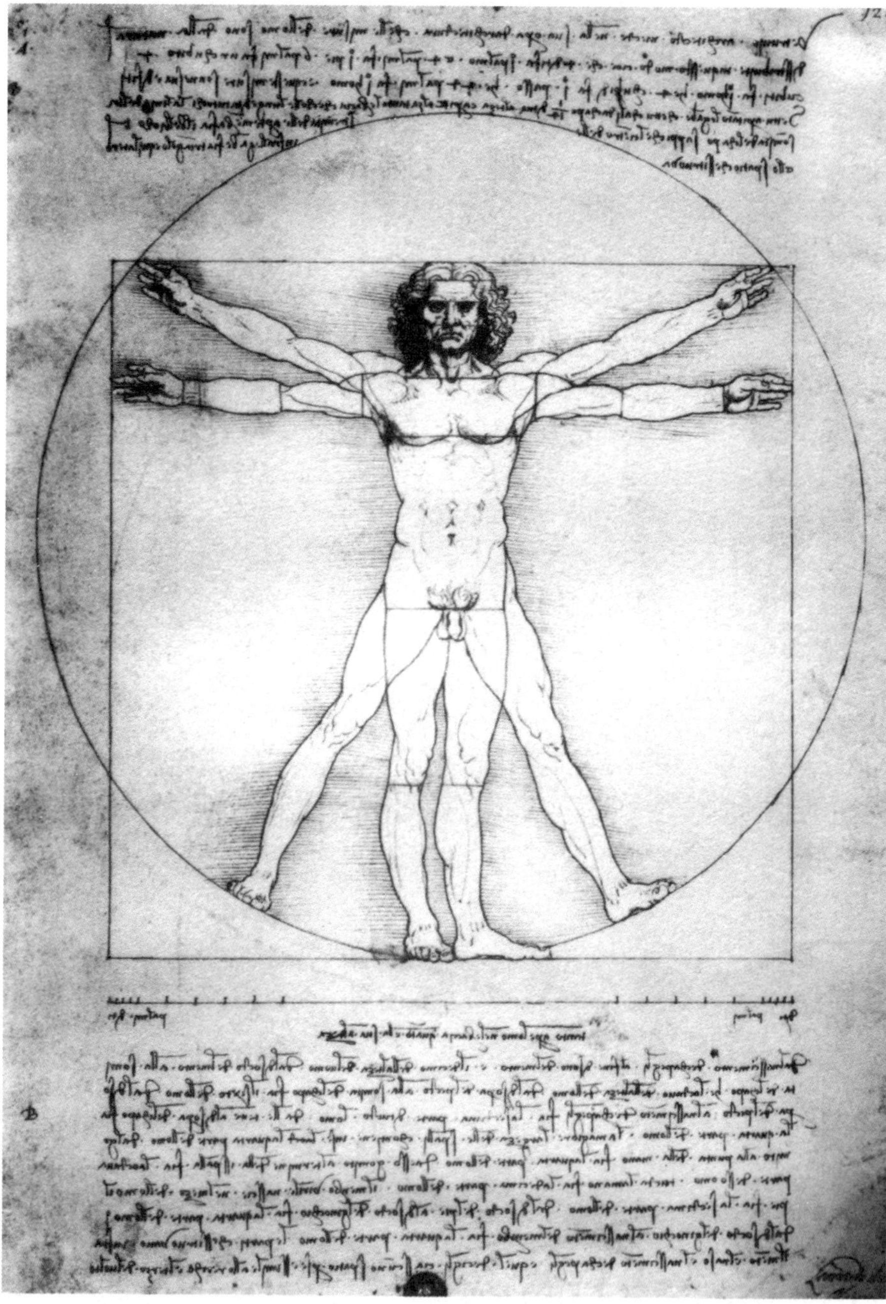

第四章　人物

比　例

建筑师维特鲁威[1]在他论述建筑的书中提及，自然将人体各丈量尺寸分布如下：四指为一掌，四掌为一足尺[2]，六掌为一肘尺，四肘尺为一人高，亦即四肘尺为一步尺，二十四掌为一人高。维特鲁威在建筑中使用这些丈量单位。

若分开双腿，使身高降低十四分之一，并将展开的双臂举起，使双手中指与头顶齐平，则展开的四肢正触在以肚脐为圆心所构成的圆周上，两腿间的空间则构成一个等边三角形。

一人两臂平展的距离与其身高相等。

从发根至颌下为人身高的十分之一；从颌下至头顶为身高的八分之一；从胸口上方至头顶为身高的六分之一；从胸口上方至发根为身高的七分之一；从乳头至头顶为身高的四分之一；两肩最宽为身高的四分之一；从肘至中指指尖为身高的五分之一；从肘至肩头为八分之一；全掌为十分之一；阴茎根部在人身中心；足长为人身高的七分之一；从脚跟至膝下为身高的四分之一；从膝下至阴茎根

1　马尔库斯·维特鲁威·波利奥（Marcus Vitruvius Pollio，约公元前80—前25），古罗马作家、建筑师和工程师，他的《建筑十书》是目前西方古代唯一的一部建筑专著。

2　足尺，一足的长度，约12英寸。

部为身高的四分之一。

下颌与鼻子间的距离，以及眉毛和发根间的距离都等于耳朵的长度，为脸部的三分之一。

从脚跟至膝部（小腿骨与股骨相连处）的距离为从趾尖至脚跟间长度的两倍。从最长的指尖到肩关节的长度为手至腕关节之间距离的四倍。

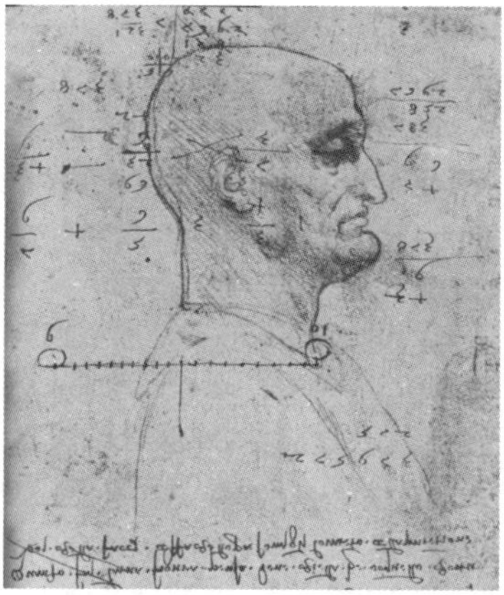

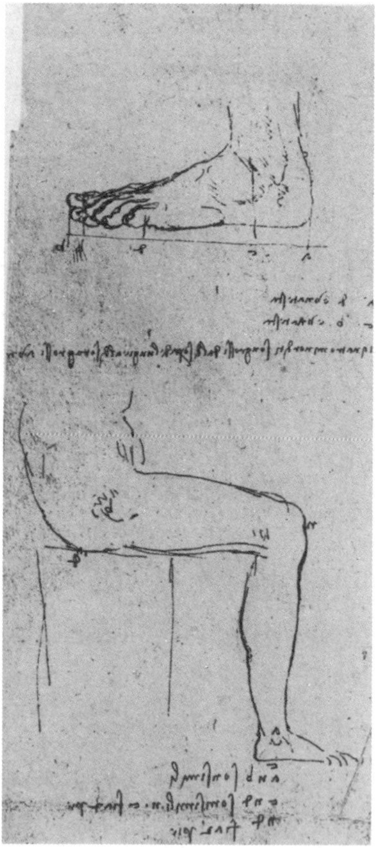

所有人三岁时的身高都为其成年后最终身高的一半。

成年人各关节间的长度与儿童有很大的差异。成年人从肩关节至手肘，从手肘至大拇指尖，以及两肩之间的距离都为两个头长，儿童身上这些关节间的距离却仅为一个头长，因为自然在令容纳生命器官的身体成形前，已为我们定下了头这一智慧之家的大小。

切记，绘制人物的四肢时须极为仔细，须使四肢的样子与身体成比例，与年龄相吻合。儿童的四肢上肌肉不多，也没有粗大的血管，表面细腻圆润，色泽柔嫩；成年人的四肢肌腱发达；而老年人肢体的表面粗皱，关节突出，血管极为明显。

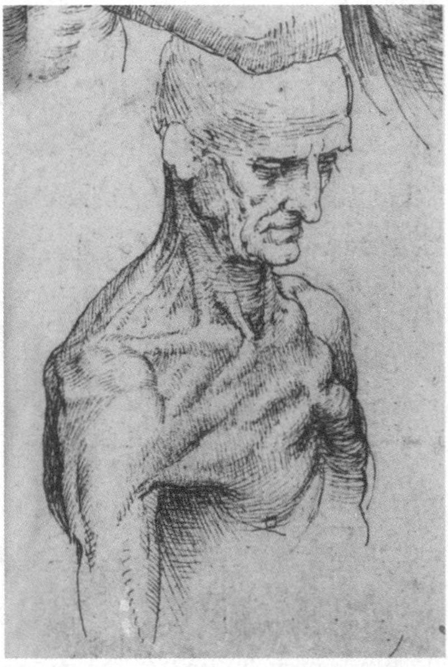

孩童的关节大小与成人的正相反。孩童的关节都细，两关节之间的部分粗，这是因为包在关节上的表皮无肉，只有联络骨头的筋，而胖肉填充在两关节之间，皮和骨头之间。

但是，关节处的骨头比其他地方粗，当体格长大，皮骨之间的肌肉失去了水分而更加贴向骨头，肢体就变瘦了；而关节上面只有软骨和筋，不会干缩。

人体各部位应当与整体比例协调。因此，如果一个人是敦实的矮个子，其身体各部位也要如此：粗短的胳膊、宽厚的双手，粗短的手指，指关节也应具备相应的特点，其余依此类推。我想大家都应了解，这一原则同样适用于所有的动植物。缩小时要按适当尺寸比例，放大时亦然。

动　作

画家了解筋腱、肌肉的性质，便能十分清楚地知晓在肢体的运动中，是哪几条肌腱在起作用，是哪块肌肉的隆起造成哪条肌腱的收缩，以及是哪些肌腱延展为最精致的软骨结构，围绕并支撑上述肌肉。

这样，画家才能用不同的方法，全面展示各种不同的肌肉，表现人物的不同姿态，而不至于像许多人那样，在表现各种不同的动作时，所绘臂肌、背肌、胸肌和腿肌却一成不变，这不可被视作小问题。

在说明人类肢体及其他各种动物肢体的所有部分之后，便可描述这些肢体本身的运动方式，即从躺姿起身、举抬重物、将物体扔至远处、游泳、各种姿态的走、跑、跳等这些动作中的运动方式，说明在每一个动作中，是哪些肢体和肌肉发挥了作用，其中要特别论述两臂的动作。

若希望表现一人由于某种原因要后转或侧身，处理运动中的肢体时，万不可令画中人的双脚和所有肢体转至其头扭向的一侧，而应通过脚、膝、髋、颈等不同的关节，表现出逐渐进行的动作。若将画中人的重心置于右腿，则必须令其左膝内弯，左足向外微抬，左肩稍低于右肩，后颈在左脚踝外侧的正上方，与左脚踝外侧成一直线，左肩则在右脚趾垂直线的上方，并且必须始终让头扭转的方向与前胸的方向相异，因为自然出于我们的便利，已为我们创造了可随目光移动而轻松转往多个方向的脖颈，其他关节也多少顺目光而动。

根据画家希望画中人物所产生的效果，四肢应与躯干优美地结合。若希望创造一人物，身姿轻盈优雅，则必须令四肢纤长，并且无须绘制太多肌肉，需绘制的几块肌肉必须柔化表现，既不能太突出，也不能有强烈的阴影；四肢，尤其是手臂须画得自然流畅，切忌与相连的各部成一直线。髋部为人体的支撑，若将右髋画得比左髋高，则右肩需低于左肩，并令左肩的肩关节与髋突出的最高处位于一条垂直线上。人物倾身时，颈窝总需位于所倚靠的那只脚的脚踝中心上方，不着力的那条腿的膝盖应低于另一腿的膝盖，并贴近另一条腿。头和手臂的姿态变化无穷，因此，我不再进一步详述绘画它们的规则，但必须让它们优美自然，各关节各种扭转的姿态优雅，不让它们如木头般僵硬。

熟悉解剖学的画家，要谨防对骨头、肌肉和筋腱的过分强调，这会使你的画作显得僵硬，虽然你是希望以此展现裸体的各种情绪感觉。为了努力纠正这一点，可以观察消瘦或衰老的人体上的肌肉如何覆盖骨骼；此外，观察同样这些肌肉如何填充它们之间的表面空间，哪些肌肉不会在大量的脂肪中失去其突起，哪些肌肉的附属部分当稍胖一点就显不出。在多数情况下，脂肪增加时几块肌肉看起来像是一块，并且当人变瘦变老，一块肌肉也会分成好几块肌肉。

人简单地前倾、后仰或侧身的运动称为简单运动。

人出于某种目的，需要同时弯腰并侧身时，这种运动称为复合运动。

希望表现人物移动重物时，应考虑从不同方向表现这些动作。或许他弯腰，打算直身举起重物——这是一个由下而上的简单动作；或许他打算后拉或前推重物，或用穿过滑轮的绳索吊下重物。

应记住，一个人的体重对拉动重物的效果与其重心至身体支点的距离成正比，此外，还应加上双腿和弯曲的脊骨挺直时所施的力。

牵引腿的肌腱与髌骨相连，抬腿向上时，腿弯得越厉害，该肌腱便越辛苦；而作用于大腿与躯干相连形成折角处的肌肉则较松弛，负荷较小，因为它无须承受大腿本身的重量，而且这部分的肌肉为构成臀部的肌肉，更为壮实。

人拾阶而上时，首先会移开落在所要抬起的那条腿上的体重，同时将全身体重，包括抬起的那条腿的重量压在另一条腿上，抬腿将脚置于打算登踏的台阶上。完成这一动作后，他便会把躯干和腿的全

部重量移至踩于高处的脚上，并将手倚靠在大腿上，头部前探，向高处的足尖移动，同时迅速提起低处的脚跟，这样获得的动力将抬起身体，压在膝盖上的手同时撑直，将头和身体向上推，使弯曲的背挺直。

上台阶时，如果将双手放在膝盖上，那么手臂所用的力可以从膝盖后面筋腱的负荷中减除。

人类和一切动物登高时比向低处行时更为劳累，因为登高时要承担自身的体重，而向低处行时，只是顺势而走。

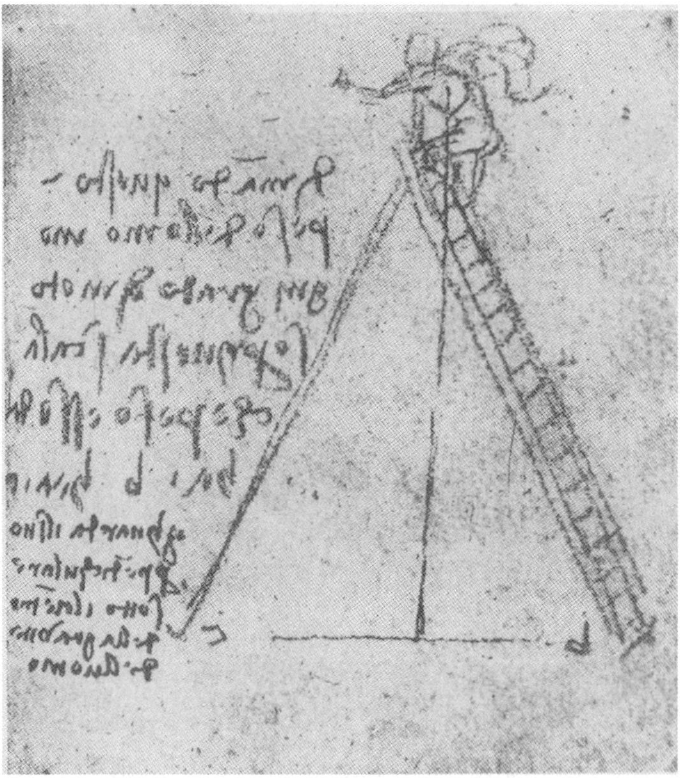

在梯子上的每一步动作中，这个人的重量[压力]是多少，他对b和c施加的重量是多少。

观察这个人的重心之下的垂直线。

跑动中的人压于腿上的体重比静立时少。同理，奔跑中的马较少地感到背上骑手的重量，因此疾驰的赛马能仅凭单腿支撑体重，这让许多人觉得不可思议。所以，关于横向运动中的重量，我们或许可说，运动速度越快，指向地心的重力越小。

坐在平地上的人如何逐步抬身站起。

一个坐着的人若是身体轴心（重心）前面部分的重量超过后面部分的重量，便不可能自行起立，除非用手臂帮助。

要记住动物任一肢体的一切变化和姿态是不可能的。我将以手为例说明这一点。一切连续量都无限可分，目光随所观察的手扫过的空间距离也是一个连续量，因此也无限可分。在目光扫视的每一个阶段中，所观察的手的形态都不同，并将在眼睛完成转动前持续变化。相应地，手在抬起的动作过程中，运动方式也类似，即手也会经过为连续量的空间距离。

肩关节的曲转运动中有[四种]主要的简单运动，即与肩关节相连的手臂的上提、下降、前伸和后缩。但亦可说这样的运动是无限的，因为如果我们扭肩，带动手臂，对墙画一个圆，便完成了肩关节所包容的一切运动，由于[一切圆]都为连续量，手臂的运动[便产生了]一个连续量，但倘若没有连续性的引导，这一运动不可能产生连续量。因此，由于手臂的运动经过圆周各处，而圆周无限可分，所以肩关节的运动变化是无限的。

由于可从无穷多的地点观察，且这些位置可为无限细分的连续量，同一种姿态可显出无穷多的变化。因此，人类的一切行动可显示出无限多的状态。

人在某一场合，或出于某种目的所做的运动有无限多的变化。下面的例子可证明这一点。假设一人在敲击某物，那么，他敲击的状态应该有两种，或者正在举起必须落下、实现敲击的物体，或者该物体已经下落。无论是上举或下击，无可否认，运动在空间中发生，而空间为连续量，一切连续量又无限可分，因此，下落物体的所有运动都变化无穷。

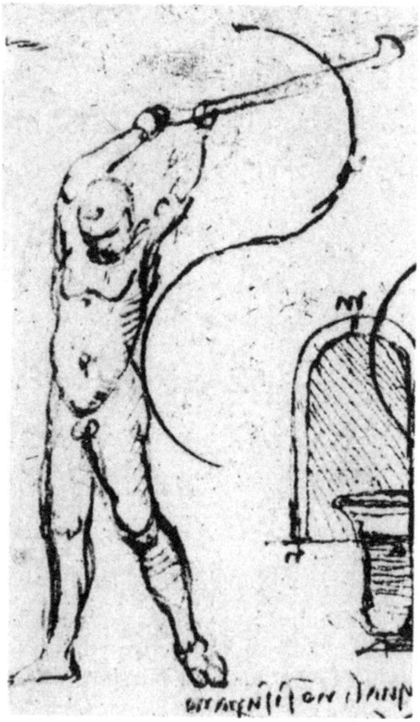

衣　饰

衣饰有厚薄之分，新旧之分，平皱之分，光影明暗之分，有无反光之分，以及根据距离和颜色，有清晰和模糊之分。外衣根据穿衣人的身份，有长短之分；根据运动状态，有飘动和硬挺之分；根据衣褶，有拢身皱弯或绕身飞扬之分，衣服末端有上扬或下垂之分；根据衣内所露双腿松弛、弯曲、扭动或阔步等状态，有贴足和离足之分；根据漫步、运动或是否表现风等情况，有紧贴关节或离开关节之分。

衣褶应与布料的质地——薄透或厚重——相吻合。

关于女性在行走、跑跳中所穿各种轻薄衣物的状态。

应根据质地画衣料。换言之，若想表现呢绒，便应根据呢绒画衣褶；若衣料为丝绸、细布、粗布、亚麻或绉纱，所绘衣褶应种种不同。绝不能像不少人那样，依照身披纸衣或薄皮的模特表现衣饰，那会极大地欺骗观者。

一切物体都有倾向保持静止的性质。密度和厚度都均匀的衣料有垂平的趋势。因此，若皱起布料，使布料不再平展，注意限制布料展平的力在褶痕最深处的作用，离限制力最远的部分则会恢复为最自然的状态，即自由平展。

不应在衣饰上绘有大量紊乱的褶皱，而只应在手或手臂撑托处画上衣褶，让其余部分顺其自然地下垂，不能让所绘人体上横贯过多的线条和褶痕。

表现身穿披风的人，不应过分表现其形体，令披风显得似乎紧贴身体，因为你们肯定知道，披风和身体之间有其他衣物，这些衣

物令肢体的形状难以透过披风显现出来，所以你们必然不会希望令披风显得紧贴肉体，而且应将露出的肢体表现得粗壮，以显得披风下另有衣物。仙女或天使的肢体则应表现为接近其原本的状态，因为画中的仙女和天使始终身着轻薄的衣衫，这样的衣衫会被风吹得紧贴肢体。

传　神

表现手和臂的一切动作，必须尽量体现使之运动的头脑的意图，因为任何具有交感判断力的人在手和臂的所有动作中，都在服从头脑的意图。优秀的演说家为说服听众相信某事，常用手和臂的动作配合语言，一些愚蠢的人却不注意这样的点缀，木雕般站在演讲台上，仿佛是某个隐身于演讲台中的人通过一根导管，借他的嘴在发声。这在生活中是大不足，在描绘的人物身上更是大毛病，若画者不根据观者认为画中人物该有的意图，赋予人物生动的动作，所画便会被认为是两死，因为动作死板，无法栩栩如生。

还是回到我们的主题上来吧。下面将探讨多种情绪的表现，即愤怒、痛苦、热望、挂念、突然的惊吓、哭泣、溃逃、颐指气使、疏忽大意等等。

出色的画师主要描绘两者——人物及其灵魂。绘人易，绘魂难，因为得通过肢体的各种运动和姿态表现灵魂。仔细观察哑巴，可获得肢体运动和姿态方面的知识，因为与其余任何类别的人相比，哑巴的动作更自然。

绘画中最重要的考量为，人物的动作应表现出各自的精神状态，如渴望、鄙视、愤怒、同情等等。

所绘人物的动作在任何情况下，都应表现出人物的思想意图。

每个动作必然表现在运动中。

认知和意志是人类头脑的两种系统操作。

辨别、判断、反映是人类头脑的具体活动。

我们的躯体归属天堂，天堂则归属灵魂。

绘制一幅画，或更确切地说，表现画中的人，应令观者轻松地通过人物的姿态看出他们的思想意图……正如一个聋哑人目睹两人交谈，虽然他丧失了听觉，却仍能根据交谈者的姿态和手势理解谈话的性质。

劳动者的肢体肌肉应发达，非劳动者的肢体则应画得柔软，缺乏肌肉。

所画人物的动作应适合体现人物的思想意图，否则便不是出色的艺术。

画中人物的动作若不能体现人物的情感，画作便不值得称赞。能以动作完美地表现情感，令人物栩栩如生的画作最值得赞美。

老年人的动作应画得缓慢而沉重，静立时双腿平行分开，屈膝弯腰，头前倾，两臂微张。妇女的姿态应画得端庄，双腿并拢，两臂合抱，头略偏向一侧。老妇的姿态应画得急怒匆促，仿佛地狱中的复仇女神，而且她们的头部和手臂的动作应比腿部的动作更激烈。儿童坐时活泼扭动，站时则姿态羞涩腼腆。

第五章　景物

对构图中的一切不一视同仁的画者便不全面。例如有些画者不在意风景，认为描绘风景只需简单粗略的研究。我们的波提切利[1]便是如此，他声称研究风景是白费功夫，因为只要将一块吸有不同颜色的海绵掷于墙上，在所形成的污渍中便能看出动人的风景。我承认，正如在钟声中，听者似乎能听见心中选定的一切，在这样的污渍中，

1　桑德罗·波提切利（Sandro Botticelli，1445—1510），文艺复兴时期佛罗伦萨画派的大家，他在作品中强调优美的节奏感和略带感伤的情调，创立了一种独特的美感形式，并运用新的绘画方法，发展了中世纪的装饰风格。

若观者有心寻找，确实能够发现各种构图，如人头、各种动物、战场、岩石、海洋、云团、树木等等，然而尽管这样的污渍或许能启发构图，它们却不能教授如何完成细节。

这样的画家只能绘出极其平庸的风景！

植　物

应根据季节变化描绘秋天的景物。更确切地说，秋初，树木最老枝条上的叶子开始枯萎，枯萎的程度取决于所表现的树木所生土地的肥沃程度，结实最早的树种，叶子发白或泛红得更厉害。

不能像许多画者那样，把各种树木都画成同样的绿色，即便那些树位于等距的远处。至于各种土壤的田野、植物、岩石、树干等，它们始终具有差异，因为自然变化无穷，不仅各物种不同，即便在同一种植物中，也能发现不同的色彩，嫩枝上的叶片便比其他枝条上的叶片更大，更美丽。自然如此热衷于丰富的变化，致使在同一树种中，也找不到几乎完全相同的两棵树。不仅整棵树木如此，树木的枝、叶、果中也找不到完全相同的。

因此，要观察这种差异，尽可能地绘出变化。

植物的枝条除非被果实的重量压弯，否则其末梢总尽量朝向天空。叶片的正面也朝向天空，以便接受夜露的滋养。

太阳给植物生命和灵魂，土地则以水分滋养植物。关于这一点，我做过试验。我令一棵葫芦只留有一条弱小的根，并保持这条根的水分营养，那棵葫芦结出了最大数量的成熟果实，约六十个长葫芦。我不倦地探究如此的生命力，我发现，夜晚的露水通过渗入葫芦阔大的叶片，为葫芦提供了充足的水分，为植株及其果实——或果实包含的种子提供了营养。

较低矮的枝条形成角度从主干分出后，总向下弯曲，以免与它上方后长出的其他枝条挤在一起，这样便于更充分地从空气中获取养分。

所有嫩芽和果实都长于叶腋中，位于其母叶与枝干相交处的上方，母叶为它们带来雨水和上方落下的夜露，而且往往保护它们免受阳光过度的烘烤。

叶片总将其正面朝向天空，以便使整个叶面能更充分地接受从空中轻柔落下的露水。植株上分布的叶片总尽量避免互相遮挡，而像覆在墙上的常春藤那样层层交错。这种层层交错的方式有两个作用：一是为了留出空间，让空气和阳光透入；二是根据树种不同，从第一片树叶滴下的水可落在第四或第六片叶子上。

两叶间的枝条除约减去叶片上方芽眼的厚度，粗细不变；后续至新叶间的枝条都没有这个厚度。

自然如此安排多种植物新抽出的叶片：第六片叶子总在第一片叶子的正上方，而且倘若此规律未受阻碍，新抽的叶片便将持续如此排列。

这样安排对植物有两点益处：第一，上方的芽眼或花苞与叶根相连，来年从芽眼或花苞中抽发新枝或果实时，湿润枝条的水滴能顺枝下淌，集于叶腋内新叶萌发处，滋润芽苞；第二，来年嫩芽萌生时，不会彼此遮挡，因为抽出的五根新枝朝向五个不同的方向，第六根新枝虽生于第一根的上方，却已相隔一定距离。

新枝总在叶片上方抽出。

枝干的中线［轴］在其根部始终指向植物的中线［轴］。

位于等高层面的所有树枝捆在一起，其粗细与主干相等。

各条支流若流速均匀，在全程各阶段，各支流水量的总和与干流的水量相等。

当第二年生长的树枝长在前一年的树枝之上，其厚度不等，而是偏向一侧，那么低层树枝的活力会分去养育它上面的树枝，尽管有点偏。

但是，如果分枝生长均等，那么主干将会笔直（平行），并且在植物高度的每层上都是等距的。

因此，画家们啊，不知道这些原理的画家们，为了不让了解它们的人诟病，你们也要遵循大自然来展现所有事物，而不要像那些为钱工作的人那样蔑视这种研究。

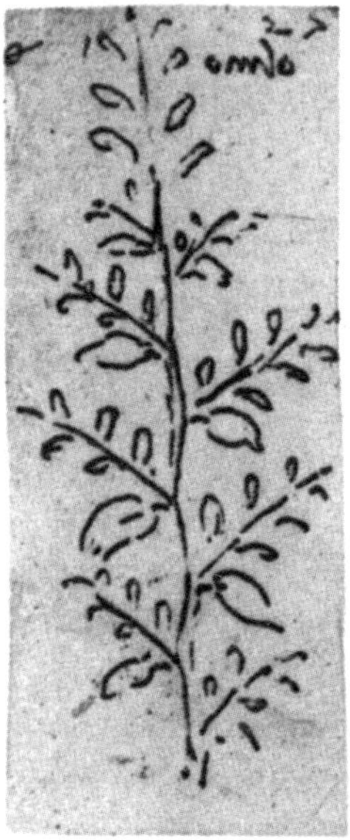

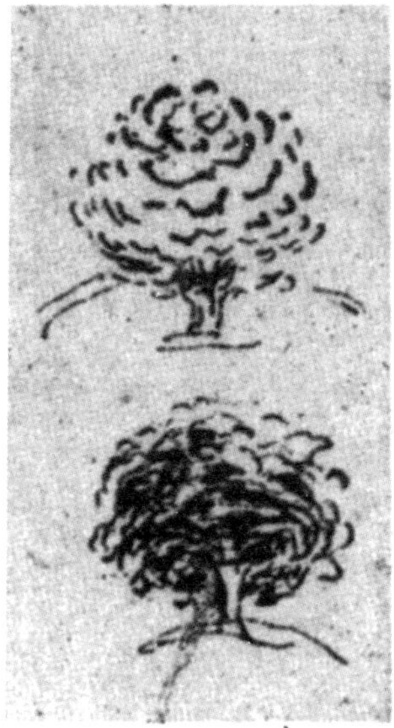

植物从主干抽枝的方式与该植物的嫩枝抽叶的方式相同。叶片层层生长的方式有四：最常见的第一种方式为第六片叶子总生在下面第六片叶子的上方；第二种方式为上面三分之二的叶子生在下面三分之二的叶子的上方；第三种方式为上面第三片叶子生在下面第三片叶子的上方；第四种则如冷杉般层叠排列。

通常，所有树木的直立部分几乎都有些弯曲，而且凸面朝南。此外，面南的枝条比面北的枝条更粗、更长、更浓密。这些现象随处可见，除非太阳被其他树木遮蔽。产生这些现象的原因在于，太阳将树内的汁液吸向离其最近一侧的树木的表面。

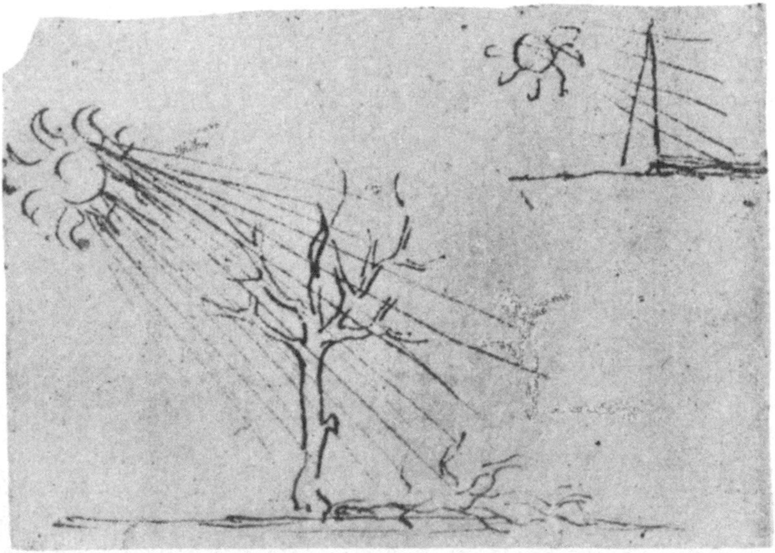

樱桃树抽枝分杈的特点与冷杉相同，抽出的新枝四根、五根或六根一组，彼此相对，绕主干层叠排列，与树顶的芽尖构成一个从中心向上的金字塔形。胡桃树和橡树的枝条则构成从中心向上的半球形。

所有种子在成熟时都有珠柄。在草本植物的种子和所有荚生的种子中，同样也可观察到母体和胎衣。但那些在壳中生长的种子，如榛子、开心果等在早期已露有很长的珠柄。

接受日光照射的花朵能孕育成熟的种子，只受太阳反射光照射的花朵却无法结出成熟的种子。

维杰瓦诺的葡萄园。1494年3月20日。葡萄藤在冬日都埋入土中。

130.

在布里安扎山脉、罗瓦格纳特河谷内的圣玛丽亚伊特里，生有粗达九意尺[1]的栗树群，其中百分之一的栗树可粗至十四意尺。

与老树相比，小树拥有更多透明的树叶和更富光泽的树皮。五月胡桃木的色泽尤其透亮，更胜九月。

若剥去一圈树皮，那圈树皮上方的树身会枯萎，下方的树身却仍然存活。若在残月时剥下一圈树皮，在随后的满月时，又将树根砍伤，满月时砍伤的树根会存活，其余部分则会枯萎。

当树的部分树皮被剥去时，为了提供补给，大自然会向剥伤的部分输送更多的营养液体。因此，由于最初树皮的损失，这块地方会长得比其他地方更厚。并且这种营养液体会有一种运动的力量，在到达它要补给的地方之后，会像球一样反弹向上，还会催芽、结苞，有点像水沸腾时的情形。

树干横截面上的年轮表明树龄，而且这些年轮的宽窄表明了哪些年份较为湿润，哪些年份较为干燥。年轮还显示了枝条的朝向，因为枝条朝北部分生长的年轮比枝条朝南部分的年轮宽，所以树干的中心离朝南的树皮比离朝北的树皮近。

虽然这些知识在绘画中并不重要，不过为了尽量不遗漏我掌握的有关树木的知识，我还是想把它们写下来。

动　物

蛙腿骨骼和肌肉与人腿极其相似，应先描绘蛙腿以资比较。继

1　意尺（braccia），为一臂的长度，约58厘米。

而画野兔的后腿，野兔后腿因没有脂肪拖累，肌肉非常发达，灵活强壮。

观察记录关节弯曲及肌肉伸缩隆起的方式，并就这一极为重要的研究著写一专论，描述四足动物的运动，其中包括人类，因为人类在婴儿时期也用四足爬行。

人类走路的方式与四足动物普遍行走的方式相仿，四足动物以马小跑的方式交错运动四肢，人类也是如此，一人在走路时，若迈出右脚，必同时前伸左臂，反之亦然，始终不变。

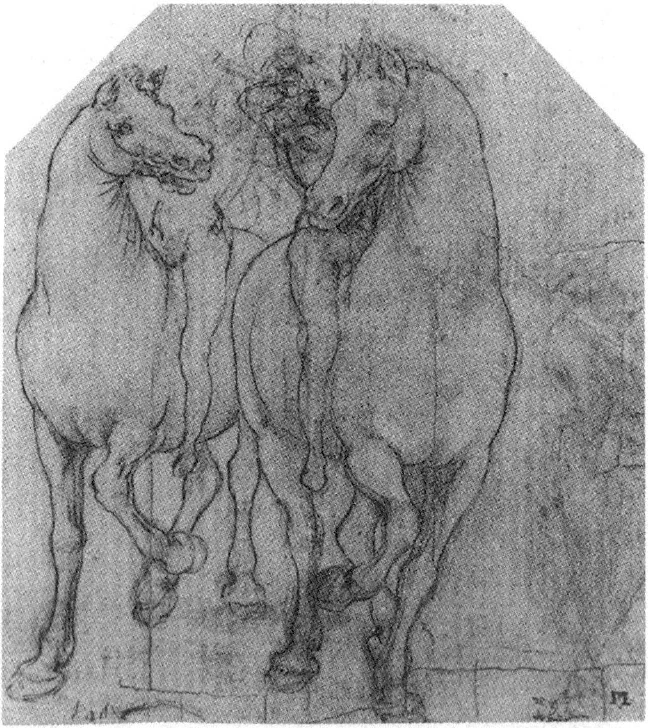

青蛙的脊髓被刺穿，便会立刻死去，但若脊髓未被刺穿，即使无头、无心、无骨、无肠或无皮，青蛙依然有生命迹象。由此可见，脊髓中存有生命运动的基础，动物所有的神经都源于脊髓，若脊髓被刺穿，动物便会立刻死去。

我发现，与动物身体构造中的感官相比，人体构造中的各感官粗糙而迟钝，人体感官的功能构成不够精巧，构成各部的感受能力也较弱。我发现狮类动物的鼻孔构成了感获气味的巨大接收器，它们的嗅觉感官构成部分的脑体；其嗅觉感官顺鼻孔而上，进入大量的软骨细胞，而这些软骨细胞拥有上通至上述脑体的众多通道。狮类动物的眼窝占据头颅的大部，视觉神经与脑直接通讯。人类的情况则相反，眼窝只占据头颅的一小部分，视觉神经细长，功能微弱，白日的作用不佳，夜晚更是糟糕。而上述狮类动物的夜间视力却更强于白日的视力，证明这一点的事实为，它们跟夜间活动的鸟类一样，白天睡觉，夜晚潜行猎食。

所有动物的眼睛都能令瞳孔随日光或其他光源的强弱，相应地自我调节缩放，但鸟类瞳孔的变化更大，尤其是猫头鹰类夜间活动的鸟儿，如角鸮、雪枭、褐枭等。这些鸟类的瞳孔能放大至几乎占据全眼，或缩小为粟米粒的大小，但始终保持圆形。

但狮类动物，如美洲豹、花豹、虎、狼、山猫、西班牙猫，以及其他类似的动物，瞳孔缩小时，会从浑圆变为椭圆。

而人由于视觉弱于其他任何动物，所以受强光的损伤较小，瞳孔在黑暗处放大的也较少。上述夜行动物，如最大的夜行鸟类角鸮的视觉却得以强化，它们在最微弱的夜光中（人类称那样的亮度为黑暗），也能比人类在明亮的正午看得更清楚，正午它们则躲在暗处。但如果被迫飞入阳光灿烂的空中，它们的瞳孔便会急剧缩小，致使视力与光量一同减弱。

研究解剖上述各种动物的眼睛，观察是哪些肌肉缩放其瞳孔。

夜间，若将眼睛置于光源和猫眼之间，会发现猫眼如火。

鸟类闭合双层眼睑时，先从泪腺侧向外眼角，合上第二层眼睑，再从下往上合上外眼睑。这两种运动交错进行，先合上泪腺方向的眼睑，只保留眼睛的上部，是因为鸟类已看清前方及下方均没有危险，而掠食猛禽带来的危险总来自上方及身后。鸟类先从外眼角的方向张开眼睑，则是因为若敌人从后方来袭，它们有机会前飞。鸟类被称作第二层眼睑的为一层透明的薄膜，鸟类保留这层薄膜的原因在于，若没有这一层保护，疾飞时，它们便无法顶着抽打眼睛的狂风，始终睁开双眼。

分析啄木鸟舌头的运动。

描述啄木鸟的舌头和鳄鱼的颚部。

［附图］[1]这是舌头的背面。许多动物的舌面粗糙，狮子一类的动物尤甚，例如狮子、黑豹、花豹、山猫、猫等动物的舌头表面极为粗糙，好像覆盖着小钉子，但这些钉子具有一定的柔韧度，当它们舔皮毛时，这些钉子便刺入毛发根部，像梳子一样把寄生在它们身上的小动物剔出。

我曾在佛罗伦萨城中，见到狮子如何用舌头舔羔羊。佛罗伦萨城中总有二十五至三十头狮子，并育有幼狮。狮子用舌头不过几舔，便剥去了羔羊全部的羊毛，然后将剥光毛的羊吃掉。

1 达·芬奇笔记中有许多草图，不能一一收录，故此注明。——编注你们知道，画任何动物，所画各条肢体总与其他动物的某些肢体有些相同之处。因此，若想将幻想中的动物——假设那是一条龙——画得样子自然，便取獒或蹲猎犬的头为其头，取猫眼为其眼，取豪猪的耳朵为其耳，取灰狗的鼻子为其鼻，另加狮子的眉毛、老公鸡的太阳穴和水龟的脖子。

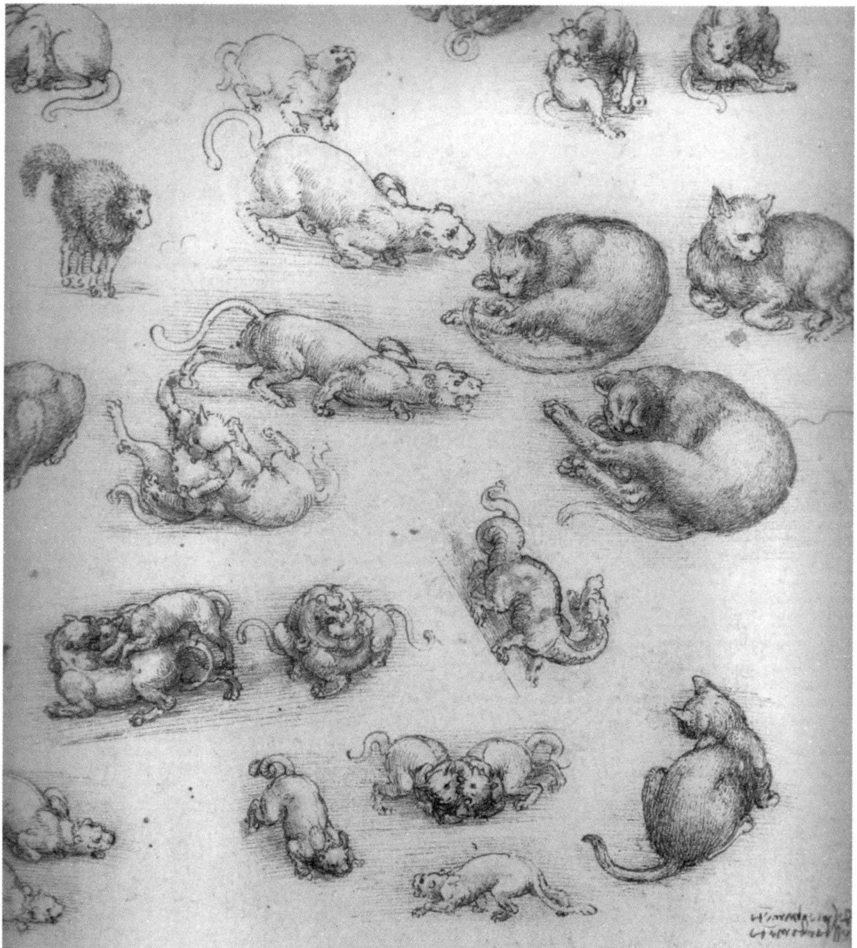

36

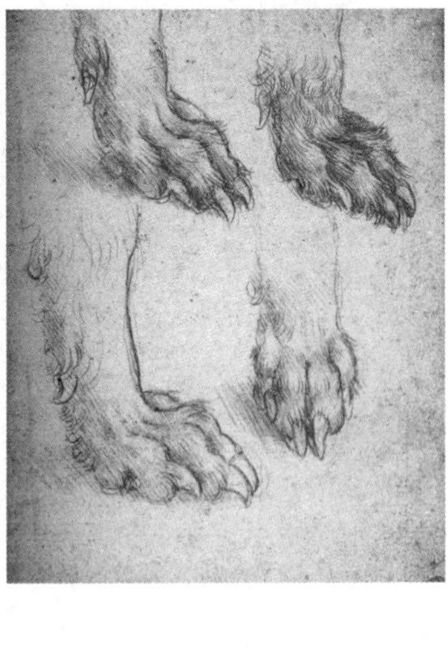

人被称为“万兽之王”，我却认为是“禽兽之王”。人是最凶恶的禽兽，因为人驯养动物，不过是为了让动物献出子孙，满足口腹之欲，竭力将一切动物葬入肚腹……

自然为满足人类，不是已造出足够的简单食物［素食］了吗？如果你们还不满足，你们难道不可以像普拉蒂纳[1]及其他著写饮食书籍的作家那样，搭配出无穷的组合吗？

云　气

表现乡村景色，或者说表现树木葱郁的乡村景色的最佳方法是，选择空中的太阳被遮蔽的时刻，这样田野接受的是漫射光，而非太阳的直射。漫射光形成极为清晰的阴影，与亮处对比鲜明。

表现风时，除应画出被来风吹弯的枝条及被吹翻的树叶，还应画出被搅动的空气中混杂的团团细尘。

描绘有风、有水和日出日落时的风景。

在风中，所有垂向地面的叶子会随翻转的枝条，随风平展。这样会使它们的透视颠倒，因为若树木位于观者与风源之间，指向观者的叶尖仍为其原本的姿态，而另一侧本应朝向相反方向的叶尖被风翻转，也指向观者。

乡野风景的各棵树并不会从其他林木中突显出来，因为它们受光的部分与其后树木的受光部分相邻，几乎没有明暗的差别。

云朵位于太阳与观者之间时，云团所有的弧边明亮，越向中心则越暗。树枝若处于类似的位置，也可观察到相同的现象。这种情景

1　普拉蒂纳即著有《论体面的娱乐和健康》的巴尔托罗米欧·萨奇。

产生的原因在于,阳光自上方照射这些云顶的弧边,观者则从下方观察,而云与枝条一样,边缘处较薄,多少有些透明透亮。

然而若观者位于云团与太阳之间,云团的外观则与前述情况相反,云团的弧边发暗,趋向中心处却发亮。这是因为观者所见是面阳的一侧,但由于云团边缘具有一定的透明度,观者因而可见隐藏于其后的部分,该处却不像面阳部分那样接受光照,必然显得较暗。此外,还有一种可能。虽然观者从下方观察云团的细部,太阳自上方照射,但细部所处位置却不像前例中那样可反射阳光,因此始终发暗。

常看到黑云比被阳光照亮的云更高。它们和太阳之间还介有其他云团,从而落入其他云团的阴影中。

面阳的云团边缘处发暗,另一原因在于其映衬的背景明亮。观察蓝天中的云便可佐证这一原因,由于有较暗的蓝天作底,整朵云团突显于空中。

破晓时分,南方空中、地平线附近的云彩呈现朦胧的玫瑰色;越往西,云彩的色泽越暗;越往东,地平线上的雾气显得越亮,亮过实际的地平线本身。白色的房屋若处于东方,则几乎看不见;若位于南方,距离越远,房屋所染的玫瑰红色便越深;位处西方的房屋更是如此。阴影则正相反,因为阴影在白色前消失……

山会显得稀少,因为只有相互间隔最远的那些才看得见。在这样的距离,密度的增加造成了如此弥漫的亮光,以致山岭的黑暗被截断,在近山顶处几乎消失。相毗邻的小山丘之间它找不到这样的落脚处,山丘也就比较不易看出,特别是在山脚。

当太阳升起，雾气被驱散了的时候，雾正离去的那一面山岭开始渐渐清晰，山岭化为蓝色，并仿佛向着雾逃跑的方向放烟。建筑物显出了光和影。在雾不浓的地方它们只露出了亮光，在雾厚的地方则什么也看不见。这是在雾气沿着水平方向移动的时候，这时雾的边缘因蔚蓝的大气衬托而难以分辨，如果由地面衬托就会和扬起的尘土相似。

在清晨，雾的上层比底层浓，因为太阳把它向上吸引；所以高楼的顶层会看不见，虽然楼顶和楼底与你距离一样远。天空的高处和地平线处也因此显得较暗，颜色不接近于蓝色，而是像烟和尘埃之色。

雾气弥漫的空气毫无蓝色，而是像云团的颜色，晴天时云色变白。你越向西望所见越暗，越向东望则所见越明朗。绿色的田野在轻雾中带上了青蓝的色调，当雾浓时则会转为黑色。

·137·

第六章　构图

绘画真正而科学的原则为首先明确何为有影物体，何为原生阴影，何为派生阴影，何为光。也就是说，应首先明确明暗、色彩、材质、形状、位置、距离远近及动静的状态。这些只需在头脑中领会，而并不需动手。这些便构成了绘画的科学，存在观察思考者的脑中；而由此孕育出的实际创作则比之前的思索或研究更高贵得多。

人群中的演说者

若想表现人群中的演说者，应考虑演说者所讲的内容，并令他的动作配合演讲的主题。更具体地说，若在劝说，应让动作与主题一致；若在立论，可让演讲者拢起左手较小的两根手指，并用右手手指握住左手一指，同时让他一脸专注地面对听众，嘴微张，看上去似乎正在演讲。若演说者为坐姿，应令他的头前倾，显得似乎即将站起；若将演说者表现为站姿，则让他的身体微微前倾，头和肩朝向听众。听众应表现得安静而专注，都用钦佩的姿态凝望演说者的脸。令一些满面皱纹的老人对所听到的内容面露惊异之色，嘴角下拉，双眉上扬，纠结在一起，令额头出现许多皱纹；一些老人用手指紧扣无力的双膝而坐；一些驼背的老者则双膝交叠，一手搁在腿上，举肘用另一手托住留须的下颌。

《最后的晚餐》

一人适才正在喝酒，他放下酒杯，将头转向说话者。

一人眉头紧锁，绞拧双手手指，转向同伴。一人摊开双手，露出掌心，两肩高耸至耳，惊得张口结舌。一人对邻座者耳语，邻座者一手持餐刀，另一只手中拿有切至一半的面包，转向耳语者，附耳倾听。一人手持餐刀转身时，打翻了桌上的酒杯。一人双手扶桌凝望。一人喷出了满口的食物。一人将双手遮于眼睛上方，倾身凝望说话者。一人缩身于身体前倾者背后，从墙壁和前倾者之间望向说话者。[1]

画家绘制壁画时，必须始终考虑人物所在的高度。为壁画进行写生时，应让视线低于写生的物体，所低高度等于纳入构图的该物体与下方观者眼睛间的高度差。否则，便是幅应受指摘的壁画。

1　最终版本的《最后的晚餐》中可见这则笔记中所描述的部分姿态。

许多画师在绘制教堂壁画时，普遍采用一种依理应严厉指责的方法。他们先在一水平高度绘制风景和建筑，随后登上高一层的脚手架，绘制另一景。这第二景的视点便不同于第一景，再照此法相继绘制第三、第四景，如此一来，一幅壁画中便有四个视点，这样的画师愚蠢至极。

我们都知道，视点应位于观看壁画者的眼睛的对面。若问我如何在一面墙壁上表现分为多幅场景的圣徒的生活，我的回答是，前景的视点必须与壁画观赏者的眼睛置于同一水平线，然后在这一平面，绘制放大的第一幅场景，继而通过逐渐缩小各座山峦和各片平原上的人物建筑，便可表现故事的所有场景。在墙面至天花板的其余部分，可根据人物或天使的尺寸，绘制合乎故事，符合比例的树、云、鸟等等。若不如此绘制，便不必自找麻烦，因为所做一切都是错。

战　场

应先画出炮火的烟雾与鏖战人马激起的尘土混合。应这样表现烟尘：地上的尘土虽然细微，可轻易被激起与空气混合，但毕竟有重量，很快便会再次下落，因此升腾得最高的首批烟尘看上去几乎已是空气的颜色，最不易察觉。烟雾与充满尘土的空气混合，升至一定的高度，观之俨如黑云。烟泛浅蓝色，尘土则始终为土色，在烟尘顶端，烟比尘土更显眼。这种烟雾、尘土和空气的混合体在向光的一面与背光的一面相比，显得较轻盈，颜色较淡。混战者越多，他们的明暗对比越不明显，便越不易看清。应令炮火旁的炮手、周围的空气，及附近的人物脸庞微泛红光，距开炮处越远，这种红光便越淡。远处的人物，若处于观者和光源之间，在明亮背景的衬托下会显黑。腿越贴近地面，便越不易察觉，因为地面的尘土最浓重。若画马匹奔离人群，应令马蹄激起的小团烟尘间的间距与奔马的步幅相等，而且离马最远的烟尘团应最不易察觉，因为最远的烟尘应已于高空中飘散，变得稀薄；最近的烟尘团则应画得较小、较浓、较显眼。令空中飞满各方向的箭矢，有些上冲，有些下落，有些平飞。飞行的炮弹尾部应拖有一道烟。应在前景中人物的头发和眉毛上，及其他类似可能积灰的平坦处画出积尘。令征服者皱眉向前猛冲，头发及其他轻巧的东西随风飘扬，冲锋者们伸出的应是相反的肢体，即如果迈出的是右腿，同时伸出的便应是左臂。若描绘死伤者倒下，应将他跌倒处的尘土画为染血的泥浆，并在周围半湿的土地上画出人马经过踩踏的痕迹。画一马拖着主人的尸体，尸体后留有一道烟尘和死尸在泥地上被一路拖拽的痕迹。令落败者脸色苍白，抬起的双眉紧锁，额头布满痛苦的皱纹，鼻翼上提，致使皱纹从鼻翼两侧弧形延伸至眼角，嘴唇上拱，露出上齿，牙齿因恸哭而翕开。画一人用一手护住惊恐的眼睛，掌心朝向敌人，另一人倒在地上，半撑起身体，另有人大张着嘴，边喊边逃。在战斗者们的脚掌间画下各种武器，如破盾、残矛、短剑等。令死者被尘土部分或全部遮盖，并让鲜红的血醒目地从尸体上蜿蜒流入尘土，尘土与徐徐流出的鲜血混合，变成猩红的泥浆。另有人在垂死的痛苦中转动眼睛，紧咬牙关，腿脚扭曲，紧握的双拳抵着身体。还可表现某个已落败，失去武器的人扑向敌手，用牙齿和指甲恶狠狠地报仇；一匹失主的战马冲入敌阵，马鬃迎风飘扬，用蹄子给敌人造成极大的损伤；某个重伤的战士倒在地上，用盾牌自保，身前的敌人正俯身，试图给他致命的一击；几具倒伏的尸体堆压在一匹死马上；一些胜利者因尘土刺痛眼睛，撤出战团，离开人群，用双手擦拭尘土封蒙的眼睛和脸颊。

可见多支预备队满怀希望地扬眉挺立，手搭凉棚，凝望浓重模糊的烟尘，警惕地等待指挥官的命令。同样注目凝望的指挥官举起军杖，急忙走向预备队，向他们指出需要增援的方向。还可画一条河，战马在河中奔腾，阻断水流，搅得四周的河水翻起动荡的白浪，水花溅入空中，洒在马腿和马身上。必须注意，不能在画中留下一块未踩染血痕的平地。

安吉亚里之战[1]的经过

以尼可罗·毕其尼诺向士兵发表演说，并驱逐佛罗伦萨人开始。被驱逐者包括里纳尔多·德格里·阿尔比齐先生。随后表现披甲的领军者如何纵身上马，四十个中队的骑兵及两千步兵的大军如何紧随其后开拔。

[阿奎列加的]主教黎明时登上山顶，勘察家乡的丘陵、田野及河流灌溉的河谷。他发现尼可罗·毕其尼诺率兵从圣塞波尔克罗杀来，烟尘滚滚。主教也已被发现。他赶回己方营中，报告敌情。

汇报完敌情，主教双手合十，向天主祈祷。没多久，他的眼前出

---

1 安吉亚里之战（the Battle of Anghiari），发生于1440年6月29日，是米兰公国与以佛罗伦萨共和国为首的意大利联盟之间进行的伦巴底战争中的一次战役。

现一朵云,圣彼得从云间显圣,晓谕主教……

主教派五百骑兵牵阻敌人进攻。先头部队中,尼可罗·毕其尼诺之子弗朗切斯科率先抵达,开始攻击主教和佛罗伦萨人据守的桥梁。弗朗切斯科派出步兵攻击桥梁左翼,我方战士在米切列托的统领下击退了他们。那一天,米切列托的队伍冲在全军之首。桥上两军展开激烈争夺,我军成功地将敌军击退。圭多和他的兄弟——法恩扎的领主阿斯托里重整大军,再度投入战斗,杀向佛罗伦萨人。凭凶猛的攻势,他们夺下桥梁,并一路推进至营帐。西蒙尼托带领六百骑兵冲向敌军,发起攻击,将他们击退,重新夺回桥梁。两千骑兵紧随其后。战斗这般拉锯良久后,主教派比萨的尼可罗及拿破利奥尼·奥西诺——一位尚未生须的年轻人率领大批人马,前去扰乱敌阵,又获大功。与此同时,尼可罗·毕其尼诺率残部奋力推进,再度迫使我方后退。若非主教亲入军中,用言语和行动鼓励将领们,我方战士便可能溃逃。主教早在山上架设了几门炮,他用炮火击溃了敌人的步兵,敌军大乱,尼可罗开始召回儿子及所有部众,向圣塞波尔克罗逃去。一场大屠杀就此开始,除了抢先遁走及躲藏的,无人逃脱。战斗一直持续至日落时分,主教决定收兵,并在掩埋死者后,立起一座胜利纪念碑。

夜　景

完全失去光明便是黑暗,黑夜正是如此,所以若希望表现夜景,先得引入一团旺火。若将火绘成红色,则被火焰照亮的物体皆泛红光。由于距离元素最近的物体分得最多元素的特性,所以离火最近的物体所染红色最深,而离火较远的物体则更多地染有暗夜的黑色。背火的物体在火光中显得黝黑,因为该物体所见部分未被火光照亮,而被暗夜染黑。立于火边的人应一半在黑暗中,一半在红色的火光中。火焰边缘外可见的那些人在黑色背景衬托下都泛有红光。至于火边人物的姿态，可让近火者将脸扭开，用手和斗篷遮挡，抵御炙热，似乎即将逃开；较远处的人中则有许多举手遮眼，避免被难以忍受的强光刺伤。

暴风雨

描绘陆地和海上的风。

描绘暴风雨。

若想表现暴风雨，请设想好暴风吹过海面和陆地，席卷未大面积固着的一切时，所造成的后果。为表现暴风雨，应先画出被风扯碎，随风翻飞的残云，风中还裹挟着从海滨吹起的大量沙土、被狂风愤怒的力量卷起的枝干树叶，以及其他没什么分量的散落物体。树木植物应被吹弯在地，枝条逆自然的长势扭曲，叶片摇动翻转，似乎险些便要随风而去。至于暴风雨中的人，一些应已被衣服裹缠，摔倒在地，由于沙尘，已几乎看不清身形；那些依然站立的人躲在树后，用

双臂环抱树木，以求不被风卷走；另应表现一些蹲伏在地的人，他们用双手遮眼，以避风沙，头发和衣服随风飘动。将大海表现得狂暴，无尽的白沫在巨浪间旋转，狂风将细浪卷入空中，宛如包裹一切的浓雾。表现海上的船只，应将一些画得帆缆残破，被撕成条的船帆和断裂的缆绳在风中飞动；一些船桅碎裂折倒，船身也被狂怒的海浪击残，无法航行，倾侧入海，船上的人们尖叫着，紧紧攀住失事船只的残骸。令云团被狂风驱赶，猛撞于高山之巅，像撞击礁岩的海浪一样激起一圈圈漩涡。天空本身也因尘土、雾气和浓云变得黝黑，令人胆战心惊。

洪　水

一座嶙峋的山峰，峰底围有多座河谷，山峰坡面的土壤与矮小灌木的细根一同下滑，裸露出周围大片的岩石。石块从这些峭壁上毁灭性地直冲而下，翻倒撞毁大树，露出扭曲而多节的树根。变秃的山峰露出因古代地震所致深沟，灌木和碎石从高耸的山侧滚落，混有泥土、树根、树枝，以及挤于泥土和石块中的各种树叶，将山脚大部覆盖。一些碎裂的山石落入深邃的河谷，堆在谷中的河水边，猛涨的河水已经决堤，巨浪冲击损毁着谷中的城墙和农田。城中高大的建筑坍塌，大量尘土烟云般顶着下落的雨水一圈圈腾起。由于从高山或高大的建筑上落下大量碎石，砸向大湖的水面，大量水花反向溅入空中；更确切地说，反射角会与入射角相等。被水流挟卷的物体越大、越沉重，离相对两岸的距离便会显得越远。涨起的流水被困在湖中回旋，涡流冲击着各种障碍，泥浆溅入空中，随即又落入湖内，将水花击得冲入空中，产生震荡处的涡流被迫回退，与其他反向流动的涡流相交，相互撞击，水流不断，腾入空中。

还可见衰减的波浪向湖口处延流，流水从湖口飞落入空中，获得重量和动力,撞击下方的水面,将水面撕开,猛烈地直冲至底,随即反冲,带着与其一同下潜的空气跃回水面。这股空气留于水沫中,与木头及其他比水轻的物体相混杂。这些物体的周围会形成新的波浪,波浪获得的动量越大,扩散的范围便越大,然而随水波的扩散,波浪的动量会相应地减弱,因而在渐止时,已几乎没有痕迹。若波浪遇物回弹,与逼近的其他波浪相撞,仍会照先前动势的规律扩展波纹。从云中落下的雨在阴面与云同色,若阳光透过云层,雨水会显得比云透亮。若高山或高大建筑上众多沉重的碎石砸落入大面积的水中,大量的水会逆入水物体的方向溅入空中;更确切地说,反射角会等于入射角。被水裹挟的物体越大,越沉重,离两岸便会越远。涡流中的水距中心越近,转的速度便越快。海浪的波峰前落至浪底时,与形成浪面的水泡撞击摩擦,摩擦力将前落的水磨成细小的颗粒,化为浓雾,像烟圈或盘曲的云一样糅入狂风,最终升入高空,转化为云。空中落下的雨水被气流击荡,其疏密程度的变化由风速决定,大气中因此产生由上述雨水形成的大量透明云团,观者透过降下的雨水在眼前形成的条条雨丝见到这些云团。

海浪冲击束缚它的山坡,拍落在山坡上的速度令其涌起白沫,回退时与另一波来袭的海浪相撞,轰然咆哮后,涌回所来的大海。

可见栖息在该地的大量人类和各种动物被上涨的洪水驱赶，逃向水边的山峰。

在观画者眼前展现，持续不断的暴雨夹杂着冰雹，令天空阴暗，呈现浓重的黑色。狂风逆向冲击，从树上撕扯下无数枝条，与无数叶片混杂，在空中四下飞舞。周围的古树被狂风撕去表皮，连根拔起。被急流冲秃的破碎山石落入洪水，堵塞了河谷，致使河水上涨，决堤的河水淹没了拥有众多栖息者的大地。再次可见各种动物大量地挤在多个山头，与拖儿带女逃上山头的男女为伴，惊恐已使它们软化驯服。洪水淹没了田野，大部分汹涌的水面上散落着桌子、床架、船只，以及其他出于求生之需而临时拼制的各种漂浮物，暴怒的狂风令洪水裹挟着溺毙者的尸体翻滚，令漂浮物上拖着孩子的男男女女惊恐哀哭。任何比水轻的物体上都站满了逃命的各种动物，其中有狼、狐狸、蛇等等，它们达成休战协议，一同惊恐地立于漂浮物上，每个洪峰都夹带着各类溺毙者的尸体，从四面击打它们，致奄奄一息者于死地。

可见手持武器的人群抵御寻找安全所在的狮、狼等掠食野兽，保护存留给自身的一席之地。啊！愤怒的雷声撕破夜空，闪电刺穿云层，击毁挡路的一切，黑暗中传来多么可怕的惊叫！啊，狂风夹杂着暴雨，天上雷电狂怒地相交，在夜空中造成巨响，多少人用双手掩耳，以隔绝这声音！另一些人为不见愤怒的上帝无情屠杀人类的景象，紧闭双眼尤嫌不足，他们双手相叠，牢牢地蒙盖在眼上……啊，多少哀号痛哭！多少人在惊恐中跳崖！巨大橡树的粗枝上爬满了人，却被迅猛的狂风卷入空中。多少船只倾覆，有的船身完整，有的破为碎片，人攀在碎片上，努力求生，但痛苦的动作和姿态预示着可怕的死亡！另一些人无法忍受这样的痛苦，以绝望的姿态自尽身死，有些从高耸的悬崖上纵身而下，有些自扼而亡，有些抓住亲生子女，猛地一拳打死，有些用手中的武器自伤、自尽，有些拜倒在地，求上帝保佑。啊，多少母亲为溺亡的子女流泪呼号，她们双膝跪地，展开两臂，高举向天，抗议诸神的愤怒！另有人在无法承受的极端痛苦中蜷起身子，胸膛抵着膝盖，啃咬紧握的双手和攥紧的手指，鲜血直流。

马、牛、羊等动物被水成群地孤困于高山之巅，挤成一堆，它们凶狠地相互争斗，位于中间者踩着其他牲口，登至顶端。许多牲口因缺食而奄奄一息。

鸟类因再也找不到未被洪水淹没而又没被生物占据的土地，已开始停落在人类和其他动物身上。死神的臣子——饥饿——已夺走多数动物的生命，膨胀的尸体开始从深深的水底浮至水面，漂于汹涌的波涛间，像充气的皮球一样相互撞击，从撞击点弹回，压在别的尸体上。

在这些末日审判的景象之上，乌云密布的天空被天庭盛怒的雷电撕扯，参差而行的闪电忽东忽西地照亮浓浓的黑暗。

在旋风中隐约可见大量从远方飞来的成群飞鸟，因为在盘旋运动中，群鸟时而全部显露侧身，即鸟身最窄的侧边，时而显露最宽的正面。鸟群刚出现时，状如模糊的云团，随群鸟逐渐飞近观者的眼睛，第二群、第三群变得较为清晰。

最近的鸟群斜向飞降，落在被洪水汹涌的浪涛裹挟的尸体上啄食，直至鼓胀的尸体失去浮力，缓缓沉至水底。

黑暗、狂风、海上的风暴、洪水、森林大火、暴雨、天空的雷电、地震、山崩、被夷为平地的城镇。

旋风把水、树枝和人统统卷入空中。攀带着人的树枝被风刮断，随各股狂风相遇，相互撞击。

负载人的断树。

被岩石撞碎的船只。

羊群。

冰雹、雷电、旋风。

人类爬上无力承受的树木。树木、岩石、高塔、山丘上挤满了人。船只、桌子、木盆及其他设法浮起的物体上也拥满了人。云中闪电照亮了山丘,其上立满男女和各种动物。

·112·

第七章　画家如何学习

心如明镜

画家努力与自然竞争。

画家应该孤身独处，琢磨推敲所见的事物，以选取其中最出彩的部分。镜子将自身变得与置于镜前的物体一样多彩，画家应像一面镜子，若能如此，他便像是第二自然。

镜子始终映出所照物体的色彩，镜前有多少物体，镜中便充满多少物体的影像，画家的头脑应如明镜。因此，作画者必须明白，除非你们无所不通，能用艺术表现自然创造的一切形态，否则你们不可能成为出色的画家。但你们不会知道如何做到这一点，除非你们观察自然的一切形态，并将它们存于脑中。所以，在田野间行走时，应将注意力转向各种事物，一时为此，一时为彼，去粗选精，集存各种资料。千万莫像某些画家那样，他们头脑倦怠时，便不思想着工作，东游西逛地放松消遣，但如此倦懒的头脑阻碍他们理解所见的事物。常可见亲友遇见他们，向他们打招呼，尽管他们的眼睛和耳朵或许有反应，头脑却认不出亲友，亲友们遇见的仿佛只是空气。

等掌握透视，并将各种实体所有的组成部分和形状牢记于脑中后，便应经常四处走走，观察和思考人们谈天、欢笑、争吵或相互动手时的环境和行为，观察当事人以及局外调停或旁观者的种种动作，并用画笔将他们的动作迅速记于应始终带在身上的小本中。这种小本应由着色纸制成，并小心保存，从而使速记不会被磨去。旧本用完便换新本，因为实体的形状和姿态无限，无法全存于记忆中，因此留存这些速记本作为向导和老师。

画家需要与绘画有关的数学知识，需要与不支持其研究的朋友断绝关系。画家的头脑应具有顺应展现于其前的各种各样事物的能力，而且应滤去其他杂念。若在思索阐释某问题时，第二个问题出现，盘踞于脑中干扰，则必须决定哪个问题更难解决，然后跟踪该问题，直至将其完全研究透彻，随后再解答另一问题。最重要的是，应该保持头脑如镜面般明净，随同万物，变为同样多各异的色彩。在研究方面，画家的朋友应与其志同道合，若找不到这样的朋友，则应单独探索，因为他最终会发现益友难寻。

为了不让身体的状态损耗精神，画家或制图人应始终独处，尤其在专注于绘画研究、回想不断出现于眼前的事物，以及将提供的素材牢记于脑中时。独处时，你完全属于自己。哪怕有一个客人，你便只剩一半属于自己，若客人言行不慎，根据其言行失检的程度，所剩甚或更少。客人越多，你在这种麻烦中陷得越深。或许你会说："我会独自抽身于一旁，更专注地研究自然物体的形状。"我告诉你，这办法效果糟糕，一仆难事二主，你不仅难尽朋友之谊，艺术研究进行得则更糟糕，因为你会经常忍不住侧耳听他们闲谈。若你说："我会离得远远的，听不见他们的说话声，不受打扰，"我可以告诉你，你会被视作疯傻，但这么做至少可一人独处。若你必须拥有友情，在你的画室中寻找……这或许能帮助你获得因画法不同而带来的好处。其余宾朋则都有可能对你造成严重损害。

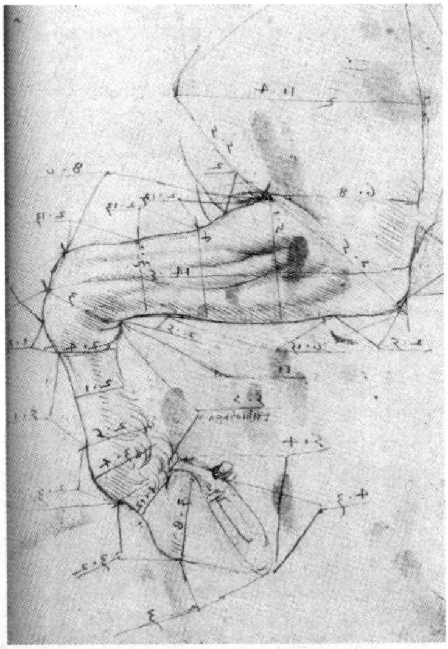

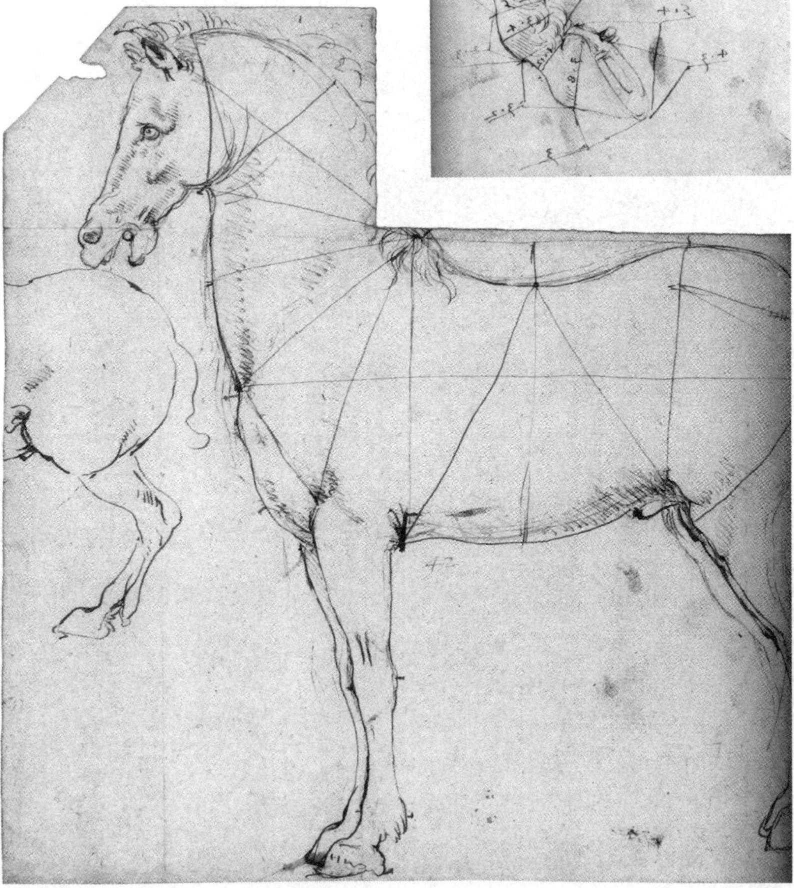

小房子令人精神集中，大房子则使人精神分散。

学习方法

驳画家不应在节日工作

绘画是学习了解创造神奇万物的主的方法——而这才是深爱如此伟大的造物主的方法，因为深挚的爱源于对所爱事物全面的理解，若对其没有了解，你便爱得不深，或根本不爱。

你们爱主，若是为了期望从他那里得到好处，你们便好像摇尾欢迎的狗，扑向或许会给它一根骨头的人。但如果狗能够知道并理解此人的德行，它的爱将会加深多少！

利用不同时间学习

年轻学生应在冬夜研究夏日期间准备的素材，即集中在夏天绘制的所有人体素描，从中选择最优美的肢体用于练习，并存于脑海。

次年夏天，则应选择少时未穿过紧身上衣，因此身材发育良好，未失自然姿态的人，让他做些美丽优雅的动作，即使其肢体肌肉的轮廓表现得并不明显也没有关系，你足以从该形体身上获得优美的姿态，之后你可用冬日研究过的肢体素材修正其肢体。

我从切身经验发现，黑暗中躺在床上，回想所研究的形体的轮廓，或其他经过细思认为值得注意的事物，大有益处。这的确是值得称赞的方法，有助于将事物印在脑海。

哪种学习顺序好

少年应先学透视，再学习物体的比例，而后可以临摹一些优秀画家的作品,以熟悉好的形体。继而到自然中写生,以实践巩固所学的法则。再观摩多位绘画大师的作品,并养成将所学应用于实践和工作的习惯。

我主张,首先应研究肢体及其机制;完成这一研究后,再根据所发生的环境,研究人类肢体的各种动作;然后才是表现对象构图的研究。研究构图,应在环境许可时,时时观察自然的动作,在街道、广场和田野,注意各种动作,并用简单的图形记录下来,如用O表示头,用直线或曲线表示手臂、腿和躯干。回家后,再将这些记录整理为完整的图形。相反的意见却认为,在学习的初始阶段,应在墙上或纸上大量临摹各派大师的各种构图,从而迅速获得实际的技艺和良好的方法。对此意见,我的回答是,倘若所临摹的作品出自技艺精湛的大师之手,拥有出色的构图,那么这种办法不错;然而这样的大师太少,不过寥寥可数的几个,所以更确实的方法是,向自然的物体学习,而不是向拙劣地模仿自然的画作学习,并因此养成不良的习惯。能喝到泉水的人无须寻找水缸。

共同作画的好处

我坚持认为,共同作画远优于单独作画,原因很多:第一,在一群画者中,若你水平欠缺,便会惭愧,这种羞愧感会促使你勤奋学习;第二,健康的羡慕心会激励你加入获得更多赞誉者的行列,因为他人的赞誉会鞭策你向前;此外,你还可以从技法更优者的画作中学习。即便你比其他人都出色,你鄙视他们的不足,这种鄙夷也可令你获益,而且他人的赞誉会激励你进一步努力。

品评自己的画作

我们很清楚,挑出他人画作中的错误比看出自己画作中的失误要容易,我们时常指摘他人的小毛病,却可能忽视自己画作中的大错……我认为作画时，应立一平面镜，时时端详映在镜中的画作。镜中的反像看来会像是他人的画作，从而使你能够更好地挑错，这是查出自己作品缺点的最佳方法。再者，不时放下作品，稍事休息也是个好办法，因为等你再度回到画作前时，会有更准确的判断力。此外，坐得离画作太近会产生极大的欺骗性，因此最好退后一段距离，这样画作会显得小些，你的眼睛在一瞥之间所纳入的画面则更大，更易于看出物体色彩失谐及肢体比例失调的情况。

因反向运动范围拓展而速度延缓的物体由于运动空间增大，产生较强的冲击，而较短的运动则力量较小，所以，相隔长时段研究同一对象，会使判断变得更准确，更能看出自身的错误。画家的眼睛应与画作拉开较远的距离，道理也是一样。

选择美丽的面容

在我看来，画家极大的魅力在于能赋予所画人物惹人喜爱的气质。若非生就此能，画家可通过此次一等的方法习得：四下观察，从许多公认而非出于你自己判断标准的美丽面庞上选取最美的部分，否则你可能欺骗自己，选取与自身容貌相似的脸庞，因为我们常喜欢这种相似性。若你面貌丑陋，你选中的脸也不会美，你便会像许多画家那样，画出丑陋的面容，因为画师所画总与自身有几分相似。所以应照我所说，选取美丽的面庞，并将它们牢记于脑中。

生有笨拙双手的画家会在作品中画出同样一双笨手，同样情况也会发生在其他肢体的绘画中，除非有长期的训练教他避免这种问题。所以，画家啊，仔细审视你自身的缺陷，在学习过程中特别下苦功矫正。因为，如果你本人粗俗，你所画的人体也会显得毫无魅力；你身上任何的优点和缺点，都会不同程度地在你笔下形象中显现出来。

选择最佳的光

若你拥有一座可随时用亚麻布篷遮起的庭院，就能得到理想的光照。或者可选朦胧天气或黄昏时替人画像，并令被画者背对庭院中的某一堵墙就座。注意观察黄昏及朦胧天气时街中男女的面庞，他们的脸显得多么柔和精美。因此，画家啊！置一座庭院，将各面墙刷为黑色，并令一窄檐突于墙内。庭院应宽十意尺，长二十意尺，高十意尺，阳光照射时，用亚麻布篷遮盖。不然，便在黄昏时，或多云、多雾时绘制肖像，那时光线最佳。

在游戏中练习

画家们，如果你们想在游戏中放松，应该总是练习会对你的专业有用的东西，好好训练你们的眼睛判断物体的能力。比如，让一人随意在墙上画一条直线，你们每人手里拿一根草，站在十意尺开外，凭目测把草折成那条线的长度。折的长度最接近者获胜，将得到你们预备的奖品。

你们还应该目测透视距离：比如，用一根长矛，或任何木杖或苇秆，选定远处的一点，让每人估计那是多少杆的距离。还可以比谁能将一意尺的线画得最好，可用丝线来量。这种游戏给了眼睛很好的锻炼机会，目力对于绘画是第一重要的。

锻炼想象激发创造

凝望泼洒有多块污渍或混有各色石块的墙壁，若你正需创构某场景，便能在其中看见多种景致，装点有各种岩石、树木、山峦、河流、溪谷、广阔的平原等等；还可看出各种战斗场面，以及多种奇特人物生动的姿态、脸部表情、服饰等无数事物，你可将这些事物整合转换为出色的构图。在墙上的污渍和各色彩石中发现图形，正如在钟声中可听见所想象的各种名字和声音。

不要轻视我的意见，听我的提醒。偶尔驻足，凝望墙上的污渍、篝火的余灰、云团、泥浆等类似的地方应该不难。如果仔细端详，在其中真可发现出色的构思，可激起画家发现新思路，绘制人类厮杀、动物争斗、各种景致，以及魔鬼一类可怕事物的构图，这些构图或许会给画者带来声誉，因为模糊的事物能激发头脑的全新创造。

几点提醒

应先勤奋学习，而非求快

我们很清楚，眼观是最敏捷的动作之一，在一瞬间，我们便能看见无数形体，但头脑一次却只能理解一件事物。

读者们，假设你们向这张写满字的纸迅速地瞥上一眼，你们立刻便可看到其上布满了各种字，但这一眼却无法让你们辨认出它们是哪些字，它们想说明什么。因此，你们需要一字字、一行行地读，才能理解。同样，你们若想登上峰顶，便必须一步步地向上攀登，否则不可能登顶。所以，我对生性爱画者的告诫是，若你们想掌握事物形态的知识，应从事物形态的细节入手，第一阶段未练熟，未记于脑中前，万勿进入第二阶段。若不这样做，必然浪费时间，或长时间地延误学习。切记，先勤奋学习，而非求快。

作为画者，若希望学习得法有成，应使自己习惯于慢慢作画，辨别光线中哪些最为明亮，阴影中哪些较为暗淡，以及光和影如何交融，它们的维度和彼此相对的比例；注意轮廓线的走向，观察其中哪些轮廓线弯向一侧，哪些弯向另一侧，哪里的较为明显，哪里的较模糊，何处的粗，何处的细；最后，应让笔下的光和影如烟般融合，没有明显的笔触或边界。经如此勤奋地训练手和判断力，在你尚未意识到之前,你便已获得了迅速作画的能力。

许多未曾学习明暗理论和透视理论的人转而临摹自然,他们因此练得了一种不深入研究或分析自然,而仅为简单临摹的手法。有些人透过玻璃、玻璃纸或薄纱观察自然物体,并在它们透明的表面描图,随后调整轮廓线,这里加几笔,那里加几笔,令物体符合比例的法则,又通过在不同位置和尺寸的形体中填入光和影,引入明暗对比。知道如何通过想象力表现自然效果的画者若只为省些麻烦,在需要一丝不差地临摹物体之处采用这些做法,或许能得到赞誉,但这些做法在不用自己的头脑分析,离了它们便无法绘图的画者手中则应受到谴责,因为如此的懒惰摧毁画者自身的才智,令他们离了这样的装置,便永远无法绘出任何优秀的作品。这样的画者在绘制富有想象力的作品,或创作历史构图时,将永远平庸无力。

实践应结合理性思考

不运用理智,而单靠眼睛的判断和实践绘图的画者如同镜子,映出置于前方的一切,对这些事物却一无所知。

热爱实践却无科学知识的画者,如同登上既无舵又无指南针的航船的水手,永远把不准航向。实践应始终建立在坚实的理论基础上。在理论中,透视是引路的门径,没有透视,便无法画好任何种类的画作。

这些法则只适用于检查图形,因为每个人在初期构图中都会犯某些未曾发现、未能更正的错误。因此,应怀着挑错的意识检查自己的作品,发现错误,立刻修正,并牢记再不重犯。但如果想在构图时便使用这些法则,则会无从着手,导致画面混乱。

这些法则的本意是给予你们自由准确的判断力,因为准确的判断力源于透彻的理解，透彻的理解来自可靠法则所源生的理性，而可靠的法则是完备的经验之女——完备的经验是所有科学和艺术共同的母亲。因此，牢记我法则的规诫，你们便能通过修正判断，鉴识出作品中不合比例的一切，无论其在透视中、在人体中，或在其他物体中。

不应全凭记忆而鄙视写生

在我看来，任何敢于吹嘘能记住一切自然形态和作用的画师，定然极为无知，因为自然之功无限，而我们的记忆却没有如此巨大的容量，足以容纳无限。因此，画家应警惕，切勿让贪欲之念取代心中艺术的荣誉感，因为赢得艺术的荣誉远比获得财名伟大。由于这一点和此外还可给出的多种理由，画家应首先努力构图，用具有表现力的图形，向眼睛展示原创构思的目的和创意；随后通过增减，令自身满意；继而安排人员为模特，并根据在画中的安排，让他们着衣或裸体；最后根据透视安排各种比例和尺寸，令画中不遗留任何不合理，不合自然效果的部分。这便是使自己获得艺术荣誉的方法。

不可一味因袭旧作

画师若以他人的画作为自己的标准，所绘制的画不会有多大价值，但如果画师愿从自然事物中学习，便能结出硕果。正如史上所见，罗马时代后的画师始终互相因袭，致使他们的绘画艺术一代代地不断衰败下去。衰败岁月后，出了佛罗伦萨人乔托[1]，他不满足于模仿其师契马布埃[2]的画作。乔托出生于只栖息有山羊之类动物的荒山，自然引导他走上艺术之路，起初他将所看管的山羊的动态画于岩石上，随后他开始绘画乡间能见到的一切动物。用这样的方法，经大

1 乔托（Giotto，约1267—1337），意大利画家、建筑师，意大利文艺复兴的开创者，被誉为“欧洲绘画之父”。

2 契马布埃（Cimabue，1240—1302），意大利佛罗伦萨最早的画家之一。

量学习研究，他不仅超越了同时代的画师，而且超越了过去多个世纪的所有画师。但乔托之后，绘画艺术再度衰败，因为人人都因袭旧作，致使绘画衰退……直至佛罗伦萨的托马索——别名马萨乔[1]——通过其完美的画作展示出，那些画师随意以他人的画作为标准，却不师法一切大师之主的自然，白白耗费了自身精力。我认为，数学研究也是一样，只学习权威，却不研究自然之功者，不是自然——一切出色创始者之主——的嫡子而是隔了许多辈。那些人指责师法自然者，却对同样是自然门徒的权威毫不置疑，多么愚蠢。

因此，不了解这些规律的画家呀，若你们想免受规律研究者的指责，便应热情地根据自然表现一切，而不像那些一心求利的绘画者那样轻视对自然的研究。

不超越师傅的学生是差劲的学生。

非全才型的画家不值得称赞

坦率地说，有些人自欺欺人，称只能画好头像或人体的画者为"出色的画师"。若一人毕生仅专攻一事，获得某些专精之技，当然不是什么伟大的成果。而且我们知道，绘画包含自然的一切造物，包含人类各种偶发行动所致后果，简言之，绘画包含能为眼睛所见的一切，因此我认为，仅能画好单个人体的画者不过是平庸的画匠。难道你们看不见，仅人类所做的动作便多么繁杂而多变吗？难道你们看不见，世上有多少种各异的动物、树木和花草？山地、平原、清泉、河流、建有公共和私人建筑的城市、供人使用的器具、服装、饰品、艺术品等等，都有多少变化？任何希望被称作出色画师的画者应能以同样的熟练度和完美度，表现所有这些。

1　马萨乔（Masaccio，1401—1428），15世纪意大利文艺复兴时期第一位伟大的画家，他是第一位使用透视法的画家，他的壁画是人文主义最早的一座里程碑。

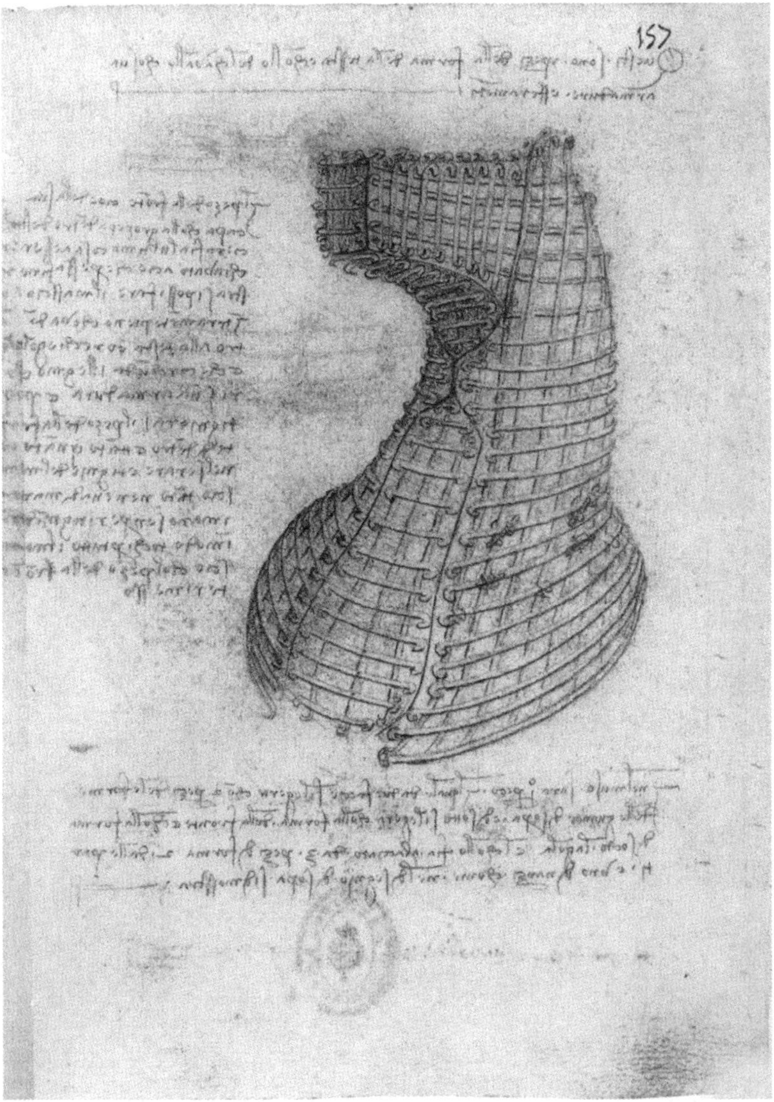
157

第八章　艺术的比较

绘画与音乐

正如爱好者被其所爱的事物打动，感官被所感受的事物打动，并与之合为一体。作品首先是同感融合的产物。若所爱事物低贱，则爱好者本身也变得低贱。当纳入的事物与接受者和谐相融，快乐愉悦的满足感便会随之而来。当爱好者与所爱事物合为一体，便会找到平静，放下重负，求得安宁……

画家是万物和各色人等之主。若画家想让眼前出现迷人的美，他便能够创造出美。若他想让眼前出现可怕的怪物、滑稽可笑或可怜的人物，他便能成为其创造神和主人。若他想造出人类的居住区或不毛的沙漠，炙热中的阴凉之所或严寒中的温暖所在，他都能够做到。若他想创造河谷，或令一块广大的平原从高山之巅下延至海平线，他也能够做到。同样，如果他希望在低矮的平原上看见高山……事实上，宇宙中存在的一切，无论表象、实质或想象中的事物，画家都能先容于脑，后现于手，而且绘出的作品如此完美，它们能够展现合乎比例的、和谐的整体，如同自然的物体一样，能够在一眼间同时欣赏。

蔑视绘画者既不喜爱哲学，也不热爱自然。绘画是自然一切可见之功的唯一仿造者，鄙视绘画者定然便是蔑视一种精妙的创意，正是这种的创意令哲学和细致的思维涉及包于光和影中的一切自然形态——花草、动植物、海洋和陆地等等。绘画是真正的科学，是自然的亲子，因为绘画诞生于自然；但更确切地说，我们应该称绘画为自然之孙，因为一切可见的事物都出于自然，而自然所诞生的这些事物又催生了绘画，因此我们可以公正地说，绘画是自然之孙，是上帝的血亲。[1]

没有天赋的人无法学习绘画。绘画不像数学那样，先生教多少，学生便学多少，也无法像描红那样，跟原本描摹得一模一样或像雕塑那样，浇铸品跟模型毫无差异，更无法像书本印刷那样，无限地翻印。

绘画从来是最高尚的艺术，给画家带来荣光的珍贵画作向来是独一无二的，决不会产生完全相同的作品，正是这种独一性令绘画优于其他四处翻版的科学。我们不是见到，东方的伟大君主出巡时，总是蒙面蔽体吗？因为他们认为，当众显露身形面貌会有损声望。我们不是见到，表现神祇的画作总被隐护在昂贵的布幕下，在揭幕前还将举行盛大的教会仪式，演奏圣曲，吟唱圣歌吗？布幕揭开，聚集在场的人群立刻跪倒，崇拜神像，向他求祈去病复健，求祈永恒的救赎，仿佛神祇亲临。人类的其他任何创造都不会产生如此的情形。若你们宣称，这不是画家之功，而是表现内容之功，我们的回答是，若果真如此，人们可以安静地躺在床上，满足自我的想象，而用不着像我们时常所见，冒险辛劳地去圣地朝圣。那么是什么促使这些朝圣者必须踏上朝圣之旅呢？你们想必会同意是神祇的画像。在表现形式或力度上，多少文字也无法产生与神像等同的效果。由此看来，神祇喜爱圣像，喜爱崇敬圣像的人，且相比于描摹神迹的其他方式，更喜爱崇拜圣像这一方式，并根据聚集在圣像前的人的虔诚度，赐予圣恩和救赎。

---

1 参看但丁《神曲·地狱篇》第十一歌："因此艺术仿佛是'神灵'的孙儿。"

音乐可称为绘画之妹，因为音乐依赖感官中排于第二位的听觉[1]。和谐的乐声由同时奏响的各均衡声部共同构成，并按照一节或多节和谐的韵律起伏。可以说，这些韵律正如勾出产生人体美的各部分肢体的轮廓线，限定了构成和声各部的比例。

但绘画优于音乐，因为绘画不像不幸的音乐，方生即逝。恰恰相反，尽管绘画其实限于一个平面，却能拥有一切活物的外观，并长存于世。多么神奇的科学啊！它能够保存凡世转瞬而逝的美，并给这种美赋予比自然造化更长的耐久性——因为凡世之物随时光不断变迁，必将老朽。绘画这一科学与神圣自然的关系，正如同画作与自然造物间的关系，因此，绘画应当受到敬重。

乐师声称音乐艺术与绘画艺术旗鼓相当，因为音乐也是由多个部分构成的整体，听众可从世间众多和谐的旋律中体味音乐的魅力，这些方生旋灭的旋律能愉悦人体内的灵魂。但对此画家的回答是，虽然人体由多部肢体构成，不由旋律构成，不是通过和谐的旋律给人带来快感，但旋律要求不断产生、消亡，在旋律中美必须变化，创造新的形式，而画作却能留存多年，且能够完美而鲜活地保持比例的和谐美，大自然竭尽全力都无法做到这一点。时间或突然的死亡摧毁了自然原创的美，多少幅画作却用图像留存了这份神圣的美。因此，与大自然（画家之师）的作品相比，画作以更耐久的形式留存于世。

一组铜鼓，可以像弦琴或柔和的长笛那样演奏。

1 根据西方古代的传统，五感有高下之别。与绘画和音乐艺术相关的视觉和听觉分别排于第一和第二位，比嗅觉、味觉和触觉高贵。

绘画为最高贵的感官——眼睛服务。正如多个不同的声部形成和谐的比例，同声合唱，会给听觉器官带来如此的满足感，致使听者着迷，如痴如醉地欣赏；绘画中也呈现出比例的和谐美，且画中天使般比例完美的面庞具有的感染力更大，因为如同音乐的和声打动耳朵，画中这些比例形成的和谐美直达眼睛。若绘出姑娘和谐美丽的花容，展示在其爱人眼前，他无疑将长久地入迷欣赏，所有其他感官都无法带来如此无与伦比的快感。

画家以和谐的比例令画中各部联同作用，从而使它们可单独观看，亦可同时欣赏。同时欣赏时，观整幅画作；单独欣赏时，观画中所绘各部。

比例不仅存在于数字和量度中，也存在于声音、重量、时间、空间，以及世上存在的一切力中。

拥有感受力的客体能将获得的各印象保留一段时间，印象深的留存时间较久，印象浅的留存时间较短……

如敲击钟等能鸣响的东西发出的声音，或传入耳中的单音即为感受到的印象，但除非感受体能留存多个音符的印象，只听见单音永远也不可能获得快感。若音符从一直接跳至五，印象留存则能使这两个音符在听者耳中似乎同时奏响，从而使听者感受两音所产生的真正的和谐。而若一音的印象未在耳中留存一段时间，紧随其后的五音听起来便是单音。由于单音无法创造和声，所以任何单独哼唱的音符听来都缺乏魅力。

同样，所见阳光或其他发光体的光会在眼中留存一段时间，所以一支火把若绕圆周迅速旋转，便会使该圆看起来为同样的火苗连续构成的火圈。

从云层降落的雨滴看起来像连续的线。从此例中可以看出，眼睛如何留存见到的运动物体的印象。

声音透过空气使客体接受它的印象，但并没有赶走空气。声音撞击客体后，便反弹回声源。

音乐家用音阶度量入耳声音的音程，画家也同样逐度测量逐渐远离眼睛的物体的距离。虽然声音串联在一起，但音乐家根据音程创立了声音的区间，并给人声的各度音调起了合适的名字，称其为第一音、第二音、第三音、第四音、第五音等等；同样，虽然眼睛所观察的物体在逐渐远离时连绵相接，我的规则却仍建立在一系列的间距上，每一间距为二十意尺[1]。

音乐有两处弊病，一是消亡，二是消耗；乐声从来方生即死；消耗源于会令人生厌的重奏。

绘画与诗歌

诗人和画家在表现人体方面的差别，正如同肢解体和整体之间的差别，因为诗人只能通过连续的点滴表现人体的美丑，而画家能同时展现全部……诗人的做法好比音乐家独力演唱一部本欲四部重唱的曲子，先唱女高音，再唱男高音，继而唱女低音，最后为男低音。如此演唱无法在和谐的时间段中产生比例和谐的美感……乐曲在符合韵律的时间段中安排的柔美旋律由多声部组成，而诗人却做不到这

1 莱奥纳多的理论为，同等大小的物体按二十意尺的间距，等距地向远处排列，物体看来会依次缩为其真实大小的1/2、1/3、1/4，以此类推。这与在单弦的音调测定器上将弦分段，产生八分之一音符、五分之一音符、四分之一音符等类似。意大利建筑师莱昂·巴蒂斯塔·阿尔伯蒂曾在《论建筑》一书中，建议将这些音阶比例应用于建筑学中："令声音最悦耳和谐的度，也将给人的眼睛和灵魂带来满溢的、神奇的快乐。"

样的分声和谐，因为同时讲述不同的事物的确超出他的能力，他无法提供和声的等效物，无法像画家表现和谐的比例那样，所画各组成部分同时作用，可同时整体观看，又可单独欣赏……因此，诗人在表现有形事物方面远逊于画家，在表现无形事物方面又比音乐家差得多。

若说诗人知道如何描写外貌，画家则能用明暗绘出脸部表情，令其显得栩栩如生。在这一方面，诗人的笔无法获得画笔所达到的效果。

如果说诗人借助耳朵让人理解，画家则借助眼睛这一更高贵的感官。我只要求将一名出色画者所绘的激战图，与一名诗人描绘的战斗诗篇一同展现在公众面前，哪个将吸引更多的观众，哪个将得到更多的品评和赞誉，哪个将令更多人满意，很快便能见分晓。毫无疑问，画作美得多，清晰易懂得多，会令更多人感到愉悦。将上帝名字的镌刻与其圣像相对而置，哪个会更受崇敬，一目了然。绘画将一切自然形态包于画作之中，而诗人却只掌握万物的名称，而且这些名称不像形态那样具有世界的共通性。若说你们诗人的描绘有影响力，我们画家则拥有影响力的直接表现力。例如，让一名诗人向热恋者描绘其爱人的美，画家则绘出那位女士的画像，哪种形式会更易得到倾心的评价将会十分清楚，你们可以通过实验确实地证明。

你们将绘画归为机械性的艺术。其实要是画家像你们一样急于用文字自我吹捧，估计绘画不会长时间地忍受这样低贱耻辱的名声。若你们因为绘画是用手绘出的想象中的图形，而称其机械，那么你们作家也是用手持笔，写下本在脑中的东西。若你们称其机械，是因为绘制画作是为求财，但若这可称为错，还有谁比你们错得更离谱呢？你们讲学，不是要去报酬最高的地方吗？没有丝毫报酬的工作，你们做吗？我这么说，并非指责为报酬而工作，因为一切劳动都希望得到报偿。若一个诗人说，我能写出意义深远的文章，画家也能做到，亚佩尔斯[1]的画作《诽谤》的意义深远之极。若你们说，诗歌流传得更久，我说铜匠打出的东西更耐久，比诗歌或画作保存的岁月都久，但这些铜器几乎表现不出想象力；而如果用珐琅色在铜上绘画，那么所绘画作能更耐久。

我们的绘画艺术可被称为上帝之孙。

如果诗歌研究伦理哲学，绘画则研究自然哲学。诗歌描写精神活动，绘画则探讨反映在[肢体]运动中的精神活动。诗歌能用虚构的地狱骇人，绘画能将可怕的地狱展现于眼前。假如诗人与画家较量，无论诗人用文字创造出何种形式的美、丑、低贱、恐怖或古怪的事物，画家都能绘出更令人满意的效果。大家想必见过十分逼真的画作，以致骗过了人类及动物的眼睛。

眼睛被称为灵魂之窗，思维主要借助眼睛，得以充分欣赏自然无限之功。耳朵则排于第二位，依靠聆听眼睛所见事物的动静获得体面。史学家、诗人、数学家等若未亲见，所写记录便不可能完美。诗人用笔讲述故事，画家用画笔能表现得更完整，更简洁易懂。若将绘画称作哑诗，那么画家可将诗歌唤作盲画。试想，盲或哑，哪一种是更严重的残疾？虽然诗人的创作跟画家一样自由，但诗作不能像绘画那样给予人如此强烈的满足感，因为尽管诗歌努力用文字描绘形态、动作和场景，画家却采用了形体的真实外观将其再现。试想，什么与真实的人更近，是名字，还是画像？人名在不同的国家叫法不同，但只要不死，人的形体不变。

---

1 亚佩尔斯（Apelles），公元前4世纪末至3世纪早期著名的希腊艺术家，他的作品全已失传。文艺复兴时期广为流传的故事是，在一位竞争者试图中伤他之后，他绘制了《诽谤》。佛罗伦萨画派的艺术家桑德罗·波提切利绘制过一幅《亚佩尔斯的诽谤》，现存于佛罗伦萨的乌菲齐美术馆。

马赛厄斯国王[1]寿辰时，一诗人献上一首据其说有益世界的祝寿诗，一画家则献上国王敬爱之人的肖像画一幅。国王立即合上诗稿，转向画像，极为赞赏地注目凝望。诗人怒气冲冲地说："啊，陛下，请专心读诗，您会获得比一幅不能开口的图画重要得多的东西。"仰慕哑物的指责令国王不快，他答道："安静，不知所云的诗人。与你可供盲人听的诗作相比，这幅画满足的是更高贵的感官。不要给我仅满足耳朵的东西，给我看得见、摸得着的东西，别指责我选择将你的诗稿置于肘下，却用双手捧画，供眼睛欣赏，因为我的双手自行选择了为更高贵的感官服务，而不服务于听觉。我认为，由于画家为更高贵的感官服务，绘画艺术远胜于诗歌。你难道不知，我们的灵魂由和谐构成，而和谐只在合乎比例的众物同时发声或展现时才会产生？你难道看不出，在诗歌艺术中，没有比例的同时作用，而是各部分相继而生，所以后者还未生，前者却已灭。因此在我看来，仅由于诗作中没有和谐的比例这一个原因，你的创作已远逊画家的创造。诗作无法像眼前这张圣洁美丽的面容一样，满足欣赏者的精神，构成这张面容的美丽图形合乎比例，合于一处，同时作用，以神圣的比例令我如此愉悦，我认为，世上再没有什么人类的作品能给人更大的快感。"

人类啊，若不是自然世界的美，是什么引你们离开城镇中的家，离开双亲和友人，去往山野乡间？细想，自然的美只能通过视觉欣赏。诗人声称在表现自然之美方面能与画家竞争，那么你们为何不拿着诗人对风景的描述，躲在家里，免受烈日炙烤呢？可以躲在清凉的地方，不必奔波，不会遭受病痛，不是更轻松方便吗？然而灵魂便享受不到眼睛——其居所之窗摄入的快乐，看不到亮处的倒影，看不到流水在荫翳的河谷中蜿蜒嬉戏，看不到为眼睛构成和谐美的各色

1 马赛厄斯·科维努斯（Matthias Corvinus），匈牙利国王，卢多维科·斯福尔扎的朋友，乐于资助艺术和文学。卢多维科曾委托莱奥纳多为马赛厄斯·科维努斯绘制一幅圣母像。

繁花，看不到呈现于眼前的其余各种事物。但如果画家在严寒的冬日，向你展示其所绘某乡间的画作，曾在那乡间的喷泉边度过快乐时光的你，便能看见自己再度置身于繁花点点的草地上，绿树投下柔和的凉荫，身侧是所爱之人。相比于聆听诗人对此场景的描述，这画面不是会给你深刻得多的快感吗？

绘画与雕塑

绘画是比雕塑更神奇的艺术，它需要更多巧思和技巧，因为要担任自然与艺术之间的诠释者，画家的精神必须与自然的精神相通。绘画必须能够阐释自然法则的现象及成因，阐明眼睛周围的物体的像如何在瞳孔内相遇，传送真实的形象。绘画必须辨清，在同等大小的若干物体中，哪个物体看来较大；在同样颜色的物体中，哪种颜色显得较深，哪种颜色显得较淡；在置于同等高度的物体中，哪个显得更高；在远近不同的相似物体中，为何有些物体看起来比另一些物体清晰。

绘画艺术的领域包括一切可见的事物，雕塑因其局限性却无法做到，如表现万物深浅不同的色彩及透明的物体。雕塑家仅向人展示自然物体的形状，而缺乏更进一步的技巧。画家却能通过所绘色彩的变化，通过介于物体与观者眼睛之间的气体，表现距离的不同。他能够表现迷雾，透过雾气只能依稀看见物体的形状。他能够表现烟雨中云雾缭绕的山峦和溪谷。他能够表现激起的烟尘在战斗者周围旋转。他能够表现澄澈程度不一的溪流，鱼儿在水面和水底间嬉戏。他能够表现沉于河床洁净细沙上光滑多彩的卵石，为翠绿的水草围绕，在水面下清晰可见。他能够表现头顶各种高度的星星。他能够表现无数雕塑无法企及的效果。

雕塑家无法表现透明或发光的物体。

若没有光和影，眼睛便无法分辨范围内物体的形状。若没有光和影的研究，许多科学——如绘画、雕塑、天文，以及大部分的透视学等——便不可能存在。

可以证明，雕塑家若没有光和影的帮助，便不能工作，因为没有光和影，所雕刻的材料将永远全为一色……水平面受均匀光照，其本色的清晰度处处一致；而颜色的一致性说明表面匀滑。因此，若雕刻材料的表面没有凭借突起的肌肉及之间的凹处产生的光和影，雕塑家便无法连续地审视其工作的进展，而他必须这么做，不然他白天所雕刻的东西会看来近似于黑暗的夜晚所制。

而绘画借助光和影，能在平面上表现各种形体，且凹凸的部分可位于形体各面，相互分离，距离不等。

雕塑家或许声称，浮雕是绘画的一种。就绘图而言，由于浮雕多少带些透视，这话还有几分道理。但就光和影来说，浮雕既不是雕塑，也不是绘画，因为举例来说，浮雕透视缩短部分的阴影便缺乏绘画或立体雕刻相应阴影的深度。但浮雕这种艺术是绘画和雕塑的混合体。

由于我同时进行过雕塑及绘画的实践，且两者的水平相当，因此在我看来，我能够大胆地就两者技艺的高下，以及难度和完美性发表意见，而不会被疑为不公。

首先，雕塑依赖特定的光，更确切地说，是由上方射下的光。绘画则处处带有自己的光和影。光和影对雕塑至关重要，在这一方面，浮雕能自然产生光和影的性质帮助了雕塑家。而画家则必须在自然正常产生光和影的地方用艺术进行创造。

雕塑家无法区分物体的各种自然色。画家则能够表现每一种特有的颜色。雕塑家的透视线显得一点也不真实。画家的透视则能令作品似乎延深一百英里。雕塑家的作品缺乏空气透视的效果，他们既不能表现透明的物体或发光体，也不能表现如镜面等具有闪亮表面的物体或倒影，还不能表现雾气或阴沉的天气，无法表现的事物数不胜数，为免乏味，我便不一一列举了。

雕塑唯一的优点是它更耐久……

绘画更优美，更具想象力，更富创造性，雕塑则更耐久，但除此之外没有别的长处。

雕塑表现事物本貌，无须多大努力。绘画则似乎为神奇之术，能令触不到的事物显得有形可触，将平面的物体表现为立体，使远方的事物触手可及。

事实上，绘画具有雕塑无法获得的无限可能。

雕塑家凭手臂的力量创作，他挥动锤子，雕琢大理石或其他石料，凿出包于石中的作品——这是一项极机械的劳作，且劳作时，大汗常与石屑混成灰浆，腻得他满面大理石粉，仿佛一名糕点师。凿下的碎片又纷纷如暴风雪，扑打在他的身上，致使房中肮脏，满是碎石渣屑。

画家的工作环境多么不同——我们所讨论的是第一流的画家和雕塑家——画家身着喜爱的体面衣服，极舒心地坐于画作前，用一支轻便的画笔，点染精致的色彩。他的家中干净整洁，处处皆是动人的画作。工作时，他常可聆听音乐或各种佳作的朗诵，而不受锤击等噪音干扰。

铜马雕塑[1]

以铁腿支撑马的模型，坚实并稳固地置于基座上，用油脂润滑后，敷以涂料，待一层涂料干透后，再敷另一层，待涂料层厚达三指时，视需要，用铁镶边固定。

1　1493年，莱奥纳多完成了斯福尔扎纪念像所跨马匹的黏土模型。模型从基座到马头顶部高23英尺。

取下铸模后，逐步加厚充实，铸模完整无瑕疵后，用铁围箍住铸模，将需接触青铜的内侧烧硬。

巴维亚的铜马身上，最值得称赞的是它跑动的姿态。[1]

模仿古代的作品强过模仿近代的。

正如要塞和人类所显示的那样，美感和实用性不可兼备。

小跑的姿态几乎具有野马跑动的样子。

缺乏自然生气的地方，便需创造出人意外的灵动。

1　在巴维亚大教堂前的广场上，伫立着一尊狄奥多里克大帝（454—526，东哥特王国的建立者）的骑马像。莱奥纳多研究了这匹马的姿态。

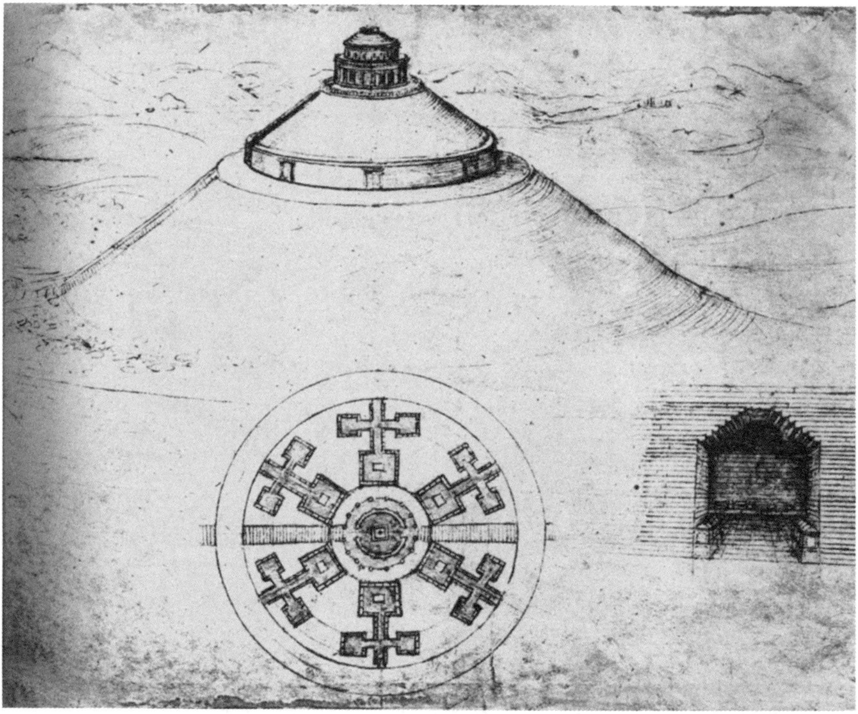

第九章　建筑设计

结构研究

拱　顶

拱顶不过是两弱构成的一强，因为建筑拱顶由两个弓形体构成，每个弓形体本身极弱，极易坍塌，但当两个弓形体相互阻挡坍塌，两弱便转为一强。

拱顶一旦建成，便始终处于平衡状态，因为两边相互推击的力量相等；但倘若一侧的弓形体重于另一侧，较重的一侧压制较轻的一侧，稳定性便会受损终结。

实验证明，置于拱顶上的重物未将其全部重量卸于支柱上。恰恰相反，加于拱顶上的重量越重，拱顶传于各支柱上的重力越小。实验如下：将一人置于竖井中央的提秤上，随后令其伸开手足，抵住两侧井壁，提秤上他所显示的体重便会大减。在其肩上压置重物，实验表明，加于肩上的重量越大，他便会越加努力伸开手足，抵住井壁，压在提秤上的重量便会越少。

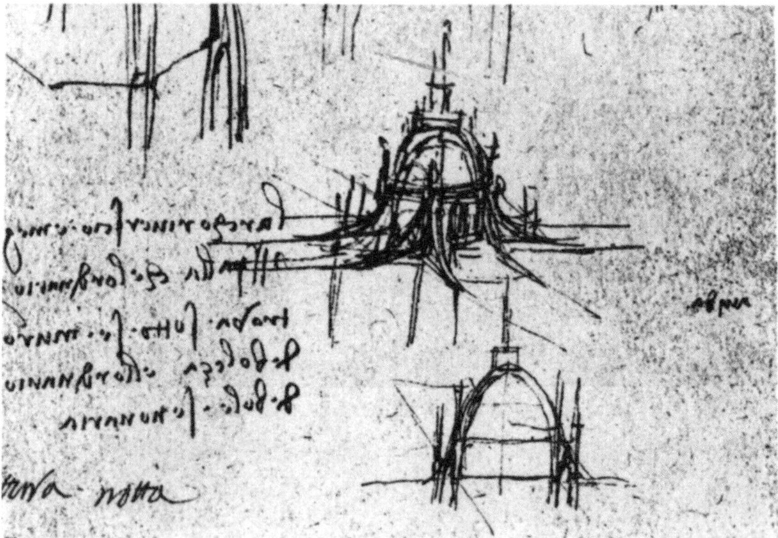

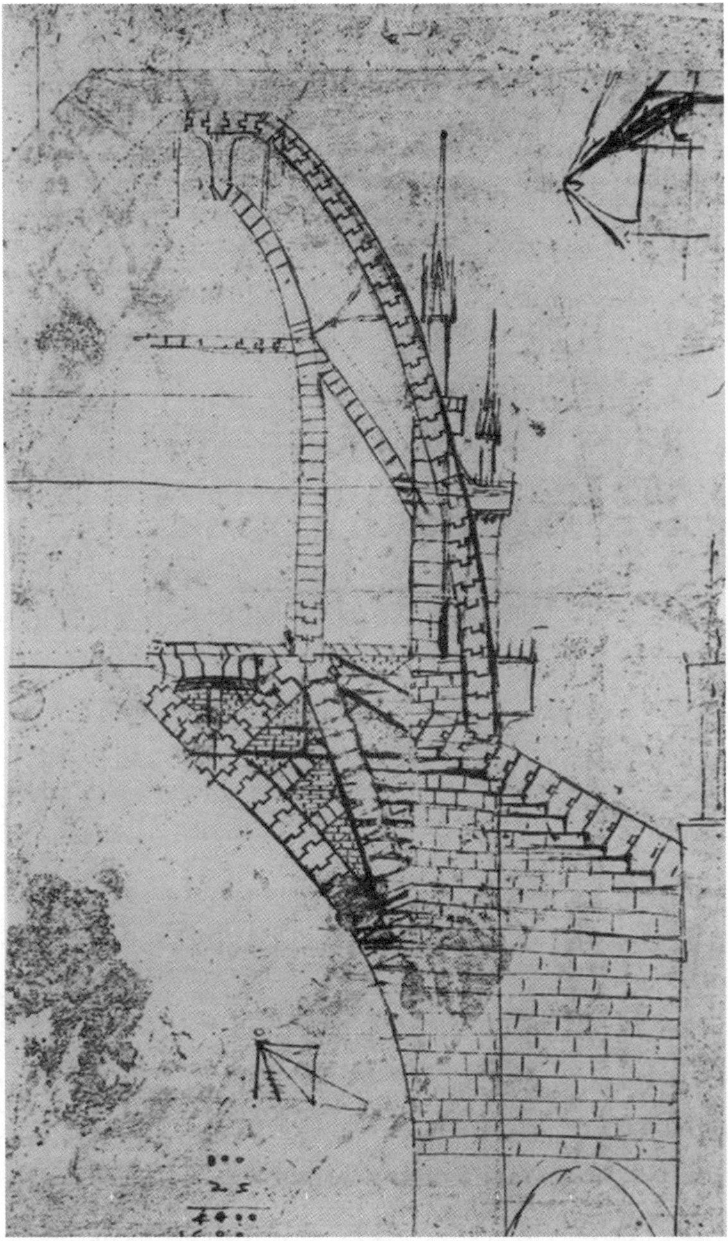

拱顶上不能，也不应该修建钟塔。而应像比萨大教堂和佛罗伦萨的圣乔万尼大教堂那样，拱顶和钟塔分开相当的距离，两者便都能展示各自的完美。但如果希望教堂的拱顶与塔楼合在一处，那便像基亚拉瓦莱教堂那样，用灯塔替代钟塔。

罗马的圣保罗教堂有五间正殿，八十根柱子，正殿跨度为一百三十意尺，从高大的圣坛的台阶至大门的长度为一百五十五意尺，从圣坛的台阶至坛后最远的墙为七十意尺，柱廊长一百三十意尺，宽十七意尺。1516年8月测量。

裂　缝

先写关于墙壁坍塌原因的专论，再分别论述解决方法。

平行的裂缝常出现在建于某些山区的房屋中，那里山石分层并且石层是倾斜的。因为水和湿气经常会渗透进倾斜的接缝，并携带着含油而滑腻的泥土，并且由于石层并不是一直延续到山谷底端，岩石会顺着斜坡的方向移动，直到降至谷底才会停止。岩石会像船一样载着被扯断的部分房子一起下滑。

防止这种情况发生的方法是在会滑坡的墙下面建造多个平台，用拱形结构连接并有牢固根基。支柱要牢牢扎在岩层中，因此不会断裂。

要找到地层中坚固的部分，需要在墙脚下穿过地层打一个很深的竖井，在竖井里，山的斜坡那一面，从上到下磨光一条巴掌宽的平面，在一段时间之后，竖井壁上这个平滑的截面会清楚地显示山体哪部分在移动。

横梁的长度超过它的最大厚度20倍以上，寿命就不长，会断成两截；记住，准备砌进墙上的部分必须用滚烫的沥青浸泡，并用同样浸泡过的长形橡木板加固。每根横梁都必须穿过它所在的那几堵墙，穿出墙面之后，还要用足够的锁链牢牢拴紧，因为地震时，横梁常会从墙内移位出来，导致墙面跟地板垮塌；而如果它们被牢牢地拴紧，就可以把墙壁坚固地支撑在一起，而墙壁又支撑着各楼层的地板。

我还要提醒你，千万不要在木板上铺灰泥，因为木材潮湿和干燥导致膨胀和收缩，这种楼板常会开裂，裂缝处会慢慢堆积尘埃，非常难看。再有，也不要在以拱门为支座的横梁上铺楼板，因为铺在横梁上的楼板日后会在中间部位稍微下陷，而搁在拱门上的部位则保持原状，这样一来，铺在两种支撑物上的楼板，迟早看起来会像是铺在丘陵上。

关于神庙及其他公共建筑各构成部分的地基，最首要的便是稳定性，它们的深度应与压在其上的重量成比例。在任何一地，厚土的各部分都由土层构成，而各土层的构成部分有轻有重，最下方的最重。其中的原因在于，这些土层乃是由流向海洋的河流留下的沉积物构成，最先沉下的沉积物最重，之后逐渐减轻——这是流水沉积的行为，冲刷时，流水则先带走最轻的物体。这些土层在河岸中清晰可见。持续不断的河水分开山峦，形成深邃的峡谷；峡谷中流水退去，令两岸的泥沙碎石变干，变为坚硬的岩石，最细的泥沙变得尤为坚硬。

建房规划

乌尔比诺[1]的台阶

倚墙而建的柱脚必须与所靠的墙等宽。

为显示其真实外形，建筑物应始终独立于周围的一切。

[附建筑图]主人起居的大房间、客房、厨房、食品储藏室、门房、家庭活动的大房间，以及门厅。

厨房应在主人起居的大房间和家庭活动的大房间之间，食物可通过宽大的矮窗或转台送入两房中。家庭活动的大房间在厨房的另

1 为乌尔比诺公爵所建的城堡，这座文艺复兴时期的宏伟城堡曾是著名的文学及艺术中心。

一侧，如此房主便听不见喧闹。

除去家庭活动的房间，主妇应有其独立的厅室，如此她便可以安排服务的女佣在小厅的别桌吃饭。主妇除去自己的房间，应另有两个房间，一为女佣房，二为保姆房，而且女佣和保姆的用具也需要足够的空间。房间应与各设施相通。花园和马厩相接。

贮藏室应有后门通往厨房，好让贮藏室的人迅速有效地工作。厨房窗户应面对贮藏室，便于提取柴火。厨房应便于清洗锡器，如此便不会看见佣人端着锡器在屋内行走。我希望有一扇封闭整幢房屋的大门。

[附图]若与家人同住，安排住处时，需使他们以及家中的寄宿者在晚间均无法打开房屋大门。为使他们无法进入你的卧室或起居室，关闭出口 m，便能封死整幢房屋。

你有意用作舞厅、适合一群人跳跃或做各种运动的房间应该在第一层，因为我曾看到过房间倒塌而导致很多人死亡。首先要确保每面墙壁都有地基或安置稳固的柱子支撑，无论墙体多么单薄。

让一座住宅的中层由窄砖构成的墙壁分割，由于有火灾危险，不要采用木梁。

所有的厕所都应在墙壁中开有通风口，从房顶通风。

中层应该采用拱顶，并且拱形要按数量的减少而相应增强。

为了防火，椽木条要隐藏在墙壁中。

厕所应有多个并且彼此相连，这样臭气不会渗透到房间，并且门必须要自动关闭。

为伟大的朱利亚诺修建的马厩……长一百一十意尺，宽四十意尺……下层分为三十四排马舍，每排马舍又分为三十二间，称为柱间，每个柱间能容纳两匹马，两匹马之间立有一道活动围栏。因此，该马厩能容纳一百二十八匹马。

［*在罗莫朗坦皇家猎场附近，修建活动房屋的平面图。*］房屋的移动和组装需有序，而这需要专门的设备，因为这样的活动房屋最初均在开阔处一片片地打造，随后在固定的地点，将木料组装成型。

宫廷人员不在时，部分新建房屋应让当地人居住。

地下的主管道不容纳污水，污水走城外的几条水沟，入水口和出水口各有四座磨坊。以水坝拦住罗莫朗坦上游的水，应该能做到这一点。

［附图］……在奇维塔韦基亚港，一块块石头便这样立于防波堤前……石块宽十意尺，长十二意尺，厚半意尺，由灰浆和坚固的凝灰岩制成，坚硬而具吸水性，灰浆和凝灰岩间粘合牢固，没有碎裂，这层灰浆上又厚厚地涂有完美的沙浆。上面提到的半意尺的凹坑用坚硬的大块砾石填满，砾石上又铺有一层三分之一意尺厚的灰浆和极小的砖块，之上铺着各种叶子图案的马赛克，以及一组组各色的石块，这便是房间的地面。这些华美的房间建在港口的防洪堤上，房前为柱廊，巨大的廊柱上系着船只。柱廊前有九级台阶，长三意尺，伸入水中。

水景设计

cd是布洛瓦的花园；ab是布洛瓦的水渠，由弗拉·吉奥康多在法国修建；bc是水渠所需高度；cd是布洛瓦花园的高度；ef是水渠的虹吸管；bc、ef、fg是虹吸管排流入河处。

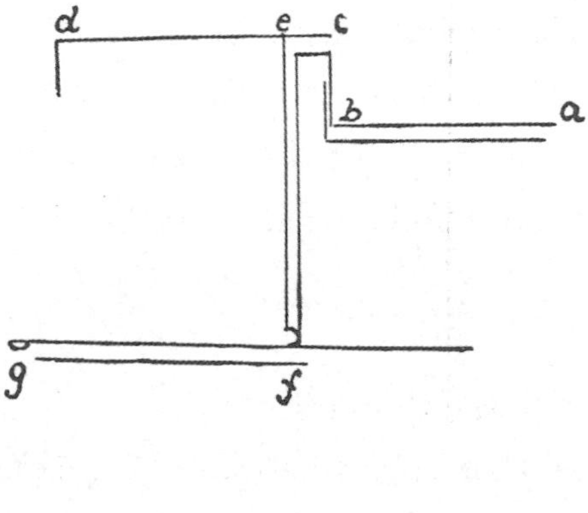

城堡供水

令城堡发水的办法［附斯福尔扎城堡的平面图］

米兰的护城河，河道宽两意尺。使米兰城堡的护城河注满水，环绕城堡。

公爵夫人浴室的钥匙

绘出放水和出水的所有管道。将它们归入所属章节。[附图]

为公爵夫人所用的锅炉调热水，在四份冷水中加三份热水。

水　阶

当水闸下方被泄下的流水掏空，最终会致使其低于河床，但如果在与水流斜向相对的水坝底部修建楼梯般的宽大台阶，通常直坠至底，将水坝基部掏空的流水在下坠时，便再也无法形成太大的冲击力，泄下的流水便不会在水坝底部形成空洞，回流时也不会带走泥土，所以不会进一步形成新障碍，而会沿着闸门的底基侧向横流。例如，维杰瓦诺的斯福尔扎城堡内的草坪上，从五十意尺的高处坠下的流水便是沿这样的台阶下泻。

1494年2月2日，我在斯福尔扎城堡[维杰瓦诺]绘制了二十五级台阶，每层台阶高三分之二意尺，宽八意尺。

斯福尔扎城堡下，维杰瓦诺的台阶为一百三十级，高和宽都为二分之一意尺，本望沿阶而下的水流在过程中滤去杂质，可大量的泥沙沿阶而下，竟将一深池填没，令深池变为洼地。

喷　泉

应让水绕整个圆周ab下落。[附图]

正如1502年8月8日在里米尼的喷泉所见，多挂流水可形成和声。

水轮机

利用水轮机，我随时可以制造气流。夏天，我可使清凉的水汩汩而起，在摆放好的桌间流淌［附图］，水道可为半意尺宽，上面漂浮盛有酒的容器，使酒始终清凉无比。剩余的水根据需要，流入花园，浇灌橘子树和香橼树。由于做了安排，可轻易盖起这些香橼树，令冬日产生的持续暖流浇于其上，令这些香橼可宿生。这种方法远优于以火供暖，原因有二：第一，泉水的温暖是天然的，且与所有植物根部的温度相同；第二，火提供的温暖不稳定，因为火供的暖缺乏水分，既不均匀，又不连续，看火的人又常因漫不经心而疏忽，致使末期的温度低于初始温度。

小溪中的水草应常割，只留下那些为鱼食的植物，如水田芥等类的植物，以便碎石溪床上的流水清澈。溪中应养不会将水弄浑的鱼类，既不可放养鳝鱼，也不可养丁鲷或梭鱼，因为它们会祸害其他鱼类。

利用水轮机可将水经管道引入屋中，从不同的地方喷出。若有人想让妇人或其他人在经过时挨水淋，可随时建某条走廊，人经过时，水便从下方四面喷起。

应打造一张极密的铜网，覆于花园上方，将多种鸟类封于其下，如此一来，伴有香橼和柠檬花香的鸟鸣声便可不断。

只要所借助的水轮机不断转动，我便可令各种乐器不停奏响。

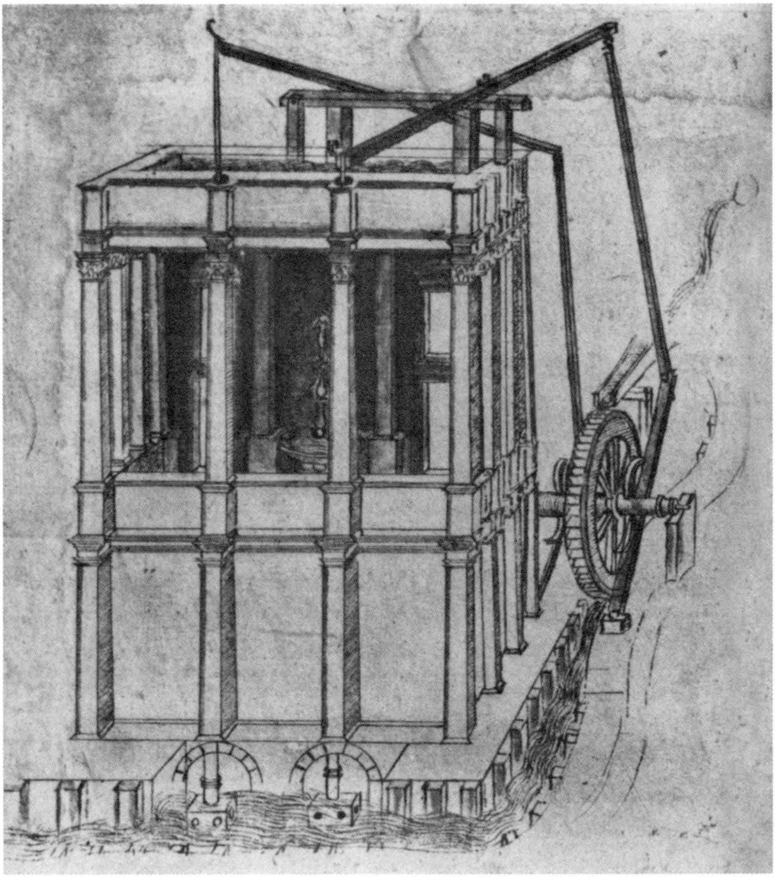

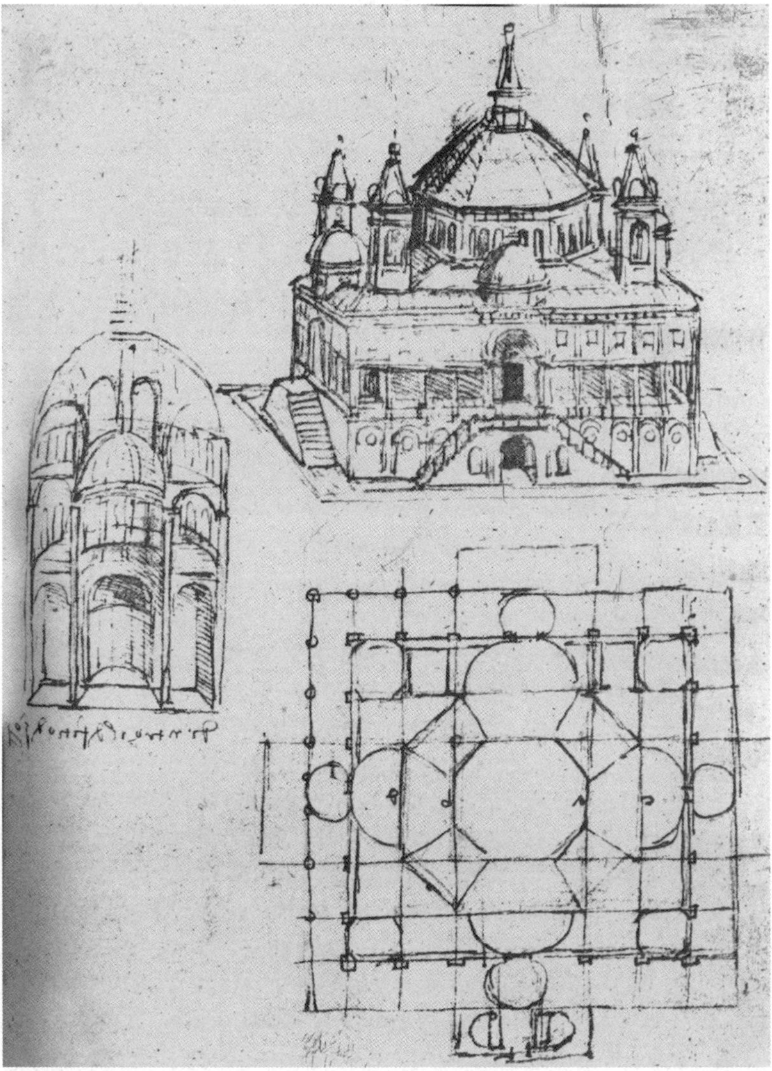

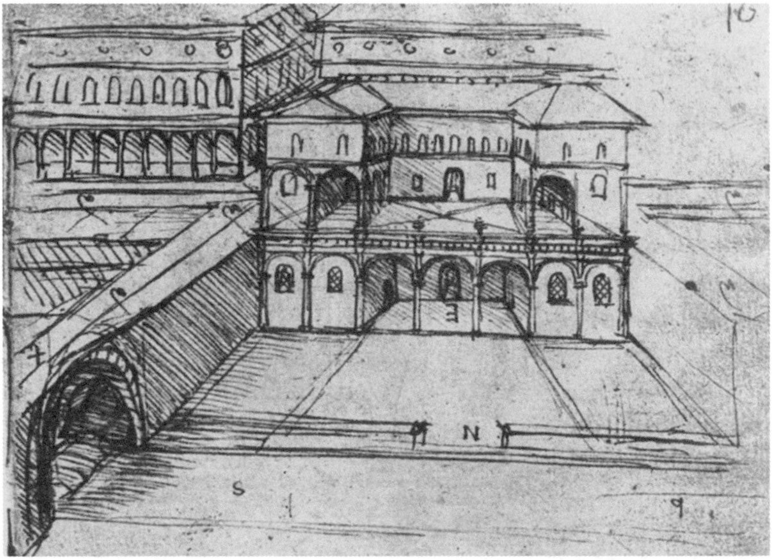

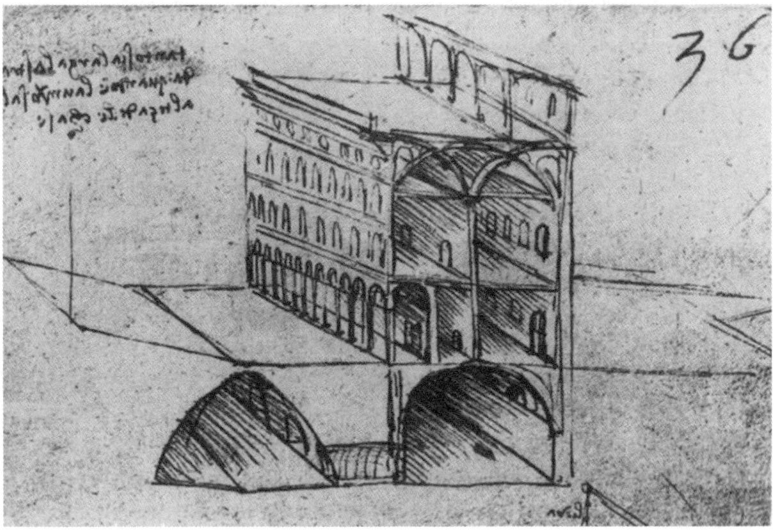

城市规划

令街宽等于普遍的房高。

[附城市平面图,标有上下两层马路]

上层马路(m)比下层马路(ps)高六意尺,两层马路都应为二十意尺宽,路边应比路中低半意尺。路中央每隔一意尺,应开一条一指宽、一意尺长的缝隙,雨水可透过缝隙,经开于下层马路上的小孔排走。路两侧应有建于柱基上的拱形走道,六意尺宽。

若有人想沿上层或下层的马路穿城而过,可以利用路两侧的拱形走道。上层马路不走货运马车或类似的交通工具,而专为绅士们提供方便。一切为普通民众提供服务和便利的马车和货车应限在下层马路通行。房屋应两两相背,将下层马路夹于中间,开有门,以搬入所需物品,如木柴、酒等等。厕所、马厩等脏臭的所在应通过地下通道排污。

各条通道由开于上方街道的孔洞采光,并每隔三百意尺开一拱门,每扇拱门处应有环形的旋梯,因为方形的拐角处总是会藏污纳垢。它们应该宽敞,在首个转弯处应有一扇进入厕所的门,而且旋梯应能让人从上层马路下至下层马路。

上层马路始于拱门外,高度六意尺。城市选址应临近大海,或某条大河,好让水把城市的秽物远远带走。

巴维亚部分的旧城墙建于提契诺河岸,我监察了该段的整修。那里古老的桩柱都极为实沉,坚硬如铁,毫无瑕疵,橡木的漆黑如炭,桤木的红似巴西苏木。

从佩拉到君士坦丁堡的桥

高于水面七百埃尔[1],宽四十埃尔,长六百埃尔,水面上桥体长度为

1 埃尔(ell),欧洲旧时丈量布匹的长度单位,约一臂的长度。

四百埃尔，陆地引桥长度为二百埃尔，这样桥便能为自身提供支撑力。

［附图］1502年9月6日下午三时，切塞纳提科港。城墙外如何建筑防御工事，以保护外坡免遭炮火攻击。

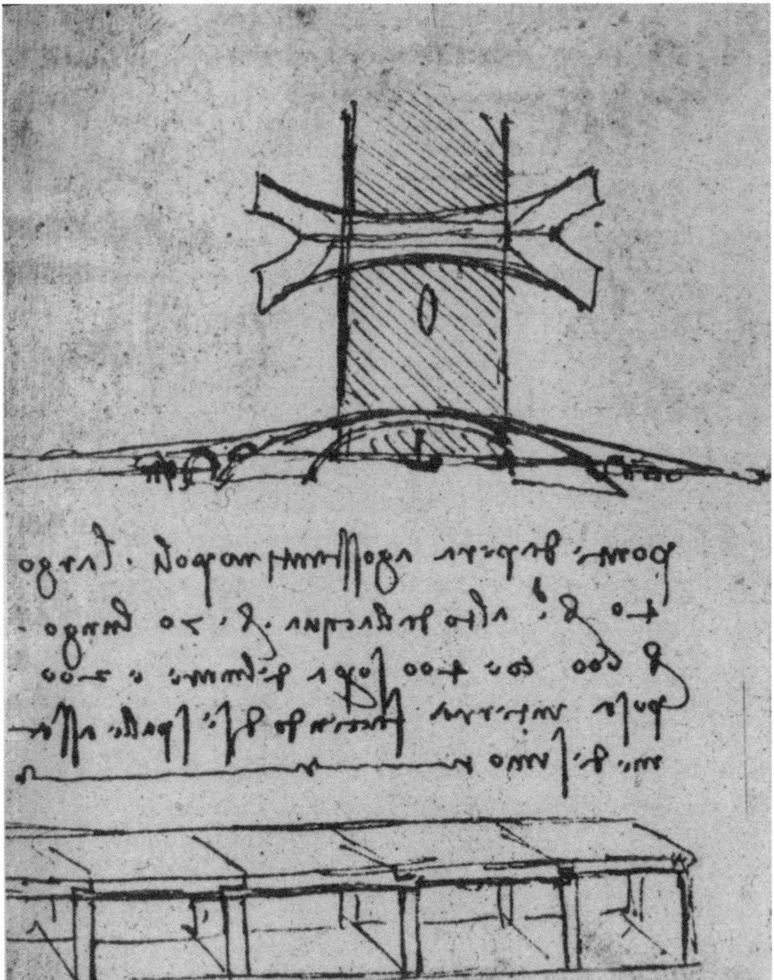

论统治

当野心勃勃的暴君围城来攻时，为保护自然最重要的馈赠——自由，我摸索出了攻守的方法。首先，我要谈的是城墙的位置；其次，是不同人群如何守卫他们公正贤明的领主。

所有社群遵从社群内显贵的领导，而显贵们则与其领主结盟，并受领主约束。约束方式有二：血缘关系或财产纽带。血缘关系的约束是以显贵之子为质，作为抵押和保证，以防他们的忠诚度有丝毫变化。财产纽带的约束则是让每位显贵在领主城中修建一两幢房屋，他们可从中获取些收益；同时，还可让显贵们于拥有五千户、居民三万的十座城池内收税，这样便可分散大量聚集的人群，他们像山羊一样拥挤成群，令各处充满恶臭，播下瘟疫和死亡的种子。如此，便会令领主之城美如其名，并利于税收，使繁华之名永存。

科学篇

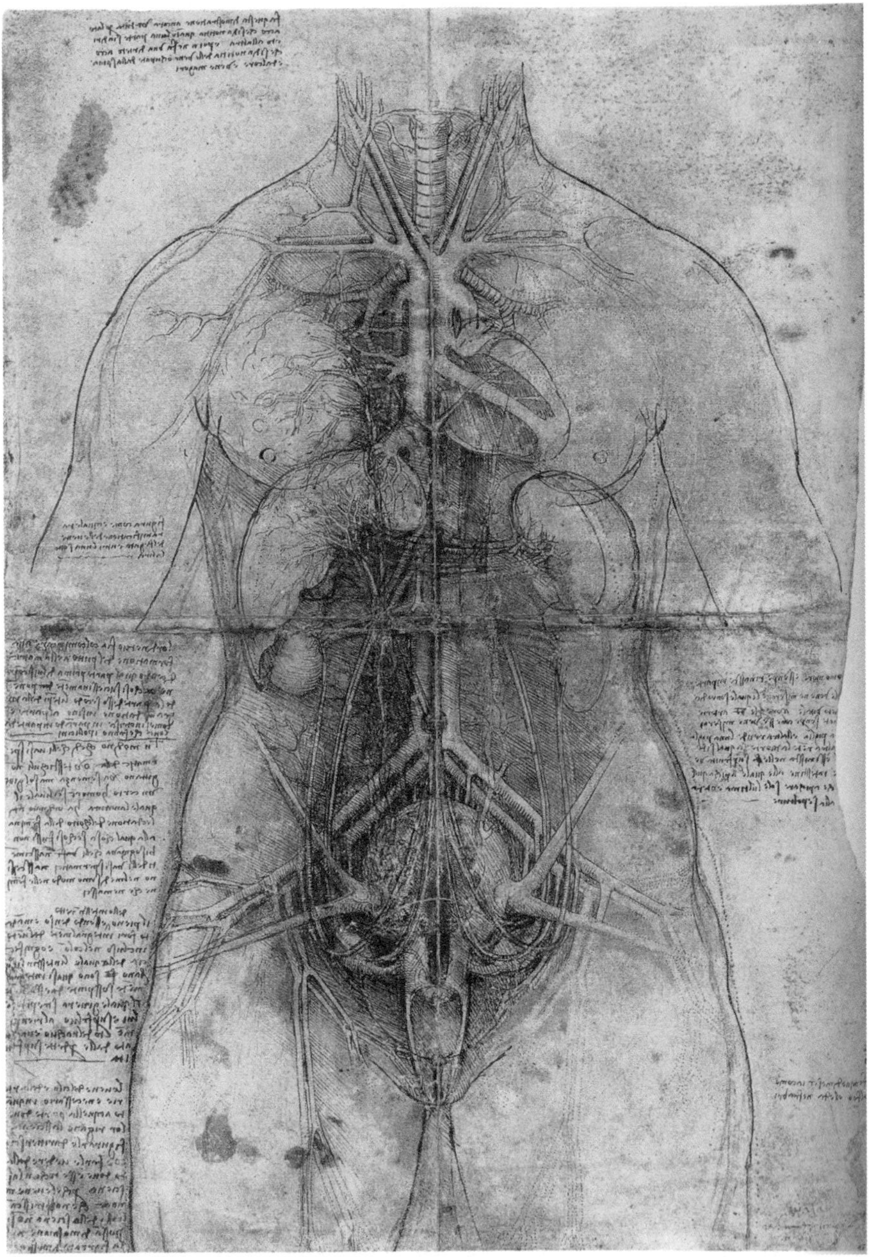

第十章　人体小宇宙

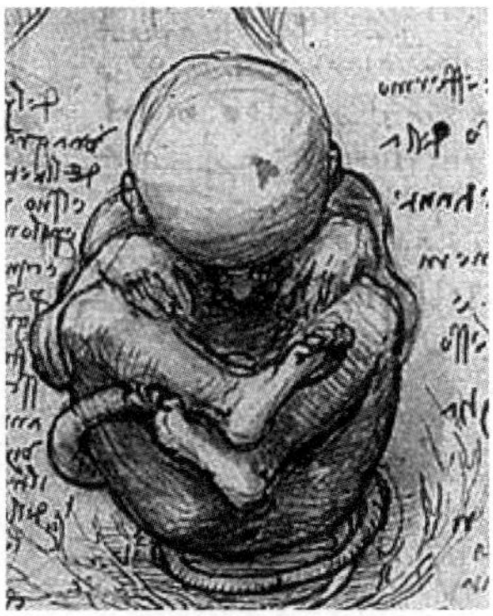

这部分论述必须从人类妊娠开始，阐述子宫的性质，阐述胎儿在子宫内如何生存发育，如何迅速化为生命并摄取营养，阐述胎儿各生长期之间的间隔，阐述至何阶段胎儿将脱离子宫，是何种力量将胎儿逼出母体，为何有时胎儿会早产。

随后我会阐明哪些身体部位在婴儿出生后，会比其他部位更快地生长，并决定一岁儿的身体比例。其后，我将描述成年男女的身体比例，以及他们面相、气色和肤色的特点。

继而说明人体如何由血管、肌腱和骨头组成。随后的四幅图则表现了人类四种普遍的情态：即表现各种笑姿、各种哭状，并阐述致使哭、笑的原因，表现溃逃、惊恐、凶恶、莽撞、残杀等所有与争斗屠戮相关的情态，以及表现拉、推、抬、堵、撑等类似的劳动情态。

最后，我将论述运动和姿态，论述眼睛的透视功能，论述听觉——此处我将谈到音乐——以及其他感官的官能，探讨五感的性质，并用插图展示人类这些感官的机理。

哪条肌腱使两眼同时运动？

研究皱眉、扬眉、垂眉。

研究睁眼、闭眼。

研究鼻翼的翕张。

研究齿合而唇开，研究噘嘴。

研究微笑和惊恐时的样子。

打喷嚏和打哈欠时什么样？

研究生病、痉挛、瘫痪、寒冷发抖、出汗、疲惫、饥饿、困倦、干渴，及欲求时的样子。

阐述人如何在子宫内开始生命……

胚　胎

虽然人类借助才智和各种机器，能够进行种种发明创造，达到同一目的，但人类的发明永远不如自然的创造直接、简单而精美，因为在自然的创造中，既无缺憾，又无冗余。自然创造动物适合运动的肢体时，不需要平衡系统，而是在肢体内注入构成了它们的灵魂，即母亲的灵魂，它先于子宫内构建人的形体，随后在合适的时机，唤醒将居于此形体内的灵魂。该灵魂最初处于休眠状态，受母亲灵魂的保护，由母亲的灵魂用所有精神的肢体，通过脐静脉提供营养和生命。在子叶和内珠被将该灵魂与脐带相连，从而令胎儿与母体相连的期间，这一状态一直持续。正因为如此，所以胎儿能比母亲更强烈地感到母体所感受的期盼、热望和恐惧，有许多例子，胎儿因此丧命……

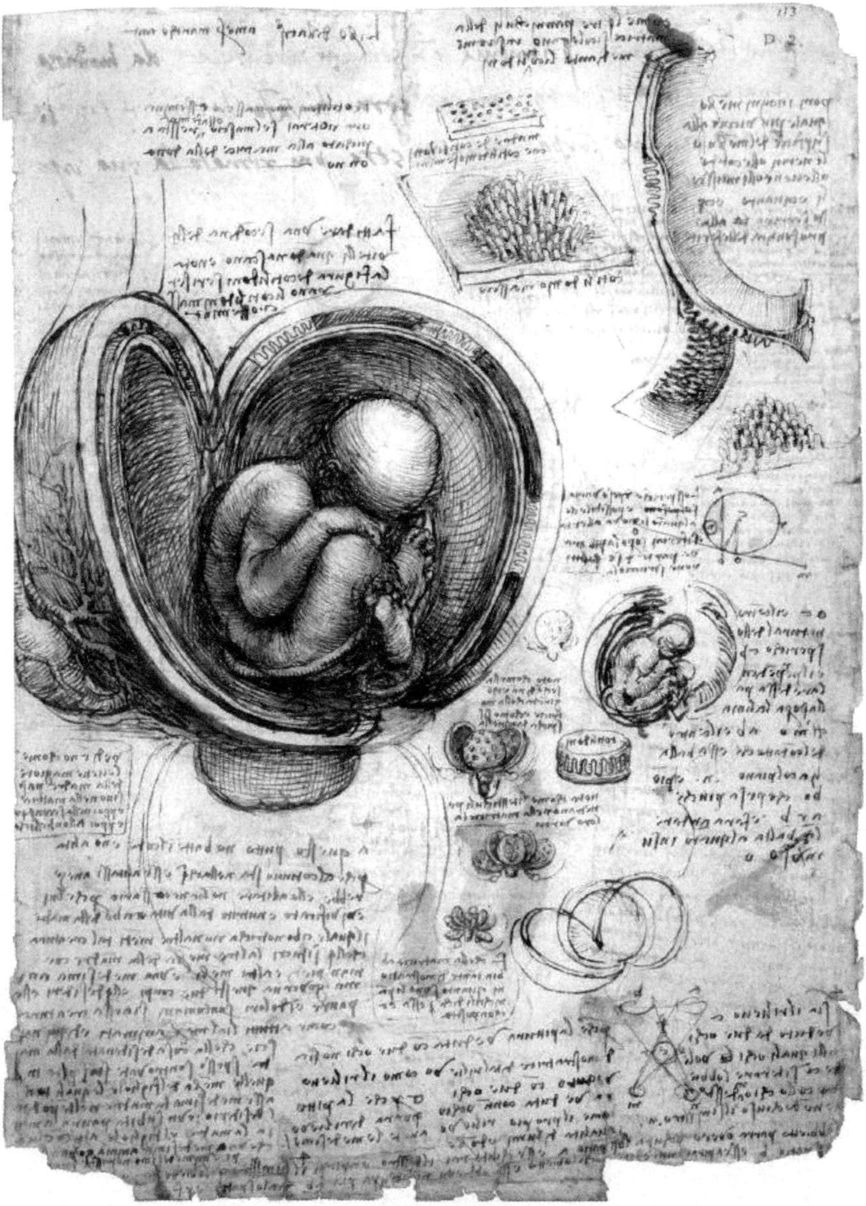

由于一个灵魂统辖两个躯体，欲望、恐惧等感受也为一体，所以胎儿能感受到母体的痛苦，而母体也能感到胎儿的渴望。同样，胎儿的营养与母体其他部分所获营养源出一处，维持生命所必需的能量都得于空气，这是人类及其他生物生存的共同法则。

埃塞俄比亚的黑种人并非日照的产物，因为在锡西厄[1]，若黑人与黑人结合，后代便为黑色；然而如果黑人与白人妇女结合，子女则为灰色。这表明在胚胎内，父母精元的作用相同。

我向人类揭示了他们生命存在的第二起源——或许是第一起源。精神与肉体分开；胎儿如何呼吸，如何通过脐带获取营养；何以一个灵魂统辖两个躯体，所以正如人们所见，母亲渴望某种食物，孩子则具有喜好该食物的特点；还有，为何怀胎八月所生的孩子无法存活。阿维森纳[2]声称，灵魂孕育灵魂，肉体养育躯干和各条肢体，可是他错了。

［附子宫内婴儿的草图］该婴儿的心脏并不跳动，也没有呼吸，因其始终躺于水中，若呼吸便会溺死，且呼吸并无必要，因其从母体的生命和所摄入的食物中获取营养和生命。

研究鸟在蛋里如何获取营养。

婴儿在母体内能否哭泣，或发出任何声音？答案是不能，因为婴儿不呼吸，没有任何形态的呼吸；没有呼吸，则没有声音。

询问比亚吉诺·克利维里[3]的妻子，阉鸡如何在交配季节孵化母

1 锡西厄（Scythia），古代欧洲东南部以黑海北岸为中心的一个地区。

2 阿维森纳（Avicenna，980—1037），波斯医学家、哲学家和科学家，所著《医典》是17世纪以前亚洲及欧洲主要的医学教科书和参考书。

3 比亚吉诺·克利维里曾是卢多维科·斯福尔扎麾下射手的队长。

鸡所产的蛋。

他们用壁炉边的烤箱孵小鸡。

圆形的鸡蛋孵出的是小公鸡，长形的鸡蛋则孵出小母鸡。

鸡雏由阉鸡照看。阉鸡的下体拔去羽毛，并遭荨麻扎刺后，被放入大篮中，鸡雏依偎在它身下时，温暖的感觉会抚慰阉鸡，令它感到舒服。这之后，阉鸡便会始终带领鸡雏，并为它们战斗，它会飞扑起来与鸢凶猛地搏斗。

解剖图

我按照前人托勒密在其宇宙志中所采用的方案[1]，用十五幅全图，向读者展示人体这一小宇宙。如同托勒密将大宇宙分层那样，我会将人体按四肢划分，随后全面地阐述各部分的功能，在读者眼前展示人体的全图，以及人体借助各部位所能完成的各种运动。希望我们的造物主乐见，我能够在描绘人体时，揭示人的本性及其惯常行为。

但是你要知道，这些知识量不足以让你持久满足，各个部分的结合造成极大的困惑，纹理、脉络、神经、筋腱、肌肉、骨骼和血液交杂在一起，并且它们都染上了血液的颜色。此外，在探索这些组织内部结构的过程中，它们都会不可避免地遭到毁坏。

因此，一些更深入的解剖图就显得很必要。其中，三张图给你对于血管脉络的全面知识，其余一切都极其小心地加以破坏。三张图展示表层组织。还有三张图说明筋腱、肌肉和韧带。另外三张图说明骨骼和软骨。再有三张图说明骨骼解剖，这些骨骼必须锯开，以此说明哪些是中空的，哪些不是；哪些有骨髓，哪些呈海绵状；哪些从

1　莱奥纳多应借鉴了托勒密在《天文学大成》或《地理学》中绘总图的方法，应用于人体。

外到里比较厚,哪些比较薄。

你还要有三张有关女性的图,许多地方是神秘的,因为涉及子宫和胎儿。因此,通过我的绘画,能让你了解每一个部位,方法是从三个不同视角显示每个部位。因此,当你从正面看到一条肢体,它有肌肉、筋腱,或者血管从背面起始,我会为你展示出这条肢体侧面和背面的样子,就像你把这条肢体拿在手中翻转观察,直到你熟悉了它的每一个细节。

记住,为弄清各条肌肉的始端,要拉扯各肌肉中生长的筋腱,使肌肉运动,从而观察肌肉与骨韧带连接的情况。描述肌肉,以及它们所处位置和始末端时,除非首先用线条标明小股肌肉,否则描述只会造成困惑。而使用线条一股股展示的方式,则可按照自然分布肌肉的顺序,从里到外一条条地描绘,并可根据它们所作用的肢体,为它们起相应的名称,例如,大脚趾尖运动肌,中骨运动肌,或第一骨运动肌等等。在所起的名称旁,绘制各条肌肉的真实形状、大小及位置,但切记,表示肌肉的线条应处于每块肌肉中心线的位置,这样,这些线条才能简单而清晰地展示腿的形状和间距。

开始绘制手的内部结构图时,应先绘制其中所有骨头彼此略分的图,以便迅速认清掌心面每根骨头的真实形状,以及每根手指中骨头的确实数量和位置。然后表现一些骨头的纵向剖面,以显示哪些为空心骨,哪些为实心骨。绘完这些之后,应绘制所有骨头拢至真实接触位置时,展开手掌的内部结构全图。继而应表现腕肌,以及手其余部分的肌肉。第五步则应表现使手指第一关节活动的筋腱。第六步表现使手指第二关节活动的筋腱。第七步表现使手指第三关节活动的筋腱。第八步应绘制令手指具有触觉的神经图。第九步绘制血管动脉及静脉图。第十步绘制带有皮肤、标明尺寸的全手图,所有骨头也应标明尺寸。对手掌面所做的一切，其余三面——手背面、伸展肌面和收缩肌面——也应照做。因此，在关于手的一章中，将绘制四十幅图。四肢的内部机构图都应如此绘制，这样方能获得全面的知识。此后，应讨论各种动物的掌，以展示之间的差异。例如，熊脚趾筋腱的韧带连于脚踝上方。

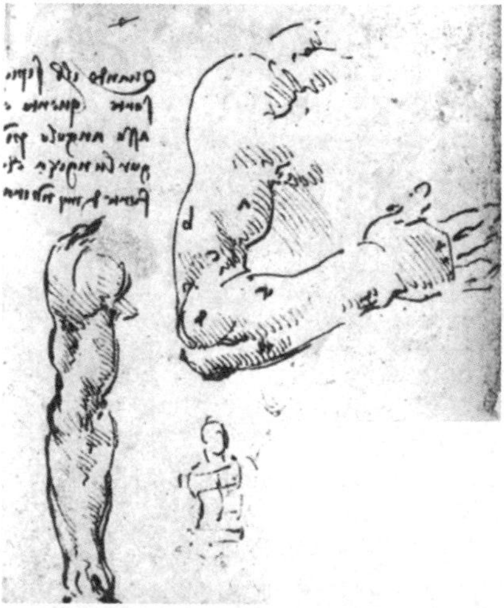
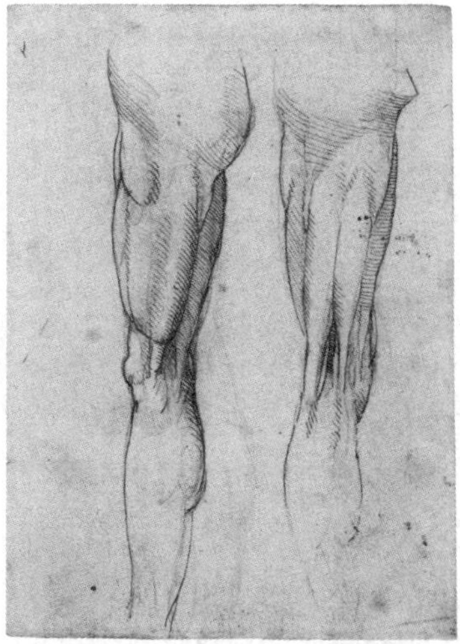
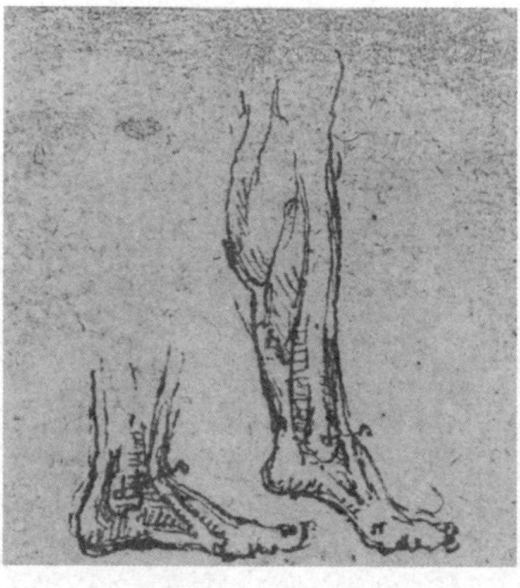
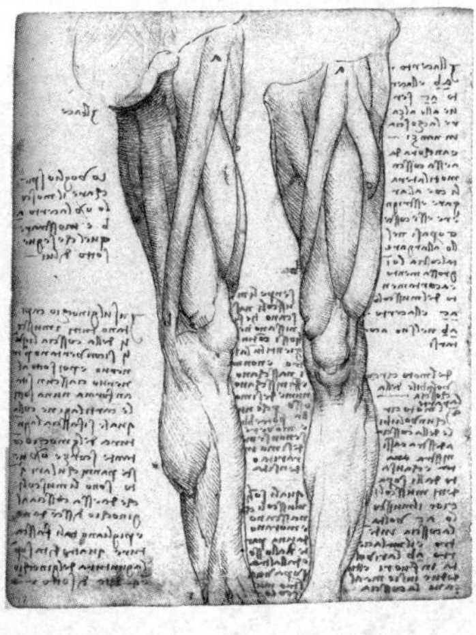

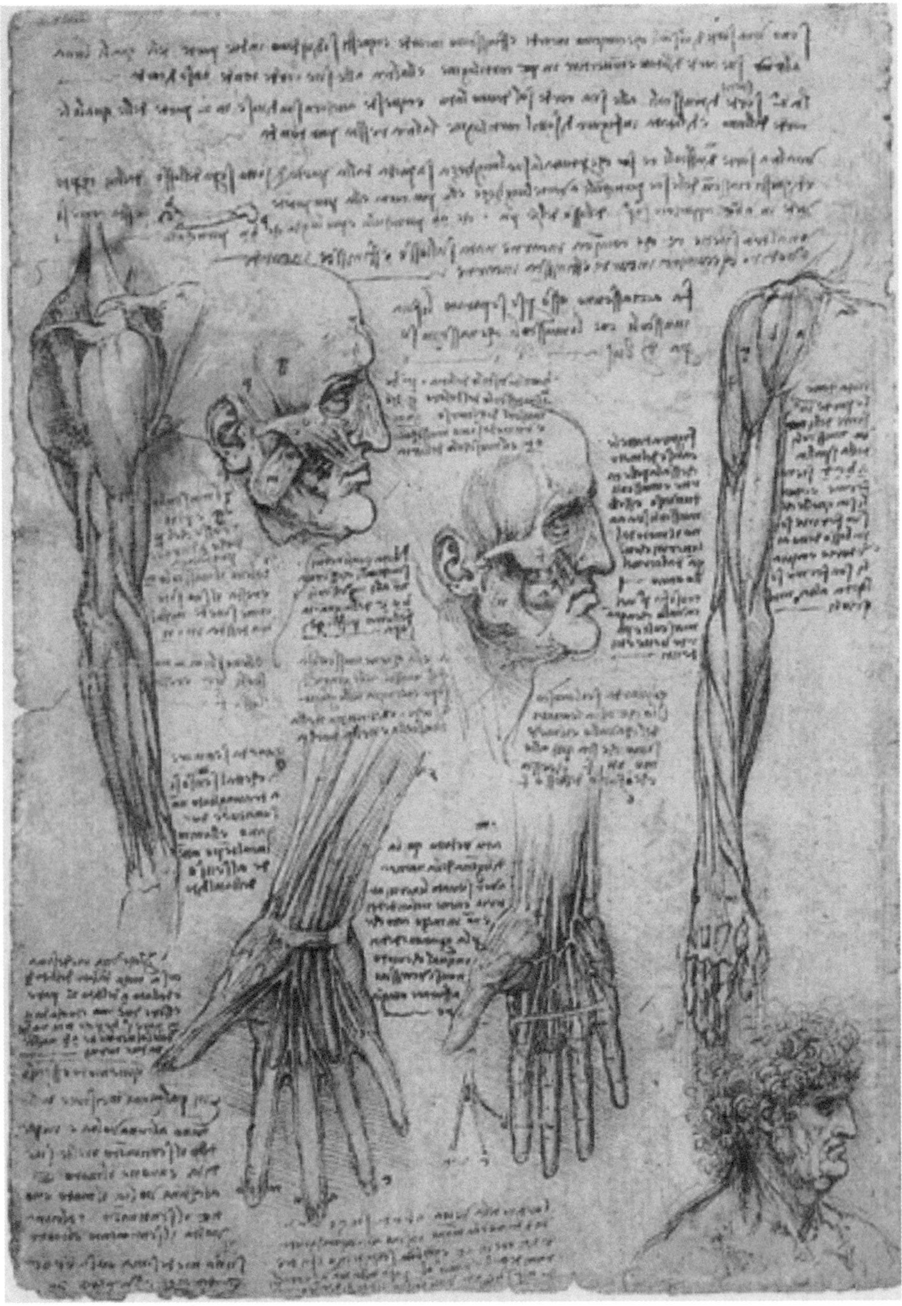

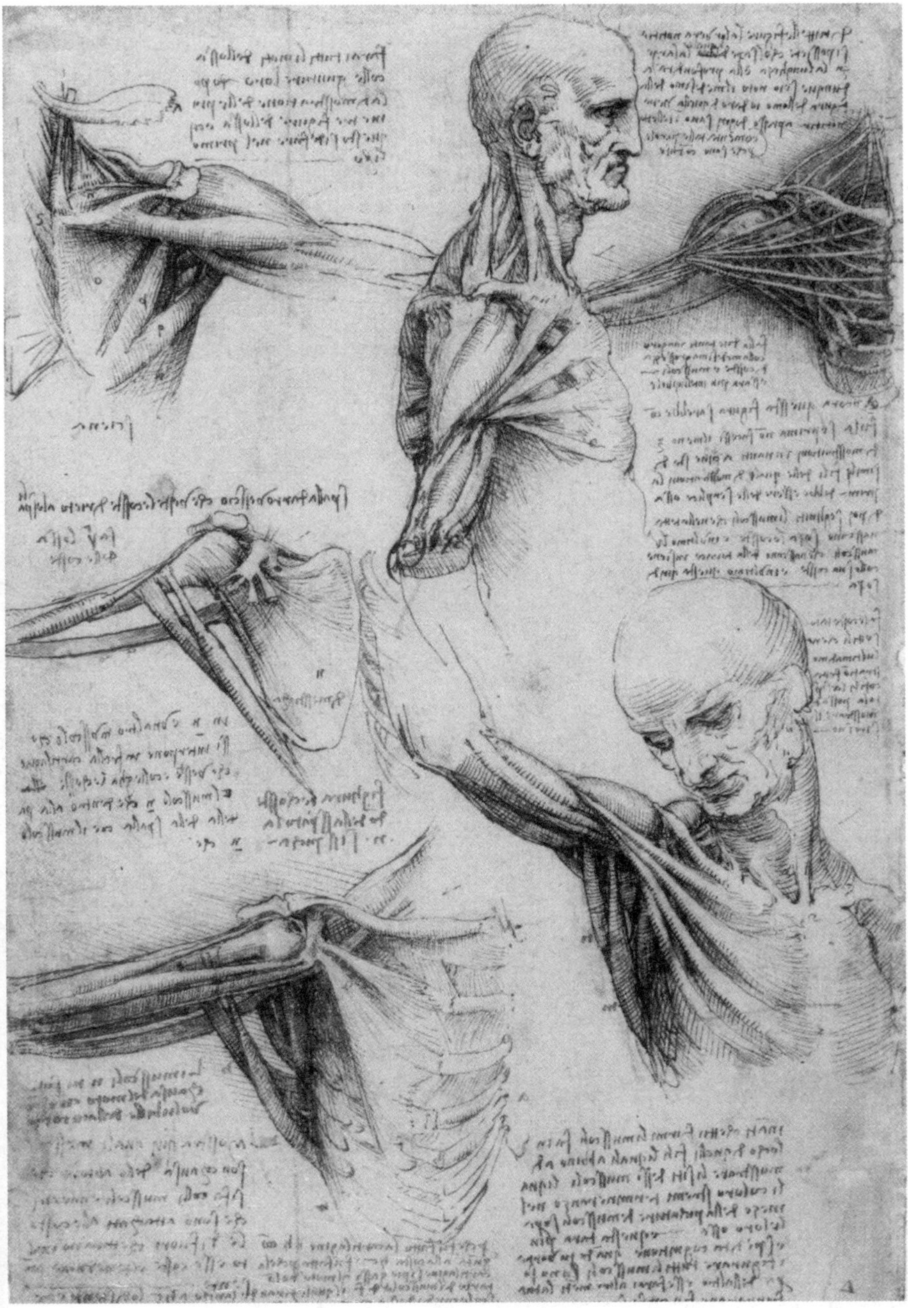

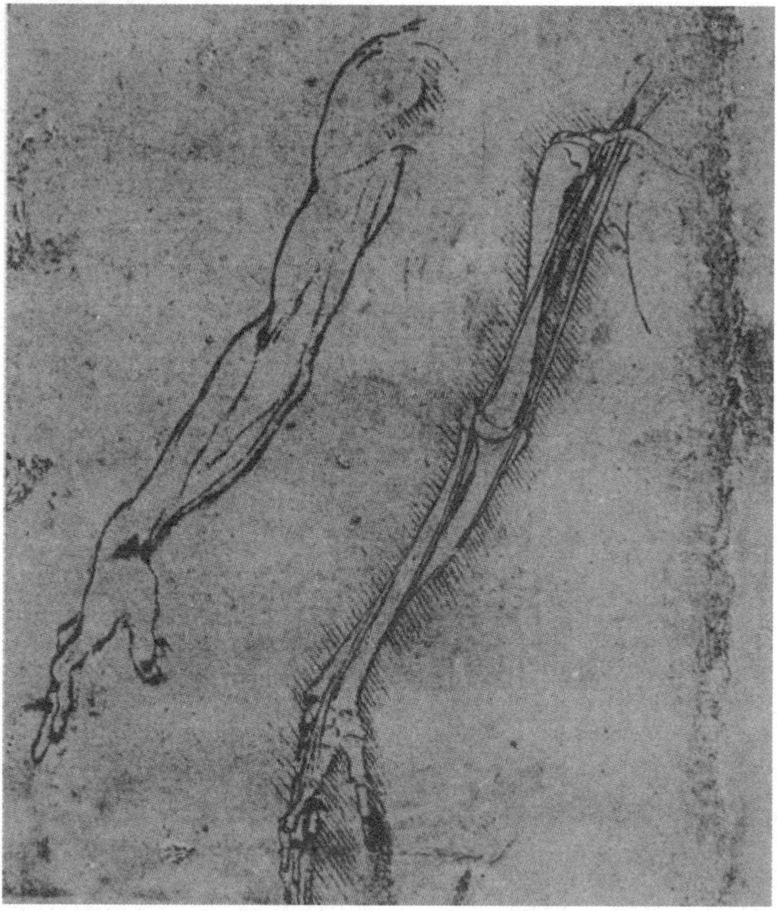

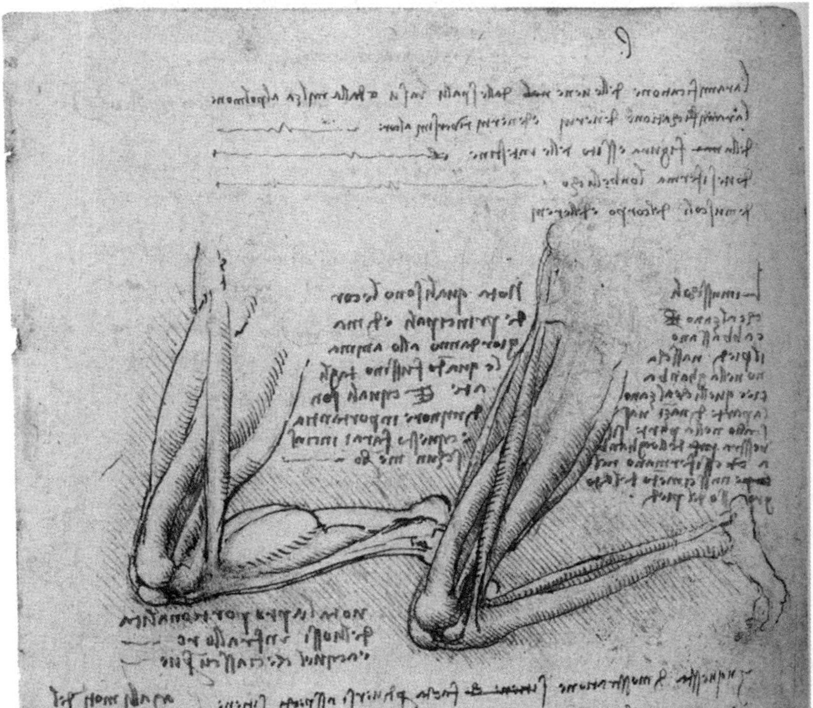

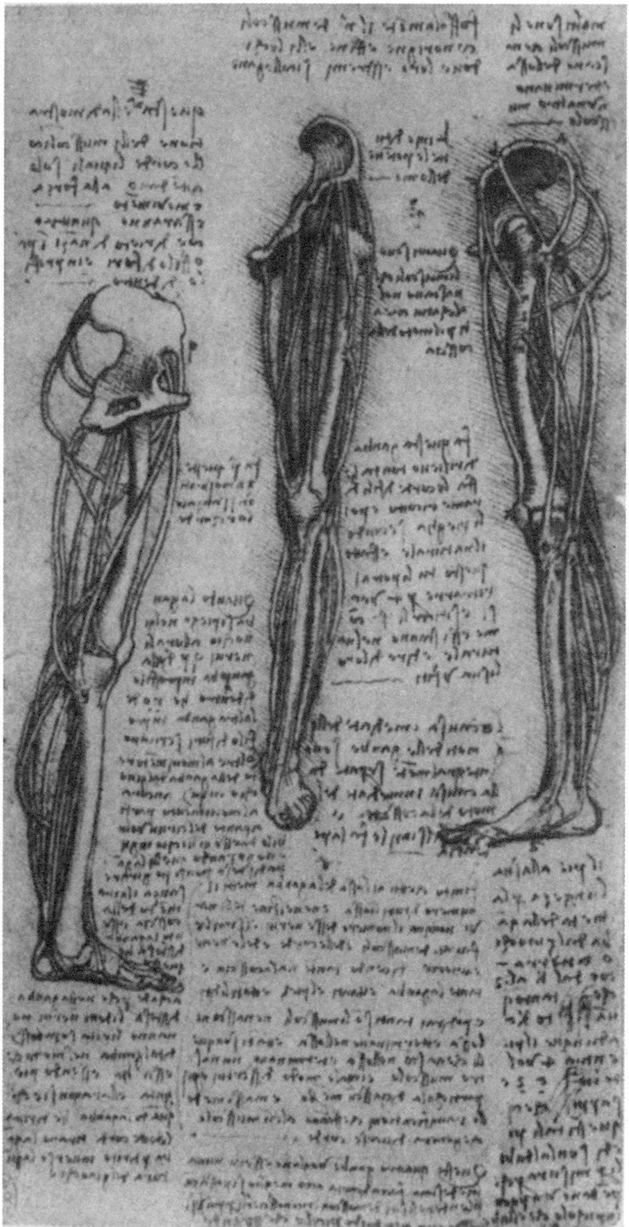

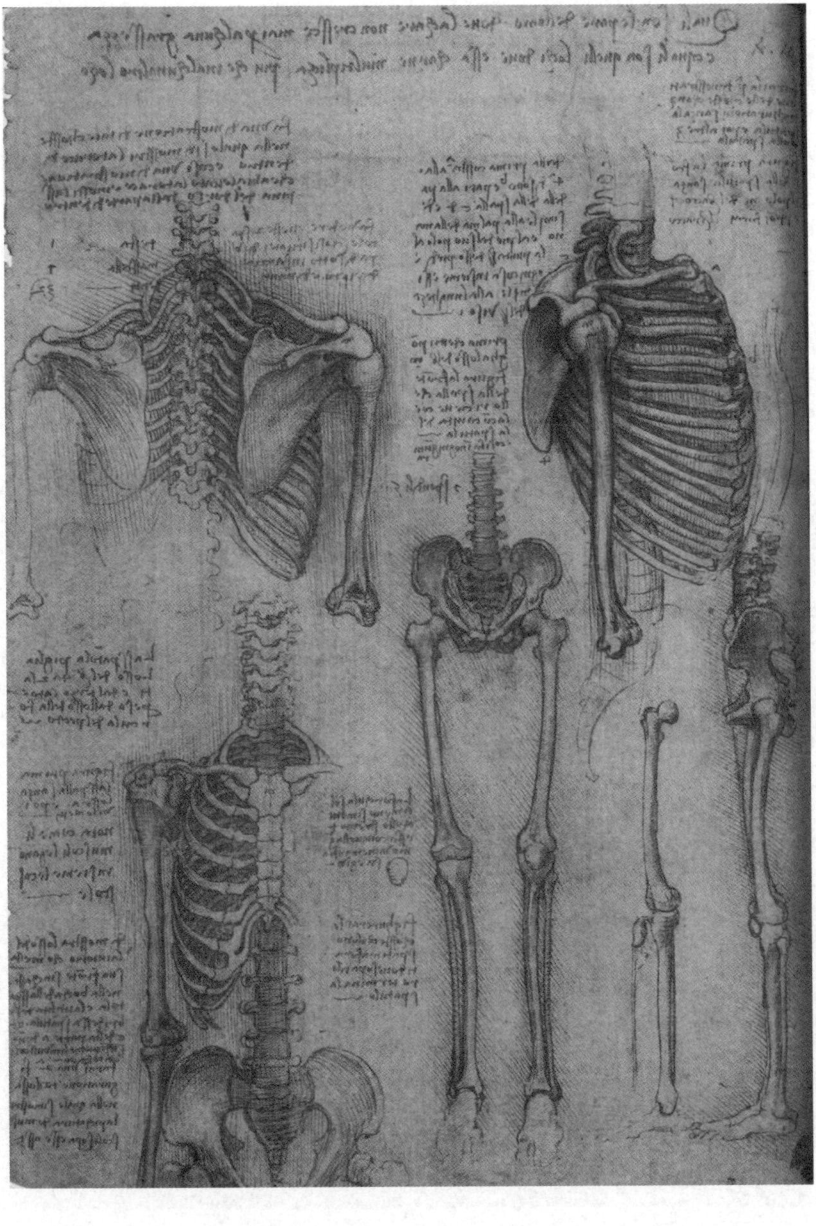

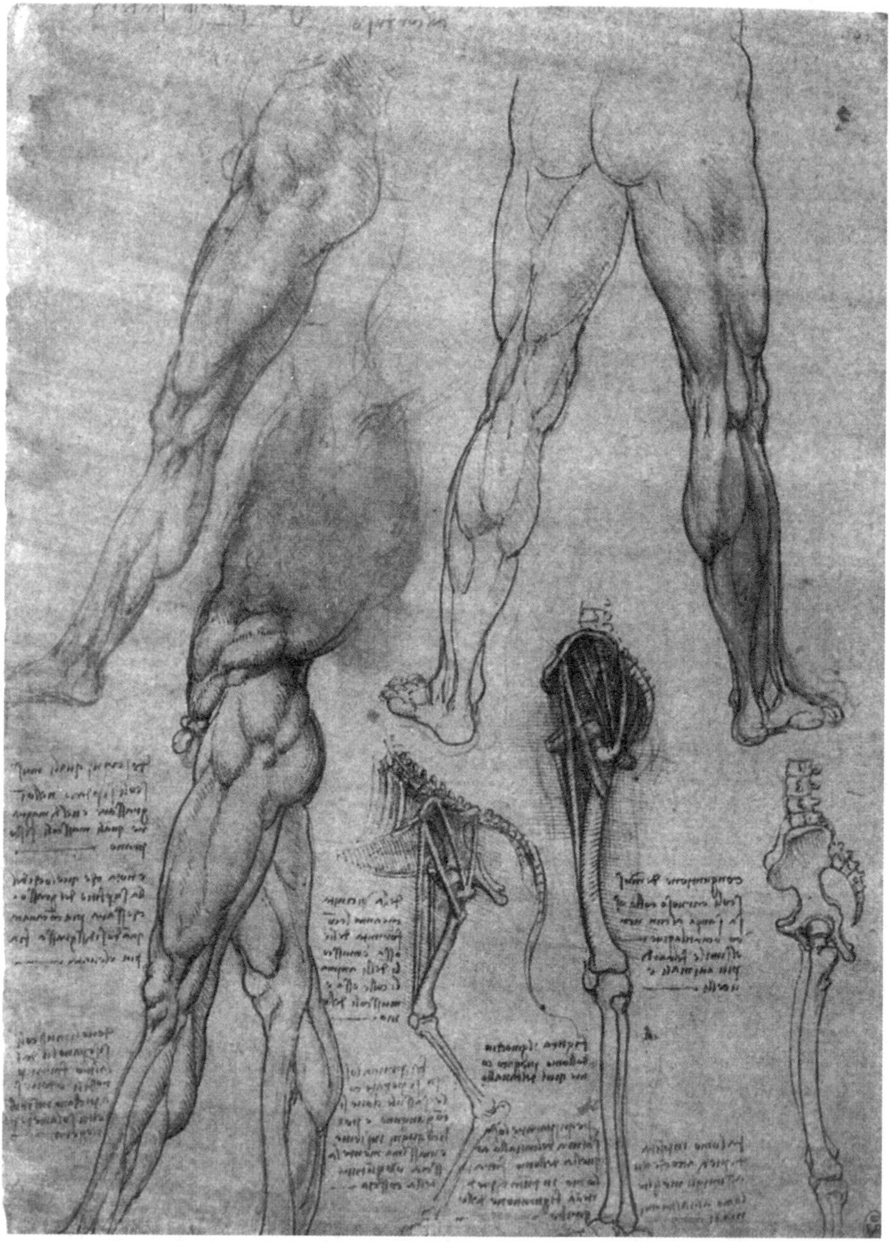

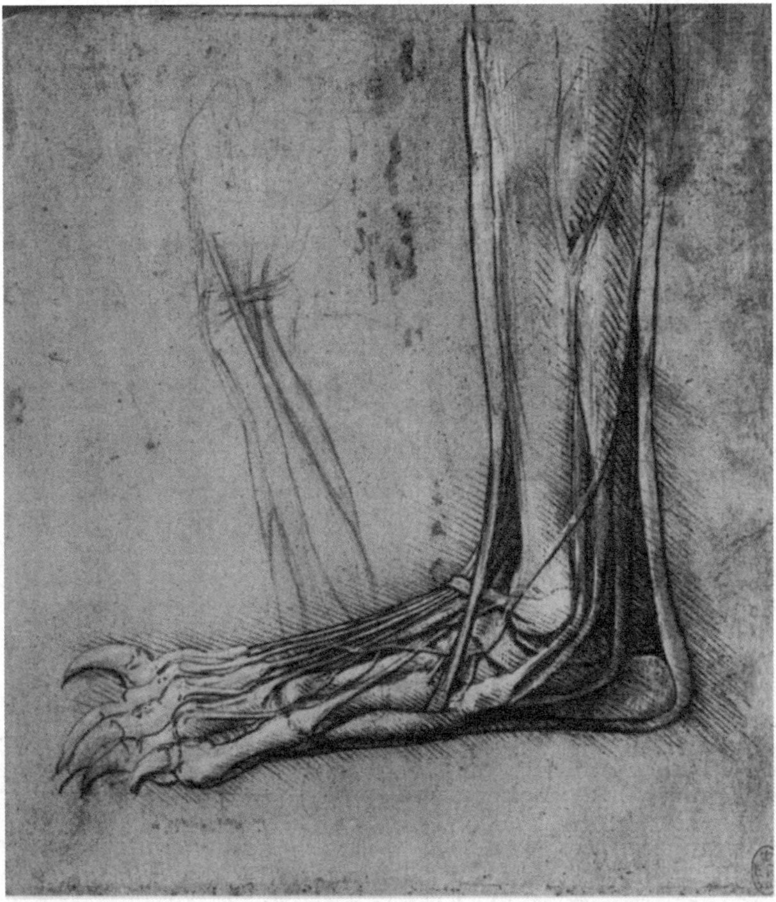

脚上肌肉的数目为脚趾数目的两倍。但我尚未完成这一论述，因此暂且搁置，我打算在1510年的这个冬天完成全部解剖。

那些给练习解剖者设置障碍的学生，以及那些研究时偷工减料的学生应当受到严正批评。

［附人体血管的解剖图］此处应像托勒密在他的宇宙学说中描绘宇宙那样，总体描绘血管的支系图。此处则应从不同的方面，分别描述各部分的血管。

分别从前、后及侧面，绘制血管的支系图。否则，便无法正确展现血管的位置、形状和分支情况。

有人说，看这些图不如看一场解剖演示。如果你能在一具人体中，观察到这些图示中的所有细节，这话不错。但即使用上所有的聪明才智，你在一具人体中所发现、所获取的至多是寥寥几条血管的知识。而我为获取血管完整的真知，已解剖了十多具尸体，将裹在这些血管外的各种器官和最微小的皮肉全部摘下移除，除了小静脉微量的出血外，未造成血液喷涌。由于一具尸体无法满足长时间研究的需要，必须用多具尸体分阶段进行，才能得到完备的知识。这样分阶段的解剖，我做了两次，以发现差异。一个人即便对解剖有兴趣，也或许会被世间的厌恶所阻；即便不为世间厌恶所阻，也可能没有胆量与这些剥去皮、被切得四分五裂，看上去极为可怖的尸体彻夜为伴；即便不惧夜间与尸体为伴，又可能缺乏绘制解剖图的基本素描技巧；即便具备素描技巧，又可能没有同时掌握透视的知识；即便同时掌握素描技巧和透视知识，又可能不理解几何示图的方法，以及估量肌肉强度和力量的方法；又或者缺乏耐心，因而不够勤勉。

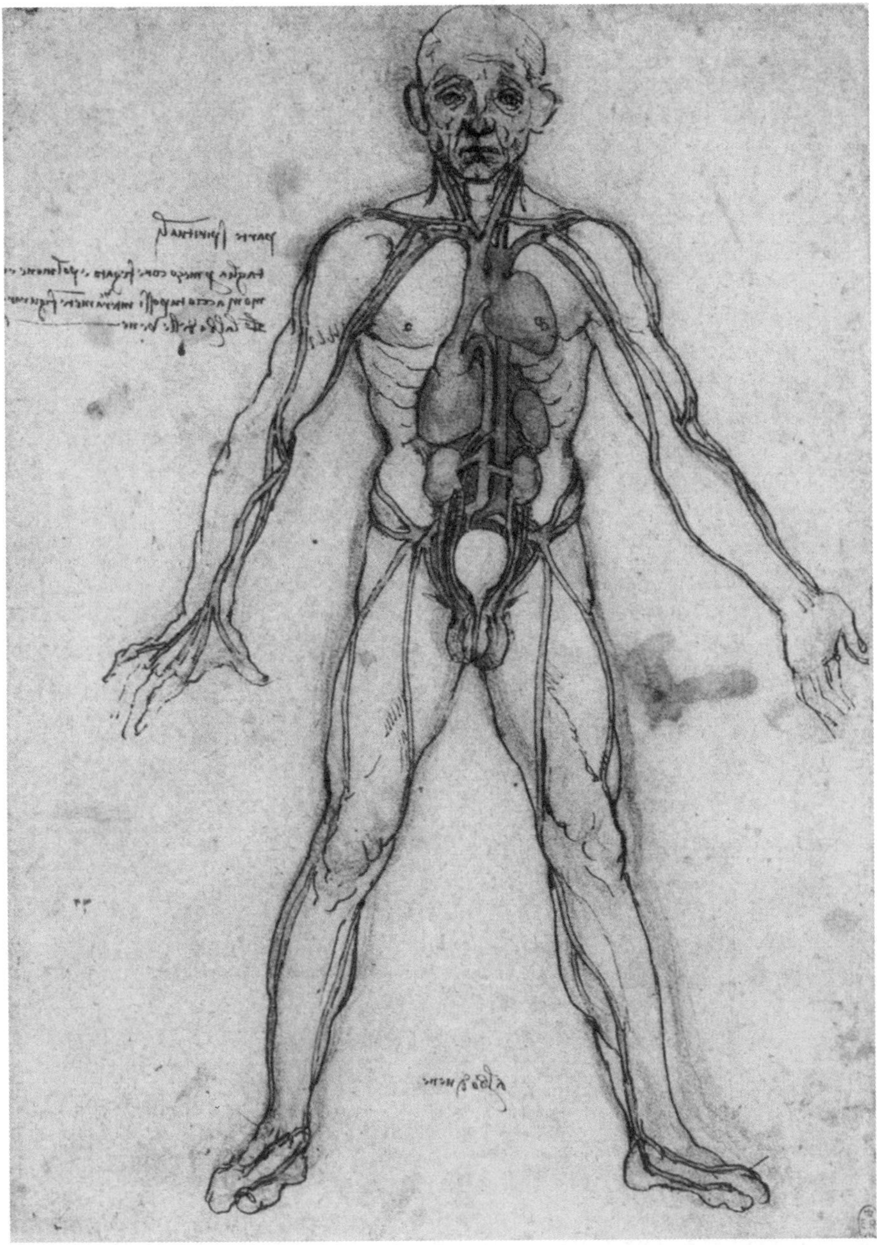

至于这些素质我是否全部具备，我所著写的一百二十卷可做出“是”或“否”的裁决。著写这些卷册，我未被贪欲和懈怠所阻，我只需时间。再见。

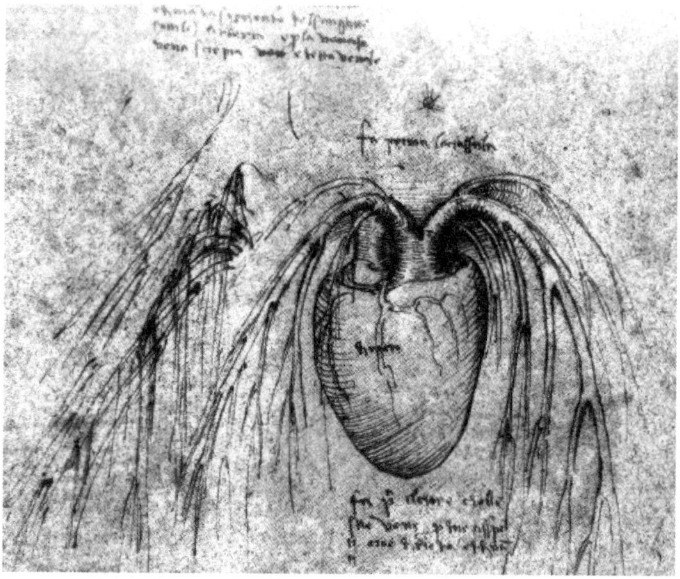

［图片：附心脏图一幅，展示静脉和动脉］文字作者们啊，你们要用什么样的语言，才能同样完美地描述这幅图中的所有构造？由于知识贫乏，你们的描述将含混不清，传授的不过是对事物真实形态少得可怜的见识。你们却自欺地相信，你们描述包于表面内的任何实体时，都能完全满足听者。

我建议，论述实物或天然物体时，除非聆听者为盲人，或你们宁愿用文字解释给耳朵听，而不愿展示给眼睛看，否则不要自限于言语，不要忙于将应展示给眼睛看的东西输入耳中，因为在诉诸视觉这一方面，画家的作品远胜语言。

描述这幅心脏图，你们得用什么样的文字，才能不耗去一整本书？而且你们描述得越详细，听者的思维便被搅得越混乱，你们经常需要注释，或回引经验，但与你们希望能够全面阐释的主题的广度相比，注释或回引的经验却太过简单，只能论及不多的几个问题。

那位老人在死前几小时告诉我，他已活了一百岁，但除了感到衰弱，他并未感到任何身体不适。因此，他坐在佛罗伦萨新圣玛利亚教堂医院的床上，没有任何不适的迹象，毫无挣扎地离别人世。我进行了解剖检查，想探明如此安详离世的原因。我发现，为心脏及下肢供血的动脉萎缩枯竭得厉害，血液供给衰退从而导致衰弱死亡。我已将此次检查的结果极为详尽地记录下来……另一次解剖的是一具两岁孩童的尸体。我发现，其情况与那位老人的结果一概相反。

布罗利奥医院中的皮辛·达·莫扎尼亚的手脚露出许多血管。

我目睹一个人在逃离敌人时，心脏爆裂，皮肤的每一个毛孔中都流出血汗。

探索人类身体这部机器的人啊，不要因为获取身体知识的方式乃是从他人的死亡中来而沮丧，而要因天主赐矛智者如此透彻的洞察力而欣喜。

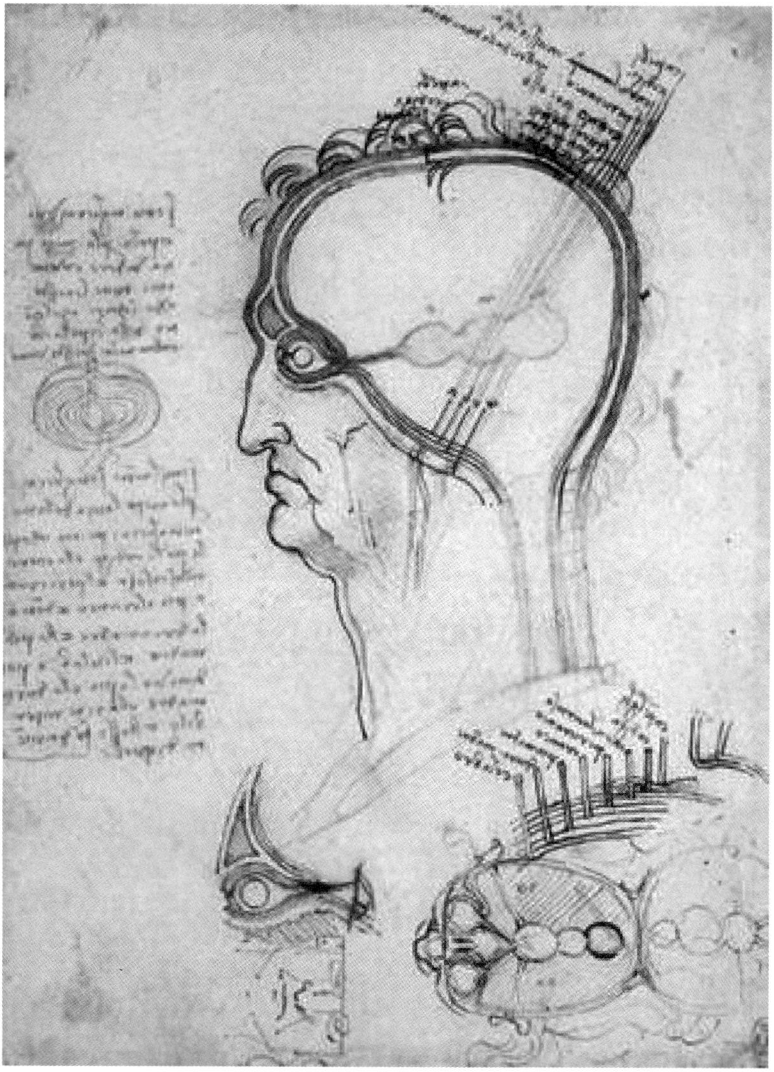

感　官

眼

眼睛瞳孔的大小随眼前物体明暗度的不同而变化……自然为眼睛提供了视力，当光线过强，刺激眼睛，瞳孔收缩时，自然便像居住在过亮的房屋中的人一样，根据需要或多或少地遮蔽窗户；夜晚降临时，为看得更清楚，自然将眼睛这扇窗户全部推开……

自然所提供的瞳孔能根据眼前的明暗度，通过缩放，不断调节，不断平衡。在夜间活动的动物身上可观察到这一过程，如猫、鸣角鸮、长耳鸮等，这些动物的瞳孔在正午极小，在夜间则很大……若希望用人做实验，则在距被观察者不远处，手持一根点燃的蜡烛，让被观察者凝望烛火，然后将蜡烛逐步靠近被观察者，并专注地观察他的瞳孔，便会发现，烛火距离瞳孔越近，瞳孔收缩得越厉害。

人的瞳孔根据所见物体的明暗而缩放。因为瞳孔的扩大与收缩需要一定的时间，人从明亮处走入黑暗中，或反之，便不能立即看清物体。这一点曾让我在画眼时上过一回当，从那以后，我便学会了。

瞳孔位于角膜中心。角膜的形状为部分的球面，瞳孔被包在这个部分球面底部的中心。角膜构成的这一部分球面纳入一切物体的影像，并将这些影像通过瞳孔，传入视觉形成处。

在进行眼睛解剖时，为了能够避免眼中液体漏出，看清眼内结构，应将整个眼球置于蛋白中烧煮，使成固体，然后横向剖开蛋白中的眼球，眼球中心部分便不会流出。

舌

没有器官像舌头那样需要如此大量的肌肉——且不说我另外发现的那些，已知的舌肌就有二十四块。在进行可控运动的所有器官中，舌头的动作数量为冠……现在的任务是认识，在舌头必需的多样运动中，用到的这二十四块舌肌如何分组或分配。另外，必须弄清各条神经如何从脑底下延至舌中，以及这些神经在舌中如何分支延布。而且还需注意，这二十四块肌肉如何化为舌内的六个组成部分。此外，必须说明这些舌肌的起始处。更确切地说，有些舌肌的起始处在颈椎骨中……有些在上颌骨中，有些则在气管上……同样，还需说明血管如何为它们提供营养，神经如何使它们具有感觉……舌头负责发出构成词语的音节，还在咀嚼过程中用于必需的食物搅拌，而且被用于清理牙齿和口腔内部。舌头有七种主要的运动……

细想，在唇和齿的帮助下，舌头的运动如何发出人类所知一切事物的名称；这些单词和复合词如何借助舌这一器官传入耳中。自然之能作用的事物无限，如果一切自然作用都有名称，那么这些名称便趋于无穷，而且表达这些名称的人类语言并不止一种，数量之多也趋于无穷，由于世代交替，国别不同，人类由于战乱及其他种种灾祸不断混杂，所以人类的语言始终在变化，一种语言可能逐渐被遗忘，与所有的造物一样消亡。如果我们承认世界的永恒性，便应当承认，在构成无尽时光的无穷岁月中，人类的语言始终，并将永远变化不尽。其他官能却不具有这种永恒的变化性，因为那些只涉及自然不断创造的事物，自然所造事物的一般形态不发生变化。人类的创造时常有变，人是自然的最佳工具。

我的母语中有如此多的词汇，我应当抱怨的是对事物缺乏正确的理解，而不是缺乏能充分表达我脑中概念的词汇。

唇

人的嘴唇运动用到的肌肉多于任何其他动物，这是必需的，因为人类不断地使用嘴唇做出众多动作，如说出bfmp等四个字母、做吹口哨、欢笑、哭泣等诸般动作，以及小丑做鬼脸时嘴部古怪的扭曲。

是哪块唇肌令嘴紧闭，使上下唇的侧边贴在一起？

使嘴唇紧闭从而缩短其长度的肌肉就在唇中，更确切地说，上下唇实际便是闭合自身的肌肉，构成下唇的肌肉为收缩嘴唇的肌肉，上唇也是如此。而与闭缩嘴唇的肌肉相连，位于其上方的肌肉中有一对拉开嘴唇，使它们呈笑态的肌肉……另有使唇皱缩为一点的肌肉、使唇展平的肌肉、使唇后弯的肌肉、使之拉直的肌肉、使之扭曲歪斜的肌肉，以及使之恢复原状的肌肉。所以，总有与嘴唇各种姿态相对应的多种肌肉，以及使嘴唇恢复原态的同样多数目的肌肉。我在此的意图为，描述展现所有的唇肌，用数学原理证明这些运动。

我曾在佛罗伦萨见到一个聋子，你说得再大声，他也听不见，但如果你悄声缓慢地说，他仅凭嘴唇的运动便能理解你的意思。或许有人会说，大声说话与悄声细语时嘴唇的动作不一样。这一论点我交由试验决断，让一人对你轻声说话，观察他的嘴唇。

五感之宗

古代思想家推断，人类被赋予的判断能力乃是通过一器物激活，该器物通过感知器官（imprensiva）与五种感觉器官相连。古代思想家们将该器物命名为“五感之宗”（sensus communis），使用这一名称的原因很简单，因为该器物统审听觉、视觉、触觉、味觉和嗅觉这五种感官。“五感之宗”由位于其本身和五种感觉器官之间的感知器官激活，而人脸上位于感知器官和外界事物之间的五种感觉器官则将事物的影像传于感知器官处理……

周围事物的影像先传至五种感觉器官，经这五种感官传给感知器官，又经感知器官传给“五感之宗”。经“五感之宗”，这些影像便印在了记忆中，所保留的清晰程度则取决于事物的重要程度或影响力。距离感知器官最近的感觉器官最为灵敏，那便是眼睛，它是最主要的感官，是所有感官之首。为了避免我们的讨论过于冗长，我们便只论述眼睛，其他的感官则略而不述。

经验告诉我们，眼睛能辨识物体十种不同的性质[1]，即明暗、色彩、材质、形状、位置、距离远近和动静状态，其中明这一性质能凸显其他九种性质，而暗则隐藏其他性质。

眼白中心的光圈天生适于捕捉物体。该光圈中有一近乎黑色的点，那是钻往五感寓所的神经，“五感之宗”在那里接收感觉，做出判断。

眼前的物体传送它们的像时，好比多个射手用卡宾枪的枪膛瞄准那样放出射线。哪个射手与枪膛的方向成一直线，便更可能射中。同样，眼前的物体越与钻往五感寓所的神经成一直线，便将被越发直接地送至感官。

环绕眼睛黑色中心的光亮的液体好比追逐的猎犬。猎犬惊起猎物，供猎人捕捉；同样，这种源于感知能力的体液发现众多事物，却并不记取它们，而待直线通往感官的中央光柱突然转向那里，抓住那些影像，并将中意的关入记忆的囚笼。

灵魂显然寓于判断力中，而判断力显然居于五种感官交汇的“五感之宗”内。灵魂并不像许多人认为的那样充盈于全身，因为倘若真是如此，五感便无须汇于一处，眼睛只需将所见记录于其表面便

1　这一理论最先由亚里士多德在《论灵魂》中提出。

可，而无须将所见事物的影像通过视觉神经传送至“五感之宗”，因为灵魂会在眼睛表面领会这些事物。

听觉也是如此，声音只需在耳中硬骨构成的拱形凹道内回响即可，而不需从此硬骨区另伸一通道至“五感之宗”，迫使声音由此通道传送至统审处。

同样，嗅觉也必须依赖这同一位统审。

触觉通过多孔腱也被传送至同一处。这些多孔腱拥有无数分支，散入皮肤内……将刺激和感觉传给肢体，经肌腱时，它们会控制肌腱运动，肌腱则会遵从。在受命运动时，肌腱会收缩，因为肌肉隆起会缩短它们的长度，并牵动神经随之收缩。神经在肢体内纵横交错，延伸至指尖，它们将所触碰到的感觉传给“五感之宗”。

神经及与神经所连的肌肉正好比士兵侍从队长那样侍从多孔腱，多孔腱则像队长侍从统领那样侍从“五感之宗”，而“五感之宗”则像统领侍从君主那样侍从灵魂。

因此，骨关节服从神经，神经服从肌肉，肌肉服从多孔腱，多孔腱服从“五感之宗”，“五感之宗”则是灵魂的居所，记忆是灵魂的监控器，而“五感之宗”接受印象的功能是灵魂参照的基准。

感官侍从灵魂，而不是灵魂侍从感官；若缺少应当侍从灵魂的某个感官，这样的生命体中的灵魂便缺少该感官功能的概念，天生的盲人或哑巴的情况便可证明这一点。

在主脑室的角中开两个气孔，在记忆脑室中开一孔，用注射器将熔化的蜡注入孔中，注满这三个脑室。等蜡凝固后，除去脑组织，便能见到三个脑室精确的形状。

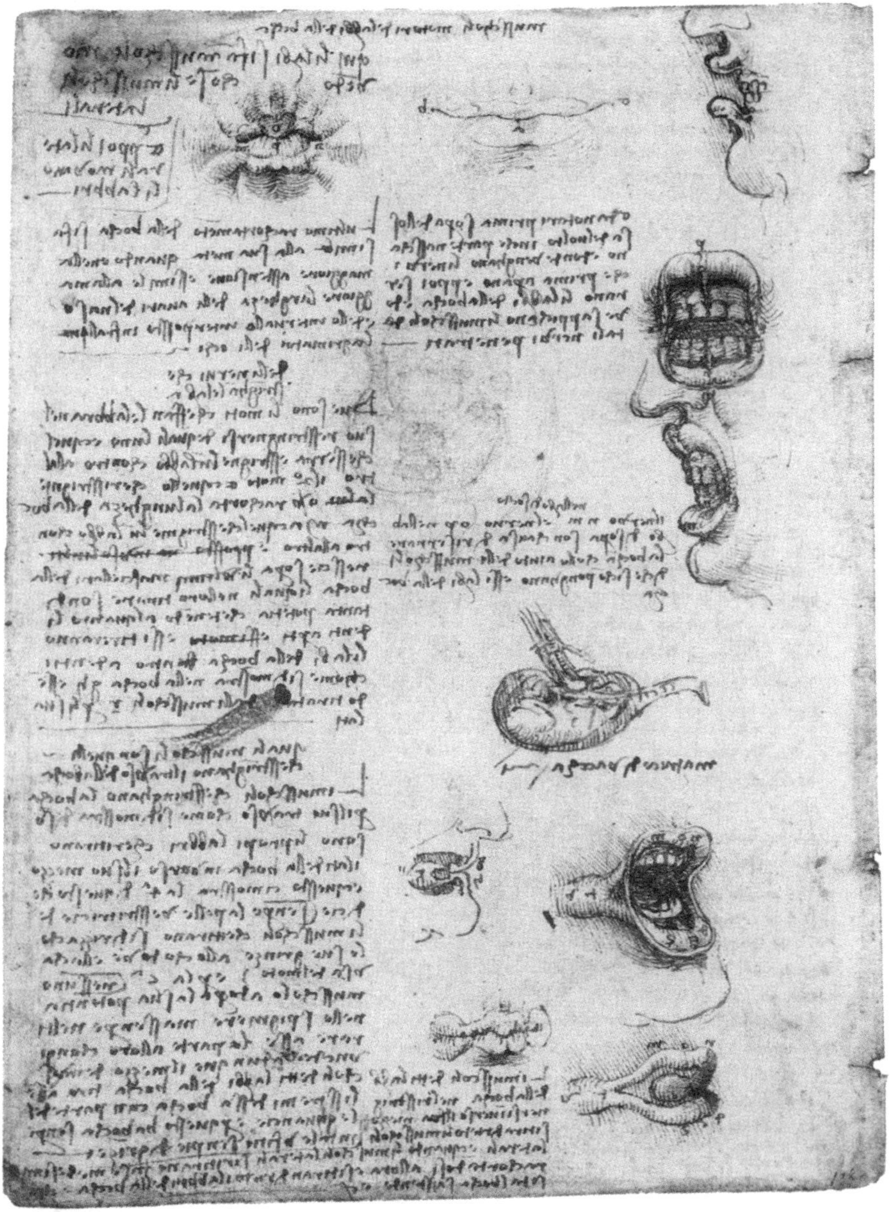

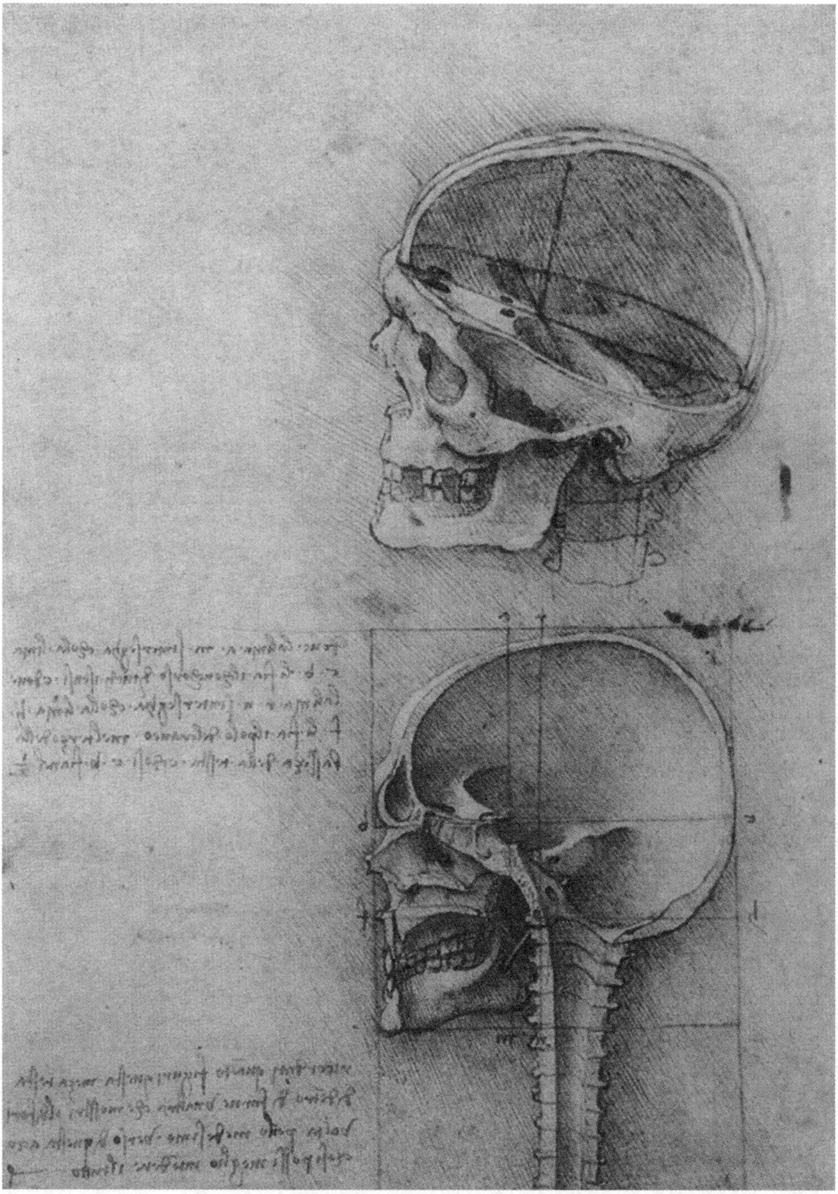

第十一章　天文

几何空间

若非数学家,则勿读我所写的原理。

1. 面是物体的界限。
2. 物体的界面并不是物体的一部分。
3. 不是任何物体的一部分的东西便是虚物。
4. 虚物不占据空间。一个物体的界面是另一物体的开始。

一个物体的界面是另一物体的开始。像相接的水和空气那样,毗连两物的界面可互换,但物体的界面并不是物体的一部分。

空白区始于物体的尽头。空白的尽头是物体的起始,物体的尽头是空白的起始。

点没有中心,没有长度、宽度或厚度。点的运动产生具有长度的线,线端为点。线没有宽度或厚度。线的横向运动产生延展的面,面的边缘为线。面没有厚度。面的侧向运动产生具有体积的物体,物体的边界为面。物体拥有长度、宽度,以及由面侧向运动形成的厚度。

点没有中心，但其本身便为中心，没有什么比点更小，点是最小的。点为一整体，人的智力无法将之再分。线和虚空的尽头都是点，但点既不属于虚空，也不属于线，也不占据两者之间的一个空间。因此，虚空的尽头和线的开端相接，但并不相连，因为点分隔于两者之间……

由此可知，若多点连续相接，并不组成线；多条线沿边连续相接，并不构成面；多个面连续相接，也并不构成体，因为物体不是由非实体构成……

固体与液体的接触面为双方共享。同样，较重的液体与较轻的液体也共用一个接触面。该面并不是任何一方的组成部分——而只是双方的公共边界。

因此，水的表面既不是水的组成部分，也不是空气的组成部分……那么，是什么将空气与水分隔开的呢？两者间必定有一公共边界，该边界既不是水，也不是空气，而是虚物……两个物体间插入第三个物体，便无法接触。而空气和水之间却毫无阻碍地相接相连，空气动则水不可能不动，水涨则抬升入空气。因此水和空气间的面是两者共同的边界，却并不是水或空气的组成部分，否则接触面便会是可分割的物体，但面不可分，所以分割两者的是虚物。

圆柱体呈柱状，其相对的两端为一组平行线所围的两个圆，一直线贯穿柱体中心、终止于两端圆面的中心，古人将该直线称为轴。

1509年4月28日，我已花费很长的时间，试图将同一个圆上截下的两段曲率相同的曲线所夹面积变成同等面积的正方形：现在，1509年5月1日，星期日晚十点，解决了这一问题。

几何学家将每块由线围成的面积简化为正方形，将每个立体简化为立方体；算数学家则相似地进行平方根和立方根的运算。这两门科学都未超出对于连续量和不连续量的研究，但它们并没有触及装点世界、构成自然造物之美的事物的本质。

时间性质的描述与几何定义有区别。点没有局部；线是点的过渡，点是线的边界。

瞬间没有时间跨度。连续的瞬间构成时间。瞬间是时间的边界。

几何学各章节表现的是无限多种的形体，这些形体始终为有形的实体。虽然把时间列入连续量，但由于时间缺少有形的实体，不能完全归入几何学范畴；但时间符合几何的第一原理，即关于点和线的论述。点用时间的概念来看可比作瞬间，线可比作时段。正如点是线的始末，瞬间构成了某特定时段的始末。线可无限细分，所分线段正如时间段。线段彼此间可有一定的比例关系，时段间也是如此。

虚空没有中心，其边界也是虚空。

我的反对者说，虚空与真空是同一件事，不过是称呼不同，虚空与真空之分在自然界并不存在。我的回答是，无论何时，真空存在之处亦存在围绕真空的空间；然而虚空则与空间占据无关。由此可见，虚空和真空并不相同，因为真空无限可分，而虚空则不能分，因虚空已为少之极致，若想从虚空中抽取部分，则该部分即为整体，而整体也就等同于部分。

光学成像

一切物体均为界面所围。

任一表面都充满无数个点。

每个点均发出射线。

射线由无数分离的线组成。

任意一条射线上的任意一点都交错有多条射线，这些射线源自物体表面的点，并构成棱锥形。每个棱锥的顶点都为源自物体各部的多条射线的交叉点，所以从顶点可见到整个物体，及物体的各部。

物体间的空气充斥着这些物体所放射出的、相互交错的影像。

物体形状及色彩的影像通过射线的棱锥从一处传至另一处。

一切物体都通过射线，令周围的空气充满无数自身的影像。

各点的影像存于该点所放出的整条射线的各个部分中。

通过类推，物体的每个点都能统合其他棱锥的整个基座。

每个物体都可成为无数棱锥的基座。同一基座可作为朝向各方、长度不等的棱锥的源头。

每个棱锥的顶点中都存有其整个基底的影像。

每个棱锥的中线都满布其他棱锥的无穷多个点。

一个棱锥能毫无干扰地从另一个棱锥中穿过……

我要求将我提出的这一假设作为公理——在密度相等的空气中，每一条从光源发出的光线都直线穿行至照射的物体或地点上。[1]

空气中充满无数笔直的、辐射状的射线，它们相互交织，却从不侵占彼此的位置。它们映现出其本源物体的真实形状。

空气中的物体产生无数向四周辐射的棱锥，充斥于空气内。这些棱锥相互交错，但并不彼此妨碍，它们穿过周围的空气，交汇于各自独立的点。

1　这一假设与希腊数学家欧几里德在其论述透视的专著《光学》中所提出的第一原理一致。

一切抵达视力的射线中只有一条没有交点，这条射线没有可感觉的维度，因为它是一条数学概念线，源于没有维度的数学概念点。

万物无数的影像满布于空气中，所有的影像互相映照，每一个影像都映照着所有影像。相应地，若将两面镜子端正地相对放置，第一面镜子将映照在第二面镜子中，第二面镜子也将映照在第一面镜子中。而第二面镜中的第一面镜子的像与第一面镜子所照的所有影像，包括第二面镜子的影像又会折映回第一面镜子里。如此不断相互映照，直至无穷，使每面镜中都有无穷多面镜子，一面套一面，一面比一面小。这一实例清楚地证明，一切物体都会将它的影像传送至所有能见到它的地方；相反，该物体也能收到所有面对它的物体的影像。

所以眼睛通过空气将自己的影像传送至一切正对它的物体，同时其表面也映照下所有正对它的物体的影像。“五感之宗”从眼睛表面取得这些影像，加以分析，将那些中意的存于记忆中。

因此我认为，眼中的影像拥有无形的力，可像物体将其影像传至眼中那样，将自身投射至物体上。

若举例证明万物的影像如何在空气中播散，可将若干面镜子布成环形。布成环形的镜子便无数次地相互映照，因为当一面镜子的像映至另一面镜子时，会反弹回其像源，变成较小的像，随后再度回弹至另一面镜子，随即又被弹回，如此反复无数次。

在夜间，若将一发光体置于两面相距一肘尺的平面镜间，每面镜中都可见无数个发光体，相继地逐渐变小。

在夜间，若将光源置于室内的墙壁间，此光源众多的像便会晕染墙壁的各个部分，那些直接被光源映射的部分会被照亮……这情况在阳光传送的过程中表现得更为明显，阳光透过一切物体，照到每个物体最微小的部分，每条光线都将其光源的像传至其照耀的物体。

这些例子证明，一切物体都独力令周围的空气布满它的像，且同一团空气能够同时容纳在其中的无数物体的像。所容纳的所有物像遍布于整团空气及其每个最微小的部分中，每个像在整团空气及其每个最微小的部分中都完整可见。每个像都在空气中，而空气的每一个部分都包括全部的像。

若眼前的物体将自身的影像传给眼睛，眼睛便也将自身的影像传给眼前的物体；因此，物体所传送的影像无论丢失哪一部分，决不是眼睛或物体的缘故。所以，我们与其相信在空气中传递自身的像乃是物体的性质，不如相信吸引并摄取空气中物体的像是这透明大气的性质及能力。若眼前的物体会将自身的影像传给眼睛，眼睛便也应将自身的影像传给物体，从而使这些影像看来似乎拥有无形的力。若果真如此，每个物体的像都必须迅速缩小，因为每个物体都将自身的影像显示于面前的空气中，确切地说，整团空气及其所有部分均包含有物体完整的像。而空气则能容纳物体所传送的像发出的笔直的、向四方发散的射线；因此，必须承认，在物体间的空气具有磁铁般，将其周围物体的像引向自身的性质。

证明一切定于某处的物体如何令其像显示于周围的空气中，以及空气的各部分内。

我认为，若有一房屋正对阳光照射的建筑、广场或田地，在该屋照不到阳光的正墙上开一个小圆孔，所有被阳光照亮的物体便会使它们的像透过这个小孔，现于屋内被刷白的后墙上，像十分完整，只是上下颠倒。若在同一堵墙的几个不同位置上开若干相似的孔，各处结果皆是如此。

因此，该墙以及墙上最微小的部分都布满了被照亮的物体的像。这其中的原因在于——显然，一些光线透过圆孔射进了该所房屋，而透入的光线则源于一个或多个被照亮的物体。若这些物体的形状和色彩各异，成像的光线的形状和色彩便不同，墙上显现的像便也形状、色彩各异。

所有物体独力并合力向周围的空气放射出无数影像，这些影像充满于空气以及空气的各个部分之内，每个影像都表现出其本源物体的性质、色彩和形状。通过多种物体经由一个小孔成像，便可清楚地证明，一切物体根据本质、形状和色彩将自身的像充满于周围全部的空气内，以及空气的每一部分中。各条光线在小孔相交，使多种物体的射线形成的棱锥倒转，因此它们显现在小孔对面黑色平面上的像上下颠倒。

一试验，证明物体传送影像的射线如何在晶状的眼液内相交。

证明的实验为，让被照亮的多个物体的像通过一个小圆孔透入一间极为黑暗的室内，然后在该暗室中靠近圆孔处放置一张白纸，纸上便会接收到物体的像。纸上所见的所有物体为其原本的色彩和形状，但小了许多，而且由于射线相交的原因，物体上下颠倒。这些从被阳光照亮的地方传来的像看去宛如纸上的绘图，但必须透过纸背看，而且纸必须非常薄。小孔可打在非常薄的铁片上。

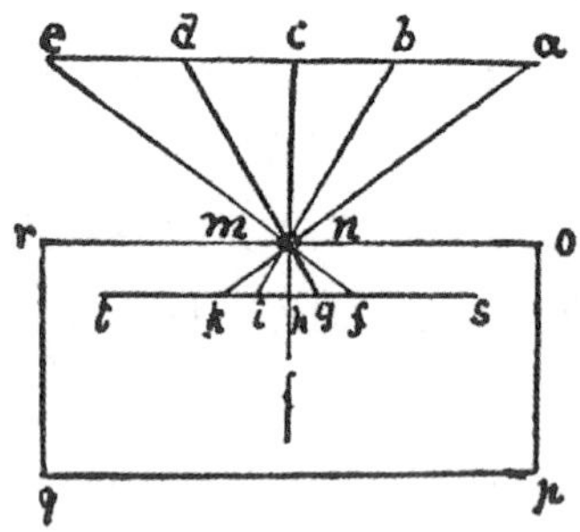

设abcde是被阳光照亮的物体，or是暗室的正面，上面开有小孔

nm, st为阻截物体影像射线的纸。由于射线为直线，右方的a变为左方的k，左方的e变为右方的f，所以物体的影像反转。瞳孔内的情形也相同。

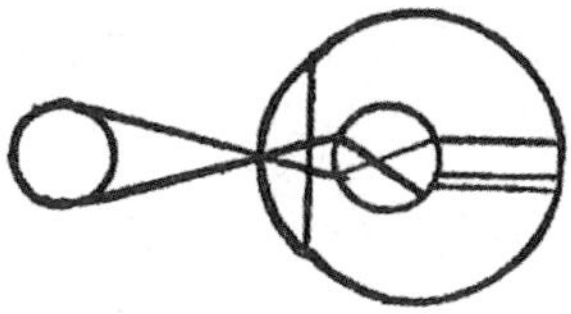

必然性规定，眼前一切物体的像必须于两个面上相交。一次相交于瞳孔，另一次相交于晶状体。若非如此，眼睛便不可能像如今这样看见如此多的物体……所有的像，即便是较小物体的像，入眼时也会上下颠倒，但当像进入晶状体内，便会再次反转，从而使眼中的影像恢复为眼外物体的状态。[1]

眼睛本身以视线投射目力[2]是不可能的，因为张开眼睛，可能投射视线的眼睛的前部便必须立即射至物体上，但投射却需要时间。若眼睛以视线投射目力，眼睛想看太阳时，视线一个月也不可能行至太阳的高度。即便视线能抵达太阳，那么视线从眼睛至太阳必须始终保持直线，而且必须始终撒开足够的角度，在太阳和眼睛间形成具有底边和顶点的棱锥形。然而，即使眼睛由一百万个世界组成，也无法阻止目力在投射过程中的消耗；即便目力能像香水那样在空气中播散，风也会将其扭曲，吹至别处。而事实上，我们的确能看到完整的太阳，而且速度与看到一意尺外的物体一样快，目力并不受风吹的

1 视网膜上形成的像是上下颠倒的，然而将颠倒的像反转，使我们见到正置物体的是大脑，而非晶状体。在图中，莱奥纳多认为晶状体是眼球中心的球体。

2 比较柏拉图，《蒂迈欧篇》45：在对视觉的物理描述中提到，“带光的眼睛”发射光线来感知世界。

影响，也不受别的偶发因素的干扰。

我认为，目力经视线延伸至不透明物体的表面，而那些不透明物体的力也延伸至眼睛。同样，一切物体都独力并合力使周围的空气充满自身的像。满布于空气中的不仅是物体的相似形，物体还令它们的力也充满于空气中。

［例子］太阳高悬于中天时，无论其照向何处，总有与本体形状相似的光影；同时还能看到反射的光芒，感受到热力的燃烧。所有这些力都源于本体，借本体所发的辐射线延伸，被不透明的物体阻断，但并不会致使本源衰退。

［驳辩］那些数学家却争辩说，眼睛不能放射精神的力量，因为那样会极大地损伤视力，因此他们坚持，眼睛摄入物体，本身却不发出任何放射物。

［例子］麝香总使其周围大量的空气充满香气，携麝香行路，香溢千里，而本源不衰。对此，他们该如何解释？

可有人会认为，钟锤敲钟，每日在整个乡间回荡的钟声必将令发声的钟消耗殆尽？

看来世上无疑有此等愚人——但是，够了！乡下人不是常见一种唤作拉米亚[1]的蛇吗？这种蛇像磁石吸引铁那样，用专注的凝望将夜莺引向自身，夜莺则唱着哀歌匆匆赴死……据说，少女的眼中有吸引男人爱慕的能力……

---

1 拉米亚（Lamia），古希腊神话中一种半人半蛇、猎杀孩子的女性怪物。

天文观测

为研究行星的性质，应打开天窗，在观测点观察单独一颗行星，反射至观测点的运动将展现该行星的性质，但必须使观测点一次只反射一颗行星。

构制一台放大镜，以观察月球。

在自然透视中，由于眼球凸起的弧度，在球面直角间传至眼睛的所有物像的锥体必然与眼球表面相交，致使远处物体的尺寸在眼中缩小，但找到使远处物体在眼中所缩尺寸较少的方法并非不可能。我在此展示一法：在瞳孔表面附近，直角相切这些物像的锥体。瞳孔的凸面本摄入天穹全景，而这一方法却能只见一星。多颗小星将它们的像传至瞳孔表面时，那些像极小，而只见一颗星时，其像会较大。所以，观测的月亮会显得较大，其上的阴影也会更清晰。

可将一只盛满水的玻璃杯置于眼前……水会使凝结于玻璃晶体中的物质似乎脱离了玻璃。

眼睛最不易察觉小于瞳孔，且逼于瞳孔前的物体。这一经验告诉我们，视力无法缩为点……但传至瞳孔的物像在瞳孔上的分布，与物体在空中的分布完全相同。以下现象便可证明这一点：我们抬眼望星空，映入眼帘的并非个别星星，天空似乎缀满了星，而且它们的大小及彼此间的距离在眼中的比例，与它们在天空的比例完全相等。

月　亮

月亮本身无光，但接受太阳照耀的部分均发光，而我们所见的发光部分是面对我们的部分。夜晚，月亮接受地球水面反射的太阳光，因为一切面对太阳和月亮的地球水面映照太阳，反射太阳的像。

月球以及我们地球上的水面多少总有些波纹，这种起伏致使无数太阳的像无限扩展，反射入山峦和河谷，反射至无尽波涛的峰顶和侧面。更确切地说，从多少不同的位置观察，每个波涛便有多少处不同的光点。但如果覆盖月球的大部分水层为均匀的球面，这种现象便不可能发生，因为那样的话，在各观察点只能见一个太阳的像，其映像清晰，辐射总呈球状。将镀金球置于高大建筑的顶端，便可清楚地展现这种现象。但如果镀金球表面凹凸不平，或像由众多黑色小球果构成的桑葚一样，由众多小球构成，那么这些小球面对太阳和观察者眼睛的各个部分都会向观察者展示因反射阳光而产生的光辉，因此，在同一物体上便可见到许多小太阳。这些小太阳在远处看去常会混为连续的整体。

轻的物体不会始终存于不那么轻的物体中。月球是否位于其元素之中？若月球不像地球那样在元素中有其特定的位置，它为何不落入我们的元素中？若月球不在其元素中，且不坠落，那么它一定轻于其他所有元素。但若是如此，它何以为不透明的固体？

若持续观察月面阴影的细微处，常可发现阴影间巨大的差异，我已亲手将它们画下，证明了这一点……

地球和太阳

在论述中，应证明地球与月亮极为相似，也是一颗星，是我们所在宇宙的荣耀。之后，应根据不同作者的论述，探讨各星体的大小。

太阳不动。[1]

太阳有质，有状，有运动、辐射、热能和原动力，这些特质都毫不衰减地从太阳传递而出。

从未见太阳有丝毫阴影。

若遮住星的光芒看星（可透过用极细的针尖扎出的小孔观察星星，并将小孔凑于眼前，几乎与眼睛接触），你会发现这些星显得极为微小，似乎没有东西可能比它们更小。其实，它们之中的许多比拥有水的地球大许多倍，是遥远的距离缩小了它们在眼中的尺寸。那么试想，我们的地球在如此遥远的距离之外，将会是什么样子？进而再想，在散布于茫茫夜空中的这些繁星的经纬之间，可能存在多少星体？我不得不指摘许多宣称太阳与所见一样大的古人，这其中包括

1　16世纪哥白尼才提出日心说，莱奥纳多提出疑问比他还早。

伊壁鸠鲁[1]；我想他是根据置于与地心等距的大气层中的发光体的效果，推出了这一结论；在任何距离，从未有人见到它缩小……但我希望能有合适的词，供我斥责那些欣然颂扬，要将对人类的崇拜置于对太阳的崇拜之上的人，因为在整个宇宙，我未见比太阳更巨大而有力的物体，太阳的光芒照亮了分布于宇宙中的所有天体；所有生命的力量都源于太阳，因为生物的热能来自灵魂的生命火花，而宇宙中除太阳外，没有其他的光源或热源……那些选择崇拜诸如朱庇特、萨图尔努斯、马尔斯[2]等人神的人，无疑犯了极大的错，因为即便一个人与地球一般大，他在宇宙中看来也是最微不足道的星体之一，不过是宇宙中的一颗微粒；况且人类无法长生，要在墓中腐朽。

斯佩拉[3]、马鲁洛[4]及其他许多人都赞颂太阳。

［观察日食而不伤害眼睛的办法］

取一纸片，用针在纸上刺几个孔，透过针孔看太阳。

---

1 伊壁鸠鲁（Epicurus，公元前341—前270），古希腊哲学家，伊壁鸠鲁学派的创始人。

2 朱庇特（Jove），罗马神话中的主神。萨图尔努斯（Saturn），罗马神话中的农业之神。马尔斯（Mars），罗马神话中的战神，主神朱庇特之子。

3 佛罗伦萨人达蒂在1435年前著有《镜子》（*La Sfera*）一书，为关于天文学和地理学方面的图书。此处莱奥纳多或许是将书名和作者名混淆了。

4 文艺复兴时期的学者、诗人和战士马鲁勒斯（Michele Tarcaniota Marullus，约1458—1500）曾在1487年著诗一首，献给太阳。

第十二章　地理

基本元素

万物相生，相互转化，由元素构成，并存于元素之中。[1]

关于元素的构形问题，我先要驳斥那些否定柏拉图所持见解[2]的人。他们说，元素若如柏拉图所提出的构形那样相互包围，各元素间将产生真空。我认为这种说法不正确，并会在此证明，但首先我想提出一些结论。相互包围的元素，其一切包围与被包围的部分并不一定非相等不可。我们知道水层从表面至底部，深度的不均显而易见。水包围土地时，并不限于柏拉图所设想的八角立方形，它所包围的土地上有众多凹凸嶙峋的多角岩石，然而水与土之间并没有产生真空。同样，空气层包围水层时也包围着突于水层之上的高山和峡谷，但空气与水之间并不存在真空。因此，持产生真空看

1　阿纳克萨哥拉（Anaxagoras，约公元前500—前428），苏格拉底之前的希腊哲学家，莱奥纳多将这一宇宙理论归功于他。

2　柏拉图在其著于约公元前360年的《蒂迈欧篇》中，设想土、水、空气和火四元素的构形为正多面体，各元素的成分可被拆分，构成其他任一元素，元素间从而可以相互转化。

法者乃是蠢人。

应柏拉图的见解，我的看法是，他所设想的元素结构的表面形态不可能存在。所有柔性液态的元素，其表面必呈球形，这一点从水层的情况可证。在此我要先陈述一些概念和结论：越高的物体离地心越远，越矮的物体离地心越近；若无落差，水不会自行流动，水若流动，则流向低处。这四个概念两两结合，可资证明静水的表面与地心等距，此处所指的乃是大片水域，而不是像钢屑那样相互吸引的水滴或少量水体。

各元素统为一体，其中无所谓轻重。不同元素混合方产生轻重。

［图示四个同心圆包含四种元素，其上放一重物］

该重物无法停留于此处。为什么？

因其没有支撑。

该重物将去向何处？它将落往地心。为何不循其他路线？因为无支撑的重物总循最短路径落至最低处，即地心。重物怎知沿最短路径至地心？因其不像蠢物般四下乱窜。

水层表面不会自行偏离其环绕地心的等距圈子。如果作为水的容器和支座的土未伸出水面，水层表面便不会改变这种等距状态，偏离地心。

一只小鸟降落在地，它的重量便会使地球偏离其位置。

一颗小水滴落于水层中，便会使水层表面移动。

水必须多于土，但海水可见的部分并未显示出这一点，所以地下必然蕴含有大量的水；除地下水外，还有升腾入低空的水分，以及江河水和泉水。

万物的产生不可能仅凭自身；自身独存之物便为永恒。

体液流动

有生命的地方便有热能，有热能的地方便有体液流动。

令体液在各种形态的生物体内流动的根源，与驱使流水逆重力作用的自然流向而从喷泉源头涌出的缘由类似。

［《水论》开篇］古人曾把人称作小宇宙，这名称很贴切。人由土、水、空气和火构成，而地球的球体也是如此。人体拥有内部骨骼，

作为肌肉的固定支架，地球则拥有支撑大地的岩石。人体内储有鲜血，肺在其中随呼吸扩张收缩，地球的球体也拥有跟随其呼吸，每六小时涨落一次的海洋，而且正如人体所储鲜血在散布于人体内的血管中流淌，海洋以无数条水脉充盈大地……

然而在地球的球体中缺少神经，原因在于，神经是为运动而生，由于大地恒定，不发生运动，也就不需要神经。但在其余各个方面，人体和地球极其相似。

人体血管内血液自然的热量令血液存于脑中，人一旦死亡，冷却的血液便降入下部肢体。当人类头部遭太阳烘烤，脑中血液及其他体液的量便会急剧增加，致使血管内压力增大，常造成头疼。我认为，遍布大地的泉水与此完全类似。泉水借助散于所有水体中的自然热量，存于高山之巅。而且，火元素的热量和白天太阳的热量具有激起山底湿气的能力，能像从海底吸起构成云团的湿气那样，吸起山底湿气。但死物般流于山体内封闭管道中的水不会从下方涌起，因为这种水未曾受到源头不可缺少的热量的温暖。

使体液违反自然的重力法则，在各种活物体内流动的肇因，也驱使流水在包围它们的大地的水道中流淌，分入各条细小的支流。同样，正如鲜血从下方涌起，自前额破裂的血管中冒出一样，水从水脉最底部升起，流向有缺口的支流。所以，水从海底最深处升至高山之巅，从缺口处涌出，返回海底。流水便这样在内外交替运动，时而被迫上升，时而自由降落，上上下下，形成连续不断的循环。或由于流向，或出于本性，它从不静止。流水自身澄澈无物，但会裹挟一切物体，并如同镜子摄入从其前方经过的一切物体的影像一样，随流经各处而变化各种不同的性质。所以流水不断变化，时而变换水道，时而变换色泽，时而吸收新味道，时而存留新物质，时而致命，时而保健，时而与空气混合，被热能引至高空。抵达寒冷的区域后，引其上升的热能遭寒冷挤压，正如用手挤压水下的海绵，从海绵中涌出的水扑入其他水中一样，严寒挤压与水汽混合的空气，令其猛烈溢出，驱赶别的空气，从而形成风。

最令深思者赞叹的是，水从海洋最深处升至最高的山巅，从破裂的岩脉中涌出，返回深海，随即迅捷地再度升降，这样从高至低，流入涌出，时而自然流淌，时而偶发运动，相互结合，令全部的水元素在此期间实现绕转循环，如同藤蔓中的汁液一样，从枝蔓损伤处流出，落于根部后，又顺蔓茎上升，随即再度下落，不断地往复循环。

水一旦透过高山之巅破裂的岩脉，与空气接触，便被将其带至此地的力骤然放弃，脱离了这些力的水便重新自由地顺自然之势流淌。

同样，藤蔓的汁液从低矮的根部升至高挑的蔓梢，从枝蔓的受损处落回根部，随后再度上升至下落处。

隆起的河岸和海岸会阻住水元素，迫使空气层包裹隆起的、结构更复杂的土地。而这样突悬于水火两元素间的大片土地困于其中，则会失去必需的水分供给，致使河流干涸，沃土上花草不生，田野中麦浪不再；一切食草动物将因找不到新鲜的草场而死去，凶猛的狮群、狼群及其他猛兽也将缺少食物；人们辗转挣扎，最终也将难逃一死，人类灭绝。肥沃而丰产的良田从此被废弃，成为荒芜的不毛之地。幸而靠地下的存水，靠自然的运作，在稀薄的冷空气消失前，大地还将遵循生长规律维持一段时间。冷空气的消失将迫使土地接近火元素，地表将被烧成灰烬，地上的一切生灵全遭毁灭。

海陆变迁

在帕尔马和皮亚琴察的山中，可见大量布满孔洞的贝壳和珊瑚，依然紧附于岩石上。我在米兰塑造大马时，几个农夫曾将一大袋满是孔洞的贝壳送至我的工作室，这些贝壳便是在上述地区发现的，其中不少依然保持它们原始的样子。

在从未被大海的咸水淹没过的河谷中，寻不到贝壳，贡弗利纳北部的阿诺大河谷可为明证。一块曾与阿尔巴诺山相连的岩石形成极高的堤岸，拦住了河水，致使河水未流入当时就在岩石脚下的海中，而先形成了两片大湖。第一片大湖的所在地便是我们现在所见的繁荣城市佛罗伦萨，以及普拉托和皮斯托亚……第二片大湖从阿诺河谷上游延伸至阿雷佐，它的湖水泄入第一片大湖中。泄水处便是我们现在所见的吉隆河谷，流水灌满了延伸四十英里的整个河谷，浑浊的流水将携带的泥沙都沉积在河谷底部，现今在普拉托马尼奥山的山脚处，仍可见极高的泥沙，因为河水未曾将泥沙磨蚀尽。

这片土地尽头可见河流从高耸的普拉托马尼奥山飞流而下时冲出的深痕，这些深痕中没有丝毫贝壳或海泥残留的痕迹。佩鲁贾湖与此湖相连。

我在亚平宁高山上的岩石中发现了一些贝壳，其中大多在维尼亚之石中。

古代的海底已变成山脊。

若现今没有多国之地曾为沧海的记载，那并不为奇，因为文字记载远在其后；而且即便曾经存有此类记载，洪灾、火灾、战祸、语言和法律的变迁也已将历史的每一丝残迹抹去。然而对于我们来说，在现今远离海洋的高山上发现海中的产物，已足以为证。

论述时，必须首先证明在一千意尺处所发现的贝壳并非由史前洪水带至那里，因为那些贝壳都处于同一水平面，而许多山峰却远高于这一高度；同时必须研究，史前洪水是由暴雨抑或海水上涨引发。然后应证明，致使河水猛涨的暴雨并不能使河水逆其流向，将贝壳带至高山，而满溢的大海也不能让海水将贝壳这样的重物托举上山。

继而必须证明，贝壳只可能是生成于咸水中的，所发现的几乎所有贝壳都是那种；并验证，伦巴第的贝壳现于通海的各河谷内，散布在四个水平高度上，形成于不同时期。

正如人类修建的住宅一样，生活在壳内的生物所建造的居所也有榫头、接缝、屋顶，以及其他部分；而且因为生物体与外壳相连，随身体的生长，生物体逐步扩建屋顶和居所。所以，贝壳的内层与其中住客相连之处不那么光亮平滑，而凹腔内则是粗糙的，以便容纳缩紧的肌肉群，好让生物缩进屋内，闭合外壳。若有人主张，贝壳乃因受群星的影响而天然产于山上，那该如何说明，在同一影响下，同一处所产生的贝壳不仅种类不同，年龄和大小也不同？

又该如何解释，水边的砾石却成堆地出现在高山之上，分布于不同的海拔层？高山上所见砾石来自多个不同的地方，是多条河流将它们携带至一处。在随同流水移至此地的过程中，因长时间的翻滚，历经冲击和坠跌，这些砾石块已失去尖锐的棱角。

若是史前洪水从三四百英里开外的海洋中带来了这些贝壳，洪水应当同时夹带了其他各种自然物，混杂于一处；然而，在离海如此遥远的地方，我们所见的牡蛎，以及其他贝类、甲壳类动物和乌贼却各自聚集，死于一处；那些单个的贝壳则如同我们日常在海滩边所见的那样，彼此分散。

我们可见极大的牡蛎群，其中一些牡蛎的壳仍然紧紧相连，说明在直布罗陀海峡开通时，它们依然活着，是大海将它们留弃于此。在帕尔马和皮亚琴察的山脉中，可见大量贝壳及带孔的珊瑚，依然黏着于岩石上……

在采石场挖掘得极深的地下，可见光滑的梁木，已变为黑色。那时在费奥伦蒂诺城堡便挖出过这样的梁木。早在阿诺河不断冲刷卡森蒂诺平原的泥土，将原本覆于平原上的土沉积入海，致使卡森蒂诺平原降得如此低矮，而海中的泥沙堆得如此之高前，这些梁木便已深埋于地下……

维罗纳山脉的红色岩石中随处可见杂于石中、已然石化的贝。一些贝的开口处已被石浆封死。在有些地方，贝与周围大量的岩石保持分离状态，因为贝类的外壳将贝和岩石隔开，未让它们结为一体。在另一些地方，石浆则已使破旧的贝壳石化。

有人说，这些贝壳是此处天地的力量所产，并仍在不断产生。任何具有深邃思维能力的头脑中都不可能存有这样的看法，因为贝类的外壳记录着它们生长的年岁，而所见的这些大小各异的贝壳在山里并不能移动，不能移动便不能觅食，没有食物它们便无法生长。

有人说是史前洪水将这些贝壳从几百英里外的海洋夹带而来。这也不可能，因为是暴雨引发了史前洪水，而雨总是自然地迫使河水裹挟物体流向大海，并不会使河水将海滩边的死物带上高山。

若说是那时漫涨的洪水淹没了高山，可逆河道而流的海水流速必然缓慢，无法浮起并裹挟重于水的物体；即便上涨的海水托起了重物，退去时，也应将它们抛留于各处。那么我们如何解释，在伦巴第的蒙费拉托附近，常可见带有虫孔的珊瑚黏附在被水流冲刷得光裸的岩石上呢？那些岩石上全覆有成团的牡蛎，而我们知道牡蛎并不游动，它们用一片壳始终黏着于岩石上，同时张开另一片壳，捕食水中游动的微生物。那些微生物本想找寻美食，却变成了贝类的食物。

这里产生一个疑问，即诺亚时代的洪水是不是全球性的？看来应当不是，理由如下：据《圣经》所说，暴雨在全世界连续下了四十昼夜，泛滥成灾，上涨的雨水超过世上最高的山峰十肘尺[1]。但倘若暴雨乃是全球性的，那么雨水会形成一个覆盖全球的水层，而且这一水层表面各处都与其中心等距。水若无落差便无法自行流动，所以水层表面的水在上述情况下无法流动。若已得证水层的水无法流动，那么如此巨大的洪水如何退去？除非向上流淌，否则如何退去？可是这违反自然规律。所以，为解决这一疑问，我们只得求助于神迹，或认为是太阳的热能蒸发了水层中所有的水。

地中海是位于非洲、亚洲和欧洲之间的大河，约有三百条主要的河流汇聚于地中海。此外，它还接纳落于其逾三千英里水面的雨水。虽然地中海将自身的水和所接纳的水还入大洋，但它所还的无疑少于它所接纳的，因为它源生了众多清泉，流入大地深处，令大地这部机械具有活力。原因是相比于洋面，地中海的水面距地心更远……另外，太阳的热能不断地部分蒸发地中海水，因此，虽然地中海接纳了上述雨量，水面也几乎无法上升。

红海的水面与大洋的水面一样高。

也许曾经有山倒塌，封闭了红海的端口，阻挡了地中海的水流出。地中海满溢的海水从加德斯山下的通道冲出。因为在我们的时

1　肘尺（cubit），从肘部到中指尖的长度，约合46厘米。

代也有类似的事情发生，一座山峰崩塌七公里，横挡住一个山谷，把它阻塞而形成了一汪湖泊。而且，大多数的湖泊都是由山所形成，就像加尔达湖、科莫湖、卢加诺湖和马焦雷湖。

地中海作为内陆海，其胸怀容纳众多从非洲、亚洲和欧洲流向它的主要河流。其海水漫至围绕它的多座高山脚下，令高山形成它的堤岸。

亚平宁山脉的座座高峰耸立于地中海内，宛如被海水包围的小岛。阿特拉斯山脉[1]后，非洲尚未向天空露出三千英里的沃野。孟斐斯伫立于地中海滨。如今飞舞着鸟群的意大利平原上畅游着巨大的鱼群。

多瑙河流入黑海。从前黑海几乎延伸至奥地利，包括如今多瑙河流域的整个平原，在那里的许多高山陡坡上仍能找到牡蛎、海扇贝、扇贝和巨大的鱼骨，便是一个证明。黑海由向东延伸的阿杜拉山的支脉和向西延伸的托罗斯山的支脉相连，拢水而成。黑海水在比提尼亚[2]附近——那里，阿杜拉山的支脉在连绵的走势尽头，与托罗斯山的支脉分离——注入普洛庞蒂斯海[3]，流入属地中海的爱琴海。黑海下沉，露出了多瑙河谷和多瑙行省、托罗斯山脉以北小亚细亚的全部、从高加索山延展至黑海以西的平原，以及乌拉尔山脚一侧的顿河平原。露出如此广大的平地，黑海一定下降了约一千意尺。

---

1 阿特拉斯山脉（Atlas Mountains），位于非洲西北部，长2400公里，把地中海西南岸与撒哈拉沙漠分开。

2 比提尼亚（Bithynia），小亚细亚西北部的古国，后为罗马行省，与马尔马拉海、博斯普鲁斯海峡和黑海相邻。

3 普洛庞蒂斯海（Propontis），即如今的马尔马拉海，是小亚细亚半岛和巴尔干半岛之间的内海，为世界上最小的海。

我认为，古时地表的平原完全被海水覆盖，大地的骨骼——高山则立于宽阔的山基上，高耸入云，高山上覆有许多泥土。后来连续不断的雨水增加了河流的数目，河水不断地冲刷剥下高山之巅的泥土，令岩石裸露于空气中。从山峰和山坡上冲刷下的泥土落至山脚，将围绕山脚的海洋的洋底抬高，露出平地。在有些地方，落下的泥土将海水从山脚下远远赶开。

山谷岩层

一切山谷都由河流形成，各山谷大小的比例与河流宽窄的比例相同。世上最大的河是地中海河，它由尼罗河的源头流入西海。

拉特河位于贝利亚乔城堡对面，其源头的出水期只有八、九两月。河水出源后，便直坠一百多意尺，发出难以想象的轰鸣声，泻入湖中。

科莫向北八英里处是普利尼亚那泉，泉水每六小时涨落一次。泉水涨时，水量可供两个磨坊使用而有余。泉水落时，则致使泉眼干涸。普利尼亚那泉再向北两英里则为奈索，河水携万钧的落势流经壮观的山间豁谷。

游览这些地方应在五月。

这些地区最大的裸岩分布在基亚文纳河谷、列科附近的曼德罗山，以及距列科三十英里，延伸往瑞士贝林佐纳的格拉维多纳，但曼德罗山中的最为巨大。曼德罗山四季冰冻，成年刮风，山脚有一条陡落两百步，伸往科莫湖的溪谷。

瓦尔萨西那位于维摩各尼奥和英特洛比奥之间。沿瓦尔萨西那右侧去往列科的路，可达特洛吉亚河，这条河从极高的岩石中泻流而下，落地便淌入地下，消失不见。再前行三英里，便可见距普拉托·桑·皮埃托区不远的铜矿和银矿的建筑群，还可见铁矿和各种奇特的事物。这几片地区中最高的山是格里格纳，相当荒凉。

基亚文纳河谷位于科莫湖上方，延伸往德意志方向，梅拉河在这里汇入科莫湖。谷中荒凉，尽是高山绝壁，手足并用方可攀援而上。山中可见一种唤作鸬鹚的水鸟，还生长着杉树、落叶松、松木、鹿、野羊、岩羚羊和凶猛的熊。当地的农夫在雪天攀上山去，用一种巧妙的装置，使熊坠落悬崖。夹谷左右，两山紧紧相连，均延伸二十英里，一条河流从中淌过，运下大量木材。河流上方有多条四百意尺高的瀑布，景致迷人。沿河随处可见漂亮的小酒馆，一顿美餐只需四个索尔多。

瓦尔特利纳如前所述，也是由险峻高山环绕的山谷。这里出产大量烈酒，而农夫说，这里产的奶比葡萄酒更多，因为这里饲养着如此庞大的牛群。阿达河在流经德意志四十多英里后，贯穿瓦尔特利纳河谷，河中可见的鳟鱼以多现于河沙中的银为食。

这地区人人售卖面包和葡萄酒，卖得最贵的葡萄酒每瓶为一个索尔多。小牛肉每磅一个索尔多，盐和黄油每磅十枚第纳里，他们的磅等于三十盎司。一个索尔多能买大量的鸡蛋。

瓦尔特利纳河谷的尽头是险峻的波尔米奥山。山脉经年积雪，是雪貂的繁殖地。

登上法意之间阿尔卑斯山的蒙博萨峰［罗莎峰］，便可目睹我所见的景致。四条河流从这座山峰的脚下涌出，流向四个完全不同的方向，灌溉整个欧洲。没有哪座山峰立于如此的高处，高高耸立的它几乎穿透了一切云层，所以山峰上难得下雪，只在夏天云层升腾至最高时，才在峰上降下冰雹。冰雹并不融化，我在七月中旬仍见到堆积得相当厚的冰雹层，因此若不是云层难得升腾得这么高，并降下冰雹（在人的一生中，不会发生两次），山峰上应可见由一层层冰雹堆积而成的大片的冰。

在山巅的每个凹处，总能发现分层的岩石。

从前山谷大部被湖泊淹没，因为谷地总构成河岸；山谷也可能被海水淹没，之后流水不断地冲刷……贯穿了高山；蜿蜒的河水冲走了被山峰包围的厚土。与河流冲出的断面对应的岩层可展现高山被贯穿的情况。

来自高山的河流的河床中沉积有众多大石，这些石块依然保留有部分的棱角。河水携带较小的石块继续前行，这些石块被磨去更多的棱角，变得越来越小。于是河水一路先沉积下粗糙的碎石，随后为较光滑的碎石，继而为粗沙，然后为较细的泥沙，最后带着光滑的小圆石，混着细沙，抵达大海。

回流的海浪又将细沙沉积于海岸。直到沙细得近似于水时，因为太轻，这些由烂叶及其他极轻的物质构成的细沙不再留于海滨，而随海浪回归大海。如前所述，这些细沙的性质已与水近似，回归海洋后，待风平浪静，这些细沙便会沉于海底。因其极细，在海底会被压实，而压实的细沙非常光滑，能令海浪从上而过，抵御海浪冲击。这样压实的细沙便是适合制陶的白土，其中可找到贝壳。

一切出自高山的水夹带石块流向海洋。海水回流向山地时，这些石块又被抛向山地。石块随往复的流水来去，滚动中棱角相互撞击，最不经撞的部分便被磨去，令石块失去棱角，变为圆形，厄尔巴岛[1]的海滩上便可见这种圆石。被流水裹带至距其原处不太远的石

1 厄尔巴岛（Elba），意大利第三大岛，位于西海岸。拿破仑曾被流放于此岛。

块依然较大；被夹带得越远，石块则变得越小，所以在过程中，它们先变为小卵石，继而成为细沙，最后化成泥。海水从前述山地退走后，海水沉积的盐以及陆地上其他潮湿的物质，便与这些圆滑的砾石和泥沙混合，从而使砾石变为岩石，泥沙变为石灰华。这样的情形可见于提契诺河区、阿迪杰河区、奥格里奥河区、源于科莫山的阿达河区、源于德意志境内阿尔卑斯山的阿德里亚河区，以及源于路波山及卡普莱亚山附近的阿尔巴诺山的阿诺河区，那里最大的岩石都由不同颜色、不同种类的砾石固化而成。

［阿诺河改道时所作地质研究］房基下的地底中，发现已发黑的大木，宛如锻铸的梁柱。我那时在卡斯特尔菲奥伦蒂诺[1]挖掘时，也发现过这样的大木。早在阿诺河夹带入海的泥沙堆积至这般高度前，早在卡森蒂诺的多片平原因阿诺河不停冲刷泥沙而降低了这许多前，这些大木便已在所发现之处了。

1 卡斯特尔菲奥伦蒂诺（Castelfiorentino），托斯卡纳的一个区，在佛罗伦萨西南约三十公里。

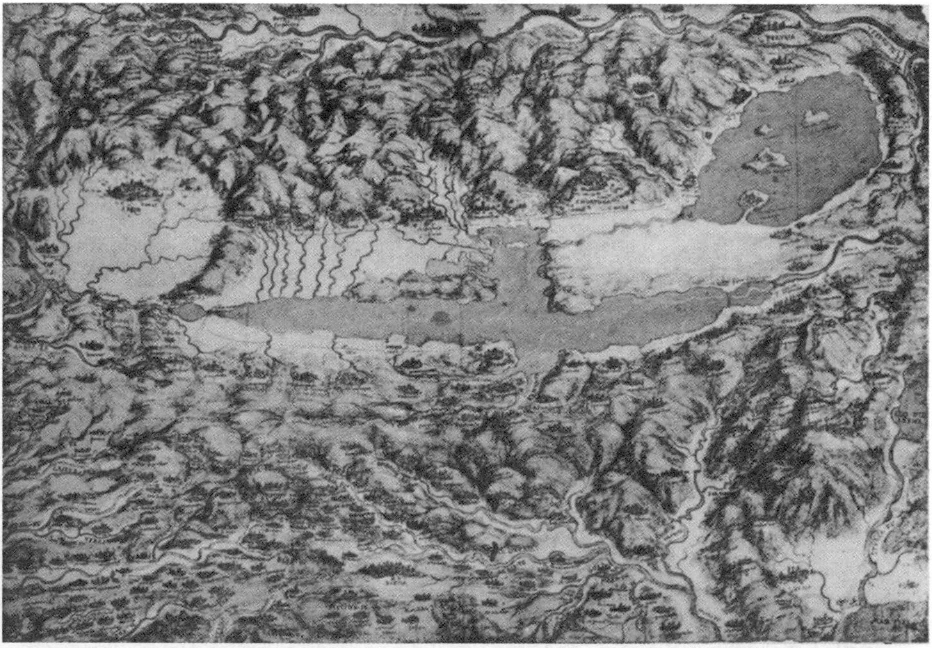

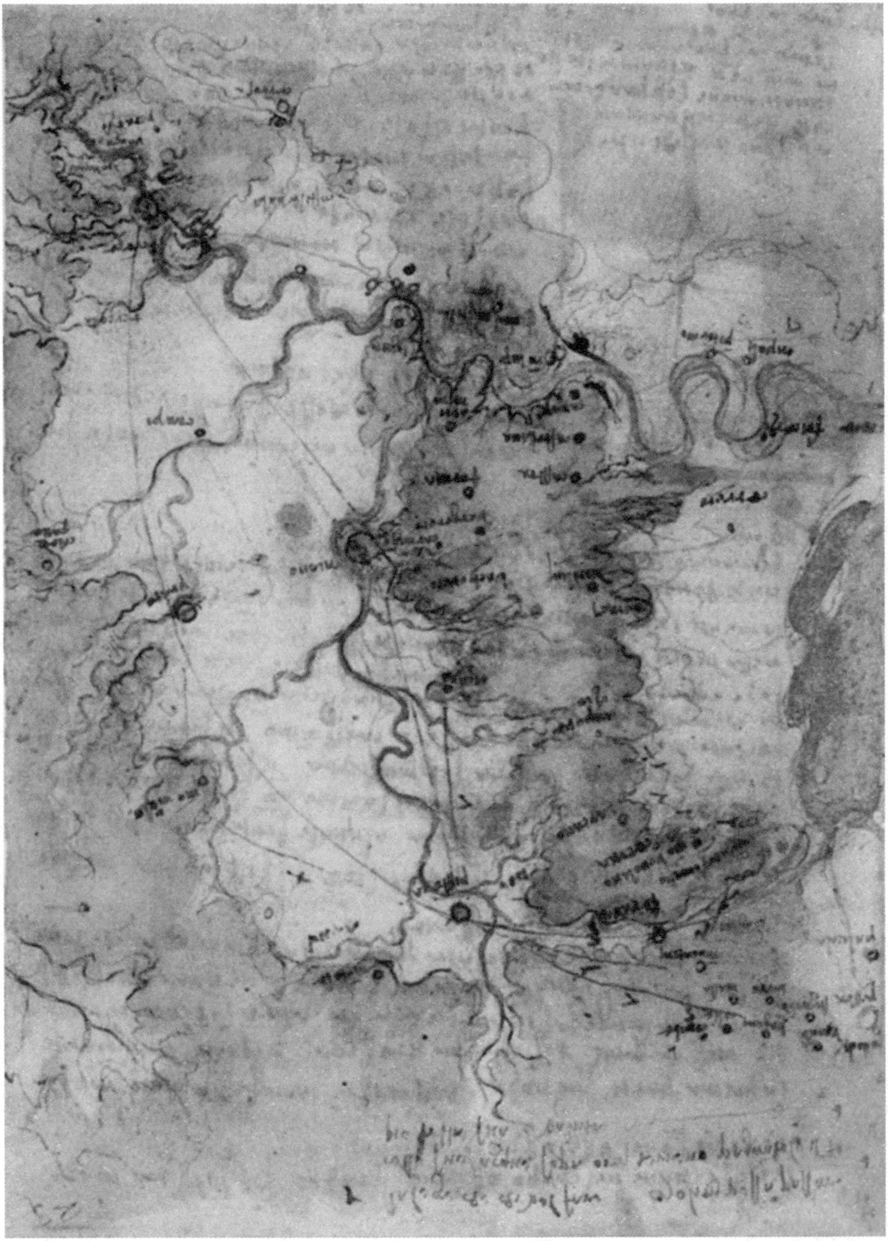

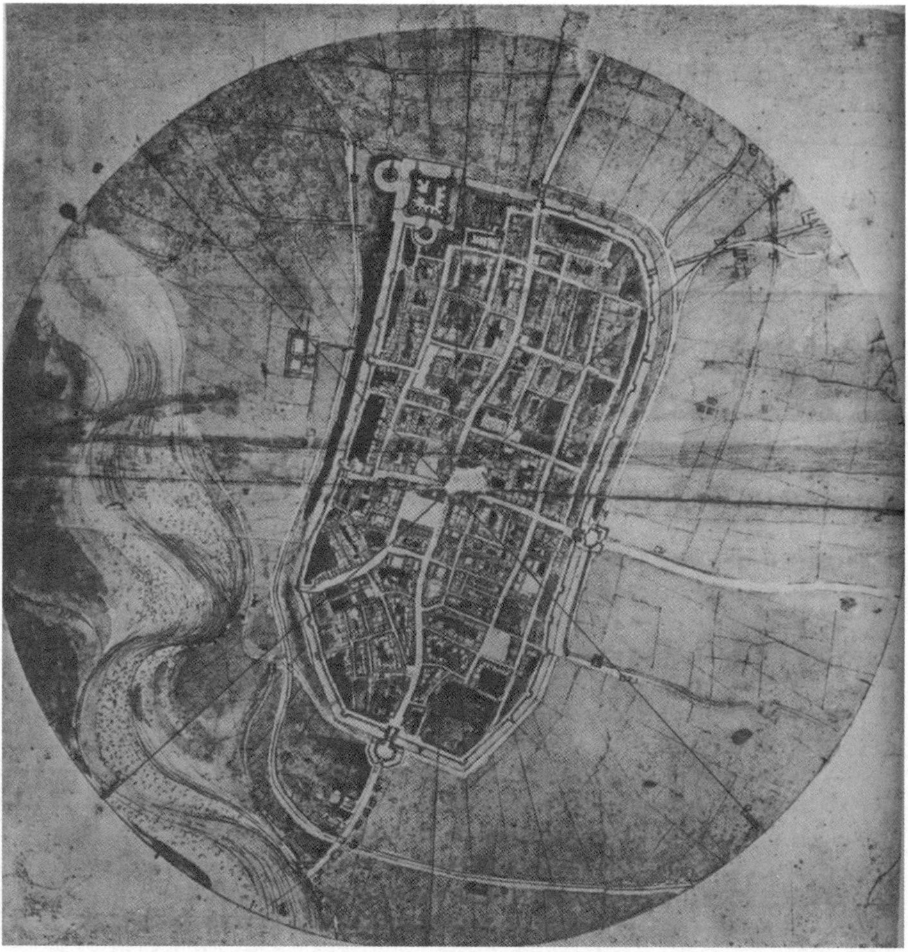

第十三章　水

水是自然的驱动力。

水是地球运作至关重要的体液，为其本身自然的热量驱动。

先描述各种水体各自的运动，再针对有关上述水体的各个命题，描述水底不同的构成。阐述顺序必须得当，否则所述易混乱。描述从最大至最小的水波的形状，并阐述其成因。

书的章节

第一篇　水的性质

第二篇　海

第三篇　地下河

第四篇　河

第五篇　深水的性质

第六篇　障碍物

第七篇　沙砾

第八篇　水面

第九篇　水上运动的物体

第十篇　河流的整治

第十一篇　水渠

第十二篇　运河

第十三篇　水力机械

第十四篇　抬升水面

第十五篇　水磨损的物体

研究潮汐的涨落是由月亮抑或太阳引起，还是因地球这部机器的间歇而引起。研究各国的潮汐有何不同。

研究高山最终如何被水夷平。因水冲去山上覆盖的土壤，裸露的岩石受炙热和冰冻而开始碎裂崩塌，逐渐变成泥土。水冲蚀山基，山峰逐渐崩塌至河中……因为崩塌的山石，水面上涨，涡流泛滥，形成汪洋。

研究在暴风雨中，波浪如何击沉一切浮物，将大量泥土吸裹入海，致使海水大面积浑浊。

研究在陡峭的大峡谷中，散落于谷底的石头如何经水浪冲刷而变得圆润。许多物体被水浪推入或吸入海中后，也历此变化。

研究何以当两股反向的海风相遇，波浪便平息下来，使长段的海域风平浪静。

综合研究水的运动时，请注意在每项论证中列入该论证的功能和应用，以免研究沦为无用。

《论水》第一篇的结构

首先定义深度和重量，阐明元素如何相互包容。其次，定义固体重量和液体重量，但在此之前需先给出轻与重的定义。最后，阐述水为何运动，为何停止，为何流速有快慢的变化。

水的性质

在四种元素中，水的重量和流动性都居第二位。水奔流不息，直至入海。入海后，若无风扰动，水便稳定下来，水面与地心始终保持等距。

水受热，易变为稀薄的水汽升入空中，遇冷则凝结。死水则腐。

换言之,热使水运动,冷使水凝结,静止则使其腐坏。

水是一切生命体的体液,水使一切生命体生长。没有水,生命体便不能维持形态。摄入水分则能使身体协调生长。

水能吸收各种气味和颜色,本身却无色无味。

水包裹着地球,是重量居于第二位的元素。其逸出水层外的部分总会尽快回归,上升高度离本元素所在之处越远,其下降回归的速度便越快。水性湿冷。若无阻碍,其性总会流往低处。其性又易升腾为水汽和水雾,转化成云,当小块的云聚集,水珠凝结,便又化为雨落下。随海拔不同,水呈现不同的形态,即水、雪,或冰雹。水经常受到空气运动的冲击,喜附于受寒最烈的物体上,并极易染上气味。

若不首先阐明重力的含义,及重力产生或消失的原理,便无法阐述水的运动过程……

若整个海底支撑全部海水,部分海底支撑部分海水,并且海水如同脱离于水层之外的水一样有重量的话,海水应当对海底之物施以重压。然而我们所见却相反:生于深海的海藻和海草,既没被压弯,也没被压垮在海底,却好像在空气中一般,轻易地劈开水生长。

因此,我们得出结论:所有的元素在本区域内无重量,在区域外却有重量。更确切地说,当元素升向天空时才有重量,落向地心时则无重量。因为元素落向地心时,遇到的是比其更重的元素,两者相触,后者最轻薄的部分也比前者重,而前者较重的部分也比后者轻。

个体水域的中心形成于最微小的露珠中。露珠常落在叶面上,呈完美的圆球形。它们如此轻盈,以至于不能在停留处平展,而几乎被周围的空气托起,因此露珠自身无着力之基,不施加任何压力。正唯如此,露珠表面各处都受到指向其中心的相等的力,各部分的相互作用力因此相等，并相互吸引，致使每一滴露珠必然呈现完美的圆球形，其中心在正中央，与表面上的每一点等距。并且由于露珠的每一部分所受的重力相等，露珠总处于两两相对，但重量相等的各部分的中心。然而当某滴露珠的重量增加时，水域的中心便立即离开这滴露珠，移向水层公共的中心。而且，露珠增重越多，移动曲线的中心便越接近地心。

一滴水落入平静的大海，必然致使海面难以察觉地些微上涨，因为水不能像空气那样被压缩。

水消磨山巅，暴露巨岩，冲走大石，冲毁高堤，其夹带的泥沙淤积于海底，使远古的海岸迁移。水难见稳定，而其性亦不会使它骤然稳定。水形成河流，寻觅每一处陡峭的河谷，或带走河谷中的新土，或在河谷中遗留下新土。可以说，各种元素经众多河流，多次往复于大海。地球上崇山峻岭不是以海为基；又有哪处深海没有崇山峻岭以之为基。所以，水有时湍急，有时浩瀚，有时酸，有时苦，有时甜，有时浑浊，有时清澈，有时带来毒素、疫症和破坏，有时却又带来健康。因此可说，水流经多少不同之处，便染有多少不同的性质。正如镜子随所照物体的颜色而变化，水的性质也随流经地的特质而改变：有益健康的、有害的、通便的、止血的、含硫的、含盐的、乐观的、消沉的、狂暴的、愤懑的、红的、黄的、绿的、黑的、蓝的、油腻的、浑浊的、清澈的。一时引发火灾，一时却又扑灭大火；一时温热，一时冰冷；一时裹挟，一时沉积；一时蚀空，一时抬升；一时毁损，一时建设；一时满注，一时清空；一时高涨，一时流深；一时湍急，一时静止；一时为生之因，一时却为死之故；一时致富，一时致贫；一时养育，一时破坏；一时咸，一时却又无味；一时泛滥，淹没宽阔的河谷。一切事物随时而变。水有时向北，损毁堤基，有时却冲垮对岸的南堤；有时流向地心，侵蚀地基，有时则蒸腾直上云霄；有时涡流翻滚，水道复杂，有时沿西岸直下，侵吞农夫的庄稼，有时又将夹带的泥沙堆积于东岸。如此这般，裹挟堆积，时挖时填，水不停歇地侵蚀并变易其岸。因此，水有时怒涛汹涌，有时则安静澄澈，欢快地在嫩绿的草地间蜿蜒流淌；有时变成雨、雪或冰雹，从天而降，有时则形成大片的迷雾；有时自行流动，有时却迫于外力；有时散发恶臭，有时却充满宜人的香气；有时滋养本因生命之水而诞生的万物，缺水万物难存。有时水受热汽化，被热力吸向高空，与空气混合，直至因相反的性质，遇冷收缩，形成小水滴，逐渐凝聚。用手在水下挤压吸饱水的海绵，水从海绵的孔隙中逸出，水波便挤走旁边的水，热水汽遇冷收缩与此类似，因为困于空中的热水汽若收缩，便如同因受重压而从风箱中驱出的空气那样，可强行突破最薄弱的部分，将路径上形成障碍的各处较轻的云团驱散。

水　波

水波是冲击力的反弹，其大小与冲击强度成正比。波从不独存，而总是多波交杂，其数量与产生水波的堤岸上的不平处相当。

投石入池，虽然池岸形状不规则，但池岸所产生的水波尽皆反弹至落石处，且多波相遇时，并不干扰彼此的方向……小池中产生的水波会多次返回波源处……只在大海中，水波才会一直向前，而不回返。小池中的一次冲击便可产生水波的多次往复。较大的水波包含有其他许多运动方向各异的波，其深浅取决于产生水波的能量……同一水体的表面和底部之间可同时产生众多方向各异的波……物体冲击水面所造成的一切影响可相互贯通，而不彼此抵消。一个波不贯穿另一个波：仅在冲击处折返。

浪受风力驱使涌向岸边时，浪尖压着浪底，呈丘状，至岸折返时，亦呈丘状，直至源于下方的后浪将其再次推上岸时，浪底和浪尖方

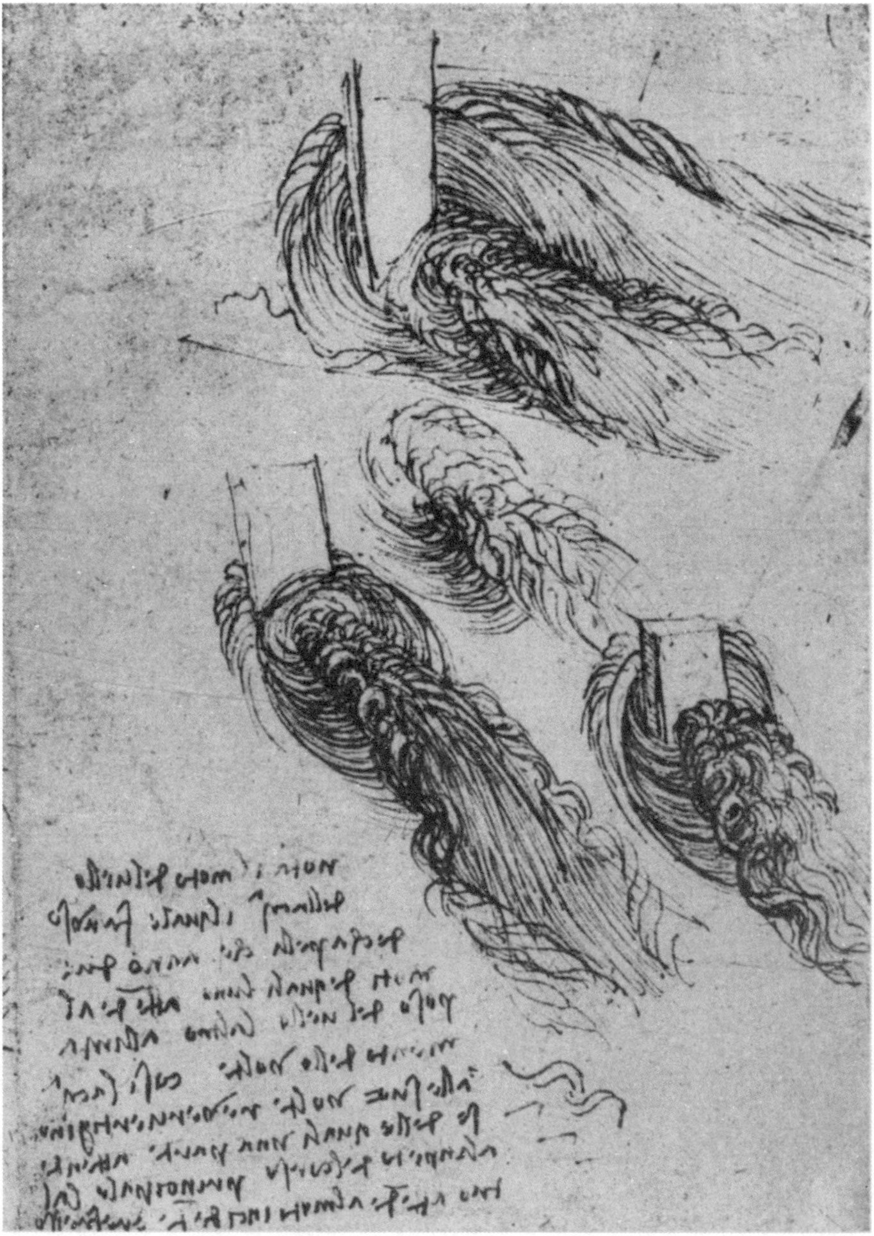

才翻转，浪丘消失。如此不断反复，一会儿涨涌上岸，一会儿跌落离岸……如果海水冲击海岸后便退回海底，如何能将从海底夹带的贝壳、软体动物、蜗牛等东西留在岸上？这些海底的夹带物常跃于涌向海岸的浪尖上，浪丘托举它们上岸，又带它们回流向海，但当跌落的浪与回浪相撞时，夹带物便开始被遗留在岸上。这一过程反复，而海浪逐渐衰弱，较大的浪将从海底掠夺来的物体遗留在它所及之处，后继的海浪却无法抵达同样的地方，海底的夹带物便逐级留在岸上。海岸上始终可见被海水抛上岸的物体。

海浪常在浪底前碎裂，致使浪尖的部分低于先前的最高峰。

各种作螺旋或旋转运动的流体，越近转动中心便转得越快。但值得注意的是，轮中越近转轴处转得越慢……

［附图显示波浪呈卷发状］观察水面的运动，其状与卷发相似。卷发的动态由两个因素决定——一为头发的重量，一为发卷的方向。同样，水形成涡流，一方面受主流推动的影响，另一方面受乱流及回流的影响。

皮翁比诺的海浪都泛有泡沫；
大浪拍打海面处浪花飞溅；
皮翁比诺的风；
清空船中的雨水。
皮翁比诺的沼泽排涝法。［附有一幅简略的草图］[1]

1　1498年3月17日，莱奥纳多随卢多维科·斯福尔扎在热那亚视察暴风雨对防洪堤所造成的损坏情况。这则笔记旁画有一部轧制金属的装置。

海潮的涨落多么不均，热那亚的海岸没有潮汐，威尼斯的潮汐涨落的差异为两意尺，英法之间海潮涨落的差异为十八意尺。通过西西里海峡的水流之所以很急，是因为汇入亚得里亚海的河流都流经这里。

阻力较小时，作用力显得更大。这是一普适结论，我们可将其应用于潮汐，以证明太阳或月亮对较浅的水作用的力更大。根据这一结论，造成潮汐的力对于浅滩沼泽内的水所施加的影响应比深海强烈。

铁条被拉成圆棍状。在热那亚，防波堤受损部分的铁条被拉成圆棍状，所受的力比这个要小一些。

89年［1489年］，在罗德岛附近的阿塔里亚海发生地震，致使海底开裂，海水从开裂处滚滚流走。海水的流失致使海底暴露达三个多小时，方才闭合如初。

地震等灾变会使水流突然涌出或断流，萨伏依的山中便发生了这样的事。一片森林陷入地下，只余一条极深的地裂。距此地裂约四英里处的山中裂开一条鸿沟，突然涌出洪水，冲遍整个小山谷中的耕地、葡萄园和房屋，所到之处造成极大的破坏。

我认为，致使人类财富毁损的所有原因中，河水泛滥以其次数及为害程度应当排于首位。若有人认为火可与狂暴的洪水相比，我想他可能缺乏判断力，因为燃料耗尽，火便就此熄灭，然而在暴涨的大河所引发的无法抗阻的洪灾面前，人类任何的预防措施都无能为力。一浪接一浪的怒涛咬噬撕扯高大的堤坝，将堤坝和各类障碍一一扫平；破坏性的洪水无情地滚滚前行，因夹带所淹耕地的泥土而变得浑浊；它冲毁房屋，拔起大树，吞没低谷，涌入山间缝隙，引发巨大的塌方；毁去重物的同时，它裹挟较轻的物件，将人、树、动物、房屋、土地等一切掠夺物挟入它的巢穴——海。难怪洪水泛滥处人们需要逃亡！

多少城镇、多少田园、城堡、别墅和房舍没于洪水！

不幸的庄稼汉多少的劳动尽付流水！多少家庭被吞噬毁灭！多少群牲口被冲走溺毙！洪水常从嶙峋的古河床泛滥而出，淹没耕地……

河　流

研究流水从水面至水底的流速变化。

研究水面和水底之间不同侧面的倾斜度。

研究水面不同的水流。

研究河床上不同的水流。

研究不同的水深。

研究水底山峦不同的形状。

研究水上山峦不同的形状。

研究何处的流水底部流速快，而表面流速慢。

研究何处的流水底部流速慢，而表面流速快。

研究何处的流水底部和表面流速慢，而中层流速快。

研究何处的流水中层流速慢，而底部和表面流速快。

研究河中哪段流水变宽，哪段变窄，哪段弯曲，哪段伸直。

研究注于宽阔流域的流水何处平稳，何处不稳。何处的流水中间水流缓慢，而两侧水流湍急。

研究何处的流水中间水流湍急，而两侧流速缓慢。

研究何处的流水径直贯注在河流中央，何处的流水蜿蜒，冲向侧面。

研究下落的水流不同的倾斜度。

水流为从河岸回弹向河中央的流水的汇聚，从相对两岸回弹的两股流水相互撞击，产生的水浪最为巨大。落回河中的水浪宛如重于其余河水的物质，穿透水面，撞击翻擦河床，并将翻擦出的物质裹挟而走，从而磨蚀河床。因此，河水最深处总在最湍急的水流下方。

不可否认，尼罗河入埃及海时始终很浑浊，这是因为它不断地从所经之地冲带泥土。这些泥土无法返回原处，大海也不接纳它们，而将它们抛在海滩。要知道，阿特拉斯山脉另一侧的沙海一度也曾被海水覆盖。

波河可在短时间内令亚得里亚海干涸，如同其令伦巴第大部分的地区干涸。

他们不明白阿诺河为何经常改道。其改道是因为，汇入阿诺河的多条河流将泥沙堆积在交汇处，并冲蚀另一侧的泥沙，致使阿诺河弯曲……

令河流改道必须疏导，而不能粗糙地蛮干。要达到目的，应在河中建起一道堤坝，随后在远些的地方，修建另一条低矮些的堤坝，然后以此方式，修建第三、第四、第五条堤坝，使河水自行泄入为其安排的河道。根据尼可罗·迪·福佐尔对我所说，用这一方法也可像佛兰德人所做的那样，引导从决口处涌出的河水转向。

如何保护并修补遭受波浪冲击的堤坝，像可可米雷岛下方的那样……

开凿马蒂山纳运河，使阿达河水分散流入多个地区，用于耕地灌溉，已使阿达河水量锐减……

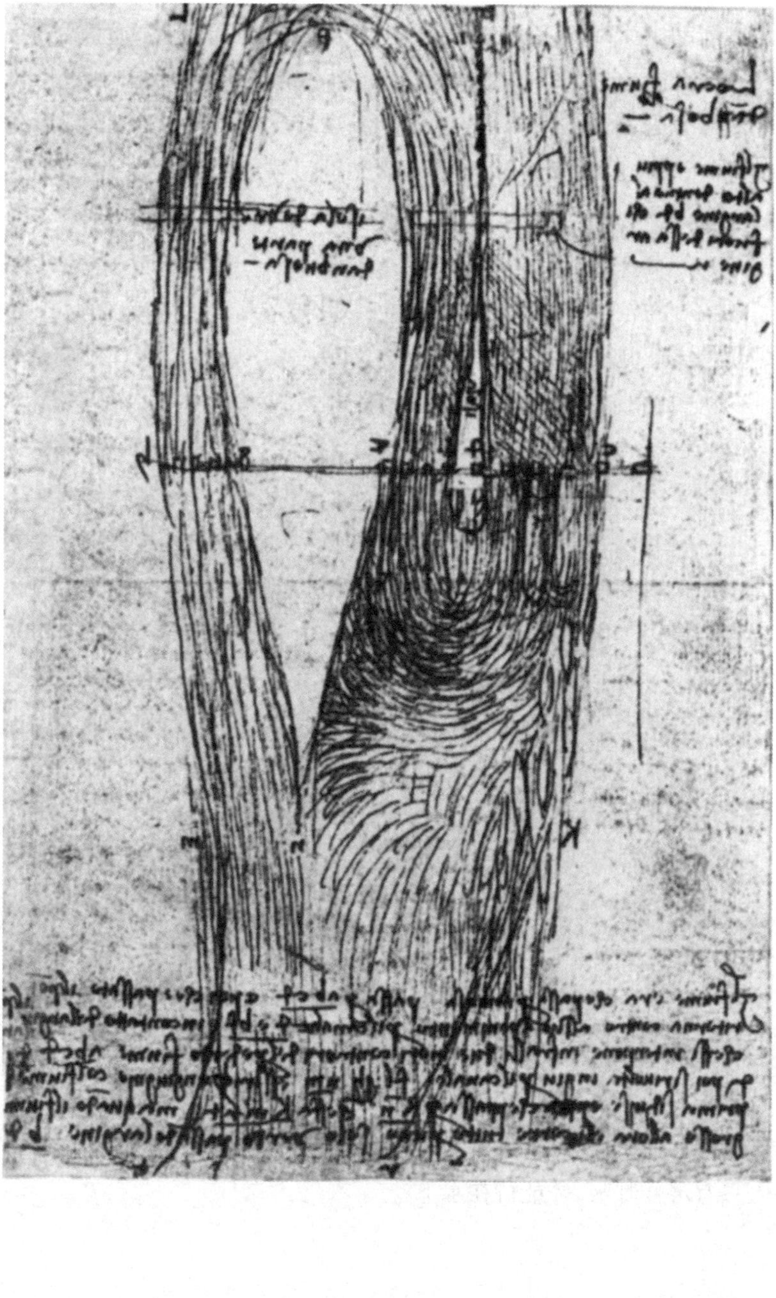

这是流经昂布瓦斯的河流，它通过ab-cd，穿过桥下之后折返，逆着原先的水流方向，通过河道de-bf，与该河两股方向相反的水流（ab-cd和de-bf）之间的堤岸相接触，它然后又转向下，通过河道fl-gh-nm，与原先离开的河流汇合（后者流过kn），形成km-rt。但当河水很满时，它合成一股水道，淹过河岸bd。

1498年8月

由多拉河引水入伊夫雷亚运河。伊夫雷亚山区地域广大，山脉之南的土地肥沃。

沉重的驳船通过架有拱桥的河流时，并没有增加桥的负荷，因为驳船的重量等于船所排开的水的重量。

［法国开凿运河的计划］若卢瓦河的支流mn改道，将其浑浊的河水注入罗莫朗坦河，便会令灌溉的田地更肥沃，使国家足以为国民提供粮食，还可作为运输商品的航道……

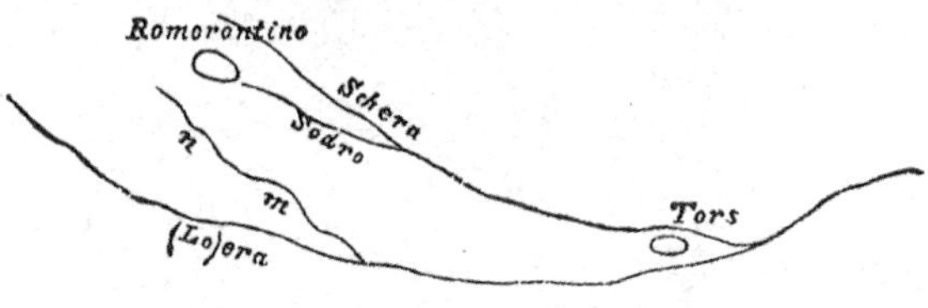

潜水装置

人应当如何学习游泳？应如何浮于水上？应如何保护自己，对抗将人吸入水底的漩涡或涡流？吸入水底时，应如何寻找将人抛出深水的逆向水流？应如何用双臂推动自身前进？应如何仰泳？为何人只有屏住呼吸，才能待在水下？

此皮制装备用于印度洋地区珍珠的采集，它的多层环状设计令海水无法将其压扁。当一人头戴由磨砂玻璃制成的护目镜，身穿前有尖刺的胸甲，采集珍珠和珊瑚时，他的同伴留在海面的船中守护。

将此法密而不传，你便能独专。

雇佣一个单纯的年轻人，在家中缝制此服。

阻住船长的战舰，然后用船尾的加农炮开火，击沉其他战船。

……待哨兵巡过后，将小艇划至船尾，突然向全船开火。

［图示一人，身穿潜水服］

胸甲、兜帽、紧身衣裤……一个皮酒囊，内装空气，用一个半圆的铁圈使皮囊不紧贴胸部。若密闭的皮囊上有阀门……放气时，沙袋的重量便能使你沉入水底；充气时，则能重回水面。

一个眼部凸起的玻璃面罩，其重量标准是，可让你在游泳时抬起面罩。

携带锋利的小刀，避免被网缠住。

携带两三个未充气的小皮囊，在需要时可像球体一样充气。

多带锁链，将任你俘虏的军官们藏在岸边。但首先得达成协议，如何能让你不折不扣地收到一半的赎金……所商定的赎金也可交与马尼托。

为示意行动成功与否，携带号角……

如何利用装置让多人长时间潜于水下？我能在需要食物补给前，长久潜于水下，但我为何不阐述该法？我不公布这一方法，乃是考虑到人类邪恶的本性，他们会潜于海底进行暗杀，将船底凿穿，使全体船员与船一同沉没。但我愿将方法告诉个别没有恶念的人，可用皮酒囊或软木提供浮力，通过伸出水面的管口呼吸。

第十四章　空气

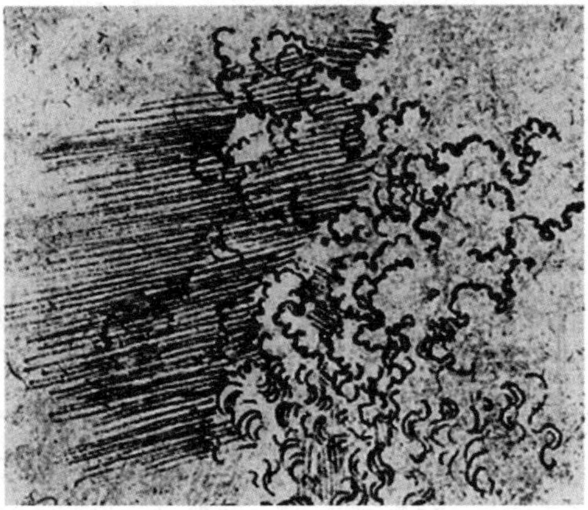

阐述云团如何形成及消散；阐述地面上的水蒸发升空的原因；阐述雾和大气变浓的原因；阐述为何空气在不同时候蓝色深浅不同的原因；描述空气层，阐述雪和冰雹的成因，以及水如何收缩结为坚冰；描述空中雪花各种全新的形状、寒冷地区树叶新颖的样子，以及冰凌和白霜在各种草本植物的叶片上形成的奇特形状。所结白霜似可作为滋养植物叶片的甘露。

水在水中的运动与空气在空气中的运动相似。

空气的运动

气浪的启动远比水波迅速，很多时候，气浪已离开源生处，而水波尚未动。五月的风在麦田卷起麦浪的情形也是如此，人们可见气浪扫过麦田时，麦穗不动。

有生命的地方便有热能，哪里拥有具生命活力的热能，哪里便有蒸汽运动。正如我们所见，火元素以其热能，总将从海洋、湖泊、河流和湿谷中蒸腾起的湿气和混沌云团般的浓雾吸向自身，这便是证据。这些湿气和浓雾被逐步吸至寒冷的区域，由于冷热、干湿无法共存，所以最上层的雾气会停止上升，并使其余的雾气停于同一处，如此层层堆积，形成浓黑的云团。

云团常乘风飘荡，从一个区域飘向另一个区域，当云团变得极为浓重时，便会降下大雨。若火元素的力量加上太阳的热能，将云团吸至更高处，到达更冷的区域，便形成冰，结成密集的冰雹降落。如我们所见，大量的雨水从云中降下，而将如此巨大的水量托于空中的热能又将这些雨水从山脚向上牵引，把它们存于山峰内，这些水若找到裂缝，便会汩汩而出，形成河流。

各元素可相互转化。空气遇冷收缩凝结成水时，强烈地吸引周围所有的空气，令其迅猛移动来填补逃逸空气造成的真空，于是一团团空气鱼贯移动，直至部分地平衡空气逃逸的空间，风便这样产生。但倘若水化为气，产生的气流必需空间，先前占据空间的气于是被迅速推离，为新增的气流让位，这样也形成风。

风中的云团或雾气受热而生，遇冷而被击散，冷气在后驱赶云团或雾气，等云团或雾气被赶走，热风便成为冷风。遭驱赶的云团无法上升，因为冷气将其下压，但云团也无法下降，因为热气托着它，因此它只得横向运动。因为上述两种力量相等，对夹于其中的物质的限制力相当，所以我认为云团不会自行运动，而会在有机会逃逸时，向四方散射，就像吸满水的海绵受挤压，水从海绵中心四散逃逸一样。所以，北风可同时成为所有风的源头。

正如遭到挤压的海绵中的水，或褶式风箱中的空气向四周喷射而出，被热能反射作用驱赶至高空的透明薄云也四散流动。最先抵达寒冷区域的最上层的薄云遇干冷被阻，等待同伴。后继的云层升向静止的云层，如同挤压注射器一般，把其间的空气挤向侧边及下方，这些空气无法向上方逃逸，因为上方的云层太厚，它们无法穿透。

因此，所有在地表肆虐的风都从天而降，与相抗的地面撞击后，便会形成反冲。反冲的气流试图上升时，与下降的风相遇而上升受阻，偏离本来方向，横向而去，不断猛烈地掠过地表。

当上述气流掠过海面，它们入射及反冲构成的角度方向便清晰可见。气流激起汹涌席卷的骇浪，巨浪又彼此相激相生。

寒冷是自然热能敌对的反面，在人类肢体内扩散的自然热能遭遇周围的寒冷，便会被驱赶回心海，借心海以及在那里筑防的肝脏为抵御的堡垒。由温暖的湿气构成的云团，以及在夏天由较干燥的蒸汽构成的云团也是如此，若发现进入干冷的区域，便会像某些遭寒冷白霜袭击的花朵和叶子一样，紧缩在一起，以增强抵抗力。

所以，先遭遇冷空气的云团开始抵抗，不肯继续向上，而下方其他云团继续上升，致使上方静止的云层越来越厚，干燥和暖气退缩至云层中心，云层上方被暖气抛弃的部分则开始凝结，或者不如说，开始消融。下方的云团继续上升，迫使冷暖进一步接近。如此一来，暖气受迫回归主元素，便突然化成火，盘旋着穿过干燥的蒸汽，在已变凉的云团中心急剧膨胀燃烧，发出类似水落入滚烫的沥青或沸油中的声音，或类似熔化的铜淬入冷水中的声音。但它依然遭到相反力量的驱赶，将本可承受它的云层击碎，划破长空，击毁一切障碍物，这便是雷电。

起势越迅猛的风，运动时间越短，臼炮中喷出的火烟四散射入空中，转瞬即逝，便向我们证明了这一点。升入空中，扭转姿态多变的尘土展示了狂风的阵发性。在阿尔卑斯山脉之间，则可观察到不同的动力如何引起风的相互撞击。我们可见船上的旗帜在方向不同的风中招展。可见风吹打某一部分的海水，而非另一部分；在广场及河边的沙洲上也可见到相同的情形，风猛烈地吹走广场和沙洲上某一部分的尘土，而非其他部分。这些现象向我们展示了风成因的性质，由此我们可以断定，起势越迅猛的风，运动时间越短，上述臼炮的实践便可展现这一点，炮口中喷出的烟转瞬即逝。这其中的原因在于，气流受烟冲击而被压缩，产生阻力，而烟本身在对抗气流阻力时也被压缩。但倘若风的运动和缓，烟则可笔直地伸展很长的距离，因为烟进入的空气不会在其前方缩聚，不会阻碍烟的运动，烟便可轻易地顺势延展很长的距离。

我曾见过几次极猛烈的狂风，所经之处，将森林中最高大的树木，以及雄伟宫殿的整个顶子裹挟而去。我也曾目睹一次同样猛烈的旋风，它旋转打洞，挖出了一个砾石坑，将砾石、沙子和水裹挟而起，携带了半英里多。

一次，在米兰向北去往马焦雷湖[1]的途中，我见到一块状如高山的云，因地平线上火红落日光芒的点染，这座云山密布火红的沟壑。这块云吸引了周围所有的小块云团，形成的巨大云团在空中岿然不

1　马焦雷湖（Lake Maggiore），位于意大利西北部，部分湖域位于瑞士境内，是意大利第二大湖，面积212.5平方公里，仅次于加尔达湖。

动，云团的最高处在日落后一个半小时仍染有太阳的余晖，这云团可有多大。夜幕降临大约两小时后，刮起了空前惊人的狂风。

这是因为云团凝聚，压迫云内的空气，使空气从最薄弱处喷薄逸出，不断在空中呼啸而过。这便好像在水中挤压海绵，海绵所吸的水因挤压而从指缝间逸出，涌入其余的水中。云也是如此：周围的冷气迫使云凝聚，自身凝聚的压力便使空气逸出，冲击其他部分的空气，直到与云中水汽混合使云团高升的热气回流至云团中心，逃离与其性质相反的冷气。在云中集聚，变得强大的热气便能燃烧，喷出潮湿的蒸汽，包围云团，并产生狂风，裹挟因蒸汽压力不断增大而喷出的火……这便是雷电，阻挡其去路的一切都会被劈碎。雷电之后便会降雨。

真空的吸力在瞬间形成。

我曾在米兰目睹一道霹雳击中克里登查塔楼的北侧，那道霹雳沿塔楼北侧向下缓慢延伸，忽然它离开塔楼，将墙壁随之扯去部分，长宽俱为三意尺、厚两意尺。该塔楼的墙壁厚四意尺，由陈旧的小薄砖砌成。

声　学

虽然各种声音从声源出发，在空气中呈圆形传播，但从不同中心扩散的圆相遇时并不相互阻碍，而是保持它们源生的圆心，彼此穿透而过。

因为就运动的各种情况而言，水和空气极为相似，所以我将引水为例证明上述观点。假设：你将两颗小石子同时抛入静止的水面，彼此相隔一定的距离，你会观察到，围绕两颗石子的击水点会形成两个系列明显的圆环。圆环逐渐扩大相遇，继而彼此横穿而过，但它们的圆心始终为石子的击水点。产生这种现象的原因在于，虽然水面看似有明显的运动，然而水并没有离开原处，因为石子砸开的水面随即重新闭合，水面突然的开合引起一定的动荡，这种动荡应描述为振颤，而非运动。这么说可能更清楚，请观察因为轻而浮在水面的稻草，圆形的水波从它们下方滚过时，水波并没有将它们推离原位。因此，水面上的痕迹就其性质而言为振颤，而非运动，所以圆环相遇时无法使对方破裂，而且由于水各部分的性质都相同，所以水不移位，便可轻易地将振颤从一处传至另一处，从邻近区域传至其他相邻区域，但振颤的力量逐渐减弱，直至衰竭。

扔石入水，会激起以入水处为中心的多个圆形水波。同样，声音在空气中也以圆形扩散。置于明亮大气中的任何物体都以圆形扩散，令周围的空气充满无数自身的像。其全像出现于整个空间，以及空间中的各个部分。

我认为，正如物体的像撞击镜面，回弹入眼，回声是撞击后回弹入耳的声音。物体的像射向镜面的角度与像从镜面反弹入眼的角度相等。同样，声音在山谷中撞击后传入耳中，其撞击的角度也等同于回弹的角度。

在亚平宁山脉脚下的罗马涅地区，牧羊人常在山中挖状如号角的奇特大洞，并在洞的一侧挂上号角，这个小号角便与所挖的号角状洞穴成为一体。吹小号角，两者便会一同发出极为响亮的声音。

大气的颜色

我认为，所见大气的蓝色并非其本身的颜色，而大气之所以呈现蓝色乃是因为，湿热的水汽蒸腾为微不可见的粒子，而阳光照射在微粒上，令它们在上方笼罩的极暗火层区的衬托下发光。任何人登上罗莎峰——分割意法两国的阿尔卑斯山脉上的高峰，便可如我一样，观察到这一点……

在罗莎峰上，我目睹了头顶黑暗的气层，并发现照射于峰上的阳光远比山下平原上的阳光明亮，这是因为峰顶和太阳之间所隔的气层较薄。

我们可举由阵干柴产生的烟为例，进一步阐释大气的颜色。阵干柴生成的烟冒出烟囱时，在暗处衬托下，蓝色很显眼。但随着烟向上升，对着明亮的大气看去，烟顿时变为灰白色，因为它不再有黑色的背景……绿色嫩枝产生的烟不呈蓝色，因为这种烟不透明，而且富含水分，会产生浓云一样的效果，像固体一样有明显的光和影。大气也会产生相同的情形，过量的水分会使大气变白，受热而水分过少，则会使大气变暗，呈现暗蓝色……如果透澈的蓝为大气自然的色泽，则介于眼睛和火元素之间的大气越多，蓝色应越深，就像我们观察蓝宝石和蓝玻璃那样，玻璃和宝石越厚，颜色越深。然而大气的情形恰好相反，介于眼睛和火层之间的大气越厚，颜色显得越白。地平线附近可见这种现象。而介于眼睛和火层间的大气越少，大气显得越蓝，即便我们身在低矮的平原。因此，正如我所说，大气之所以呈现蔚蓝的色泽，是水汽的微粒被阳光照射的缘故。

证明阳光射入与火层相邻的气层表面，以及火层尽头的表面。阳光传输各天体的像。天体升起时，像最大。至子午线时，像最小。

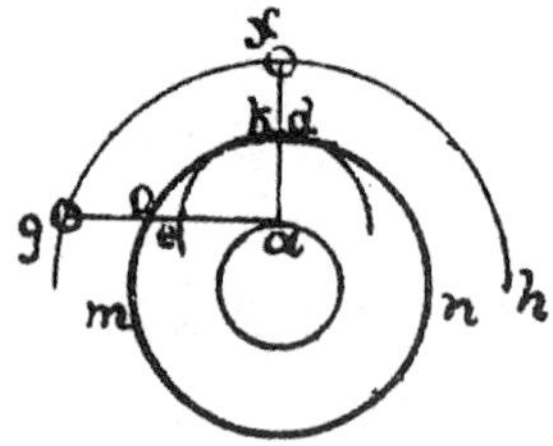

设a为地球，ndm为与火层相邻的空气层，hfg为太阳的轨道，那么我认为，太阳出现于地平线g时，应见日光以倾斜角穿过气层的表面——om。dk则非斜角，所以阳光穿过较多的空气。

火焰底部是火焰的源头，火焰的一切油脂养分都由此通过，经净化处理。焰底呈蓝色，温度和亮度都低于火焰的其余部分。火焰的其余部分虽较明亮，但呈球状而生的焰底是火焰燃起时最先出现的部分。焰底燃烧一段时间后，便会在其顶端产生一团极小的明焰，状如心脏，焰尖指向天空。这团明焰会通过吸收养分，不断地无限扩延。

蓝色的焰底呈球形……直至周围的空气被烘烤至足够高时，方成锥形。蓝色焰底的主要热能向上传导，那是其本性所望的方向，更确切地说，那是通往火层最短的路径。

蓝色的焰底本身不动，蜡烛提供给火焰的养分也不动，因此，一定是其他物质产生了运动。火焰消耗空气，造成真空，急于填补真空的空气产生运动。火焰产生真空，空气急补真空。

灵　魂

灵魂如何存在

我们说过，灵魂的定义是与实体结合的一种力。灵魂本身无法升起，也无法在空间内作任何形式的运动。有人认为灵魂自身能够升起，但在元素中这不可能，因为灵魂是无实体的量，而无实体的量即为真空，自然中不存在真空，即便在某种元素中形成某个真空，该元素也会立即涌入，将其填满。根据重量的定义，重力是一种偶生力，因元素彼此吸引或排斥而产生，因此在自身元素区无重量的元素一旦进入比其轻的上层元素，便能获得重量。我们见到，部分的水注入其他水体时，既未获得重力，也未获得浮力，然而若这部分水被吸入高空，就会获得重量；若将空气拉入水下，空气之上的水便获得了重量，但由于其本身无法支撑该重量，崩塌便不可避免，致使其落入水中产生真空的地方。灵魂也是如此，无论灵魂处于哪一元素中，都会不断产生真空，因此，灵魂会不断地飞向天空，直至与那些元素脱离。

我们已经证明，无实体的灵魂在元素中无法单独存在，除被动上升，灵魂也无法自发地自行运动。现在我们说明，取得空气实体的灵魂为何必须与空气混合。这是因为倘若灵魂始终只与空气相接，真空产生时，如上所述，空气便会与灵魂分离而下落，因此若要让灵魂一直悬浮于空气中，则灵魂必须吸收一定量的空气。然而灵魂与空气相混合会遇到两个困难：灵魂与空气混合，会令混合处的那部分空气变得稀薄，稀薄的空气不会停留在重于自身的空气中，而会自然而然地上升；而且，由于灵魂的精华分散，灵魂的性质会发生变化，从而丧失部分最重要的灵力。此外，还有第三个困难，即灵魂取得的空气实体会暴露于穿入的风中，风不断地将灵魂和空气混合的部分撕扯成碎片，使其在其余的空气中旋转，因此注入这部分空气中的灵魂将随所融入空气的撕裂，而被一同肢解。

注入一定量的空气中的灵魂应无力使该定量的空气移动，如上述所证，灵魂使注入的那部分空气变得稀薄，因此变得稀薄的空气会升至其余空气的上方，但这一运动乃是由于空气自身变轻而产生，并非灵魂自发自控的运动。若该团空气如之前第三部分文字所述，与风相遇，则令该团空气移动的是风，而非散于其中的灵魂。

灵魂能否说话

要证明灵魂能否说话，首先应精确地解释什么是声音，以及声音如何产生。相关论述如下：声音是空气摩擦致密实体，或致密实体摩擦空气产生的运动——两者没有区别；致密物与稀薄物摩擦，致使稀薄物被压缩，产生阻力。而且，运动快的稀薄物和运动慢的稀薄物，在相遇时会彼此压缩，发出大小不一的声音。一团空气缓慢穿过另一团空气，会发出低沉的声音，与熊熊火焰在空气中发出的声音相似。一团空气迅速穿过另一团静止的空气，产生的声音最为响亮，像大炮喷出的火焰撞击空气发出的巨响，像云团中流出的火与空气相撞产生的霹雳。

因此，我们可以断定，灵魂无声，也无法自行发声，若没有空气的运动，灵魂便无法产生声音。若灵魂想要移动所注入的气团，灵魂必须增加自身数量，但为虚量的物体无法使自身数量增加。而且第四部分指出，稀薄的物质无法自行运动，除非有借以获得运动的固定点。在本元素区内的元素更是如此，除非在蒸腾物体的中心被均匀蒸发，如同用手挤压攥于水下的海绵，令水从指缝间以均衡的运动四散逃逸，否则无法自行运动。

灵魂能否清晰发声？能否听见灵魂所发的声音？何为听觉？何为视觉？声波如何在空气中传播？物体的像如何传至眼中？

没有空气的运动或振动，便不会有声音。没有振源，便不会有空气的振动。没有实体，则没有振源。灵魂的状态使其无法拥有形体、力量或声音。假使其获得形体，便无法穿透紧闭的门。若有人认为，通过凝聚压缩空气，灵魂可以具有各种形体，并通过这样的手段说话及施力移动，我对此等人的回答是，虚构的灵魂既无神经，也无骨骼，作任何运动都不可能施加力量。

第十五章　力学

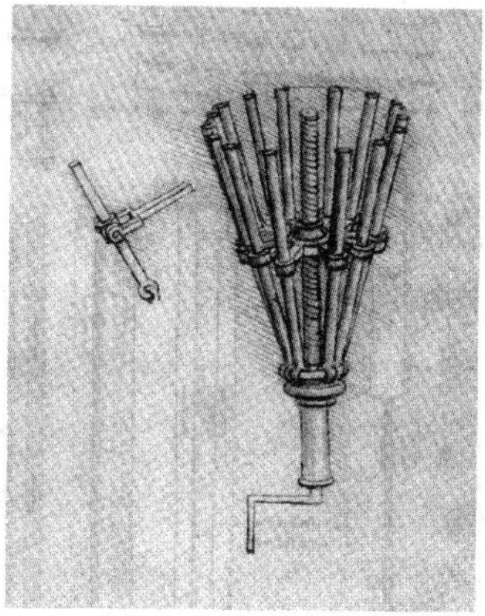

重力、推动力及撞击力可说既产生运动，又被运动产生。在这三种偶生力中，两种力的起始、趋向和终止的性质完全相同。

重力、推动力、撞击力及冲量是运动之子，因为它们源于运动。重力和推动力由激烈的力量维持，始终趋向消亡。冲量则常是运动延长受力物趋向的原因。

重力、推动力和撞击力不仅可互称母女，同时亦为姐妹，因为它们尽管均源生于运动，为运动之女，但也产生运动。没有这些力，运动不可能产生，但没有运动，这些力也无法展现。

理论力学卷的计划

先探讨重力［地心引力］
再研究承重［静力学］
再研究摩擦
再研究运动［动力学］
最后研究撞击力。

先论重力，继而研究产生推动力的运动，随后探讨推动力，最后研究撞击力。

编写力学基础。应在所举例后，附人类及其他动物运动施力的图示，这样便能证明所有的论点。

有关重物运动的专论涉及沉重的液体、空气，以及火的运动。将运动的火与旋风和旋流进行比较，便会发现，火中的涡旋可使火整合其旋转的火焰。可用调风器和沸腾的水进行这一试验。

1．重力

偶发运动、重力、推动力及撞击力是四种偶生力，世间一切可见活动的存亡都依赖它们。

重力是运动产生的偶生力，注于偏离本身位置的物体之中。

轻和重是一种元素被移入另一元素中时所产生的相等的两力，它们的各种功能如此相似，以至于可将它们称为一个力，因为它们的不同只在于它们所存的物体，在它们诞生和消亡的运动中。

自由物体以最短的路线径直向世界中心运动，就叫作重。

自由物体逃离世界中心，就叫作轻。两者之力相当。

冷和热源于距离太阳的远近。冷和热引起元素的运动。元素本身无轻重……

较稀薄的东西承受不住较浓厚的东西，从而引发运动。

轻是重之因，重是轻之源，轻重同时相生，在源生的同一刻便相生相长，但在消亡的缠斗中，也同时相克相消。

因为已经证实：轻除非与重相结合，才可源生，若不置于轻之上，重便无从产生，若不处于重之下，便不存在轻……

元素也是如此。例如，若一定量的空气置于水下，水便立刻获得了重量，这并非水本身发生了改变，而是因为它未遇到适当的阻力，因此，水降至下方空气占据的位置，而空气充填重力所留的真空。

元素不动，便无轻重。与水和空气相接的土地自身无轻重，若周围的水和空气无偶发运动，土地也感受不到它们的重量。长于土地，与水和空气相接触的植物的枝叶可证明这一点，除非水和空气运动，否则这些枝叶不会发生弯曲。

由此可知，重是一种偶生现象，因下层的元素在高层运动而产生。

轻也是偶生现象，由较稀薄的元素被引入较稠密的元素下方而产生……较稠密的元素从下方较稀薄的元素遇到的阻力不足，两者便有了轻重，较稠密的元素为重，较稀薄的元素为轻。

若不结合重，便无法产生轻；若没有轻，重也无从源生。这一点可这样证明：用管子将空气吹入水底，水下的空气比水轻薄，于是空气和水有了轻重，空气为轻，水为重……

轻和重由直接的运动产生，运动由冷和热产生。

运动是重量和力不平衡时产生的现象……

元素的运动由太阳造成。

宇宙的热能由太阳产生。

宇宙的光和热来自太阳，太阳的隐没则带来寒冷和黑暗。

元素的各种运动都源生于冷和热。

轻重产生于元素之中。

一元素置于另一较稀薄的元素之上产生重量。

一元素引入另一元素之中产生重量。

一元素处于另一元素内部产生重量。元素沿最短的直线向另一元素的中心运动，这并非它自行的选择，也并非因为另一元素中心的吸引，而是因为介于其中的另一元素无法抵住它。

一切重力都通过宇宙的中心线，因为各处的重力都被引向这个中心。

宇宙的中心线起自世界的中心，终于各物体的重心。

一定大小的物体的中心在其长、宽、高三者的中点上。这些物体的偶生重心在相互制衡各部的中点上。自然重心则将物体分为大小和重量相等的两部。

根据基本原理的第二章第九节，一切悬垂重物的重心都会停在其悬点中心的下方，因此：中心线指的是从物体引向世界中心的理想直线。一切悬垂重物的重心趋向与悬点的中线相合。若悬挂重物的重心偏离悬点的中线，重物将受到比其自然重量更多的力的作用。因此我论断，旋流令其重心处于其极点的中线，而加于其某一侧面的各微小重力是造成其运动的原因。

2．推动力

推动力是精神的实质，借偶发的剧烈力量与重物相合，阻碍重物顺自身倾向运动。推动力虽然持续时间短，却常显示出惊人的力量。

推动力的各个部分都蕴含有全部的力，处处力量相同。

推动力是一种精神力，一种无形的力，它借助外部的剧烈运动，传给所有丧失自身平衡的物体。

推动力无非是一种无形的精神力，它由外部的剧烈运动产生，通过生命体传给非生命体，并给予非生命体相似的活性。这种活性以神奇的方式作用，迫使一切造物改变位置及形态。推动力根据情况不断地变化，猛烈地奔赴毁灭。

慢速使推动力增强，快速使其减弱。

推动力生于暴烈，死于自由。

推动力迫使一切物体改变位置和形态。

力量越强大的推动力，越趋向消亡。

推动力猛烈地驱赶开阻碍其消亡的一切。

推动力是各种形态的改变者。

推动力始终无法安稳地存于蕴含它的生命体中。

推动力总逆自然趋向而行。

推动力从微小开始慢慢增长，变为可怕而神奇的力量，并通过自身的压力逼迫一切物体……推动力存于偏离自然过程和习性的物体中……它欣然地自我耗毁。

产生推动力的物体的各处都传有力，处处力量相同。

推动力不过是逃离的趋向。

推动力始终趋向自我削弱和耗损。

它在自身受逼迫的同时,逼迫所有物体。

没有推动力,便没有任何运动。

没有推动力,便听不见声音。

推动力真正的根源在生命体内。

垂直阻力传递的重力最完全,垂直阻力的各个部分中都有全部的重力。

若听任阻碍重物的斜向阻力松懈,它便不会阻碍重物,而会随重物一同坠毁。

重力的性质会使其自然而然地传至所望之地。

推动力的各个部分都含有全力——与重力相反。重力和推动力常相克。

在施压和以强克弱方面,重力和推动力的性质相似。但重力不自行改变,而推动力却总是易变的。

重力有形,而推动力无形。

重力是物质力,推动力是精神力。

推动力趋向于自我逃离和消亡,重力则寻求稳定和永恒。

重力和推动力经常相生。

若重力产生推动力,则推动力就是重力。

若重力征服推动力,则推动力就是重力。

若两力相等,则它们长久为伴。

若一力永恒,则另一力难免消亡。

此处的问题是,重力是自行产生还是由推动力产生,或,推动力是由重力产生还是自行产生。

一切重物都趋向以最短的路线落至世界中心,物体越重,越有此趋向。最重的物体若自由下落，速度将会最快。阻碍物质的倾斜度越小，阻力越大。无论是什么支撑重物，重物的性质都令其进入支撑物，这样一层层地穿过支撑物的重物会变得越来越重，直至抵达世界中心……

重力在施压的作用上与推动力相似。重力和推动力相互制约。可见没有推动力的重力，但见不到没有重力的推动力。重力若无邻，便会急于寻找，推动力却急于赶开相邻的物质。

重物若冀求固定之所，推动力则会迅速离开。

重力求稳定，推动力却始终求飞驰。重力不倦，推动力则始终无法摆脱耗损，重物越落越重，推动力却越行越弱。重力不灭，推动力却终将耗尽。重力是自然力，推动力是偶生力。重力趋向稳定和持久，推动力则趋向飞驰和消亡。

在施加压力方面，重力、推动力和撞击力彼此相似。

在能力的各个方面，推动力和重力有很多相同之处，只在产生和消亡的过程有差异。重物回归本位，重力便消失，而推动力则随各运动产生并消亡。

重力是一种元素受力被移入另一种元素中的运动所产生的力，其存在时间的长短取决于其回归本位的努力。

推动力是盈余和不足的产物，是物质运动之子，精神运动之孙，是重力源生之母。重力限于水元素和土元素之中，但推动力不受限。若能制造产生推动力的机械，便能令无限的世界运动。

具有感觉能力的各种动物的精神通过肢体运动。当精神所进入的肌肉受控反应时，精神便使它们隆起。肌肉隆起时就缩短，在缩短过程中拉动与它们连接的筋腱，人类肢体的运动和力量由此产生。因此，物质运动源生于精神运动。

人力的质和量蕴含产生其他推动力的能力，运动时间越长，这种能力越大。

物体的运动、重力、推动力和撞击力是自然的四种力，通过这四种力，人类以各种神奇的作为，似乎在世界中创造了第二自然。人类一切可见之功的存毁都赖于这四种力的运用。

人在船中尽力划船，若所施的力不大于船外的阻力，船便永远不会离开原位。再如，若人被裹于麻袋中，并在袋内努力移动身体，他会发现无法离开原位，但如果伸一足出麻袋，当作撑地的杠杆，同时用头抵住麻袋底部，便能将麻袋向后褪。

臼炮内火焰扩张的情形与此相同，火焰全在炮中时不会引起反冲，但当火焰冲击推挤阻碍的空气，而又与挤压于臼炮底部的火焰保持连接时，便会致使臼炮反坐，因为冲击空气的那部分火焰无法在空气中找到所需的瞬时通道，所以将力作用于另一端。

3. 运动

什么引起运动？运动的本质是什么？什么最适合运动？什么是冲量？什么是冲量的成因？令冲量产生于其中的介质是什么？什么是撞击力？什么产生撞击力？什么是反弹？直线运动的曲率如何？它由什么导致？

运动与时间

如我在此运动卷中阐明，自然在各种动物体内创造了各种机械。为何没有这些机械，自然便无法给予动物运动的能力？其原因在于我所总结的自然界四力的规律，不符合这些规律，什么也无法给这些动物以局部运动。因此，我们应首先阐述这种局部运动，然后论述它如何产生其他三种力，并如何分别被其他三种力产生。然后我们应阐述自然重力。虽然一切重力应当说都是偶生力，但我们称其为自然重力，以区别于推动力，因为推动力在所有运动中都具有重力的性质，所以被称为偶生重力，这是自然本身固有的第三种力量产生的力。最后的第四种力为撞击力，它是限制并终止运动的力。开篇我们应阐明，所有无知觉的局部运动都由有知觉的运动产生，正如人抬起钟摆，驱动时钟。此外，各种元素相互吸引或排斥，我们可见，水驱逐其中的空气；火以热能的形式从壶底进入，然后以气泡的形式从沸腾的水面溢出；再如，火焰把空气吸向自身，太阳的热能将水以水汽的形式吸入高空，随后水汽化为大雨落下。然而，撞击力是元素内产生的巨大力量。

我发现力与时间是无限的，而重量以及整个地球机器的重力则有定限。我发现运动是不可分的时间的脉搏，而且这种运动分为许多种，即自然运动、偶生运动和合成运动。合成运动中途从偶生变为自然时，终结之力最为巨大，因为自然运动结束时比在其他阶段更有力。偶生运动的力量在三者中最强，但结束时最弱。

一切运动都不可能慢至在其中发现稳定的时刻。
在相同的时间内历较短距离的运动较慢。
在相同的时间内历较长距离的运动较快。
运动可达到无限缓慢的程度。
运动可变得无限缓慢，同样也可变得无限迅速。
运动具有达到无限高速的能力。

从一点沿最短路线至另一点的运动为直线运动。
在任何部分都不见直线运动的运动为曲线运动。
螺旋运动由从中心至外缘连线长度各不相同的倾斜曲线构成。

螺旋运动有四类：凸螺旋、凹螺旋、水平螺旋、柱状螺旋。

此外还有一种绕一点等距环绕的运动，这种运动被称为同轴旋转。另外还有无数种不规则运动，由上述多种运动混合构成。

运动与重量

一切重物都以最重的侧面运动。重物的运动在所遇阻力最小处实现。

在空气中运动的物体的最重部分成为运动的引导者。

较宽大的重物在空气中落得较慢。

由此可知，较窄小的重物在空气中落得较快。

一切重物都沿其最大直径的方向自由下落。

重物的运动分三类，其中两类截然相反，第三类则参与在第一类及第二类运动中。

原因在于，上升运动升得越高，就变得越微弱，下降运动则相反，越往下坠，运动越剧烈。上升运动的物体在接触的最高点毫发无损，下降运动的物体却相反，会令自身及其他物体遭受极大的损伤。第三类横向运动则半似重物的下降运动，半似重物的上升运动。

一切自然的运动都以最短路线完成，所以自由落体落向世界中心，因为那是可移动的物体与宇宙最深处之间的最短距离。

自由落体下落时间越长，运动强度越大。而随运动强度逐步增加，所获速度也逐步加快。

虽然时间的运动无法像物体的运动那样度量等分，但应可用音乐家所使用的方法分阶。

假定在一阶段的时间内，重物获得一定量的运动和一定量的速度，那么在两阶段的时间内，重物将获得两个定量的运动和两个定量的速度，以此类推……

若两个同样形状、同等重量的物体从同一高度相继落下，两者之间的距离会随时段增加逐步加大。

自由落体下落时间越长，所获重力越大……

自由落体下落时间越长，所获速度越快。

在每段时间内，物体运动的距离也相继增加。

重物下落的运动、时间和速度之间的比例关系为锥形，因为前述的几种力都从零开始，并在随后的过程中按算术比例逐步增长，所以都为锥形。

若在锥体的任一高度截一与底面平行的横截面，便会发现此横截面离底面的高度与锥体总高度之比，等于横截面的宽度与整个锥体的宽度之比。

我们发现，运动着的不连续量在运动的各阶段所获速度不等，因此在各阶段的稳定时间内，它们所经路程也不等，按数学比例分配。

若许多重量相等、形状相同的物体以相等的时间间隔相继落下，它们彼此间距的增长量相等。

证明上述关于运动的结论，应这样进行实验：取形状相同、重量相等的两球，让它们从高处落下，并令它们在运动开始时相互接触。实验者应站在下方的地面上，以观察两球在下落过程中是否保持接触。因为实验可能出错，误导实验者，为避免出现意外而阻碍或误导论证,应重复进行实验。

运动与推动力

一切受力移动的物体在其简单运动中,都无法强过施力者。

施力者的力量总大于被移动物体的阻力。

在同等时间内完成的同速运动中,施力者所拥有的力量总大于受力物。施力者的力量是受力物力量的多少倍,受力物的移动距离便超出施力者的移动距离多少倍。施力者和受力物之间的力量差,与受力物的移动距离和施力者的移动距离之差成正比……

箭尖抵着靶板开弓便可展示这一点,因为虽然弓弦竭尽弓力推送箭支,箭不过入木分毫,但如果箭具有一定的运动,情况便完全不同。

有些人认为,飞行的箭在其前方激起一个空气波,空气波的运动使箭在飞行过程中免受阻碍。然而这种看法并不正确,因为一切受力移动的物体都阻碍并消耗其施力者,空气波乃是因箭支的推进而在箭前方运动的,它对箭支飞行运动的帮助微乎其微,或完全为零,相反,它阻碍并缩短与它一样被同一施力者驱动的箭的运动距离。

在空气中运动的物体会产生空气波,空气波的速度远快于驱动它的物体的运动速度。

这是因为空气非常不稳定,物体一在空气中运动,便会在空气中造成首个气波,这第一个气波同时便会产生第二个气波,这第二个气波随即会引起另一个气波。所以,该物体在空气中运动,便会在各个时段内,在其下方产生不断增多的气波,这些飞行的气波为驱动它们的物体的运动开路。

应用十字弓或其他力量不会衰减的驱动物做实验,并用形状相同但材料和重量不同的球,测试哪个球走得距驱动力最远,然后应用形状不同、长宽不一、大小不等的球进行实验,得出普遍的规律。我想了解,令一磅重的球形物体走得最远的力将承担多少负荷。

十字弓的荷重与箭支重量之比,等于十字弓射出的箭支的运动距离与弓弦的运动距离之比。

此处应扣除空气造成的三种阻力,即空气对弓身和弓弦的撞击力,以及对箭支的阻力。

若用四百磅的力将十字弓的弓弦拉开三分之一意尺,弓弦松开时能将二百磅送出三分之二意尺。用同样大小的力,可令一百磅移动一又三分之一意尺。

减轻受力物的重量,推动力便能增加它的运动距离,因此你总会发现,(若没有空气阻力)弓弦的运动距离与被射出的物体的运动距离之比,等于拉开弓弦的力与弓弦弹送力之比。

要远射者必须完全靠一足站立,提起另一足,并令提起的一足远离站立足,以提供站立足上后仰的身体必需的平衡。同时他不应完全伸直手臂,且为能更好地承受张力,他应持一从手延伸至胸的木块,类似用于十字弓的那种。想放箭时,应猛然前跃,同时伸直持弓的手臂,松开弓弦。若能灵巧熟练同时完成这一切,箭会射得非常远。

这一做法的理由如下:若前跃迅速,便能令箭的动量增加一分,同时使手臂伸直得更为迅速,又能令箭的动量再增加一分。弓弦的弹送也更为迅速,令箭的动量又增加一分。因此,若其他箭支的动量为三分,这支敏捷射出的箭的动量便为六分,应飞行双倍的距离。此外,我必须提醒莫忘放松弓弦,这样才能令其前弹,保持绷紧。

度量重量、时间、运动和推动力的方法我都有十种。我想举起这重物。

若将重量增加一倍，而运动中的力不变，则时间需加倍。

若将重量增加一倍，而时间或力不变，则运动距离需减半。

若将重量增加一倍，而运动距离或时间不变，则力必须加倍。

若将重量减半，运动距离或时间不变，则力可减半。

4. 冲量和撞击力

受力移动的物体与施力者相接时的运动为初始运动。

受力物与施力者分离后在空气中穿行的运动为派生运动。派生运动源于初始运动，其速度或力量永远无法与初始运动相当。当受力物各部的运动与施力者的初始运动平衡时，该受力物的运动方向与施力者的运动方向一致。

冲　量

冲量的别名为派生运动。派生运动源于初始运动，而初始运动是受力物与施力者相接时的运动。

在派生运动的各个阶段，都无法观测到与初始运动相当的速度。例如，弓弦在运动的各个阶段，从施力者处获得的力量都有所损耗。

冲量是运动所产生的力，由施力者传给受力物。冲量的活性有多大，受力物的运动便有多长。

冲量是运动的影响力，由施力者传给受力物。

冲量是施力者加于受力物的影响力。

一切影响力都趋向或力求长久。留印于观察者眼中的阳光，以及钟锤敲钟所产生的声音的效果都说明了这一点。

留于受力物上运动的影响证明一切影响力都力求长久。

令箭或飞镖在空气中运动的冲量为简单冲量。令投石器发射石块的冲量为复合冲量。

请问，为何长矛或猎鞭的运动距离远超手臂的运动距离？我认为，这是因为手臂运动时，手所画的圆远大于手肘所画的圆，因此在同等时间内，手运动覆盖的空间是手肘运动覆盖空间的两倍，因此手运动的速度是手肘运动速度的两倍，所以能将物体远远地掷出。

由此显然可见，手肘所画圆周只为手所画圆周的一半，手肘运动的速度也为手运动速度的一半。

的确，如果令手的运动速度减去与手肘运动速度相等的量，则两者的运动一样缓慢。

撞击力

撞击力分两类——简单撞击和复杂撞击。可动物体砸落在目标上形成的撞击力为简单撞击。第一次的撞击力透过了首次撞击的物体中的阻力，例如雕塑家锤击凿子，凿击的力量传入所刻的大理石，则形成复杂撞击。复杂撞击又分为两种，即单击和复击。单击已作了充分的说明。锤子以自然运动用力锤下，因重击而回弹发生较弱的锤击，锤子两头在两处造成撞击时，则形成复击。介于复击力和最终阻力之间的障碍物越多，复击的力量越弱，如同击打一本书的封面，即使书页全部相接，最后一页受损也会较轻微。

若一人从台阶上一级级地下跳，将每一跳的重力和撞击力相加，便会发现，相加之和等于该人从与楼梯等高处垂直跌落产生的重力和撞击力之和。

而且，若此人从高处跌落时，一层层地撞在会像弹簧一样弯曲的物体上，那么从一层落至另一层的撞击力便会减小，你们会发现，此人的最后一段下落所造成的撞击力比自由垂直下坠时的撞击力减弱了许多，所减的量等于落在上述各层可弯曲的物体上所造成的撞击力之和。

每个表面坚实的球体受同等的力作用，撞击坚固的地面回弹时，其在回弹过程中的运动与掷出后在空气中自由飞行的状态相似。

啊，第一推动者，你的公平多么令人赞叹！你绝不剥夺任何力量为达到其效果所必需的过程或属性。例如，一力拥有将被其征服的物体移动一百意尺的能力，但该物体在移动过程中遇阻，你便令撞击力引起新的运动，新运动通过各种反弹，使物体再经本应经过的距离。

若测量这些反弹运动的轨迹，便会发现，其长度等于相同物体在同等的力推动下，自由地在空气中穿行的距离。

为何撞击力首先造成的是撞击而非运动？在物体开始运动前，撞击已完成其作用。

运动的终结产生撞击，而力的消耗产生运动。

重物运动产生力。同样，重物运动产生撞击。

重力或推动力造成的撞击和位移。

我认为，重物下落造成的位移与推动力造成的位移性质相同。

受撞击的物体被撞部分所受损伤大于与其相对的部分。证明这一点的证据为，击打一人手中的石头，握石的手所受的伤小于手直接承受击打所受的伤。

应始终探明受撞击的物体与撞击力的比例关系。

用一百磅的力进行一次撞击，所产生的撞击力大于用一磅的力进行一百万次撞击，所以我建议训练用攻城槌撞城时，先以人力将攻城槌举于空中，然后像拉弓弩那样将槌向后移动，可收到良好效果。

撞击是运动在微不可分的时间段内的终结，因为引起撞击的点是造成撞击的重物运动路线的终点。

若一只十磅的重锤用一击，将钉子钉入木板，一只一磅的锤子击打十下，也无法将钉子完全钉入木板中。而且一磅的锤子凭一击，也无法将不到（前钉）长度十分之一的钉子钉得更深，尽管锤重和击打力量的比与前述情况相同。这是因为木板的硬度并不随阻力成比例地减小，木板硬度始终保持不变。若想研究击打的力量和物体入木深度的比例关系，必须考虑击打重物的性质，以及其击打的物体被击中的位置。

我认为，每个被移动或遭撞击的物体都将该撞击或运动的性质在体内留存一段时间，留存时间长短与推动力或撞击力的大小成正比。请观察钟遭受撞击时，如何将撞击声存于钟内。

请观察从臼炮掷出的石块如何长久地保持其推动力的性质……

眼睛将发光体的像在眼内留存一段时间。

我认为，快速移动的物体遭遇阻挡物停止而产生撞击。这也是所有声音的产生原因，是各种物体变形、破碎的原因，是第二运动产生的原因。撞击力是最强大的力,它根据环境不断变化。

正如太阳的光影留于眼中,香气留于空气中一样,敲钟残留敲击声。但我们希望探明,敲击声是残留于钟内还是残留于空气中。将耳朵贴于遭击打后的钟的表面,便能确定。钟内的敲击声会引起回声,并致使别的相似的钟产生一定微小的振动。奏响鲁特琴时,琴弦会引起回声,以及另一把鲁特琴同调琴弦的振动。将一根稻草放在与奏响的鲁特琴同调的琴弦上,便可观察到。

关于应用力学的书

首先探讨运动、运动产生的重力、运动和重量产生的推动力,以及由重量、运动和许多情况下由推动力源生的冲击。

探讨运动和冲量。

探讨单向转动机轮。

探讨双向转动机轮。

探讨逐渐扩大的旋转运动。

探讨蜗杆。

探讨磨以及其他甩转机械。

探讨机齿。

探讨轴杆。

探讨无齿转轮和压条。

探讨带索齿轮和带索齿条。

探讨何种机齿在性质、运动和装配方面最值得称道。

现在,参看论述机械学原理的书籍,你会找到螺旋的定义。

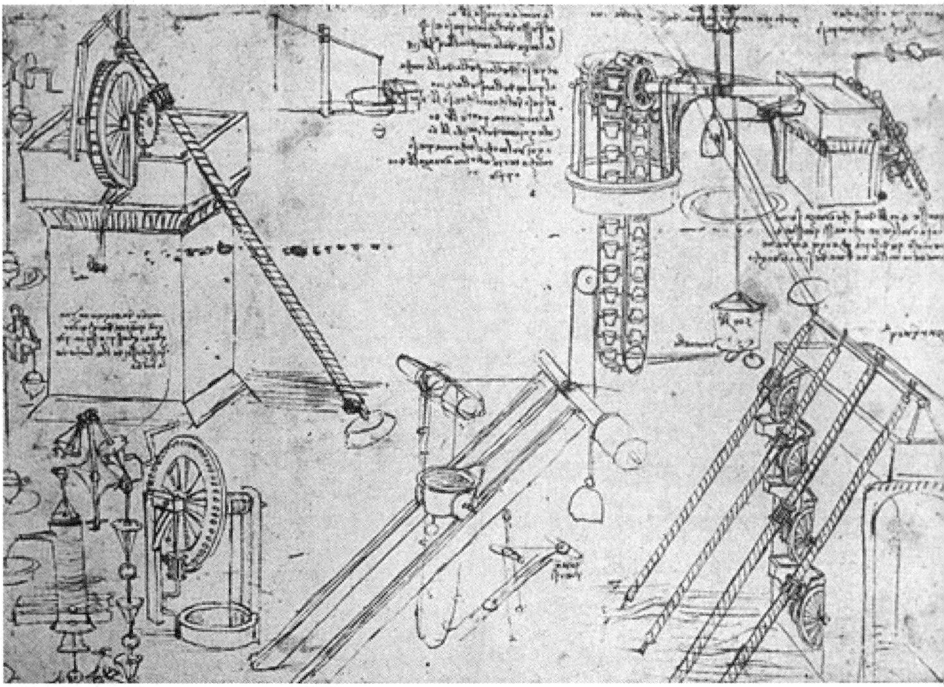

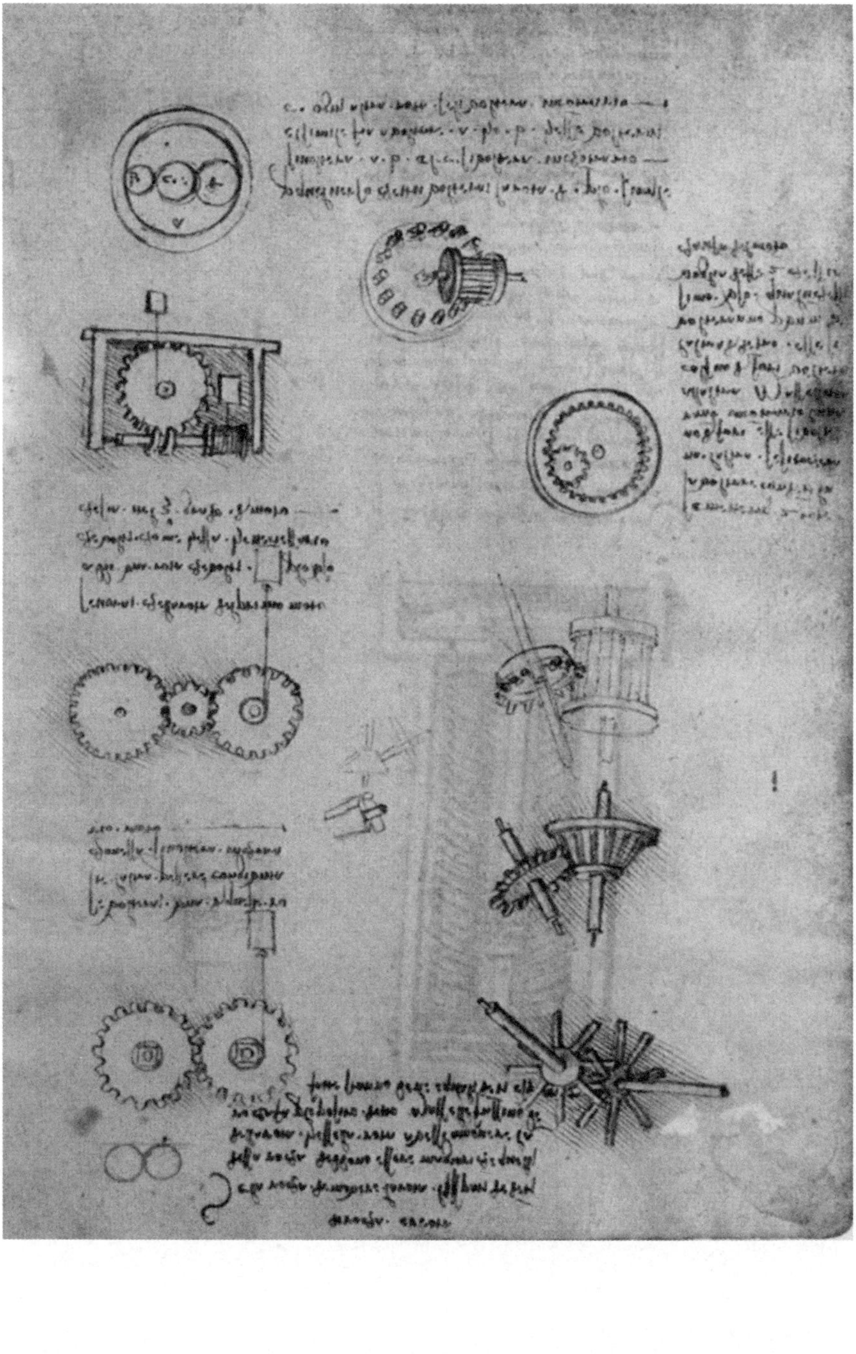

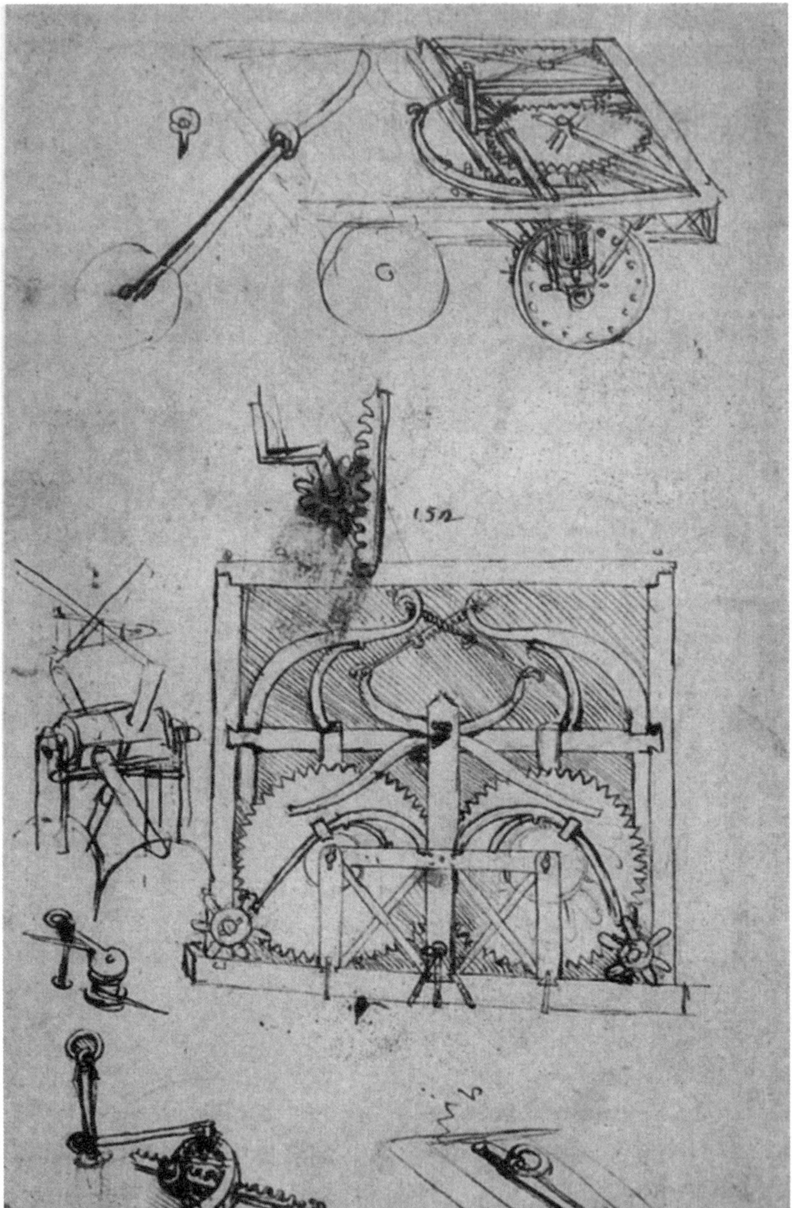

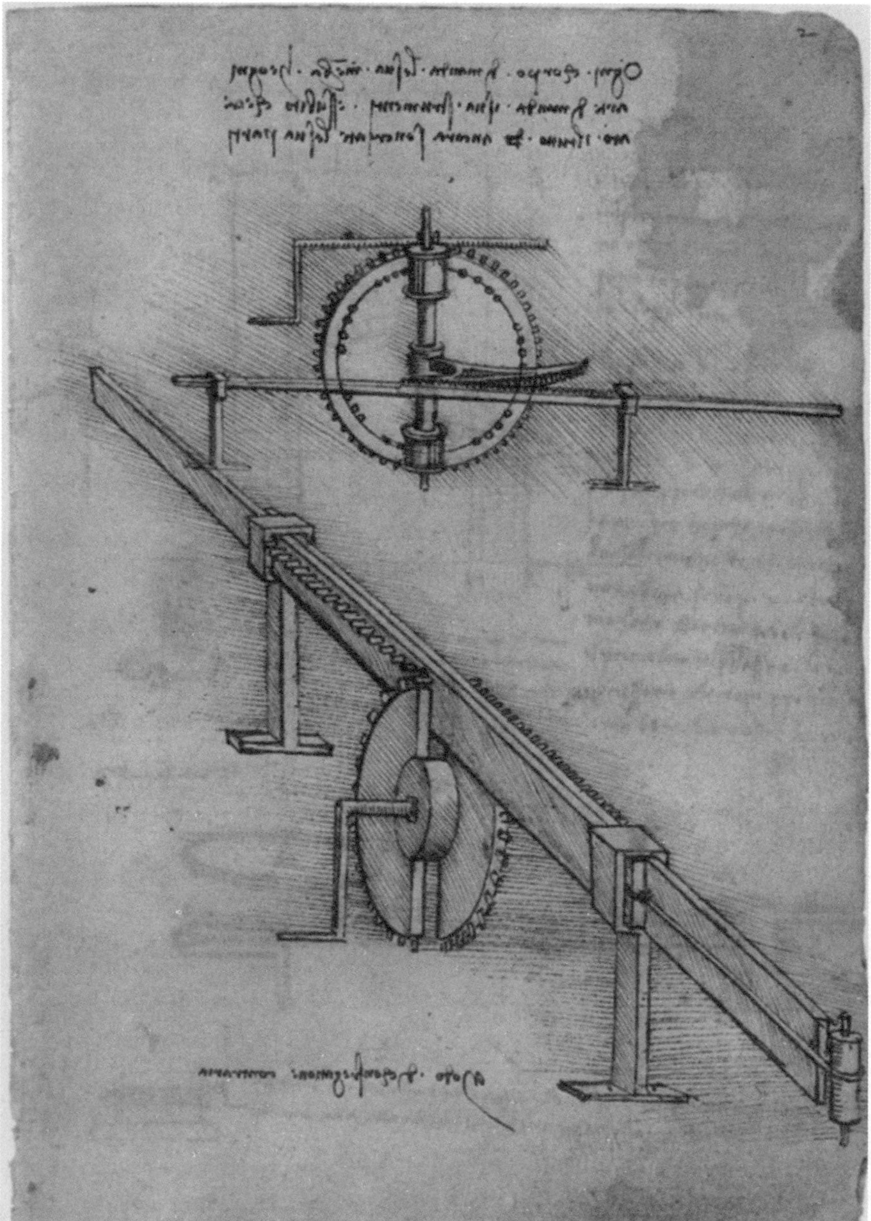

1. 衡器

取一根粗细和重量均匀的木梁，用支杆于其中心或横长的某处，将其悬起，这根悬挂的横木便称为天平或秤，从立柱伸出的部分称为天平的两臂……

本卷的安排如下：先讨论简单秤杆，再讨论下方支撑，然后讨论部分悬吊，继而为完全悬吊，最后令秤杆承托其他重物。

关于重物与推动力的比例关系，应考虑重物在介质中移动所受介质阻力。应就这一问题写一篇专论。

若要测试他人，看他对于称衡的性质是否具有真正的识断力，便问他应在等臂天平一臂的何处切割，从而使切下的部分加于残余端，与另一臂恰好构成平衡。这本是无稽之事，若他指出某处，则他是位糟糕的数学家。

称衡学在实践中产生误差，实践中的许多情况与学说不符，而且无法使之相合，其肇因为：依照古代哲学家，构成称衡学基础的臂杆根据其性质被看作数学线段，而且在某些情况下被视作数学点，这些点和线段虚而无质，但实践中为支撑臂杆及加于两臂上物体的重量，却必须使它们有质。我发现古人在称衡方面产生谬误的原因正在于，他们在相当一部分学说中使用了有质臂杆，而在相当一部分学说中采用了存于头脑中，没有实质的数学概念的臂杆。这些错误我记录于后。

天平臂长的中心为其真正的重心。

天平的臂是加于天平上的重量与支杆之间的距离。

两臂的中心与天平支杆之间的距离均衡，正如两臂的重量相互平衡。

内中线源于地球中心，以一条连续的直线上升，穿过悬于无限空间中的重物的中心。

任何重物的中心都处于悬线中心下的垂线上。请问，若臂杆的悬点在臂长的中心点之外，臂杆会倾斜多少度？

用单线悬起臂杆，悬点在臂长的中心点之外，倾斜的臂杆会与另一侧的天平臂以及悬线的中心垂线，一同构成两个相等的锐角或钝角。

2．机轮

轮绕轴而动，会致使部分轮轴变轻，其余部分变重，甚至比最初（其未离开原位时）重逾一倍。

在环形平衡中，重物仅凭自身重量，无法拉起超过自身的重量。

可用我称为环形平衡的滑轮或滑车从井中提水，加于滑轮上的力绝不会超出所提井水的重量。

若想有把握地完全了解滑轮组的功能和力量，必须知道施力物或受力物的重量。若知道施力物的重量，将此重量乘以滑轮组滑轮的数量，所得总数便为施力物能拉起的全部重量。

若你将自身体重乘以滑轮组中滑轮的数量，你会发现，所得总数为你凭体重能拉起的全部重量。

要将一小时分为三千份，可将钟摆缩短或加重。

当所拉重物远离轮心，尽管动力不变，滑轮绕轴转动将会变得困难。同样的情况也可见于座钟，若使两重锤的位置凑近或远离座钟中心，便能缩短或加长小时时长。

事实上，拎起物体和拉吊物体对施力者造成的难度有很大的不同。若物体重一千磅，而施力者仅凭简单的拎举，所承受重量便为一千磅；而倘若拉吊物体，物体的重量则减少三分之一；若用滑轮组拉吊，物体重量的减少程度与滑轮的数目，以及滑轮的大小成正比。若想改变力量，在不同的时间内，拉吊相同的距离，只需通过增加滑轮数。支撑滑轮的轮轴也必须增加。

大教堂中，耶稣基督受难十字架的钉子的滑车旁。[1]

罗马涅是蠢人的地界。那里的人所用的四轮车，前两轮矮，而后两轮高。如同我所指明的，这样前轮所承受的分量便重于后轮，所以极大地限制了运行。

……前面小轮的转动便比大轮艰难，因此在车前部增加分量，便会削弱车的运动力，使运行更为困难。

［附图］大轮的力量是小轮的三倍，因此小轮便受到三倍的阻力，而且每增加一百磅，小轮便会多承受两百磅。

1　这则笔记附有一幅滑车的图样。米兰大教堂穹顶藏有一枚据说是耶稣受难十字架上的钉子。莱奥纳多配备了一个在特殊场合降下这座十字架的装置。

3．摩擦

摩擦分三类：简单摩擦、复合摩擦及不规则摩擦。

物体在被拖动的地方造成简单摩擦。

物体在两个静止物体间移动造成复合摩擦。

不同的楔边造成不规则摩擦。

摩擦运动分为两类，一类为简单摩擦运动，其余皆为复合摩擦运动。被拖动的物体不受干预地在光滑的平面上运动，构成简单摩擦运动。只有简单摩擦运动在足够剧烈时能够产生火——即摩擦生火，抽去水轮机中转轮和被打磨的铁之间的水，便可见这种现象。其余的摩擦运动为复合摩擦运动，可分为两类：第一类中，相互摩擦的物体间介有一薄层的滑腻物质；第二类中引入了额外的摩擦，如轴杆和转轮的摩擦。其中第一类又可分为两种，即介入物为油脂性物质或球类物质。

摩擦对重物运动产生的阻力要与物体本身重力区分开。

由前论显然可见，重物沿水平直线运动，除与接触面产生的摩擦力，对驱动者不造成任何其他阻力。表面越粗糙，重物的水平直线运动越困难。

谁知道将一百磅推上斜坡要承受多少重力，便掌握了螺旋性能的知识。为确切知道将一百磅的重物推上斜坡需承受多少重力，必须知道该重物在运动中与摩擦面接触的性质，因为不同物体产生不同的摩擦。若有不同表面的两物体，一个表面涂有厚厚的油脂或肥皂，柔软光滑，另一个表面则被石灰腐蚀得凹凸不平，或被木锉磨得极为粗糙，两物体在性质相同的表面上运动，前者会比后者容易得多。因此，若想了解将某一重物拉上坡度不同的街道需要多少力，必须进行实验，确定令该重物沿水平道路运动需要多少力，更确切地说，是确定其摩擦的性质……

不同斜坡的接触面产生不同程度的阻力。应被拖动的物体若位于平地上，所受阻力无疑最大，因为所有分量都压在地面上，拉动物体的绳子则不承受任何重量。然而，若将物体拉上极陡的坡路，摩擦面的作用力应减去拉住物体的绳索所承受的所有重量。更明显的证据是：大家都知道，若将物体沿直立的墙壁垂直上拉，物体的重量几乎全加在拉它的绳索上，仅有极少的重量落在轻轻摩擦的墙上。

在长时段运动中被摩擦耗尽的物体，必有部分消耗在运动的初始阶段。

这说明，要想完全精准地表现或绘制物体是不可能的。譬如你想通过转动圆规的一个尖端画一个完美的圆，如果你承认上面的论述，那么圆规完整的尖端必然会在一定的时间内磨损殆尽，并在这一定时段的部分时间内经历部分磨损，这样的磨损在连续的时间内从开始便连续不断。

圆规另一足的情况也一样。圆规绕圆心转动时，固定足在运动的每一阶段不断消耗，同时也消耗着它下面的那一点。因此我们可断定，圆周的终端与始端并不相连，而是微不可察地偏向圆心。

4. 螺丝

同等粗细的螺丝中，螺纹最多的最难拧。同等长度、粗细和螺丝牙数的螺丝中，螺纹线最多的最易拧动。螺纹线最少的螺丝承重力最强，但最难拧。

维特鲁威认为,小模型无助于确定大模型的效果。我将主要通过阐释导致维特鲁威得出此论的同一论据,在此证明这是错误的结论。维特鲁威证明,若某人用一定的力,钻一个特定直径的洞后,又钻一两倍直径的洞,但仅加一倍力却无法钻出这个洞,而需更大的力。此问题极易回答,双倍的力之所以钻不动双倍直径的螺旋钻是因为,表面形状相似但宽度加倍的物体,其质量和力是较小物体的四倍。

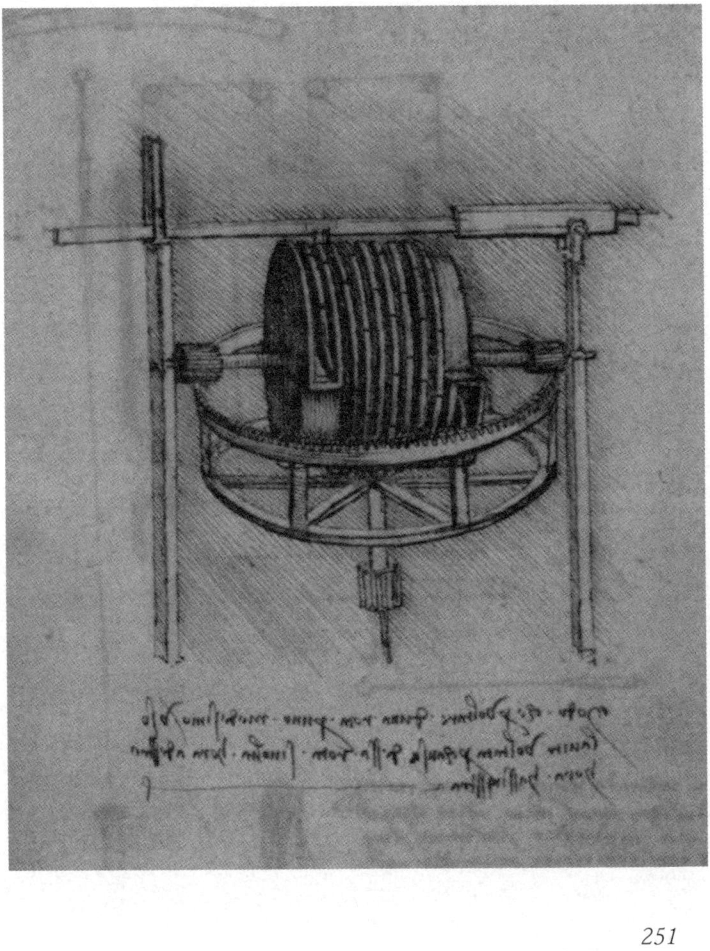

这个上抬装置基于一个被重物压下的弧形楔子。你也许会说它的作用像一个螺丝，因为它通过弧形和齿轮之间简单的摩擦进行运动。这是一个简单并且优秀的上抬装置。

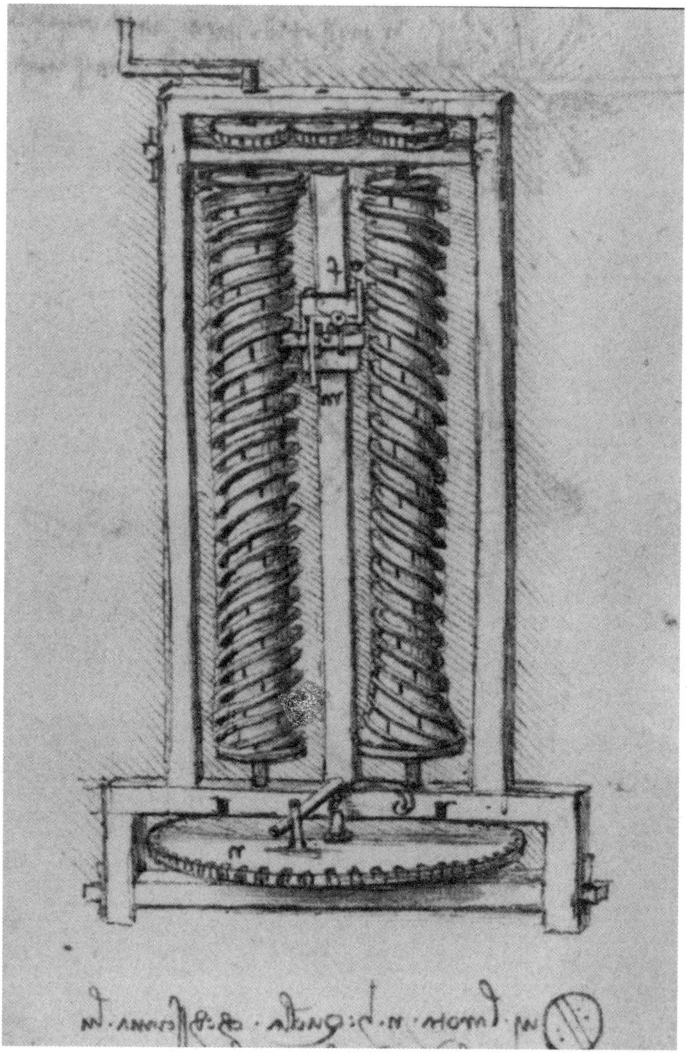

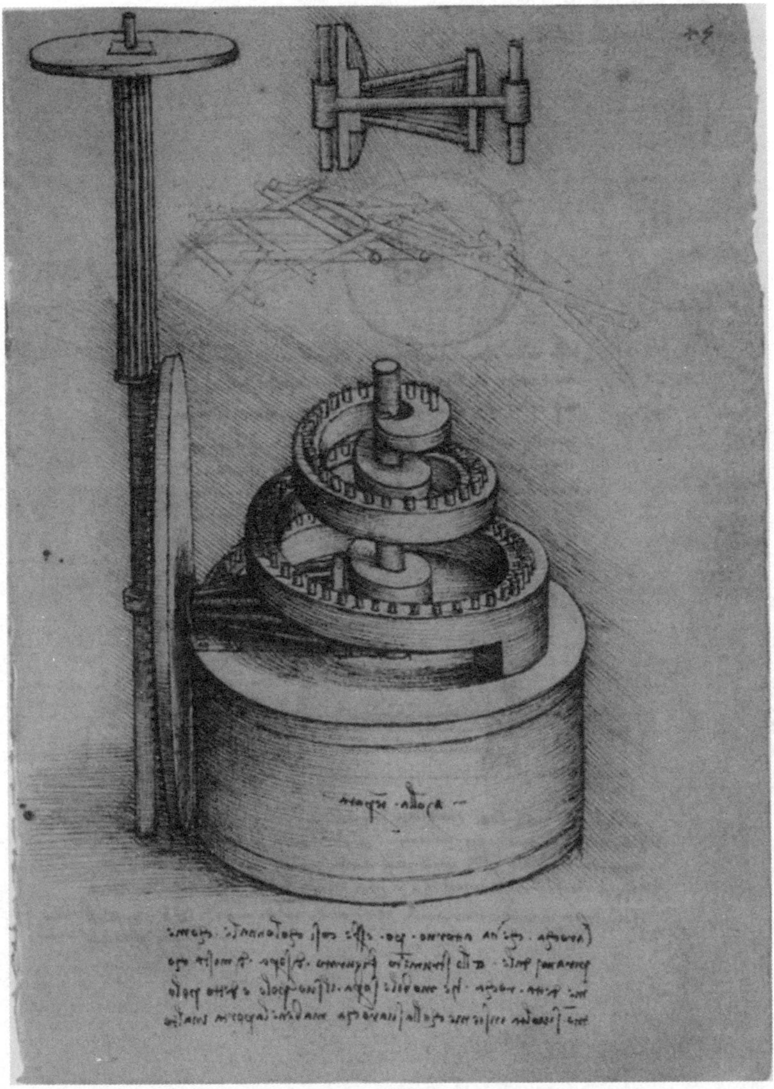

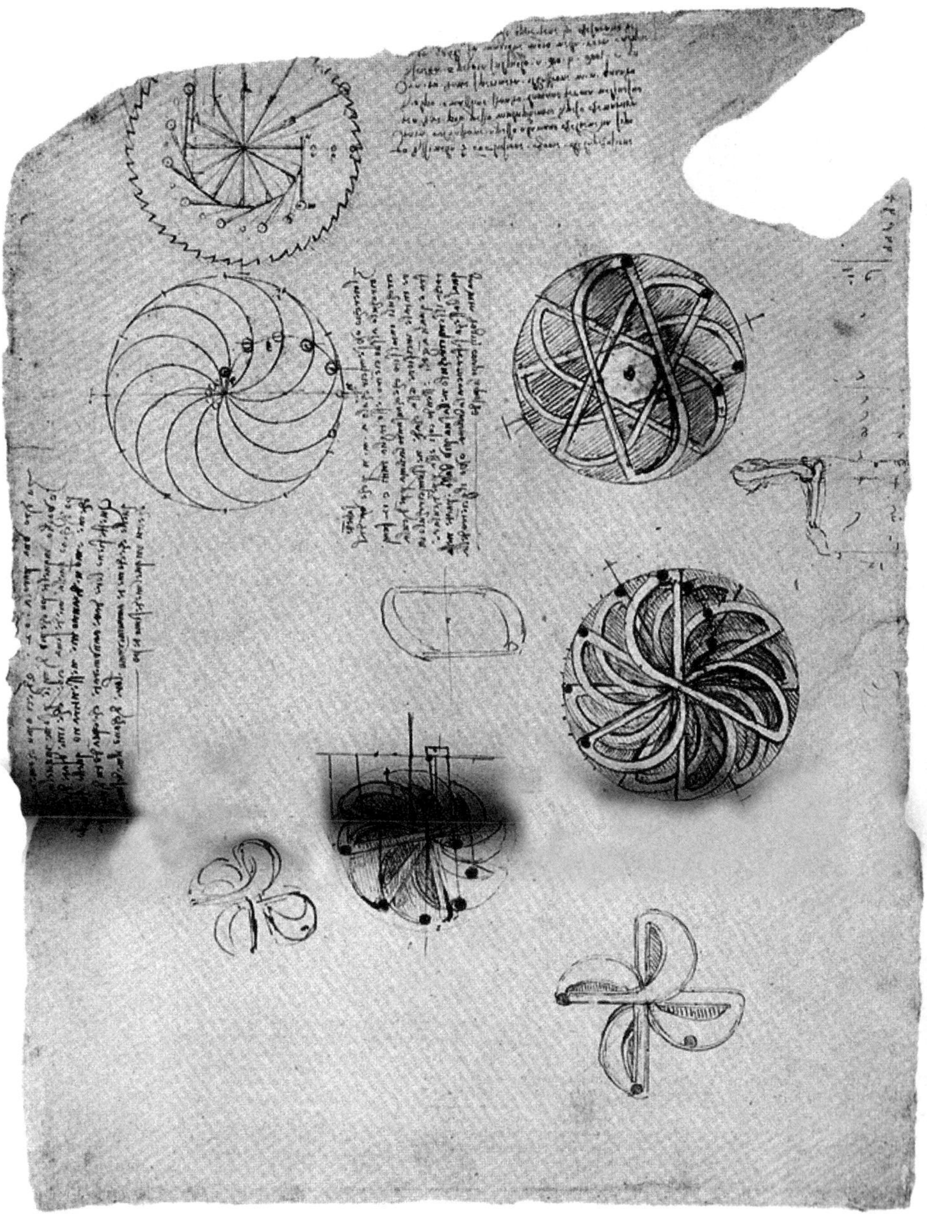

第十六章　飞行

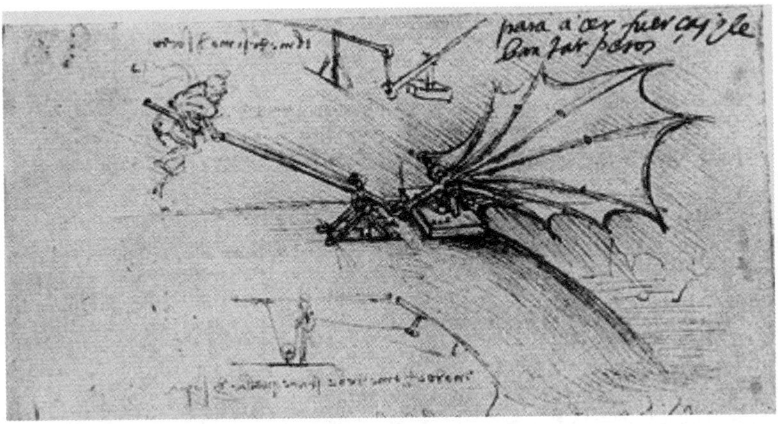

机械学在一切科学中最为有用，最为崇高，因为所有运动的生物体皆遵从机械学完成一切动作。这些运动均源于其居中的重心，重心周围的重量分布并不均衡，但重心处肌肉多寡协调，施受力平衡。

在论述能飞行的生物前，先研究在静滞的空气中下落的死物，以及在流动的空气中下落的死物。

为真正透彻研究鸟类在空中的飞行，须先研究风。水体的运动可为风的研究提供实证。而研究理解水体的运动则可通过感官，由此可逐步认识在流动的空气中飞行的生物。

先描述风的运动，然后讲鸟类如何仅用翅膀和尾羽的简单平衡机制在风中掌舵飞行，这将在描述它们的解剖结构之后说明。

我似乎命中注定要论及飞鸢，因为在我幼年最初的记忆中，仿佛曾有一只鸢飞向摇篮中的我，用尾巴撬开我的嘴，并用尾巴在我的嘴里拍打数次。[1]

气流与运动

冲　量

冲量是从施力者传递于被移动物体的力。冲量存于施力者在空气内所产生的气波中。气波的产生则是因为上述的施力者驱使空气离开了原位，若该团空气前的空气不填补该空缺，便会产生不符合自然原理的真空；而倘若没有另一团空气填补空缺，该团空气前的空气亦无法离位填补……因此，若空气能被无限压缩，该运动便可永久地持续下去。

冲量是局部运动所产生的力，由施力者传递给受力物，存于为防止真空而流动的空气或水中。

使物体在水中移动和在空中移动的冲量不同，造成这些不同的原因在于这两种元素间的差异，因为空气可无限压缩，而水却不能。

水的冲量因不同的性质分为两类，一类简单而另一类复杂。简

1　这则笔记是弗洛伊德研究莱奥纳多性心理的主题。莱奥纳多梦境中的鸟是鸢（意大利语中为nibbio），亦即他在有关飞行的研究中所绘的鸟。这种鸟尾翼的分叉很深，可作为有力的舵，使它在展开宽阔的翅膀翱翔时，几乎没有明显的动作便可控制方向。莱奥纳多对于鸟类的兴趣便发源于此。弗洛伊德却将nibbio错译为秃鹫。在埃及的象形文字中，音形一致，因“秃鹫”和“母亲”的发音都为mut，所以两词的代表图形都为秃鹫，弗洛伊德便依此建立了他的理论。

单的冲量完全在水下,而复杂的冲量则像船那样处于空气与水之间。

简单的冲量并不压缩游鱼身前的水,只使水以与施力者相同的速度向后流动,水波的流速决不会快于施力者的速度。

而舟船的运动因水和空气的共同作用,为复杂运动。该运动分为三个主要部分,因为运动在三个方向进行,即逆水、顺水和横渡。

一切运动都会保持其运动的方向。更确切地说,只要冲力得以保持,一切被移动的物体便会保持其运动的方向。

静水中所产生的冲量与静止的空气中所产生的冲量的效力不同。其不同在于,空气内运动物体的挤压会致使空气压缩,水下的运动则不会压缩水体。这一点我们从水面至水底常拖曳的水泡便可看出。这些水泡成簇地出现在流水填补游鱼破水产生的空缺之处,水流填补的运动又推动游鱼,因为水体中的水只在流动时才有重量,而流水的重量是使施力者加速运动的主因。

空气阻力

流动的空气宛如河流。正如流水携带一切漂浮于水中的物体,流动的空气裹挟着云团。

流动的空气冲击固定物体的力与移动的物体冲击静止空气的力相当。

相似的情形已向我表明,水施力的方式与空气相同,比如船帆伴有船舵的侧向阻力时。

重物在空中下落时,空气为不断填充被该重物排空的地方而逆向曲线上行,因为当空气要按最短路线上升时,遭下落的重物压制,无法上升，只得弯曲绕回重物之上，以填充重物所排空的空间。若快速下落的重物不压缩其下的空气，鸟类便无法使自身在所拍击的空气上飞翔；但此处必须证实的是，压力使之下的空气压缩，而为了填充施压物所排空的地方，之上的空气则变得稀薄。

两力相撞，总是更迅捷的力向后跃。游泳者用手击水，使身体逆击水的方向滑往前方，便是这样的情形。鸟类在空中用翅膀拍击空气的情形也是如此。

在水中游泳能助人了解鸟类如何在空中飞行。

游泳可解释飞行的方法，证明最大的重物在空中会遇到最大的阻力。

观察鹅掌：若鹅掌始终张开或合拢，鹅便无法动弹。当鹅掌外弯前划时，所触水量多于当它收回时所触水量；这说明同样重量的物体，越宽大，则移动得越慢。观察鹅在水中游动，鹅掌向前时，掌蹼闭合，几乎不拢水，从而获得速度；而鹅掌向后划动时，掌蹼则张开，减慢鹅掌划动的速度，从而使身体与空气接触的部分获得更快的速度。

为何水中游鱼的速度快过空中的鸟？照理情况应相反，因为水比空气重，密度也更大，且鱼没有鸟轻盈，鱼鳍也小于鸟类的翅膀。但正因为如此，鱼才能在急流中定于一处，而不像空中被狂风吹得无法停于原处的鸟儿。我们还能见到，鱼在湍急的水道中逆流而上，速度极快，仿佛连绵云层中的闪电，令人惊叹。这是因为鱼游得极快，鱼游动的速度远超水的流速，以致相形之下，水似乎静止不动……

鱼游得快过飞鸟的原因在于，水的密度比空气大，因此也比空气重，所以在填补游鱼破水后所留的空缺时更为迅速；同时，鱼身前遭受其冲击的水并不像鸟类身前遭冲击的空气那样被压缩，反而会产生水波，水波的运动为游鱼开了路，加快了它的游速，而鸟类不得不面对身前被压缩的空气，因此两相比较，鱼游得更快。

施力者的推动力应始终与受力物的重量，以及该重物在其运动的介质中所遇的介质阻力相称。然而若不能首先得出空气遭移动物体冲击时的收缩量，便无法推导出这种作用的法则。空气收缩量的大小取决于被移动物体冲击空气的速度；如同在鸟类的飞行中所见到的那样，鸟类振翅拍打空气所发音频的高低取决于翅膀振动的速度。

鸟类的翅膀

首先进行鸟翼解剖，然后研究剥去绒毛的羽毛的结构，最后研究绒毛的结构。

研究鸟翼的结构时，要同时研究驱动翅膀的胸肌的结构。为证明人类通过拍打翅膀使自身浮游于空中的可能性，需同样研究人类的四肢和胸肌的结构。

就该项研究的可行性驳辩。

有人或许会说鸟类的肌腱强壮得多，人类的肌腱无法比拟，因为鸟类众多的胸肌一力用于增强双翅的运动，其胸骨又合为一体，从而使鸟拥有非常强大的力量；而且鸟类的翅膀密布有粗壮的肌腱网，以及十分强健的韧带和软骨组织，各种肌肉与皮肤紧密相连。

对此的回答是，如此强健的力量远超平日展翅飞行所用之力，乃是为抓捕猎物或逃避追捕，希望将飞行速度提高两倍或三倍时，而必需的力量储备，因为在那种情况下，必须使出两倍或三倍的力。此外，飞行的鸟类用利爪携带与自身体重相当的重物时，也需加倍使力。我们都见过隼抓鸭子和鹰抓兔子的情形，很明显那种情形要耗费超额的力。而鸟类在空中停留，用翅膀维持身体平衡，借风力拍打翅膀，控制方向，却只需很少的力，稍微动动翅膀便够了，而且鸟的体型越大，动作频率便越慢。

阻力小的羽毛布于阻力大的羽毛之下，且羽毛的尖端指向鸟类的尾部。这是因为，飞行物体下方的空气比上方的稠密，前方的空气比后方的稠密；而且飞行时必须使翅膀的侧端不受风的冲击，因为风会立刻穿透翅膀，顿时将翅羽吹散。因此，不同阻力的羽毛如此排布，使凸出的部分朝向天空，如此一来，风的冲击越大，它们便越向下贴近底部阻力较小的羽毛，防止迎面的风从下方灌入……

鸟翼下缘从翅弯至翼肩总是呈凹形，其余部分则呈凸形。在翅膀的凹形部分，空气回旋，在凸形部分，空气则被压缩。

鸟翼最长的羽毛柔顺而富有韧性，因为这些长羽从中心至羽尖没有别的羽毛覆盖。

翼肩上的臼轮对于鸟类在空中迎风保持静态平衡最必不可少。

[附图]肩臼所在位置距翅羽弯曲处不远，但肩臼本身为硬骨，所在位置又非常稳固，并配有强壮的肌腱，覆有十分坚韧的羽毛，互相保护，互相支持，因此牢固的肩臼不弯曲；即便弯曲，其弯曲度也很微小。

短尾的鸟常拥有非常宽大的翅膀，宽翼替代了短尾。此类鸟要掉转方向时，肩臼使用得厉害。

鸟翼下方的肌腱为何比上方的肌腱强壮？这是为了飞行之便。翼肩作为翅膀的舵轮，其下部像勺子那样凹空，上部则凸起，这样的结构是为了起飞过程的便利，同时使下落遇到阻力，变得困难；而且当回拢呈锉刀状时，尤其便于前飞。

鸟翼上的肩臼是智慧的自然所设，便于将直向的推动力偏转方向。鸟类前飞时，常要令笔直的推动力偏转，而用直向的力弯曲翅膀上最小的部分之一，比弯曲整个翅膀更为便利。肩臼的羽毛生得十分细小却非常坚韧的原因在于，如此它们便可彼此覆盖，从而以令人惊异的力量互相支持保护。这些羽毛根基于非常坚硬的小块骨头之上，小骨通过肌腱在翅膀巨大的关节上移动弯曲。

翅膀肩骨的位置和运动的情况与人手大拇指的相仿，人类大拇指旁是四条在根基处等距的肌腱，因此可做各种屈伸动作。

可以说，航船的尾舵亦是如此，它与鸟类的尾翼相仿。从航船的经验可知，在大船快速航行时，转动小小的尾舵比转动整艘船容易得多……

蝙蝠飞行，翅膀必须由薄膜完全覆盖，因为它们所捕食的夜间生物总试图通过混乱的旋转，以及更为混乱的各式扭转脱逃，所以为了追捕猎物，蝙蝠必须时而倒飞，时而侧飞，采用各种飞行方式，如果它们的翅膀由能让空气穿透的羽毛构成，那样飞行便会令它们丧命。

鸟类的飞行

探讨该议题，须在第一部分阐释空气阻力的性质，在第二部分阐述鸟类及其翅膀的解剖结构，在第三部分阐述鸟类在各类运动中运用翅膀的方法，第四部分则阐述双翅不动，借助风力做各类运动时，翅膀和尾翼的控制。

翅膀的运用

鸟飞起的运动方式有两种，一种常像螺旋那样盘旋而上，另一种则以直线或曲线上升。

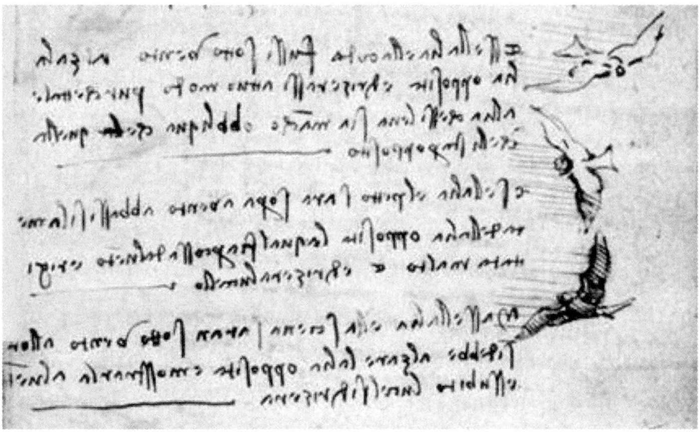

螺旋状盘旋而上的鸟总是左右倾侧，使自己的回旋运动逆着风来去的方向，从而高高飞起。

鸟一翼扇动时间长于另一翼，便会盘旋飞行。

鸟在不扇动翅膀时如果不想快速猛坠，会在斜落一段后，一个回旋，开始盘旋上升。鹤群便是这样，它们打破有序的飞行队列后，聚拢成群，开始螺旋状不断回旋上升，等恢复初始队形后，又像开始那样慢慢斜落，随后再度成群，盘旋上升。

鸟要向上飞时，会抬起双肩，并在拍动双翅时，将翼尖朝向自身，从而压缩夹于翼尖和胸部间的空气，这部分空气的压力便会将鸟托起。

当鸟拍动翅膀，打算向左侧或右侧偏转时，所要偏转一侧的翅膀扇动得比较慢，在扇动较快的另一侧翅膀的推动下，鸟便扭转了方向。反之，则转向另一侧。

被移动的物体的冲击会使空气内部产生压缩，冲击速度越快，则压缩得越厉害……

空气是一种能被压缩的元素，物体以超过空气流速的速度冲击空气时，被压缩的空气便在其余的空气中形成云……

鸟身处风中时，能双翅不动而保持悬于空中，因为双翅必须顶着风，而完成这一职责并不需要扇动翅膀。运动的空气扛着不动的翅膀，将鸟托起；空气静止时，鸟则通过扇动翅膀托举自身。

吹过山巅的风变得粗重迅猛，离山远去的风则变得轻柔缓和，好像狭窄河道中的水流入了大海。

鸟从缓风进入疾风时，便会顺疾风而行，直到为自身发现新的助力……

鸟奋力逆风而行时，会侧身飞行，并快速地大幅扇动翅膀；在如此快速而猛烈地扇动翅膀后，鸟常会有片刻低垂双翅，并收拢双足。鸟微微侧身飞行时，若身下受到侧风冲击，便会被风吹翻，但在受侧风冲击，将要翻转的时候，鸟拢起上方的翅膀，便会立即恢复至身体朝向地面的姿势，而若鸟收拢下方的翅膀，便立刻会被风吹翻。

鸟在北风中向东飞，若左翅在风上，它就会被掀翻，除非在风起时它把左翅置于风下，以几个这样的动作向东北方突降，插入风下。

风就像楔子撬起重物那样抬起鸟类。

许多鸟类上升或下降时，会同样迅速地拍动翅膀，如喜鹊之类。

鸽子之类的鸟下降时翅膀拍动的速度则快于上升时。乌鸦之类的鸟下降时翅膀拍动的速度慢于上升时。

鸢一类只轻拍翅膀的鸟会寻找气流。气流高，它们便飞得高，气流低，它们便飞得低。若空中无风，鸢在飞行中翅膀则扑动得频繁些，从而飞入高空，获得动力。随后它缓缓下降，获得的动力能让它无须扇动双翅，滑翔很长一段距离。降下去后，它便再度飞高，如此周而复始。在之前疲劳地扇动双翅后，无须扑动翅膀的滑降可作为在空中休息的方式。

所有以拍打翅膀猛然高飞的鸟，在下降过程中便开始休息，它们在下降时都不扇动翅膀。

迎风悬停于空中的鸟自身具有意欲下降的力，而冲击它的风中则具有另一种意欲将其抬升的力，若两力相当，势均力敌，鸟便既无法上升，也无法下降，因此悬停于空中所在的位置。

鸟类迁徙时逆风飞行并不是为了加快飞行速度，而是因为逆风飞行省力。逆风飞行时，鸟轻拍双翅，从下方斜插入风中，将自身斜置于气流上，斜下方吹来的风便像楔子一样将鸟向上抬起。等获得的动力逐渐耗尽，鸟便会再度降至气流下方……它们随即会重复上述的借风上行，直至回到先前的高度，如此周而复始。

鸟类极少顺风飞行，这是因为顺势的风会将它们完全包裹，从后方吹散它们的羽毛，使裸露的肌体受寒。但顺风飞行最大的问题在于，斜落后，除非倒飞，否则鸟无法飞入风中，并借风力抬升至先前的高度，而倒飞却会耽误旅程。

鸟类将翅膀的羽毛张得越开，则飞得越慢，这一现象所遵从的法则是：身体伸展得越宽，就变得越轻。

鸟逆风飞行时，若想前进，必须向下斜插入气流下方……但倘若该鸟意欲高飞，则会飞入气流上方。它会将在我们已阐述过的下降过程中所获得的动力保留足够的部分，凭借如此获取的速度，鸟垂下尾翼和翅肘，抬起肩臼，便会飞入气流上方。

尾翼的作用

自然的规定使一切大型鸟类均能停留于高空，好让高空强劲而笔直的风推进它们飞行。因为，大型鸟类若在山间低飞，山间的风总是团团旋转，始终充满涡旋，鸟在山谷间压缩的旋风中无法找到任何避风点，它们巨大的翅膀又无法引导它们，避免与峭壁、高岩和树木相撞，大型鸟类岂不是往往要因此丧命？然而在高空中，即便风向偶尔偏转，无论转向何方，大型鸟类总有时间重新调整方向，安全并始终完全自由地调整自己的飞行……伟大成果的产生往往因为其初始的事物，我们可见尾舵一个几乎难以察觉的微小运动便能顶着在两边紧压船舷的水的重量，顶着包裹巨帆的疾风，转动一艘装载有极沉货物的大船。因此，我们应该可以肯定，对于那些能够双翅不动，乘风滑翔的鸟来说，翅膀或尾翼的一个微小动作便能帮助它们或插入风下，或乘风而上，一个微小的动作便足以避免它们坠落。

在空中快速水平飞行的鸟向下及向后拍打翅膀，向下拍翅的幅度以防止坠落所需为限,向后拍翅的幅度则取决于它希望前行的速度。

鸟通过展开尾翼来控制速度。

只要改变飞行方向,鸟便会展开尾翼。

鸟展开并垂下尾翼,同时完全伸展双翅,便能使快速运动减缓。鸟快落至地面,头部低于尾部时,会垂下展得极开的尾翼,同时急促地扇动翅膀,从而使头部抬升,高于尾部,并使速度减缓,让鸟可以平稳着陆。

鸢翻身向下俯冲时,必须先尽量使尾翼与其打算去的地方反向偏转,随后迅速将尾翼折回至其希望转入的方向。鸟飞行方向的改变与尾翼的转动相对应——正如船尾舵的偏转将船向相反的方向转动。

鸟和昆虫的飞行

鸟将身体伸展得越开,身体便越轻;反之,将身体拢得越紧,便越重。蝴蝶下降时便这样调控体重。

蝴蝶一类的昆虫用四翅飞行,后翅小于前翅,前翅部分地覆盖后翅。

这一类的昆虫都有直线飞起的能力,因为当它们向上飞时,会不断拍打翅膀,其中前翅扑动的幅度远大于后翅。促使它们向上飞的动力消失后,它们便会停止拍打翅膀,将翅膀收拢,较大的前翅和较小的后翅合并,以便在再度下降时,获得新的推动力。

[附蜻蜓的草图]蜻蜓用四翅飞行,前一对翅膀抬起时,后一对翅膀便降低。

但每一对翅膀必须足以承受全部体重。

一对翅膀抬起时,另一对翅膀便降低。

若要观察四翅的飞行,便到护城的壕沟里去,你会发现黑色的蜻蜓。

从一种元素突入另一种元素的动物。

论述鸟类的专题可分为四篇:第一篇研究鸟类振翅飞翔;第二篇研究鸟类借风力滑翔;第三篇总括研究鸟类、蝙蝠、昆虫、鱼等动物的飞行;最后一篇探讨运动的机理。

飞 机

鸟是一部遵循数学法则运作的机器。人类有能力造出机器,模仿鸟类的各种动作,虽然不包含同样多的力量。人类所造机器唯一的缺陷在于维持平衡的能力。因此我们可以说,人类所造的这种机器所欠缺的只是鸟类的生命力,而这种生命力必须用人的生命模仿。存于鸟类肢体内的生命力能灵敏地服从各肢体的需要,与机械肢体分离的人类的生命力相形之下无疑不如这般灵敏,尤其在保持平衡的运动中,那些运动微小得几乎难以觉察。但我们发现鸟类有一套应对多种灵敏运动的方法,所以我们能够从观察的经验中推导出,那些运动的最明显之处能为人类的理解力所参透。那样,人类便在很大程度上有了能力,避免以人类自身为生命和向导的机器坠毁。

物体与空气间相互的阻力相等。看,沉重的老鹰用双翅击打空气,在靠近火元素层的稀薄空气中飞翔。我们还能看到,海上运动的气流涨满了风帆,推动满载的沉重货船。

根据这些例子及上述理由,人类只要妥善地装上足够巨大的翅膀，应该能够学会克服空气阻力，并在成功地降服它后扶摇而上。

若拥有一顶宽和高均达十二意尺的布篷（布上孔隙全都封住），人便能从任何高处跳下而不受伤。[1]

在飞机中，人从腰部以上必须自由，才能像在船中那样平衡自身，使自身的重心和机器的重心相互平衡，并在必需时，通过阻力中心的改变转换方向。

悬一鸟状物体，将其尾部扭转至不同角度，通过这一方法，可推导出一条关于鸟类折转尾翼，引致各种扭转运动的普遍规律：在各

1　此处莱奥纳多在描绘降落伞。

种运动中，运动物体最沉重的部分常导引运动的方向。

a扭转翅膀，b通过一根杠杆转动它，c降低它，d将它升高，操纵机器的人双脚放在f和d的位置。脚f降低翅膀，脚d抬起翅膀。枢纽M的重心应该在直角之外，因此在翅膀下降的时候也同时朝向飞行者的双脚。这同时也是鸟类向前移动的原因。

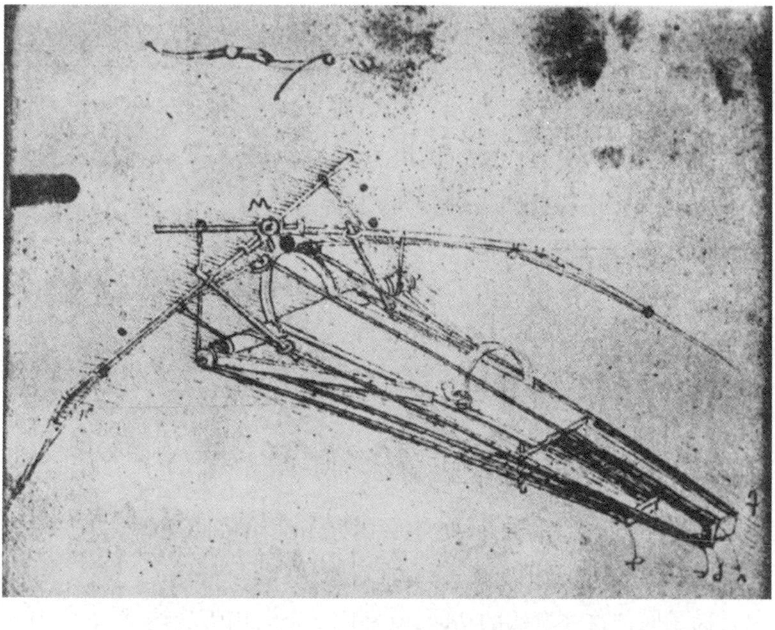

这台飞行器应该在湖面上试飞，你腰上应该带一个葡萄酒囊，这样万一坠落的话，你不会沉入水中。

若机体的操纵者通过四条主控的肢体将力四分，便能根据飞机不同运动的要求控制肢体，或四力均等，或四力均不等，或两力均等，而两力不等。

若四条肢体均力运动，飞机便作规则运动。

若不等的四力保持其不等的比例，飞机便会打转。

记住，飞机一定只能模仿蝙蝠，因为蝙蝠的翼膜是翅膀的构架，更确切地说，是翅膀构架的一种连接方法。

若模仿鸟类的羽翅，它们的结构要更为强大，因为它们透风。鸟类翅膀的羽毛不相连，空气便从空隙间穿过；而蝙蝠则通过翼膜，将翅膀连为一体，空气无法穿透。

解剖蝙蝠，仔细研究，仿照这一模型设计飞机。

我所描述的飞机应能借助风力，安全地飞入高空，因为即便飞机发生上面所述的任何一种旋转，只要各个部分有足够大的阻力，飞机依然来得及重获平衡。机体的各关节处由牢固的熟皮接合，索具则由极结实的生丝绳制成，借助这些防护，飞机的各个部分能够安全地承受下降时的猛烈冲击。千万不要用铁箍拖累自己，因为勒于关节处的铁箍很快便会磨损断裂，因此最好不要用它们拖累自己。

当梯子的底部接触地面，不会因撞击而给机器造成损坏。因为它是一个锥体，会自行埋藏，顶端没有阻碍，十分完美。

梯子底部这些弯钩的功能，就好比一个人用脚尖蹦跳，不像用脚跟蹦跳时那样会震晕。

当你想从开阔的平原上升，程序是这样的：这些梯子起到腿一样的作用，并且你可以在它上升时挥动翅膀。观察雨燕，它落地后就由于腿太短而飞不起来。而当你升起后，向上拉起梯子，如我在上面的图中所示。

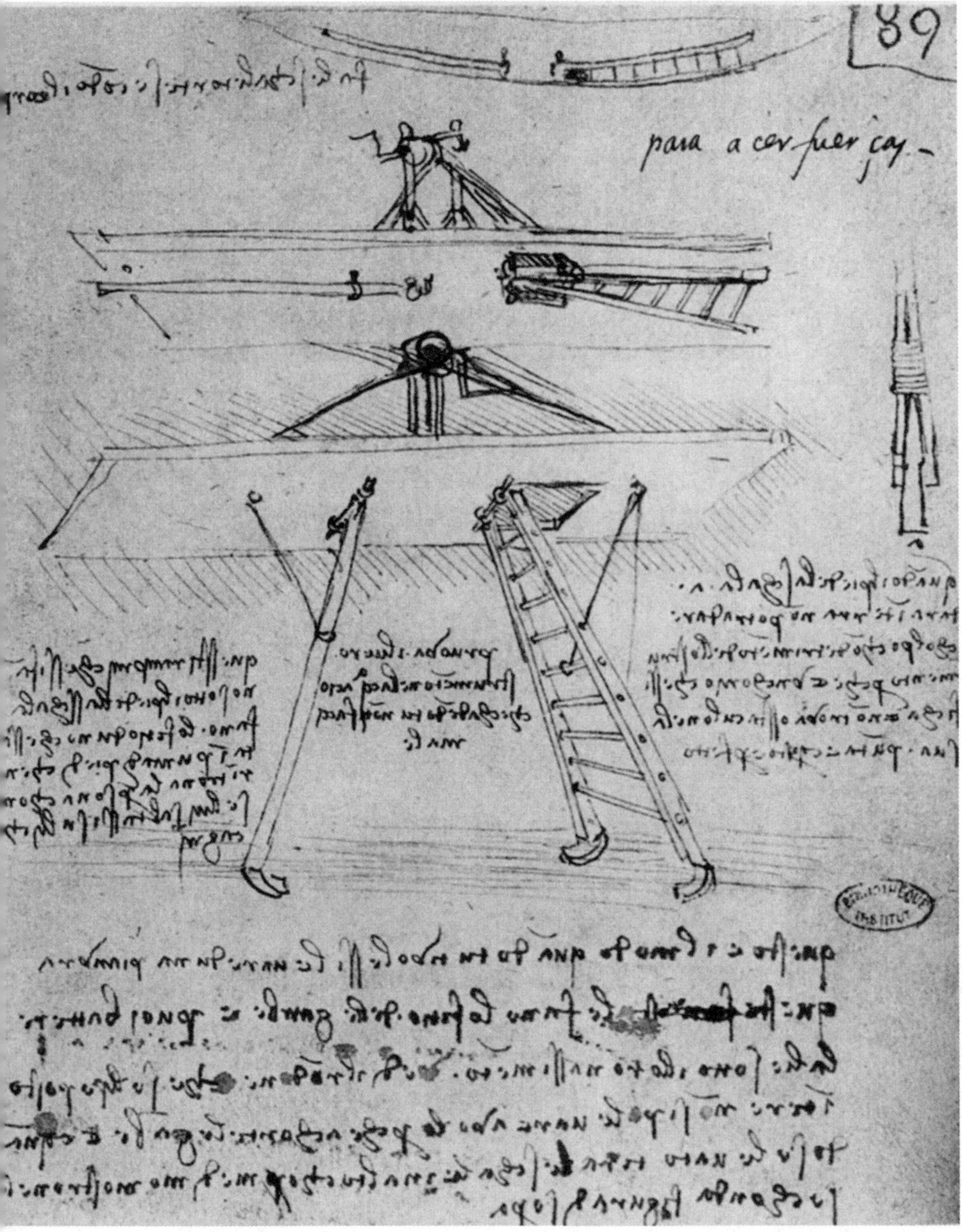
89
para a cer fuer ça.-

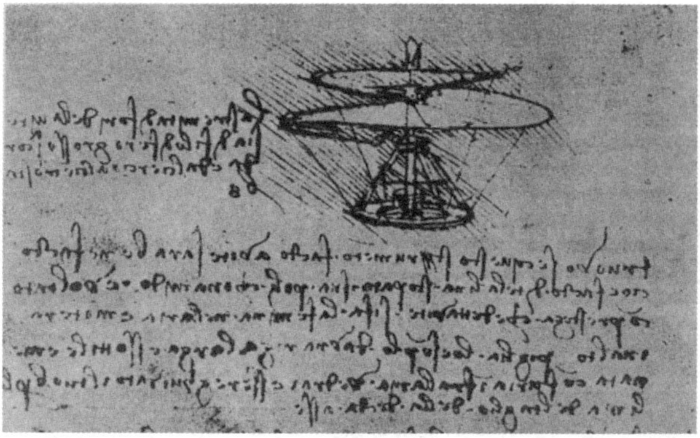

让螺旋体的外端是绳索一样粗的钢丝，从圆周到中心的距离为八意尺。

我发现，如果这个用螺旋体制造的装置结构良好，也就是说用亚麻布做成，布上孔隙都已经上浆封住，当它迅速旋转时，这个装置会在天空中螺旋上升，并且飞得很高。举例来讲，当一根宽而薄的尺子在空中极快地旋转，你会看到你的手臂被上述平面的边沿引导。

上述亚麻布的框架应该用结实的长藤条。你可以用纸板做一个小模型，以钢条作为其轴心，用力使其弯曲，松开它时，螺旋片就会开始旋转。

这个装置可以做成有一双翅膀，也可以有两双。

如果你想用一双翅膀，那么可以用绞盘来让它升起，脚跟用力蹬两下可让它下降。这是有用的。

如果你想用两双翅膀，一条腿伸展可以降下一双翅膀，同时手动绞盘可升起另外一双，并且也会在很大程度上帮助垂下的翅膀，你把手先往右转再往左转，就可以先后帮助二者。这个装置类似于后页上的大型装置，只是这里牵引力被齿轮M扭转，传到脚部。

在替代脚的位置，你应该用冷杉木做一个三截的梯子，又轻又细，如本页前端图示，长度为十意尺。

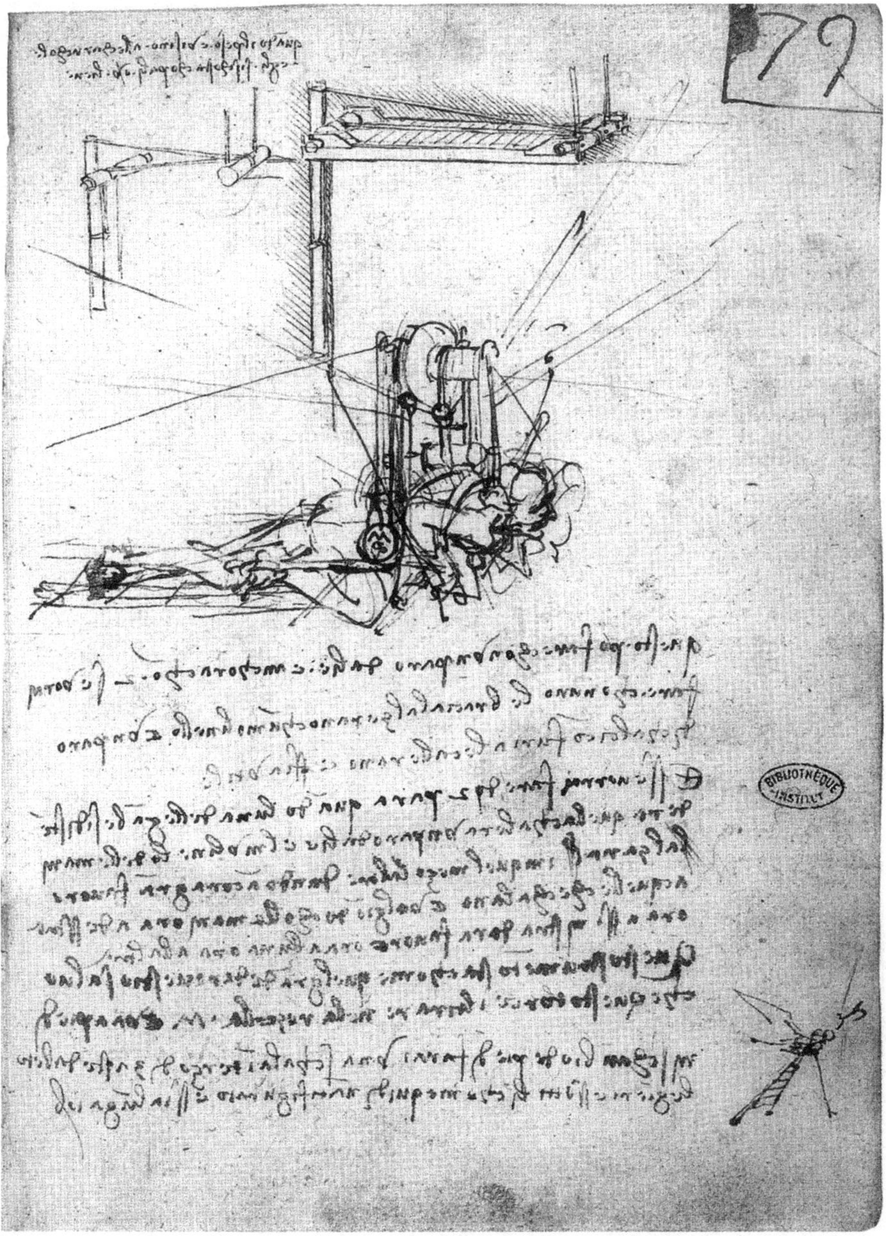
79
BIBLIOTHÈQUE INSTITUT

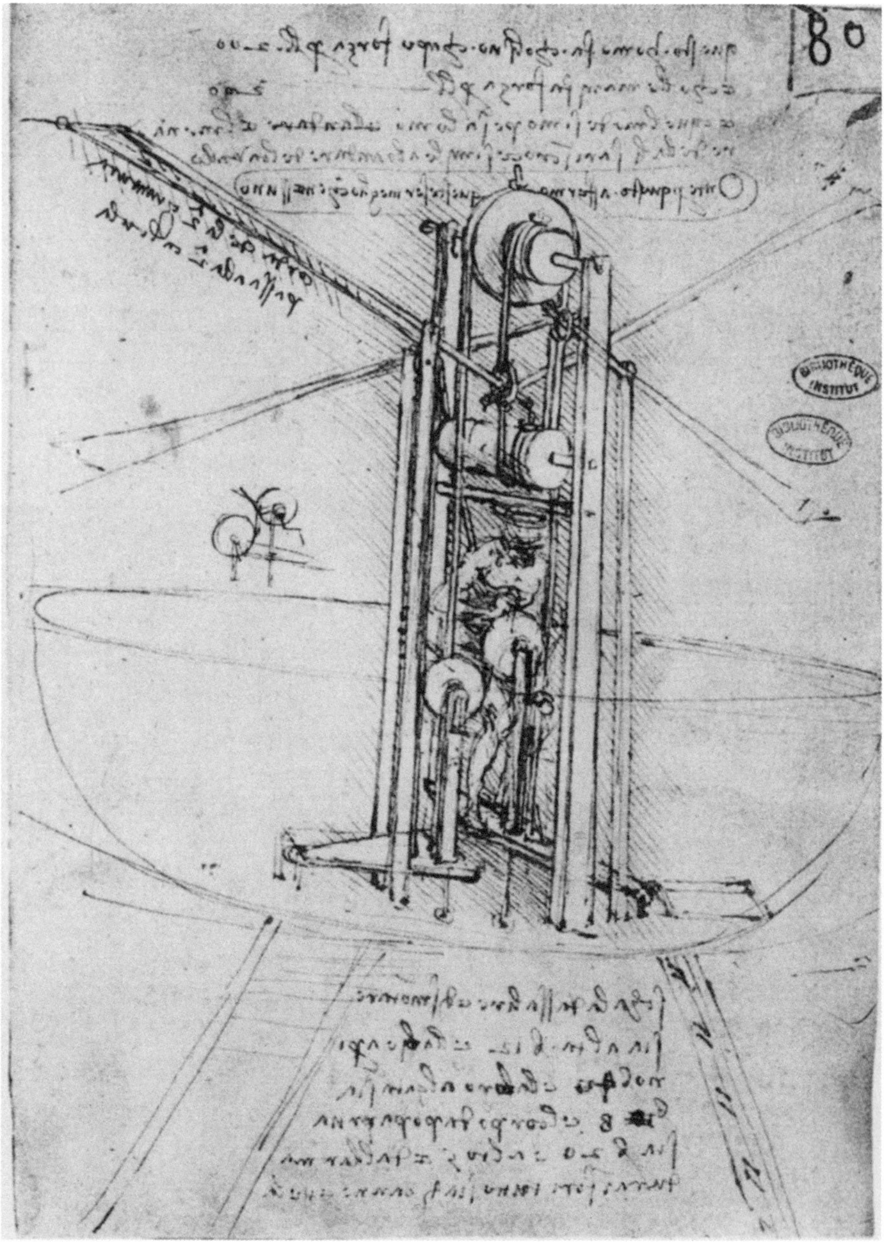

这个人的头部施加了等于两百磅的力，双手施加了两百磅的力，这也就是这个人的体重。

翅膀的运动是交叉的，类似马的步态。

由于这个原因，我认为这个方法比其他方法更好。

翅膀宽大，尾翼却不大的鸟儿想高飞时，便会猛烈地扇动翅膀，从而获取翅膀下的风，这股环绕它的风便能使它迅速飞行。1505年3月14日，我在去往巴比加以北的菲耶索莱途中，所见到的猛禽鹄便是这样。

从因这种猛禽而得名的山上，著名的飞机将起飞，令其威名誉满世界。

从塞瑟里山的顶峰首次起飞的著名飞机，将令全世界惊叹；一切著作都将记载它的声名，从而给它的创始之所带来永恒的荣光。

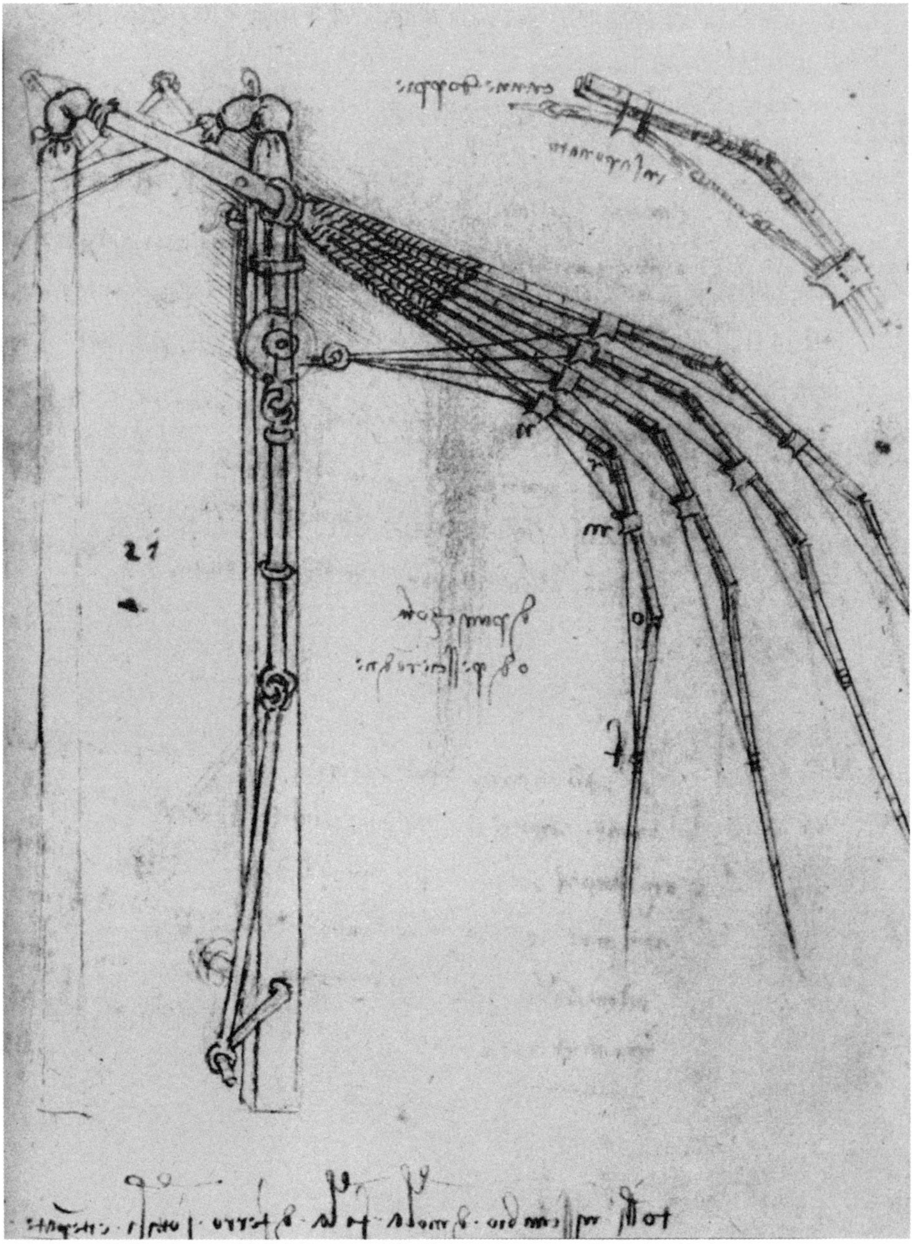

第十七章　科学方法

鉴于前人已各自选去了所有实用和必要的课题，我找寻不到具有大用或大趣味的研究对象，只能像因贫困而最后抵达集市的人那样，别无选择地收下已被他人检视过，却因价值微小而未选取的一切，将这些被众多买主鄙视留弃的货物装入我不大的包裹，远离大都市，销至穷乡僻壤。倘若我所提供的东西被认为具有价值，那便是我的报偿。

删减作品者[1]不仅有损知识，也有损爱好，因为对于任何事物的爱好皆源于知识，知识越透彻，爱好便越强烈。而知识的透彻性源于

1　此处的删减作品者指的是梵蒂冈教廷的秘书们。莱奥纳多在罗马逗留期间所进行的解剖研究曾受到教廷阻挠。

对事物所有部分的全面认识，这些部分共同构成了应当热爱的事物的整体。

声称将提供事物全面的信息，却为了削减篇幅而将构成事物整体的主要部分删除，那么这样的删节者有何用？性急实乃愚蠢之母，它夸赞简略，仿佛性急者命不长久，没有足够的时间透彻理解某个单一的对象，比如人类的身体。而他们还想理解包容整个宇宙的上帝的精神，于是他们仿佛解剖般权衡上帝的精神，将其割裂为无数微小的部分。愚蠢的人啊！你们难道没有察觉，你们终己一生，却依然没有意识到你们拥有的主要一点——那便是愚蠢！因此你们同众多诡辩家一样，自欺并欺人，轻视数学类的科学，而数学类的科学中却包含有关你们所研究的事物的真知。于是你们欣欣然忙于研究神迹，描述并散播人类的思维无法理解、自然中没有实例能够证明的神迹。你们损坏某些纯真的头脑所做的工作时，自以为创造了奇迹，却没有觉察犯下了错，正好比为了展示树木适宜为板材，而砍去了修饰树木的枝条，砍去了繁茂的绿叶及夹于绿叶中的香花或果实。查士丁删减庞培·特罗古斯所著史作便犯了这样的错[1]：庞培·特罗古斯以华美的行文和令人佩服的逼真描写，记载了祖先的功绩；而经查士丁删节后，作品却直白寡淡，只适合那些性急的人，他们认为将头脑有效地用于研究自然的造化和人类的功绩乃是浪费时间。

经　验

虽然我不能如自大者那般引经据典，我依赖的却是更博大、更有

1　庞培·特罗古斯（Pompeius Trogus），公元前1世纪罗马的历史学家和博物学家，其通史著作《腓利史》长达四十四卷。

查士丁（Marcus Junianus Justinus），公元2—3世纪罗马的史学家和修辞学家，他将《腓利史》删减压缩为《腓利史概要》。查士丁的《概要》在中世纪广为流传，特罗古斯的原书却逐渐湮没。

价值的东西——经验，它是大师们的导师。自大者们趾高气昂，华而不实地自吹自擂，没有自己的成果，却用他人的劳动装扮自己，甚至不容许我收获自己的劳动果实。如果他们轻视我这个发明者，那更当如何批评那些毫无创建、不过只会背诵和鼓吹他人作品之辈呀！

对于自然和人类的关系提出解释、做出创建的人与背诵鼓吹他人作品的人相比，就好比镜前的实物与镜中的倒影，前者是自身实体，后者是虚像。自然对于某些人的恩情甚微，因为他们只是碰巧被塑造为人形，除却这一点，我应可将他们归入兽类。

想想吧，读者！我们怎可对古人深信不疑，他们试图阐释无从证明的灵魂和生命，而那些随时可凭经验证实、透彻了解的事物却在几百年内始终不为人所知，或被错误地理解。

不少人大概认为能够理直气壮地非难我。他们断言，我的论证与某些极受人推崇的人士的典据相左。他们却不深思，权威典据出自脱离经验的判断，而我的研究却得于简单而直接的经验，那才是真正的严师。

经验让人得以辨别真伪，它引导人们以适当的态度，只寻求可求的事物，并阻止人们使用将导致一事无成、在悲伤绝望中沉沦的无知托词。

我深知，由于我并非文人墨客，可能致使某些自大者断言我不学无术，认为他们有理由责难我。愚蠢的人！他们不知，我可用马略驳斥罗马贵族的话回敬他们："用别人的劳动成果自我炫耀的人，不愿意让他人收获他们自己的劳动果实。"[1]自大者们会指责，因为我没读过书，所以无法正确论证我所想研究的事物——然而他们不知道，我

1 盖乌斯·马略（Caius Marius）是罗马著名的军事统帅，他在公元前109—104年领兵击败了努米底亚国王朱古达。马略驳斥罗马贵族的言辞见于罗马历史学家塞勒斯特所著的《朱古达战争》。

研究的事物需要经验的阐述，而非他人的论断。经验是一切优秀作者的严师，因此在任何情况下我都将援引经验的指导。

我们一切的知识来源于我们的感觉。

经验绝不错，错只错在妄下并非由实验所出的论断，因为若无障碍存在，一定的因必然产生它真实的果。若障碍存在，那么障碍对本应产生之果的影响程度与它对上述肇因作用的强弱成正比。经验不错，错只错在妄图从经验中得到它本无法得出的论断。人们错误地抱怨经验，愤愤然地指责经验将他们引入歧途。不要抱怨经验，责备自身的无知吧，正是无知让人陷入虚荣而愚蠢的欲望，妄图从经验中得到它本无力实现的东西。经验无辜，人们却错误地指责它经常蓄意欺诈。

在我看来，经验是一切确定性之母，凡不由经验产生、未由经验检测过的科学都是虚假的，充满谬误的。更确切地说，虚假的科学由始至终未曾得到五感中任何一种感官的经验。如果我们怀疑经五感体验到的事物的确定性，那岂不是更该质疑那些与感官经验背离的东西？例如上帝的本性、灵魂等这类长期争论不休、众说纷纭的问题。的确，缺乏理性的地方，理性的位置便会被吵闹取代。事理确凿则争执绝不会起。所以，哪里有争吵，哪里便没有真科学；因为真理只能有一种结论——真理一旦获知，争执便永远平息。倘若争执再起，结论必定混沌不清，真理尚未阐明。

一切真正的科学皆源于经五官感受到的经验。经验令善辩者结舌。经验不给予研究者虚假，它总像数学原理那样，从确定的基本定律开始，按照正确的顺序，逐步得出结论……在这里，从来不发生二乘三是否大于或小于六，或一个三角形的三角之和是否小于两个直角之和的争论。在这里，一切争辩永远止息，献身科学的人可以平静地享受科学的乐趣。这令骗人的纯臆断的科学无法企及。

小心臆断者的学说，因为他们的理论未得经验证实。

智慧是经验之女。[1]

实　验

在我继续探讨前，必须先以实验进行检验，因为我的设想是：先求教于经验，再以理性论证为何如此的经验必经如此的过程。这是分析自然作用必须遵守的真正规律：虽然自然以肇因始，以经验终，我们却需反向而行，即以经验开始，再借助经验研查始因。

在由个案得出规律前，请检测个案两次或三次，观测实验是否产生同样的结果。

实验应重复多次，以避免可能影响证明或导致误证的偶然误差，因为无论研究者上当与否，实验都可能出错。

科学是统帅，实践是战士。

臆断者们啊，请勿为认识自然寻常所产之物而吹嘘；倘若自己发明的器物获得预期的结果，那才欢喜。

1　参看但丁《神曲·天堂篇》，ii.94—96：经验，是你们艺术之流所出的唯一源泉。

热爱实践却脱离科学的人，如同水手登上既无舵又无指南针的船，永远把握不住航行的方向。

机械学是数学科学的天堂，因为通过它，我们获取数学的成果。

理性论证

感觉是基础，理性却是基础之上的思考。

经验诠释人类与自然发展之间的关系。它指出，自然在凡间之工受必然性限制，只能按照理性之舵的指引行事。

无法应用数学或那些与数学相关的科学之处，缺乏确定性。

若非难数学，认为数学崇高的确定性乃是依靠混沌维持，便永远无法止息种种诡辩学维持骗局的抗辩。

论证必须循序渐进。也就是说，论证者必须分清问题的各个部分，从而不造成混淆，才能透彻理解。

在引用本书所提供的例证前，请确保它们的精确性。

科学从思索研究某项事物的本源开始，自然中能探索到的、构成该事物的所有要素都不脱离本源。以几何学的连续量为例：如果我们开始观察物体的表面，便会发现面由其边界线构成。但我们不能止步于此，因为我们知道，线本身终极的构成是点，点是最小的基本要素。因此，点是几何学的本源。自然界中不存在，人们也想象不出能够派生出点的要素……人类任何的研究若不经数学检验，便不能称作真科学。有人声称，始终为思辨的学说包含真理。此话难以令人接受，而且有许多理由证明这种说法必须遭到否定。最重要的理由是，说这样话的头脑无法接受经验，而没有经验，便无法揭示事物的确定性。

哦，必然性，你何等神奇！你以最高的理性，限使一切结果都直接源出肇因。你凭借不可变更的至高法则，使一切自然活动沿从最直截的进程服从于你。

自然从不破坏自身的法则；自然遵循其固有法则的逻辑必然性。

必然性是自然的向导和老师。
必然性是自然的主题和创造者，是其永恒的缰绳和法则。

自然充满无数从未出现于经验中的肇因。

自然中没有无因之果；理解了始因，便无须实验。

真知与巫术

基本元素的生成与自然有关。虽然人类除生育子女，创造与自身相仿的另一生命外，无法创造任何元素，却能用基本元素创造无尽的化合物。

旧时的炼金术士可为我作证。虽然他们从未经实验或偶然，成功地创造出自然所能产生的最微小的元素，但他们创造了化合物，创造了供人类利用的有用之物，因此理应受到高度赞扬。而且倘若炼金术士没有发明毒药等危害心智和生命的毒物（为此类创造他们难逃谴责），他们所获的赞誉应更高。然而，通过大量的研究和实验，炼金术士们所试图创造的并不是寻常的自然产物，而是太阳真正的儿子——灿烂的黄金，因为在所有造物中，黄金最像太阳。金是一切造物中最耐久的，它不怕火炼，而火能将其他造物化为灰、烟或玻璃。如果粗鄙的贪婪定然要驱使人炼金，那为何不去自然造金的矿场，成为自然的学徒？自然定会治愈人的愚蠢，指出人在炼金炉中所用的一切里面，没有一样是它用来产生黄金的。自然的造金场内没有汞，没有任何种类的硫磺，只有赋予世界生命的自然的光和热。自然会向人展示在蓝色青金石中绵延的金脉，其色泽不会因火炼而改变。

仔细研究枝杈纵横的金脉便会发现，金脉众多的枝端不断缓慢延展，将触到的一切变为黄金。仔细研究还会发现，金脉内含有人力无法制造的活性有机物。

在人类所有的主张中，相信巫术最为愚蠢。巫术是炼金术的姐妹，却比炼金术更应受到谴责，因为巫术除了诞生与自身相仿的谎言，创造不出任何东西。炼金术则不同，它具有自然无法实现的功用，因为自然界内没有哪种原生手段，可供自然完成人类用双手所做的工作，比如人类用双手造出了玻璃。然而巫术的旌旗却在风中招展，操纵着不断见证巫术无所不能的愚民。书中也充斥着巫术，宣扬巫怪精灵没有舌头，没有身体器官，而能开言——没有这些是不可能说话的；宣扬巫术能提起至沉的重物，能呼风唤雨，能将人变成猫、变成狼或其他禽兽——其实，断言此等事的人最先变成了禽兽。倘若巫术如愚者所信确实存在，则巫术无疑将是这世上为人利用或为害于人的最强大力量。若巫术真能扰动静谧的天空，将其变得黑暗无光，令黑暗中狂风大作、电闪雷鸣，令暴风推翻雄伟的建筑，将森林连根拔起，利用此等力量便可震慑并摧毁千军万马，更可掀起毁灭性的暴风雨，令农民丧失劳动果实——这比摧毁千军万马更厉害，因为还有什么战争手段比摧毁敌人的粮草更能伤敌？海战中还有什么能比唤来毁灭性的狂风将舰队倾覆更为厉害？若有人掌握如此的暴力，他无疑将成为万国之王，人类的才智无法与他毁灭性的力量相抗衡。埋藏于地下的宝藏全将归他所有。一切锁闸或堡垒，无论多么坚固，都无法助人免遭如此妖人的淫威。他可以纵横东西，一统全世界各地。我何必再就此多言？如此的巫者还有什么做不到？他几乎无所不能，除了逃避死亡。

我们至此已部分说明了巫术的作用和危害，如果它的确存在。但倘若真有巫术，为何那些毫不敬神并极度渴求巫术的人却从不曾掌握呢？我知道，许多人只为满足自身的种种贪欲之一，也会毁天灭神。如果巫术从未被极度需求者掌握，那么它便从不存在，也永远不会存在。

生活篇

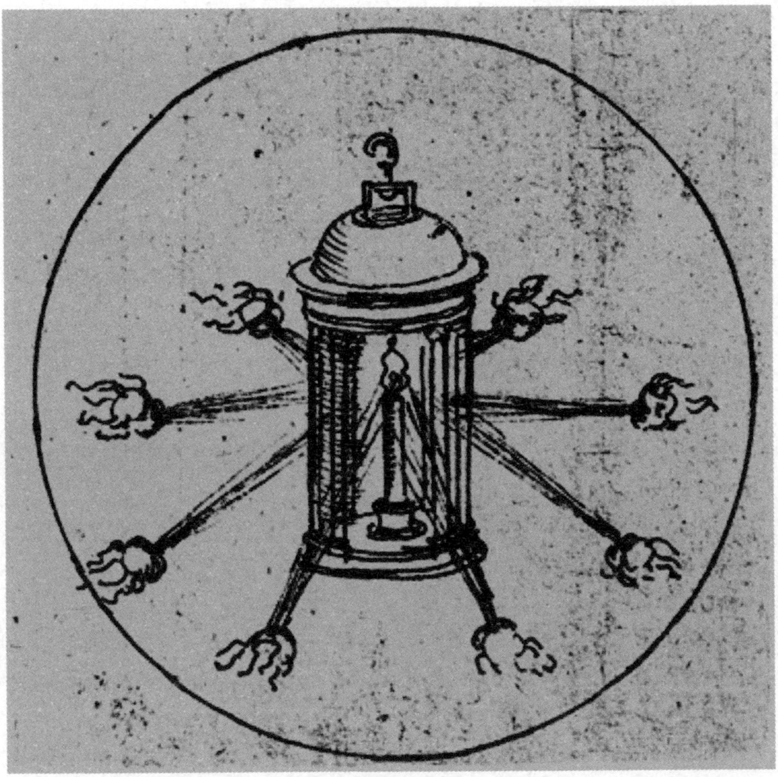

第十八章 故事和寓言

动物寓言[1]

大德之爱

据说，将云雀这种鸟带至病人床前，若病人将亡，鸟儿便扭转头，不看病人一眼。但倘若病人有望康复，鸟儿便目不转睛地望着他，从而治愈他的一切病痛。

大德之爱与此仿佛，它绝不对邪恶卑贱的事物投以青眼，而总像翠林中的鸟儿落在花枝上一样，栖于真诚和善良的事物之上，居于高尚的心灵之中。且正如最暗处最能突显光明，大德之爱于逆境中比顺境中更得以彰显。

悲 恸

老鸦发现出生的幼鸟为白色，便会抛下它们，十分悲伤地哀鸣飞去。至老鸦发现幼鸟身上长出零星的黑羽前，老鸦不会喂养幼鸟。悲恸便好比此等老鸦。

求 和

据说，遭追捕的河狸一旦意识到无法逃脱，且追捕者所求乃是它

1 下面的十三个故事抄录自一本中世纪的动物寓言，题为《美德之花》。

具有药用的睾丸，便会站住，用利齿咬下睾丸，留给敌人，望与追捕者求和。

愤　怒

据说熊去蜂巢偷蜜时，蜜蜂便会蜇熊，致使熊急于报复而抛下蜂蜜。熊渴望报复所有蜇它的蜜蜂，却扑打不到一只。意识到这一点，熊气急败坏，恼怒地躺倒在地，徒劳地试图用四肢自卫。

贪　婪

蛤蟆以土为食，却始终瘦弱，因为它唯恐自己无土可食，而从不吃饱。

哄　骗

海妖用甜美的歌声哄水手入眠，随后爬上船去，杀死熟睡的水手。

谨　慎

蚂蚁由于天生的远见，总在夏天储备冬粮。它们将收获的种子去除活性，以免发芽，届时便以这些种子为食。

愚　蠢

野生公牛反感红色，猎人将树干染红，公牛便会冲向树干，盛怒地将牛角顶入其中，随即被猎人杀死。

公　正

公正的美德可见于蜂王，它明智地安排指挥一切：派某些蜜蜂采花酿蜜、某些蜜蜂修筑巢穴、某些蜜蜂抵抗黄蜂、某些蜜蜂清洁打扫，而某些蜜蜂则陪伴护卫蜂王，并负责在蜂王老迈，翅膀脱落时抬运蜂王。任一蜜蜂失职，都严惩不贷。

假 象

狐狸看到寒鸦、喜鹊等鸟群时，便会猝然倒地，狐嘴大张，装出断气的样子。等群鸟想来啄它的舌头，便咬掉它们的脑袋。

谎 言

鼹鼠始终生活在地下，眼睛非常小。它只能生活在黑暗里，一旦暴露于光亮中，被人所知，便会立刻死去。谎言亦如此。

胆 怯

野兔总战战兢兢，秋天树上的落叶常让它受惊逃跑。

坚 定

凤凰应可象征坚定。因生来便知重生，它坚定地忍受焚身的烈火，焚尽时再生。

鳄鱼——伪善[1]

鳄鱼将捕到的人当即杀死后，眼泪滚滚，为死者悲声哭泣。哀悼后，又残忍地将死者吞入腹中。伪善者与鳄鱼一样，些微小事便以泪洗面，其实心如虎狼。他人的苦难令其心中大快，脸上却做出悲悯的表情。

---

1 下面的几个故事抄录自切科·德·阿斯科利的《酸苦》。切科·德·阿斯科利（Cesso d'Ascoli，1257—1327），意大利医师、诗人、百科全书编纂者和占星学家，1327年被罗马教廷的宗教裁判所判处火刑。

牡蛎——泄密

牡蛎在满月时完全张开。螃蟹见了，便向牡蛎内扔入石块或海藻，牡蛎无法闭合，成为螃蟹的美餐。开口泄密者便如同牡蛎，因泄密，致使自己任由轻率的听者摆布。

蝴蝶的幼虫——美德

蝴蝶的幼虫绕身织茧，新住所设计绝妙，工艺精湛。凭借织茧的精心，之后破茧的幼虫长出美丽的彩翅，展翅高飞。

蜘　蛛

蜘蛛从体内吐丝，织就精巧的网，网则报以所捕之物。

象[1]

大象天性诚实、谨慎、虔诚，并具正义感，而这些品质在人类的身上却罕见。因其虔诚的天性，新月时，大象便庄严地入河沐浴，清洁自身，向自然致敬，随后返回林中。生病躺倒时，大象则将植物扔向天空，似乎想要祭祀。象牙因年迈而脱落时，大象会将它们埋入土中。两支象牙中，一支用来挖根觅食，另一支则保持锋利，用于战斗。大象精疲力竭，被猎人捕获时，它们会自断象牙，用以赎身。大象心地仁善，但能判断危险。若大象发现迷途者，它会友好地将人引回至他错过的路上。可倘若大象发现人的足迹，却未看见人的踪影，它便会因担心圈套而停下脚步，发出叫声，向其他大象指出足印，大象们随即结队，谨慎前行。

大象常结队行进，且常以最年长的象开路，年龄次长的象断后，护卫象群。大象极具羞耻心，它们只在夜晚偷偷交配，之后必先在河

1　下面的描述改编自古罗马自然哲学家普林尼的《自然史》。盖乌斯·普林尼·塞坤杜斯（Gaius Plinius Secundus，23—79），古罗马作家、自然哲学家，以《自然史》一书留名后世。

中沐浴，方才回归象群。它们从不像其他动物那样，与雌性争斗。平和的天性让它们从不愿伤害比自身弱小的动物，除非被激怒，否则大象从不伤害其他生灵。若遇到羊群或畜群，大象会用鼻子将它们推开，以免将它们踏于脚下。若一头大象落入陷阱，其他大象会将树枝、泥土和石块填入陷阱，令其底部升高，让陷阱中的象可轻易脱困。大象极怕猪叫，匆忙撤退时，往往踩伤敌人，也踩伤象群。象喜爱河水，常徘徊于河边，但由于身体太重，它们无法游泳。它们吞食石块，树干是它们最喜爱的食物。它们痛恨老鼠。苍蝇受大象气味的吸引，停留在象背上时，大象会使皮肤的褶皱变深变密，挤死苍蝇。过河时，它们将幼象送至下游，自己则立于上游，分开拧成一股的急流，避免急流将小象冲走。龙会扑至大象身下，用尾巴缚住象腿，用翅膀和爪子紧抓象的肋骨，然后用牙齿撕咬象的咽喉。象倒在龙身上，将龙压爆，死去的象便这样向敌人复了仇。

寓　言[1]

女贞和乌鸫

有一只蛮横的乌鸫，它的利爪和尖喙戳伤了女贞树挂满新结果实的嫩枝。女贞哀声规劝，恳求乌鸫说，它既已偷去可口的果实，那便行行好放过替果实遮挡炙热阳光的叶片，别再用利爪抓伤娇嫩的树皮。乌鸫听了，怒声呵斥道："嘿，闭嘴，粗鄙的灌木！你难道不知道，自然是为了让我享用，才让你结果。你难道不明白，你存在世上，是为了给我提供吃食。低贱的生物，你可知道，明年冬天你就会被火吞噬！"女贞含泪忍下了这番话。没过多久，乌鸫落入网中被擒。捕鸟者砍下树木枝条，制作囚禁乌鸫的鸟笼，其中柔韧的女贞枝条被

1　下面这些寓言为莱奥纳多自创。

砍来编织笼条。看到自己能使乌鸫失去自由，女贞高兴地说："乌鸫啊，我还在这里，并没有像你先前所说，被火吞噬。在你目睹我被火烧毁前，我可先见你进了囚笼。"

月桂、香桃和梨树

月桂和香桃见梨树被砍倒，大声惊叫："啊，梨树，你要去哪儿？你结满成熟的果实时，不是显得很自豪吗？现在，你再不能用茂密的叶子给我们遮阳了。"梨树回答："我跟砍倒我的农夫一起走，他要把我带到雕刻家的工作坊去，出色的雕刻家将以他的技艺赋予我主神朱庇特的样子，而人们则将不断地剥砍下你们的枝条，供奉在我的周围。"

栗子和无花果

人爬上无花果树，掰弯枝条，摘下成熟的果实，放入口中，用坚固的牙齿咬碎，栗子树见了，摆动长长的枝条，在一阵沙沙声中惊叫道："无花果啊！自然给予你的保护远少于我。看看吧，自然如何层层保护我甜美的果实：首先包裹柔软的果皮，又在果皮外覆上外硬内软的壳；给予了我的果实如此坚硬的外壳，给予了我如此的保护，自然依然不满意，又在壳外布下密集的尖刺，令人手无法伤害我。"无花果树及其果实大笑后说道："你知道人聪明着呢，他们会用棍棒和石块砸落你的果实，然后他们便会用脚踩，用石砸，落下的果实外壳碎裂，果实便不保了。对我，人们小心地用手采摘，而不像对待你那样，用石头和棍棒……"

柳树和葫芦

可怜的柳树发现，为利于葡萄和附近树木的生长，人们总是修剪伤损它，令它无法享受幼嫩枝条生长的快乐，无法长至自己所盼望的高度，直指天空。于是它集中精神，敞开想象的大门，沉思良久，想从植物界内寻求一个无须柳枝缠绑的盟友。丰富的想象驰骋一段时间后，它猛然想到了葫芦。柳树极其欢喜地摇摆起所有的枝条，认为自己找到了称心的同伴，因为葫芦善于自行攀附，无须人缠绑。打定了主意，柳树伸直枝条，指向天空，等待友好的鸟儿，它们应可帮它传达愿望。它在飞近的鸟中发现了喜鹊，于是对喜鹊说："和善的小鸟啊！在那些个早晨，当残忍贪婪的饿鹰想要吞食你的时候，你在我的枝条中得到了庇护；当翅膀渴望休息时，你常在我身上歇息；与同伴嬉戏求爱时，你在我的枝条间尽情得趣。看在这些的分上，我求你帮我找到葫芦，从它那里要些种子，并转告葫芦，我会像对待自己的孩子那样，照顾种子所发的幼苗。为了说服葫芦，这样的话请你照样多说些，你无疑极善言辞，无须我教授。如果你帮我办成了这件事，我将乐于让你的全家在我的枝杈间免费筑巢。"喜鹊又与柳树商定了某些新条款——主要是，柳树决不能让蛇或臭猫入住，然后喜鹊翘尾低头，飞离了柳枝。它用翅膀托起身体的重量，击打流动的空气，用尾巴作为控制方向的舵，飞至四下打听，终于找到了葫芦。喜鹊在葫芦那里说了几句客套话，鞠了个漂亮的躬，获得了所要的种子。柳树见到喜鹊带来的种子满面喜色，让喜鹊用爪扒开柳树身边的土，绕着柳树用喙种下一圈种子。

没多久，种子开始发芽，枝叶蔓生，逐渐爬满柳树所有的枝条，宽大的葫芦叶令柳树失去了美丽的天空和阳光。然而灾难还没有结束，结出的葫芦以它们沉甸甸的分量，开始将柔弱的柳梢拽向地面，造成柳枝奇怪的扭曲和不适。

于是柳树摇晃身体，想摆脱葫芦，但因为葫芦缠绕得很紧，摆脱计划毫无作用。柳树在疯狂但徒劳地尝试几天后，看见了经过的风，于是将自己托付给风。风用力地吹，柳树老而中空的主干裂为两半，一直裂至根部，柳树倒了。倒下的柳树只能徒劳哭泣，认为自己天生命运不济。

葡萄酒的传说和穆罕默德

葡萄酒——葡萄所酿的琼浆——被盛于富丽的金杯中，置于穆罕默德的餐桌上。如此的荣耀令葡萄酒飘飘然，满心骄傲。突然它沮丧起来，自言自语道："有什么好高兴的，难道看不出自己即将丧命，离开所居的金杯，进入人体污浊发臭的肚腹，由芳香可口的酒变成恶心的臭尿。更糟的是，我不得不与其他从人肠中排泄出去的腐臭东西，在恶心的容器中长时间共存。"于是葡萄酒恳求上天，要求报复如此的伤害，并要求从此终止这样的侮辱，至少不要再用葡萄酿酒，尽管这个国家出产世上最优质的葡萄。朱庇特于是让穆罕默德饮下的葡萄酒的酒精升入脑中，腐蚀他的头脑，令他失去理智，做出许多蠢事。穆罕默德清醒后，颁布法律：亚洲人一律不得饮酒。从此后，葡萄所结的果实便得到了幸免。

酒一旦进入胃中，便开始发酵膨胀，致使人的灵魂逐渐脱离人体，升向天空，致使头脑与身体分离。然后酒便开始让人堕落，令人像疯子一样胡言乱语，杀死朋友，犯下无可挽回的错误。

蚂蚁和黍粒

蚂蚁寻到一颗黍粒。黍粒知道逃不脱，于是大声说道："你若慈悲，让我完成繁衍之职，我必报以百倍的黍粒。"蚂蚁果然得到了百倍的报偿。

蜘蛛和葡萄

一串香甜的葡萄常引来蜜蜂和各种飞虫。蜘蛛发现了这串葡萄，认为找到了最理想的撒网地点，于是它布下精巧的网，迁入了新居。它每天躲在葡萄的间隙中，贼一般偷偷扑杀对危险毫无察觉的可怜昆虫。然而几天后，采葡萄的人来了，他割下这串葡萄，与其他葡萄一起踏成了汁。因此，诱惑飞虫上当的葡萄也成了蜘蛛的陷阱。

坚果和钟楼

乌鸦将一颗坚果衔上高大的钟楼顶，致命的鸟喙却一松，坚果掉入了墙缝。于是坚果乞求钟墙说，钟墙拥有伟岸的身形，以及能发出动听声音的富丽的钟，看在赐予这一切的仁慈的上帝分上，请钟墙给予帮助。坚果还说，它已不能落于老父翠绿的枝条下，躺在父亲的落叶所覆盖的沃土里，而且它被残忍的乌鸦叼于喙中时曾发誓，若能幸免，愿在小洞中度过一生，所以请钟墙收容它。钟墙听了这番话，起了同情心，答应收容坚果，让它留在掉落的地方。时隔不久，坚果渐渐破壳而出，并把根扎入石缝中，挤开砖石，将新芽从孔洞中伸出。新芽们很快便高过了钟楼顶，盘错的根系也生长得越发粗壮，开始强行将古老的砖石推离原位，致使钟墙开裂。钟墙悲叹致毁之因时，已为时过晚，不能回天了。不久，钟墙碎裂，大部崩塌。

飞蛾和蜡烛

虚荣的蛾子四下游荡，它不满足于在空中轻松飞翔之能，却被烛火诱引，决定飞入其中。然而，它欢快的行动立刻导致了灾难，烛火吞噬了它娇嫩的翅膀，不幸的蛾子全身焦黑，掉落在蜡烛脚下。痛悔良久后，它擦去涌出的泪水，仰面长叹："啊，虚假的烛光！过去已有多少飞虫像我一样被你不幸欺骗？若我渴求光明，为何连阳光和肮脏的油脂所发的虚假微光也不辨？"

香　橼

香橼因得意于自己的美丽而自大起来，它远离周围的树木，结果使自己处在了风口。狂风虽没将它折断，但将它连根掀翻在地。

香橼想结出香甜体面的果实，高悬在树顶的枝条上，于是它全力输送树液。然而结出的这果实却拉弯了它高挑挺拔的树顶。

桃树嫉妒附近的胡桃树果实累累，决心也要结出大量的果子。它结出了那样多的桃子，以至于桃子的重量将它连根拉倒，断裂在地。

路边的胡桃树炫耀累累的果实，每个路过的人都投石砸果。

无花果树未结果时无人理睬，于是它想以所结果实博得人的赞誉，却被摘果的人掰断了树干。

榆树边的无花果树见到榆树不结果，却胆敢挡住自己正在成熟的果实所需的阳光，于是责备说："榆树啊，你站在我面前，难道不羞愧吗？等我的果实成熟了，你更将无地自容！"可无花果成熟时，一队经过的士兵发现了果树，他们折砍枝条，粗暴地摘扯果实，令无花果树没有一根完好的枝条。于是榆树说："无花果树啊，宁愿不结果，也比因结果而落到这样悲惨的境地强得多。"

急流岸边的百合

百合花生长在提契诺河滨，急流将河岸与百合花一同卷走。

葡萄藤和柳树

攀附于一棵古树上的老葡萄藤随古树的垮塌而倒伏，同伴的朽烂致使它也一并死去。

生长中的柳树期望凭借长长的枝条胜过所有别的植物，却因为与葡萄藤为伴，枝条年年都被人折损。

路边石

一块新近被流水冲出的大石躺在宜人的树林边，置身于各色花草中。树林下方是一条石子路，上面堆积有大量的石子。大石看着下方成堆的石子，动了滚下去的念头。它暗想："我在这里与这些花草为伍，有什么意思？我要去与姐妹们结伴生活。"于是，它滚动起来，迅速落至所热望的同伴中间。可是，它在石子路上没待多久，便发现不断往来的车轮、马匹的铁蹄，以及行人的脚步一时将它碾过，一时把它践踏，令它不胜痛苦。虽然有时覆盖的泥浆或动物粪便将它抬高了一些，但它也只能徒然仰望先前那片孤独而宁静之地了。

有些人放弃孤独思考的生活，选择迁至城市居住，生活在充满无限罪恶的人群中，其遭遇便是如此。

剃　刀

一天剃刀从作为护鞘的手柄中探出身子晒太阳。眼见身体亮亮地反射阳光，剃刀感到非常骄傲。得意良久后，它开始动念："我该不该回适才所在的店？当然不回！诸神不会乐意让这般光彩美丽之物作如此卑贱的用途！竟让我剃粗鲁农夫涂满肥皂沫的胡子，做这样不体面的活，多么愚蠢！难道这具身子只配干这等事？当然不是！我要躲至某个僻静之地，过宁静闲适的生活。"于是剃刀躲了几个月。一天，它再次来到阳光下，出鞘后却发现它的模样已宛如生锈的锯子，表面再不能反射灿烂的阳光，即便痛悔自己莽撞的行为也已无可挽回。它后悔莫及地自言自语："唉，宁愿为剃头师傅所用，也比失去锋利的刃口强得多！哪里还有光彩的刀面？已实实在在被这讨厌而难看的锈腐蚀尽了。"

人的思想也是如此，若不加以运用，便会呆滞；就像剃刀失去锋利的刃口那样，无知也会像铁锈一样损坏思想的结构。

彩蝶在暗处翩翩飞翔时，发现一道火光。它对于火光绚烂的美大为惊叹，于是立即向那里飞去，绕火光上下盘旋。但仅仅观赏并不能让它满足，它贸然决意飞至火光边。它开始像平常飞向香花那样飞近火光，火当即灼伤了它翼尖、脚尖等末端的部位。彩蝶掉落在火光脚下，开始思索自己是如何受的伤，因为它怎样也想不到如此美丽的东西可能带给自己灾祸或伤害。渐渐地它恢复了一部分丧失的体力，它又一次起飞，径直穿过火焰，却立刻被烧焦，落入供火燃烧的油中，仅一息尚存。它想明白了灭亡的原因，于是说道："可憎的火光啊！我本以为能从你那里找到幸福！现在如何痛悔我疯狂的念头，也是枉然。我的毁灭让我认清了你贪婪和破坏的本性。"

火光回答说："不知道如何正确使用我的人，我便这样对待他。"

有些人便同彩蝶一般，发现眼前世俗、肉欲的快乐，便毫不考虑其性质，匆匆追求，受损遭辱才使他们领悟。

燧石被棍棒敲击，大为惊讶，厉声对棍棒说："你怎敢烦扰我？别打搅我，你错选了对象，我从不曾伤害他人。"棍棒回答说："如果你耐心些，便能看见从你身上所产生的神奇的结果。"听到这话，燧石安静下来，耐心忍受痛苦。终于燧石看见身上迸生出神奇的火元素，它的力量是无数事物的成因。

有些人同燧石一样，起初的研究令他们沮丧，但后来他们渐渐把握住了自己，耐心地投身于研究，取得令人惊叹的结果。

鲸　鱼

像旋风扫过空旷的沙谷般，鲸鱼急速游动卷起的怒涛，将途中一切阻碍卷入漩涡。

宛如北方席卷而来的狂风……

即便是北方的狂风拍打斯库拉巨岩和卡律布迪斯漩涡间的惊涛[1]，即便是埃特纳火山或斯特龙博利岛上的火山[2]喷发硫磺的火焰，

1　斯库拉是一块危险的巨岩，位于意大利半岛和西西里岛之间的墨西拿海峡一侧。卡律布迪斯则是斯库拉巨岩对面形成的巨大漩涡。

2　埃特纳火山位于意大利南部的西西里岛，是意大利著名的活火山，也是欧洲最高的活火山，海拔3326米。

斯特龙博利岛位于第勒尼安海南部，是意大利利帕里群岛的一部分，岛上的火山是意大利三大活火山之一。

夹杂着山石和泥土猛冲出山口，即便是埃特纳火山口所喷出的无法控制的气体，盛怒地推开面前一切阻挡，冲回空气层……大海也不会发出如此巨吼。

我急于一观自然所形成的奇异的千姿百态。这一热望驱使我在悬岩间穿行相当的距离，来到一座巨大洞穴的入口，隐秘的洞穴口竟令我一时未能发现。我左手扶膝，右手搭在紧皱的眼眉上，不断地躬身左右顾盼，试图查看洞中物体，洞中深邃的黑暗却令我无法看清。在洞口驻足一段时间后，我心中猛然升起两种情绪：畏惧和渴望——畏惧如此骇人的黑暗洞穴，却又渴望查看洞中是否有什么奇妙的物体……

啊，自然的造物，你曾生机勃勃，如此强大，你脊背上强壮的叉鳍令你在捕捉猎物时，能毫不费力地劈开水路，你的胸膛能凶猛地撕开海浪，但你的背鳍、你的胸膛、你强大的力量未能帮助你，你必须遵从上帝和时间在造物身上所定下的法则，必须抛下你未曾受过打扰的生命。

多少次，你用分叉的背鳍和尾巴迅猛击水，在海面形成迷雾，造成突如其来的风暴，猛烈地击打、掀翻船只；受惊的海豚和金枪鱼群在你无情的怒气前逃亡，逃脱的鱼儿又被你掀起的巨浪裹挟，被惊恐而绝望地推上毫无遮挡的海岸，海水退去后，便成堆地留在干涸的高处，成为附近人们丰富的战利品。

啊，吞噬万物的时间，你将万物收归自身，从而给予了被吞噬的生命不同的新居所。

啊，时间，你迅速地毁去造物。自从这条体型庞然的大鱼死在这曲折幽深的洞穴里，你已毁灭了多少国王，多少百姓，已使多少政权更迭，环境变迁。而这条被时间杀死的鲸鱼静静地躺在这封闭的洞中，被剥去皮肉，露出白骨，支撑着压于身上的高山。

巨　人

亲爱的本尼德托·迪，这里是来自东方的消息。你可知六月时，从利比亚荒漠来了一个巨人。他生于阿尔泰山，皮肤黝黑，以海中的航船，及鲸鱼和虎鲸的脊背为家。他同埃及人、阿拉伯人、米堤亚人和波斯人一起反抗波斯帝国的君主阿达尔薛斯。

乍看之下，他黝黑的脸十分骇人，尤其是他可怕的浓眉下那双红肿的眼睛，简直能使天空变色，大地颤抖。相信我，在那双火一般的眼睛注视下，无论多么勇敢的人也会希望插翅逃离，因为与这张脸相比，地狱撒旦的面貌也好似天使。他鼻孔朝天，宽大的鼻孔中涌出丛生的粗硬鬃毛；这之下是血盆大口、厚唇、黄牙，以及尾端类似猫须的络腮胡。他站立着，也远高于骑马的人。当这位骄傲的巨人由于满地的泥泞和血污摔倒时，仿佛崩塌了一座大山，震得整个地区地动山摇，令地狱冥王惊恐万状，令战神也担心丧命，而躲至主神朱庇特的床下。

因摔得太狠，巨人躺在地上，有些昏沉。人们由于认为他已遭雷电击毙，突然开始拨弄他的头发，并像蚂蚁在被健壮农夫砍倒的橡树上匆匆来回爬行那样，涌上他硕大的肢体，在上面刺出不少伤口。

被闹醒的巨人发现身上爬满了人，又猛然感到刺痛，于是发出一声霹雳般可怕的怒吼，随后双手扶地，抬起了骇人的脸。他抬手摸头，却发现头上覆满了人，他们像有时可见躲藏于发中的小虫那样紧紧攀附着头发，于是他晃动脑袋，把人们像狂风吹散冰雹那样甩入空中，许多踩踏他的人就此丧了命。接着他站直身子，用力跺脚，人们便像风暴中攀上索具去降帆减少风力的水手那样，紧攀着头发，试图躲藏在里面。

无法自由活动的情形令巨人厌烦，他的愤怒转为狂暴。为了摆脱人们的纠缠，他踏入人群，疯狂地恣意踢踏，将人踢入空中，像密集的冰雹一样砸落在其他人身上，令许多垂死的人一命呜呼。人们不停地逃亡，但直到他的大脚激起的尘土漫天飞扬，使他止息了地狱般的怒火，这样残酷的行径才得以停止。

唉，人们向这个盛怒的恶魔发起了多少次进攻，但对他来说，一切猛攻都不起作用！可怜的人们啊，你们庞大的数量，你们坚固的堡垒、高耸的城墙、房屋和宫殿都无法帮助你们！你们无处可逃，除非躲入螃蟹或蟋蟀这样的动物藏身的小洞和地下的洞穴，才可能保命逃生。

唉，多少不幸的父母失去了孩子！多少可怜的妻子失去了丈夫！真的，我亲爱的本尼德托，我相信自创世以来，世上从未听过如此悲痛的号哭，且因这般骇人的恐怖而起。事实上，在这种情况下，人类一定嫉妒其他的生物，因为虽然老鹰能捕杀其他鸟类，但其他鸟类至少能借助快速的飞行得免，所以燕子能凭借速度躲开老鹰的捕杀；海豚能迅速逃离捕食的鲸鱼和虎鲸。而可怜的我们却怎样也无法逃脱，因为这个怪物慢步前进时，他的速度也远超最神骏的马。

我不知道该说什么，该做什么。不管去往何处，我似乎总埋头游入巨大的咽喉，葬身庞大的肚腹之中，陷入死亡。

他比马蜂更黑，双眼红似燃烧的火。他跨着背宽六拃[1]，头尾长逾二十拃的高头大马，鞍桥上绑着六个巨人，手中捉着一个正用牙齿撕咬他的巨人，后面跟着一群野猪，从猪鼻中伸出的獠牙长约十拃。[2]

---

1 一拃通常为9英寸，或23厘米。

2 下面的文字是根据14世纪佛罗伦萨的平民作家，安东尼奥·普希《东方史诗》中的诗行改写而成。

象　征

［图示猎人与飞鸟］

短暂的自由

［图示蛇—狮在杈杖左右相对］

慎重—力量

［图示燃烧的木头］

这应该置于忘恩负义者手中。木头助火燃烧，火却吞噬了木头。

关于包容的比喻

正如衣服助我们抵御寒冷，包容助我们免受伤害。天冷添衣不挨冻，同样地，受到深重伤害时，增加包容心，伤害便能不萦于怀。

［图示树桩生枝，旁边是一只鸟］

被砍倒的树重发新枝。

我依然满怀希望。

猎鹰，象征时间。

［图示蝴蝶绕火焰翻飞］

盲目无知将我们引入歧途，满足于欲望之乐。

因为未见真正的光明。

因为不知何为真正的光明。

虚泛的光彩偷去我们为人的能力……

警惕因为火光刺眼，而使我们走上盲目无知所引的方向。

啊，不幸的凡人，睁开双眼！

［图示怪物追赶人］

不实的坏消息源出于罪孽，最为可怕。

快乐和痛苦

快乐和痛苦是双生子，两者相反相成，从不离分。

若你选择快乐，应知道快乐背后将给你带来的艰辛和悔恨。

快乐连着痛苦，是从不离分的双生子，相反而又相成，因两者本是同源，快乐出自辛劳，而痛苦则源于空虚放荡的快乐。空虚放荡的快乐好比手中的芦苇，脆弱无用，被其割伤处更染有毒素。在托斯卡纳，芦苇被用来垫床，意指床乃是诞生虚妄梦境之地，是吞噬大把生命之地，是耗费早晨大量有益时间之地，那时头脑经过休息，冷静清醒，身体也因而适于再开始新的工作。床还是空虚的享乐地，不仅头脑在床上想入非非，肉体也因享受那些空虚的快乐，而常致使生命堕落。

真实和虚假

真实=太阳

虚假=面具

火驱走黑暗，摧毁虚假，击碎诡辩，恢复真实。火烧毁一切虚假的言辞，发现真实，展示真实。因为火代表光明，它驱走隐匿一切真实的黑暗。

真　实

火毁去一切欺骗的诡辩，只存留金子般的真实。真实终归无法隐藏，掩饰并没有用，在真实这一明察的法官面前，掩饰难以得逞。

虚假戴着面具。

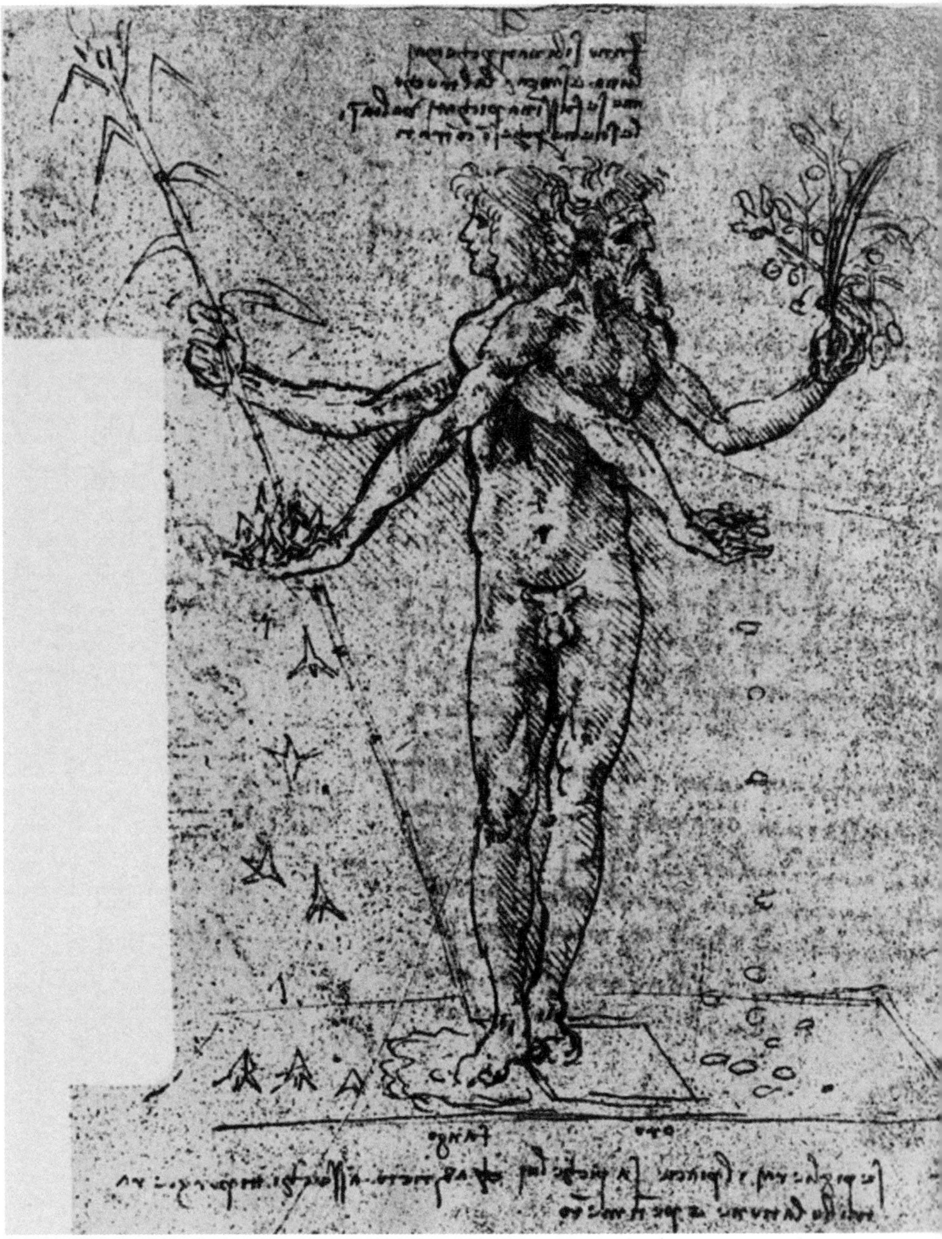

在阳光下，一切无所遁形。

火为真实而生，因为它毁去一切谎言和诡辩。面具则为谎言和虚假而存，它隐藏真实。

真实是时间唯一的女儿。[1]

美德一出生，嫉妒就来到世上攻击它。

即便形影分离，嫉妒也将纠缠着美德。

1 此句出自奥卢斯·格利乌斯的《阿提卡之夜》。

奥卢斯·格利乌斯（Aulus Gellius），活跃于1世纪的古罗马作家。《阿提卡之夜》是他在阿提卡过冬时，为消磨长夜所写的笔记。书中记下了他的所见所闻所读，为后世提供了关于那时代的重要史料，许多已散佚的古籍的内容，也保留在其中。

幸运之神降临时，牢牢地劈面抓住她，因为她的身后无发。[1]

正如铁不用会生锈，死水会腐臭，或被冻结成冰，我们的才智不用将废退。

［图示指南针和犁］

他指向星星，从不回头。

困难不能使我屈服。

坚定的决心能克服一切苦难。

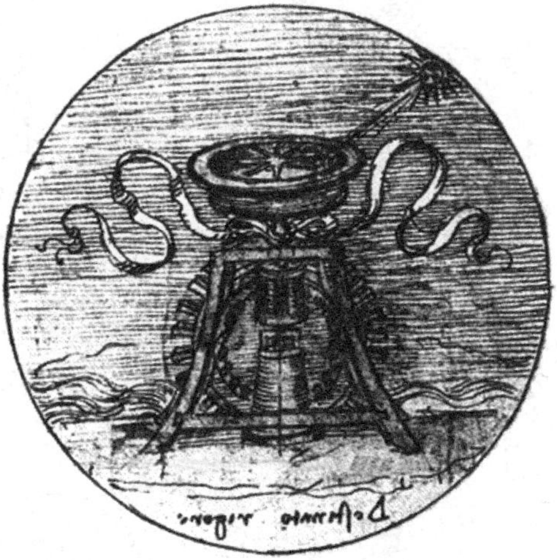

1 传说希腊的幸运之神几乎没有头发，只在前额处有一绺长发。但希腊的幸运之神为男性，不知莱奥纳多为何此处称其为“她”。

第十九章　生活感悟

生命流逝

人的美总会逝去,不能长久。

一块相继推倒另一块。借这些方块可意喻人的生活状态。

我们被诺言欺骗,受时间瞒哄,死亡嘲笑我们的种种思虑,生活的焦虑乃是徒然。

为避免短缺而不断索求的人最是愚蠢;在他还在希望享受辛苦得来的好东西时,生命却飞逝而去。

占据最多者最怕失去。

啊,消亡万物的时光!满怀嫉妒的岁月!你用年岁那坚硬的牙齿逐渐摧毁一切,吞噬一切,令万物慢慢消亡。海伦揽镜自照,发现岁月已在脸上刻下衰老的皱纹时,悲伤哭泣,不解她为何再次被掳走。啊,消亡万物的时光!满怀嫉妒的岁月!你将一切耗尽！[1]

……生活再苦难，也不该虚度，应当于人心中遗留些许有关我们的回忆。

……铅和皮——用铅块的重量，令一个充气的小皮囊往复摆动，其下降轨迹便可指示时间。我们不缺少划分和度量苦难岁月的方法。我们的快乐应当在于，不虚度这苦难岁月，获取赞誉，让人们记住自己的功绩。人这苦难的一生不应当虚度。

你，沉睡者呀！什么是睡眠？睡眠就像死。啊，为何不求成就，令自己死后犹可仿佛完美地生，而宁愿在有生之年大睡，让自己仿佛不幸的死人。

远离那些当研究者死去，所做结论也便死去的研究。

主啊，我服从你，首先出于对你的爱，我应当合理怀有的爱；其次，因为你左右着人寿数的长短。

碰触河中水，所触之水既是去水之尾，亦是来水之头。眼前的时光也是如此。合理利用时间的生命是长久的。

飞逝的年华偷偷溜走，瞒过多少人；没有什么比岁月更短暂，但

1 此处，莱奥纳多改写了古罗马作家奥维德《变形记》中的段落。这部作品共十五卷，用六音步诗行，以编年体的形式，把古希腊罗马世界的神话传说总集在一起。

参看《变形记》，I5.228—233：

海伦在镜中见到岁月的皱纹伤心哭泣，含泪自问，
为何自己竟两度成为追求者的猎物。
啊，时间，贪婪的吞噬者，还有你，满怀嫉妒的岁月，
你们共同摧毁万物，用牙齿慢条斯理地咬噬，终将一切慢慢耗尽。

播种德行的人总能收获荣誉。

年轻时应获取可补偿老年不利的能力。若欲使老年拥有智慧的食粮,应在年轻时加倍努力,这样年老时便不会缺乏营养。

我以为自己在学习如何生,而一直所学的却是如何死。

野心家既不满足于生活的快乐,也不满足于世间的美丽。他们终将有忏悔之时,忏悔生命虚度,忏悔既没有拥有幸福,也没有获得世间的美。

正如充实的一天带来幸福的睡眠,充实的一生带来幸福的死亡。

每一桩恶事都会在记忆中留下悔恨,唯有死亡这一至恶将记忆与生命一同毁去。

人们总错误地哀叹时光飞逝,责备时间过得太快,认为时间不够充裕。然而自然已赐予我们良好的记忆力,从而使久远的一切似乎近在眼前。

我们对于不同时期经历的事所做的判断,并不按照它们原本的顺序。多年前发生的许多事好像与当下紧密相关,很多新近的事却似乎那样陈旧,涉及年轻时遥远的岁月。眼睛也会如此,受阳光照耀的远物似乎近在眼前,而许多近物却显得很远。

看呐,人们希望回到家乡,回到最初混沌的热望,就像飞蛾扑火那样急切。看呐,人怀着永恒的热望,以欢快的心情期待每一个崭新的春夏,期待一个个新月新岁,总觉得他所期待的姗姗来迟;他没有想到，他是在期盼自己的死亡。但这渴望的实质乃是元素的精魄，它像困于人类体内的灵魂那样，始终渴望回归本源。我所想提醒的是，这渴望正是自然固有的本质，而人类是自然界的一种类型。

在人类身上所发现的种种伟大之处当中，具有判断力这一项最为伟大。判断力居于时间中，它的肢体延伸至过去和未来，它以此负起了过去和未来、自然和动物的一切工作，而不占有混沌不可分的当下。然而，人类的判断力常常无法触及事物的本质。

无论何物，只要吸收营养，其身体必然不断地死亡和更新，因为营养只能输入到之前所摄已被耗尽之处。营养若枯竭，生命则不存。因此，若提供的营养与所消耗的不等，生命便将失去活力；若夺去身体的营养，生命便彻底终结；而若每天所补充的与所消耗的相当，生命的新陈代谢便也相当。正如蜡烛发光是蜡液提供的滋养，下面迅速补充的与上面消耗的相当，蜡烛的光持续更新。消亡时，明亮的烛光转变为浓烟。只要尚有滋养，浓烟便会继续，消亡的状态也将持续。在同一刻中，烛火消亡，而又由滋养运动而完全更新。

为何自然不规定一种动物的生命建立在另一种动物的死亡之上?

自然无常，她乐于不断创造新生命和新种类，因为她知道它们丰富了地球上的物质。自然创造的速度快于时间毁灭的速度，因此她定下规则，让某些动物作为另一些动物的食物。但这样的安排并不能让自然满足，所以她常常在大群聚集的动物身上，频繁降下瘟疫，降下某些传染疾病的毒气。由于其他动物不以人类为食，人类增长迅猛，自然对人类的降祸最为频繁。若增长之因不在，降祸之果便会停止。

由于你所阐释的原因，地球在渴望不断繁育生命的同时，也在设法毁去生命；因果常相似难分。动物是世界生命形式的一种类型。

对许多动物，自然更像残忍的后娘，而非生母；而对某些动物，却非后母，而是最温柔的母亲。

我们的生命建立在其他生命的死亡之上。在死去的生物中仍保留有失去知觉的生命，它们在活着的生物的胃中重组，重续感官和精神的活力。

人类和动物实是食物穿过的管道，是死去生物安息的墓地，依赖其他生物的死亡为生（以其他生物的痛苦为乐），使自己成为腐烂物的包囊。

自然定下规则，能运动的动物为保护那些因运动而可能耗损的部位，必须感受疼痛。植物无法运动，不会回击造成障碍的物体，便无须拥有痛觉，因此植物被折断时，不会像动物那样感到疼痛。

性欲促使繁殖。
食欲维持生命。
畏惧或怯懦延长生命，骗局保藏其手段。
害怕危险者不会死于危险。

正如大胆危及生命，畏惧保护生命。

恐惧来得最快。

谁都想赚钱交给摧残生命的医师，因此他们当然富有。

学会保健。在这方面，远离医师，你便能更有作为，因为他们的药品配制可说是一种炼金术，论及这个的书不少于药品的数量。

疾病乃是注入生物体内的元素失谐，医疗则是使失谐的元素复归和谐。

让医师们按照已逝圣者及他人的病症向你提供诊断和医治，你便会发现，被选作医师的人并不了解疾病。

此法有利保健：[1]
饿时方食，晚餐清淡。
所食简单，注意煮熟，细嚼慢咽。
服药者不智。
慎怒，避免悲伤。
饭后保持直立。
正午勿寝。
葡萄酒中掺些水，每次饮取少量，
且勿在两餐间空腹饮酒。
排便规律。
锻炼宜轻。
不挺肚，不低头。
晚间盖好被。
让头脑休息，保持精神愉快。
避免放纵，注意节食。

1 原文为韵诗。

我认为,习惯不良、缺乏理性的粗人不配像赋有创见和出色理性思维的人那样,拥有如此精美的身体及如此复杂的体内构造。他们不过是接纳食物的袋子,让食物从中通过。实际上,只能把他们视作食物经由的通道,因为在我看来,他们除了声音和形体外,与人类没有任何共同点。除去声音和形体,他们远不如野兽。

精神的生命

如果你,我作品的读者,确实欣赏自然的神工,如果你认为破坏自然的造化乃是犯罪,那么想想吧,取人性命更是多么大的罪。如果在你看来,这具外在人体的构造已让人惊叹,那么记住,它与居于体内的灵魂无法相比。无论灵魂该如何诠释,它无疑是神圣的。便让灵魂随性,专心做它的工作吧,不要让你的愤怒和恶意毁坏如此的生命——事实上,不珍视生命的人,也不配拥有生命。

人总十分不愿与身体分离。我深信,与身体分离的伤心和悲痛必然有因。

能力有四种:记忆力和智力,食欲和性欲。前两种属于理性,后两种属于感性。

任性放纵的人与野兽无异。开始与邪恶抗争比最后与邪恶抗争容易。人能够完全统治的只有自身。

向自制力优异者请教。

若以德行修身,在此世间便会无欲无求。

好教养出于好性情。既然因比果更应得赞美，那么比起没有好性情的好教养，不如赞赏没有好教养的好性情。

最富情感的地方一定有最深重的受难。

乐极生悲，聪明过头反成愚蠢。

为了避免缺陷，局部总趋向与整体统一。

灵魂渴望留在体内，因为若没有身体的器官部件，灵魂便无法行动，无法感觉。

灵魂永远不会随身体的腐朽而腐坏。灵魂在体内的作用好比使风琴发声的风，若琴管坏了，风便再不能使琴发出动听的声音。

谁若是想了解灵魂如何居于体内，便让他观察该灵魂所居的身体如何使用其日常住所，如果住所杂乱无章，灵魂居所的管理便也会杂乱无章。

科尼利厄斯·赛尔萨斯[1]

智慧最高尚，身体的病痛最恶劣。人由灵魂和身体两者组成，两者中，前者高等，而后者低等。智慧属于高等的灵魂，而病痛属于低等的身体，并且是最恶劣的。灵魂中最高尚的是智慧，身体上最糟糕的是病痛。所以，正如身体的病痛是最恶劣的情况，智慧则是灵魂最

1 科尼利厄斯·赛尔萨斯（Cornelius Celsus，约公元前25—50），罗马医师和百科全书编纂者。他将其编纂的百科全书《艺术》中的八本献给了医药。

优美的品质，属于有才智的人。没有什么能与智慧相比。[1]

优秀的人天性好学。[2]

我知道，许多人会认为我的所做无用……只渴求物质财富、缺乏智慧财富的人。而智慧才是精神的食粮，是精神唯一真正的财富。由于灵魂远比肉体高尚，灵魂的财富也远比肉体的财富宝贵。每当我看到上述那群人之一拿起我的作品，我常常惊异于他没有像猴子那样凑到鼻边闻嗅，询问我那是不是什么好吃的。

你的精神必须以愉快为营养。

请别看不起我！我并不贫穷！
贫穷的是欲求无度的人。
我将成为何许人？从现在起，你不久便会知道。
你自己回答吧！从现在起，无须多久……

主啊，你给予我们一切美好事物，都需劳动换取。

表扬你所不理解的事物要不得，而指摘不理解的事物更要不得。

夸赞卑鄙的人与诋毁有德行的人一样恶劣。

嫉妒者以莫须有的罪名，即诽谤，伤害他人。

---

1 "正如身体的病痛……没有什么能与智慧相比" 摘引自罗伯托·维尔特雷奥的《论军事》（313页）。罗伯托·维尔特雷奥（Roberto Valturio，1405—1457），文艺复兴时期的军事史家和人文主义者。《论军事》一书成书约在1540年。

2 参见但丁的《飨宴》，I.i：所有的人本性求知。

对你的朋友私下提出批评，公开则给予赞扬。

人善言辞，但所说大多虚假空洞。动物虽说得少，却真实有用。不足道的实话也好过高级的谎言。

不能满足听者之耳的话令其厌烦或恼怒，厌烦或恼怒的倾听者的常见症状便是频繁地打哈欠。因此，在希望博得好感的人面前说话时，若发现如此过于疲惫的状况，便应长话短说，或变换话题，否则，不但得不到所希望的好感，反而会引得反感和敌意。若想无须他人开口便探出他感兴趣的内容，那便在言谈中变换所说主题，当他不久后变得专注，不再有皱眉或打哈欠等举动，便可肯定当时所在谈讲的内容称了他的心。

令人们上当最深的是他们自己的主张。

不惩罚罪恶的人便在怂恿作恶。公正需要能力、洞察力和意志力，这与蜂后相似。

许多人以制造错觉和假奇迹为业，欺骗无知大众。

伪君子——说的正是神圣的修士们。

我把灵魂定义的其余部分留给修士们去想象，那些个百姓之父受神的启示，知晓一切奥秘。我并不指摘圣经，因为它们是至上真理。

谎言如此恶劣，即使用谎言赞美神圣的事物，上帝的荣耀也会受损。而实话自身这般美好，即使它赞扬的只是微小事物，它们也变得高尚。

毫无疑问，实话与谎言的关系好比光明与黑暗。即使实话所涉乃是卑微的事物，其高尚程度也令赞美高贵事物的虚妄谎言无法比拟。因为即便谎言可被视为第五种元素，事物的真相仍被认作非凡才智最重要的营养，但恍惚的头脑并不能从中获益。

然而活在梦里的人更喜诡辩，更喜高谈飘渺而神奇的事物的谎言，而不喜那些自然、确凿，但并不那么神奇的道理。

某一灵魂再次找到曾一度离开的头脑后，大声发表了如下言论：

幸运而快乐的灵魂啊，你去了哪里？

我已看透了人类，他们真让我讨厌！他们是罪恶的容器，是忘恩负义及各种恶习的堆栈。我又何必多说，白费力气？在他们身上，能发现各种形式的罪恶。即使在人类中还能找到拥有好品质的人，其他人对他们也会和对待我没什么两样。事实上，我已得出结论，若他们恶言敌视，日子难过；但如果他们亲密友善，日子更糟。

预　言[1]

预言的分类

第一类涉及有理性的生物；第二类涉及无推理能力的生物；第三类涉及植物；第四类涉及礼仪；第五类涉及风俗；第六类涉及法令、主张或争论；第七类涉及有违自然的看法——比如认为有的物质拿走得越多，便增长得越多；第八类涉及哲学类的事物。将最重要的事物留于最后，以不太重要的开始。先描述恶行，再讲述惩罚。

1　下面的内容题为“预言”，却不涉及未来的事，是对日常生活的精辟评论。

许多人掠夺自己的母亲，令她的皮肤褶皱——他们便是耕种土地的人。

人类总是痛打赖以为生的东西：谷物。

拉锯人

世上多有人手持锯刀，相互拉扯。他们的拉扯只会让他们疲劳，并不会令双方受伤，因为一进则一退，却苦了夹在中间的人，最后被锯成了碎片。

随形之影

无论人类和动物逃往何处，形和影总紧紧相随，形动则影移。但令人观之着实称奇的是其形状的多变。

我们因阳光而投下的身影和我们在水中的倒影可同时出现。

因此一人常可化而为三，三者同时移动，其中最真实者却常常遗弃他。

公牛可成为破城的主力。马和水牛亦可。

只要牵引排管机枪[1]。

受鞭打的驴子

冷漠的自然啊，你为何这般偏心？为何对于你的某些儿女，你是温柔慈祥的母亲；而对于其他孩子，却是最冷酷无情的后娘？我见到你的儿女被他人奴役，得不到任何好处。它们费尽一生为压迫者求利，劳动的报偿却是最深重的苦难。

1　约于1480年，达·芬奇设计了一款多根枪管平排于车轮上的武器。这件武器类似现代的机枪，且便于在战场上移动。

蜜　蜂

多少蜜蜂被夺去口粮和储备，被缺乏理性的人残忍地溺毙。公正的上帝啊！你为何不睁开眼，看看遭受如此欺凌的你的造物？

绵羊、母牛和山羊等

它们多少的幼仔被夺走，被割断喉管，残暴地肢解。

曾拥有生命的食物

许多生命体将进入其他生物的体内。更确切地说，是曾住有生命的躯壳将一块块地从仍居住着生命的躯体内穿肠而过，满足后者的需要，带走废弃物。换言之，人的生命靠所吃的食物维持，人体死去的部分亦靠食物带走。

老鼠被黄鼠狼困在小窝中，一点动静便觉得大祸临头。黄鼠狼则时刻警惕，等待捕杀老鼠。这时来了一只猫，突然抓住黄鼠狼，毫不犹豫地吞吃了。老鼠由衷地感谢猫神，它向主神朱庇特供奉上一些榛子后，爬出洞去，打算重享最近失去的自由。猫儿的利爪和尖齿却立刻夺取了它的自由和生命。

人抓住猫头鹰，用粗绳绑住脚，夺去了它的自由。画眉见了，十分高兴。然而后来人用猫头鹰的粪便制作的粘鸟胶，粘住了画眉，使它不仅丢了自由，还丢了性命。有些国家的人乐于见到统治者失去自由，这个故事告诫他们，当这种情况发生，他们自己便也失去了所有援助，将一直被敌人的力量奴役，丧失自由，并经常会丢了性命。

蚂　蚁

蚂蚁会组成多个群体。它们将幼虫和粮食藏在藏身的黑暗洞穴中。它们可几个月在黑暗处进食并喂养幼虫，不需任何人造光或自然光。

浑浊的流水夹带泥土，混合雾气。雾与空气混合。火则因自身的热能与每一种元素混合。

所有元素混合，便会聚合成团，庞庞然轰鸣翻滚，时而朝向地心，时而趋往天空，一时从南部狂奔至冰冷的北部，一时从东方飞跑至西方，随后又从这一半球奔向另一个半球。

高大的山峰即使离海岸很远，仍能逼退海水：因为河流夹带着从山间冲刷下来的泥土，沉积在海岸上，泥土堆积处便使海水退去。

睡在木板上的人

人类的吃、睡、住都离不开生长于林中和田野中的树木。

胡桃、橄榄、橡子和栗子等

它们多少的儿女被无情地从母亲怀抱中打落，落地后又被砸碎。

树上落下榨灯油的橄榄

从天突降的橄榄，带给我们营养和光明。

帆　船

西奈山、托罗斯山脉、亚平宁山脉和阿特拉斯山脉上大森林的树木造成帆船，借助风力飞驰，从东往西，从南往北，在风力推动下，运送了大批人群。啊，多少誓言！多少死亡！啊，多少亲友生离死别！多少人再难见祖国和家乡！多少人死后不得安葬，他们的白骨散落于世界各地！

耶稣受难日的哀悼

欧洲各地的知名国度都将悼念一个死于东方的人。

基督教徒

许多笃信圣子的教徒,却只以圣母的名义修建教堂。

丧礼、送葬队列、烛光、钟声和送葬者

最隆重的仪式和最高的敬意所致之人却已无法知晓。

教堂和修士居所

多少人放弃劳作,抛弃缺衣少食的贫穷生活,住进华美的建筑,过起富足的生活,却宣称这是令上帝接受他们的办法。

拨弄唇舌的修士

修士不费分毫,只是拨弄唇舌,许下天堂的美好,便获取厚礼。空许的财富却能获取多少人的欢欣,令他们花费钱财。

听取忏悔的修士

愁苦的妇人自愿将她们一切的罪过、丑事和隐私透露给男人。

雕　像

唉,我看见了谁?救世主又一次被钉上十字架!

被出售的耶稣受难像

我目睹耶稣被再次钉上十字架出售,而他的圣徒却受难殉道。

膜拜圣徒的画像

画中圣徒虽然睁着双眼,却看不见也听不见。而人们却向他们祈祷，向虽有耳朵却什么也听不见的人请求宽恕，向什么也看不见的人供奉烛火。他们可以向聋子不断大声恳求，但不会得到回应。

售卖天堂

许多人未经物主许可，便公然以天价，毫无阻碍地出售他们无权买卖东西。那些东西从不属于他们。而人类的法律并不予以制止。

靠圣徒生活的修道士

死去千年的人却支付着众多生者的生活费。

以疾病谋生的医师

人竟然落到这样悲惨的境地：他人因他们的病痛，因他们失去真正的财富——健康——而获利，他们却要对此表示感激。

女子的嫁妆

虽然起初，警惕的父母或结实的院墙都无法保护女子远离男子的野性和欲望，但总有一日，即便这些女子富有、高贵且十分美貌，她们的父亲和亲戚也必须付出大价钱，让哪个男子愿意迎娶她们。看来，自然无疑渴望消灭人类，他们对于世界毫无作用，还毁损一切造物。

襁褓中的婴儿

海中的城市啊！我看见你城中的男女被不懂水族语言的人类，用结实的网紧缚住手脚。你们却只能向彼此悲叹哭诉，减轻失去自由之痛，因为捆缚你们的人无法理解你们，而你们也无法理解他们。

从云中落下的水性质大变，以致可长时间静滞于山坡上。许多不同的地方都可发生这种情况：

飘落的雪花乃是水。

许多事物在毁灭的过程中越变越大：
如同滚雪球一样。

大量的海水会飞向天空，长时间不返：
含于云中。

山中大石会迸射出火花，烧毁多片森林中的树木，将凶猛和温顺的许多动物一并烧死。

火绒箱中的燧石打出火，燃烧从林中拾来的成捆柴禾，便可将野兽的肉烧熟。

火　绒

用石头和铁便可令先前看不见的东西变得可见。[1]

金　属

金属出自阴暗的洞穴，它能使全人类陷入极度的焦虑和危险之中，能使全人类灭亡。顺它者在经历种种痛苦后，可得满足，而逆它者则会在贫穷和不幸中死去。它诱使人犯下无数罪行；它令作恶者增多，鼓励他们抢劫、杀戮，奴役他人；它令顺从它的人相互猜疑；它令自由的城市失去欢乐；它令多少人丧命；它令人们以多种阴谋和骗局相互折磨。恶魔啊！对于人类而言，最好让你重回洞穴中去！正是你使大片森林被砍光，使无数动物丧失生命。

1　火绒系一种野生火草背面的绒棉，人们将绒棉撕下来，晒干，然后捻成团附着在打火石上，再用铁制的火镰轻轻一划，飞溅的火星便能将火绒引燃。

火

星星之火会迅速变成燎原大火。火会焚烧一切造物，但它的力量可使几乎一切的物体从其原生的状态转变为另一种状态。

对于贫穷的恐惧

一桩骇人的恶事会在人群中播散恐惧，致使人们恐慌躲避，但人们急于躲避的念头，却会使恶事的力量迅速地无限增强。

金　钱

金钱出自深坑，它令世上各国的人为了获得它的帮助，流着汗水，痛苦而焦虑地辛劳工作。

大　炮

大炮出于地下，它可怕的炮声能震晕邻近者，它喷出的气息可以夺人性命，摧毁城市和堡垒。

本身无害的剑和矛

剑和矛自身温和，缺乏进攻性，却因为邪恶的同伴，而变得凶残可怕，变得能够极其残忍地置众人于死地。若没有出自矿坑、本身没有生命的铁甲保护人体，死于剑和矛之下的将会更多。

出自地下的死物却以其凶残的行为，将无数人送离这个世界。

铁出于地下，没有生命，但多少人却死于铁制的武器。

啊，多少宏伟的建筑毁于火：炮火。

死者白骨却以其迅速的滚动，掌握滚动它的人的命运：骰子。

羽毛笔所写的文字，可助人像鸟儿一样飞往天堂。

到处可见车船等死物载运着活人。

梦

人会梦游，会在梦中与逝者交谈，听见不能开言者说话。

梦境中，人们会目睹天空垮塌，火焰从天而降，而人们惊恐飞离；会听见各种生物口吐人言；会身不动，而瞬间去至世界各地；会在黑暗中发现最绚烂的光彩。

啊，人类奇异的梦境！是怎样的迷乱驱人入梦？在其中，人们会与各类生物交谈，而它们亦口吐人言；会发现自己从极高处坠落，却毫发无损；还会被洪水的急流裹挟。

破布制成的纸

纸得人敬重，人们怀着敬爱听从纸上的箴言，但纸之最初却遭人轻视，被人切碎，受尽各种捶打的折磨。

残忍的人

地球上的人总在相互争斗，令双方均伤亡惨重。人的恶念不受任何限制。他们以强壮的肢体砍伐世上大片的林木。他们在饱食后，为了满足欲望，便会杀戮、折磨、奴役、恐吓、驱逐各种生灵。无限的自傲令他们臆想飞天，却受限于过于沉重的肢体。地上、地下、水中的一切无不遭受他们追逐、烦扰、破坏，被他们从一国移运至另一国。他们所杀的一切生物体无不葬入他们的腹中，穿肠而过。

大地啊，你为何不开裂，让这样的人坠入深渊和地穴的无底缝隙中去，令上天再见不到如此残忍可怕的怪物。

求财的欲望

人类出于忧虑,追逐着最令他们忧虑的东西。换言之,他们因担心陷入痛苦,而使自己痛苦。

笑 话

复活节前的星期六,神父巡视教区,按照惯例将圣水洒入屋内。他来到画家的工作室,将圣水洒落在画家的某些画作上。画家转身不无恼怒地责问神父,为何将水洒在他的画作上。神父回答,这是惯例,是他的职责;他这是在行善,而行善者应得到更好的回报,因为上帝曾许诺,在世间所行的每一桩善事都会得到上天百倍的回报。画家于是等神父出屋后,登上高处的窗口,将一大桶水泼在神父背上,说道:"如你所说,这便是对你行善,用圣水毁了我一半画作,而天降百倍回报。"

圣方济会的修士们在某些时日有斋戒的习俗,但在行路时,因靠施舍维生,他们可以吃放于面前的任何食物。有一次,两个方济会的修士在斋戒期赶路,与一名商人同在一家小客店歇脚。他们在同一张桌前坐下,因为客店简陋,所上的仅有一只烤熟的小公鸡。商人眼见这只鸡还不够他一人吃,于是对修士们说:"如果我记得不错,这个时节,你们在修道院里是不吃任何肉食的。"修士们受会规限制,只能承认商人说得对,而无法进一步争辩现在的情况乃是特例。商人于是遂了愿,独享了小鸡,修士们则将就了一顿。

饭后,同桌的三人一起动身离开。走了一程后,他们来到一条河边,河水的宽度和深度都相当可观。由于三人都是徒步赶路(修士们因为贫穷,商人则是因为贪财),根据同行的惯例,其中一位光脚的修士应背商人过河。于是修士让商人提着他的木屐,自己则把商人负至背上。然而当修士渡至河中时,他碰巧想起又一条会规,便像圣克里斯托弗那样突然止步[1]，抬头向压在背上的人问道："告诉我，你身上带着钱吗？""你很清楚，我带着钱，"商人答道，"你想想，我这样的商人外出怎会不带钱呢？""哎呀，"修士说，"我们的会规可不准许我们身上带钱。"说完，修士便将商人抛入水中。商人理会这一戏弄是修士对他先前伤害的报复，脸上露出几分惭色，微笑着没有发作。

某人希望借助毕达哥拉斯[2]的权威，证明自己曾在世上轮回，另一人却不断与他争辩。前者于是对后者说："有一点可证明我的轮回，我记得你上辈子是个磨坊主。"后者被这话刺伤，于是表示赞同灵魂轮回，因为他记得一点，前者曾是为他驮运面粉的驴子。

某人与一个朋友断了交，因为后者总是恶意诽谤他的其他朋友。一天，这位被疏远的朋友说了不少指责抱怨的话，求某人告知忽视他们如此伟大友谊的原因。某人回答说："我不再想与你为伍，是因为我喜欢你，而如果你在别人面前恶意诽谤作为朋友的我，你便会给他们留下极坏的印象，正如你在我面前说朋友的坏话，给我留下坏印象一样。但如果我们不再往来，似乎成了敌人，你习惯性地说我的坏话时，招致的责备总比我们形影不离时少。"

---

1 参看圣克里斯托弗背负年幼基督过河的传说。因基督承载着全世界的痛苦，所以即便圣克里斯托弗身高力大，仍举步维艰，一度止步于河中央。

2 毕达哥拉斯（Pythagoras，约公元前580—前500），古希腊哲学家、数学家和音乐理论家。他的哲学思想受到俄耳浦斯的影响，具有一些神秘主义因素。他认为灵魂属于轮回的结果。

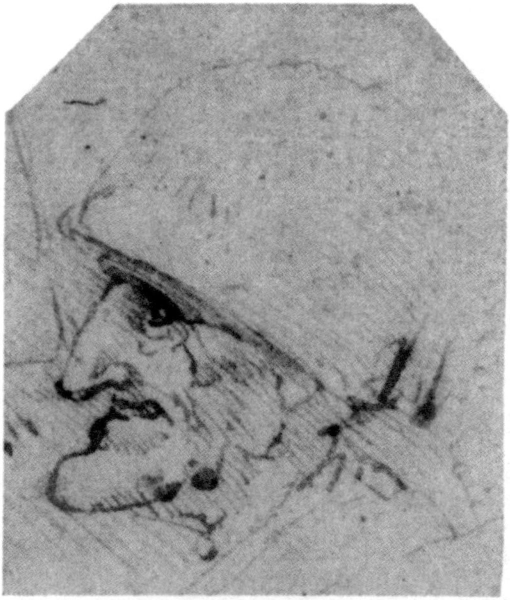

第二十章　书信杂记

书和兴趣

下面的单子显示，莱奥纳多曾与佛罗伦萨很多著名人士往来。同一页上还写有对于时间飞逝的感叹[1]，并画有一部仪器，很像沙漏，只是沙被水代替。

卡尔洛・马莫基的象限仪[2]

弗朗切斯科・阿拉尔多先生

本尼德托的《论算术》[3]

保罗大师[4]

多梅尼克・迪・米切利诺[5]

卡尔沃・德格里・阿尔伯蒂

乔万尼・阿吉罗普洛先生[6]

1　见本书第六章的第一部分。

2　卡尔洛・马莫基（Carlo Marmocchi），地理学家和天文学家。

3　本尼德托（Benedettode l'Abbaco），佛罗伦萨数学家。

4　保罗・托斯卡内利（Paolo dal Pozzo Toscanelli），数学家、天文学家和宇宙结构学家。

5　多梅尼克・迪・米切利诺（Domenicho di Michelino），佛罗伦萨画家，师从弗拉・安吉利科。

6　乔万尼・阿吉罗普洛（Giovanni Argiropulo），著名的希腊人文主义者，亚里士多德著作的译者。

下面是莱奥纳多离开佛罗伦萨时，手头作品的清单。同一页上还画有一些头像和头盔的素描草稿。

一名年轻男子的正面头像，男子秀发柔滑

静物，众多野花

正面头像，卷发

若干圣杰罗姆的画像

一幅公爵的头像

多种结的设计

圣安吉罗堡镶板的四幅素描

吉罗拉莫·达·菲格里尼的小像

一幅基督头像的硬笔画

八幅圣塞巴斯蒂安的画像

多幅有关天使的构图

静物，一块玉髓

侧面头像，柔美的头发

若干身体的透视图

若干船用机械的设计

若干水利机械的设计

肖像，高昂着头的阿塔兰特[1]

杰罗尼莫·达·菲格里尼的头像

吉安·弗朗切斯科·博索的头像

多幅老妇的颈部图

多幅老年男子的头像

多幅全裸的人体

若干手臂和腿脚的姿态图

---

1 阿塔兰特（Atalante Migliorotti），莱奥纳多的朋友，著名音乐家。他曾陪同莱奥纳多前往米兰。莱奥纳多所作《音乐家的肖像》中的模特也许就是他。

一幅完成的圣母像

另一幅接近完成的圣母侧面像

圣母升天的头像

一个长颈老人的头像

一个吉卜赛人的头像

戴帽子的头像一幅

耶稣受难的浮雕图

一名少女的头像,长发挽起

头发打理得很整齐的头像一幅

下面的笔记涉及莱奥纳多在米兰时期的兴趣、活动和人际往来。

马里亚尼家中的代数书,是他们的父亲所写……[1]

米兰及其城郊的测绘。绘制米兰城图……米兰城规划。[2]

一本记述米兰及其教堂的书,在去往科杜西奥广场的路上的最后一家书店购买。

圣罗伦佐的测绘。[3]

请精通算术的大师教授如何将三角形变成同等面积的正方形。

向法奇奥先生借阅那本有关比例的书。[4]

向布雷拉修道院的修士借阅《论重物》。[5]

向法奇奥先生借阅由阿尔奇诺[6]著,并由马里亚诺批注的《论

---

1 马里亚尼(Giannino Marliani),《代数》一书的作者,出身医生世家。

2 在另一页上,画有米兰城视图的草稿,以及标识出城门的粗略规划。

3 圣罗伦佐是一幢6世纪时的八角形古建筑,它的拱顶至今仍是所有建筑中最美的穹顶之一。

4 法奇奥先生,全名为法奇奥·卡尔达诺(Fazio Cardano),法理学家、自然哲学家和数学家,博学者吉罗拉莫·卡尔达诺之父。

5 《论重物》(*De Ponderibus*)是13世纪的数学家约旦努(Jordanus de Nemore)所写的有关静力学的专著。

6 阿尔奇诺(Alchino),公元9世纪的阿拉伯数学家、科学家、哲学家和医生。

比例》。

亚里士多德所著论天文现象一书，意大利文。[1]

法国人乔万尼答应教我测量太阳的高度。

备忘，向詹尼诺·邦巴迪里[2]请教，费拉拉塔楼没有洞眼的外墙是如何建造的。

请教马斯托罗·安东尼奥，如何于白天或夜间在堡垒上安装臼炮。马斯托罗·贾内托的十字弓。

向本尼德托·波蒂纳里请教，佛兰德人如何在冰上行走。运河、闸门、支架和大船的测绘和费用。

寻找一位通晓水利的大家，请他说明维修的方法和费用，并阐释伦巴第式的运河、水闸和磨坊。

画师吉安·安吉洛的孙子从他父亲那里得了一本论水的书。

保利诺·斯卡皮里诺，被唤作阿西奥洛，对于水利所知极多。

布拉曼特编制的结。[3]

1490年6月间，莱奥纳多和锡耶纳建筑师弗朗切斯科·迪·乔吉奥·马尔蒂尼骑马前往巴维亚，去商讨有关大教堂的问题。

设法借阅巴维亚图书馆中维特罗论述数学的著作。

维特罗的著作中，提出了805条有关透视的结论。

1499年8月1日，我写了论运动和重量的文章。

撞击有何性质？撞击如何产生？反弹力有何性质？

---

1 应指《气象》一书，主要论述气象。

2 詹尼诺·邦巴迪里（Giannino Bambardieri），一位来自费拉拉的加农炮制造者。

3 多纳托·布拉曼特（Donato Bramante，1444—1514），著名的建筑师，他和莱奥纳多在米兰居留的时间交叠了十年。

《物理学》第三卷中亚里士多德，以及第七卷中大阿尔伯特[1]和托马斯·阿奎那[2]等人对于反弹力的论述。亚里士多德，《论天》及《宇宙论》。

［附图］研究驱动力的运动曲线中，哪个部分使物体移动或活动。

与皮埃特罗·蒙蒂讨论这些掷标枪的姿势。

下面的笔记显示，莱奥纳多与打算谋夺那不勒斯王国的利尼伯爵有联系

找到利尼并告诉他，你会在罗马等他，然后与他一同前往那不勒斯[3]。付清捐款，带上维托罗尼的书，及有关公共建筑测绘的书。为赶骡人备好两个有盖的箱子，三条床单要最好的，要留一条在芬奇。从格拉齐家取火炉。从乔万尼·伦巴多家去维罗纳剧院。

买手帕、毛巾、鞋、帽、四条紧身裤、一件麂皮上衣，以及做新衣的皮子。亚历山德罗的车床。卖掉不能带走的东西。向巴黎的吉恩[4]求得制备双层彩色水彩画纸以及干壁画上色的方法，并向他索求颜料盒。学习用蛋彩绘出肌肤的颜色，学习溶解虫胶……

利尼伯爵的谋夺计划终成泡影。1499年12月14日，莱奥纳多在卢卡·帕修黎修士的陪同下离开米兰，前往威尼斯。

---

1 大阿尔伯特（Albertus Magnus，约1200—1280），多明我会的神父，中世纪欧洲重要的哲学家和神学家，首位将亚里士多德的学说与基督教哲学综合起来的学者，提倡神学和科学和平共存。

2 托马斯·阿奎那（Thomas Aquinas，约1225—1274），中世纪经院哲学的哲学家和神学家。他保存并修改了亚里士多德学派的思想，其哲学对于之后的基督教神学和西方哲学都有重大影响。

3 可能是出于保密的原因，该句的意大利原文是倒着写的。

4 吉恩·拜黑阿勒（Jean Perréal，约1450—1530），法国宫廷画家，他随查理八世和路易十二世来过意大利。

莱奥纳多离开米兰前的藏书一览表。

《计算之书》[代数计算][1]

《美德之花》[中世纪动物寓言]

普林尼[《自然史》]

《哲人言行录》[第欧根尼·拉尔修著][2]

《圣经》

《宝石工艺》

《论军事》[罗伯托·维尔特雷奥著]

《斐莱尔弗书信集》[弗朗切斯科·斐莱尔弗,人文主义者][3]

《罗马史》第一、第三、第四时期[李维著][4]

《论保健》[锡耶纳的乌戈·本佐著]

切科·德·阿斯科利[十四世纪诗体百科《酸苦》]

大阿尔伯特[《论亚里士多德的哲学和科学》]

圭多《修辞学新论》[可能是圭多托·达·博罗格纳所著的《新修辞学》]

皮耶罗·克里斯森迪奥[《论农业》]

西巴尔多尼[《杂记》,一本有关保健的书籍,译自阿拉伯医师拉

---

1 14、15世纪的意大利与阿拉伯世界之间存在活跃的贸易活动,经济的发展刺激了应用数学的发展,人们开始运用阿拉伯数字的运算,分析贸易、估值和商业套利中的数学问题,并发展出实用的数学工具。这些数学知识反过来又成为欧洲在接下来的几个世纪中推动经济腾飞的一个重要因素。斐波纳契1202年问世的《计算之书》便是这一时期数学传统中的经典。

2 第欧根尼·拉尔修(Diogenes Laertius),罗马时代作家,约活跃于公元3世纪,生平不详。他以希腊文写作,编纂了《哲人言行录》一书,介绍了古希腊的哲学家。虽然该书编排并不理想,前后不一致,但为后世留存了大量史料。文艺复兴后,印刷本及拉丁文译本的出现使该书渐为人知。蒙田是该书的热情读者之一。尼采改行当哲学家前,也做过有关《哲人言行录》的研究。

3 弗朗切斯科·斐莱尔弗(Francesco Filelfo,1398—1481),意大利文艺复兴时期的人文主义者。

4 李维(Titus Livius,公元前59—公元17),古罗马著名的历史学家,著有巨著《罗马史》,同时还是卓越的拉丁文作家,可与西塞罗、塔西陀齐名,同为创建拉丁文风的三位大师。

兹的著作］

《四领域》［多明我会的修士费德里戈·弗兰兹所著的兼有宗教性和科学性的诗］

伊索［寓言］

多纳图斯［所著关于拉丁文法的短篇］

赞美诗集

查士丁［《史学》］

《论灵魂之不朽》［弗朗切斯科·斐莱尔弗的对话录］

圭多［可能是圭多·伯纳蒂的《天文学论》］[1]

波切罗［十四行诗］

《贤明说》［盖伊·德·罗伊著作的意文译本］

《德里阿迪奥》［卢卡·浦尔契著］[2]

《摩尔干提》［卢吉·浦尔契著］[3]

彼特拉克[4]

捷罕·德·曼德维勒［《游记》］

《论体面的娱乐》［皮亚代纳的巴尔托罗米欧·萨奇］[5]

《曼伽奈罗》［一首讽刺妇女的诗］

依西多禄所著编年史［塞维利亚的依西多禄所著从创世至公元

---

1 圭多·伯纳蒂（Guido Bonatti，约1296—1300），著名的意大利天文学家和占星家，也许是他那个世纪欧洲最出名的占星家。

2 卢卡·浦尔契（Luca Pulci，1431—1470），佛罗伦萨诗人，《德里阿迪奥》全名《热恋中的德里阿迪奥》，是他以意大利文创作的一首神话诗歌。

3 卢吉·浦尔契（Luigi Pulci，1432—1484），卢卡·浦尔契的弟弟，佛罗伦萨的著名诗人，《摩尔干提》是他于1460年完成的滑稽史诗，主角是骑士罗兰的巨人侍从摩尔干提及其他小人物。作者在诗中已不再歌颂骑士的伟大，却从人生的角度赞美探索和冒险的精神，以及人间美好的爱情，这与文艺复兴时代的思想相吻合。

4 弗朗切斯科·彼特拉克（Francesco Petrarch，1304—1374），意大利学者、诗人和早期的人文主义者，亦被视作人文主义之父。

5 巴尔托罗米欧·萨奇（Bartolomeo Sacchi，1421—1481），意大利作家、人文主义历史学家，出生于皮亚代纳。《论体面的娱乐》全名《论体面的娱乐和健康》，是一部讲述中世纪饮食习惯、烹饪方法，及用餐礼仪的书。

615年的史作][1]

奥维德的书信集

《天体》[戈罗·达蒂著]

波吉奥的笑话

《手相术》

《信件格式汇编》[米尼阿托尔·巴尔托罗米欧]

1502年夏，莱奥纳多来到阿雷佐，西泽尔·波尔金的佣兵正在那里作战。

博格斯将为你从帕多瓦的主教那里借取阿基米德的书，维特罗佐则会在圣塞波尔克罗城找一本。

若有人发现各种炮的威力，并把这样的秘密交与罗马人，罗马人将多么迅猛地击溃一切敌军，征服各国，而提供此秘密的人将获得多么丰厚的报偿！阿基米德在叙拉古被围城时重创了罗马人，但那些攻城的罗马人依然给予阿基米德极高的尊崇。叙拉古城被攻陷后，罗马人四处寻找阿基米德，发现他已身亡后，罗马元老院及罗马人民举行了比哀悼罗马全军覆没更为盛大的追悼仪式，在马库斯·马塞勒斯统领下，罗马人为阿基米德送葬，并立碑纪念[2]。叙拉古二次被毁后，加图[3]在一座神庙的废墟中发现了阿基米德墓，于是命人重修神

1 依西多禄（Isidore，560—636），塞维利亚的大主教，博学多才，著有二十卷的类百科全书《根源》，历史学著作《哥特族历史》，自然科学著作《天文学》、《自然地理》等许多作品。1722年被封为圣师。

2 公元前214年，罗马名将马库斯·马塞勒斯率大军围攻叙拉古，阿基米德设计了众多机械，令罗马起初的正面进攻损失惨重。后罗马军改用长期围困战略，使叙拉古粮草耗尽，终因叛徒出卖，而在公元前212年沦陷。

3 马尔库斯·波尔基乌斯·加图（Marcus Porcius Cato，公元前234—前149），通常称为老加图，或监察官加图，以与其曾孙小加图区别，罗马共和国时期的政治家、国务活动家、演说家，公元前195年的执政官，同时也是罗马历史上第一个重要的拉丁语散文作家。

庙，在墓前隆重悼念……据说，加图曾表示，悼念阿基米德是最令他光荣的事。

大约1505年3月起，莱奥纳多在一本笔记中研究鸟的飞行。下面这些记于同一时期。

维斯普西奥要给我一本有关几何的书籍。

从乔万尼·本西处得来的世界地图，我的书和碧玉则在他那里。

潘多尔菲诺处的书，达尔迪的拉克坦歇斯[1]著；亚里士多德对于天文现象的论述；圣马克图书馆及圣灵教堂的图书馆；请人装订书册。

向卢卡[·帕修黎]先生学习根式乘法运算；观看罗素制作镜子；

制作飞机，其双翅所需材料的数量；

制作模型的学徒一名；

给洛伦佐·德·美第奇[洛伦佐·皮耶罗·迪·弗朗切斯科]的手套箱。

请人将背心染色；缝补大氅；眼镜用的黄铜；红色的科多瓦皮料；海关官员处的衣服。

我，莱奥纳多·达·芬奇，从1505年7月12日起，着手写一本名为《论形态转化》的书，讨论没有物质增减的形态间的转化。

1508年9月，莱奥纳多开始写一本新的笔记，题为《水的世界》，包括著写有关水的专论的计划。

下面的笔记更多地表露了莱奥纳多当时的兴趣。

1 拉克坦歇斯（Lactantius，约240—320），基督教诗人。他的作品在莱奥纳多的时代常被译成意大利文出版。

来自威尼斯的书籍

凹面镜

亚里士多德的哲学《气象》[论月下的变化]

阿基米德的《论重心》

奥塔维亚诺·帕拉维奇诺先生有维特鲁威的著作

尼可罗·德拉·克罗斯有但丁的著作

阿尔伯图西奥[哲学家,萨克森的阿尔伯特[1]]

马里亚尼[2]的《论计算》[速度的运动比例]

贝尔纳迪诺修士处,大阿尔伯特的《论天与地》

亚历山德罗·本尼德蒂[3]所著解剖学

每周六去蒸汽浴室,观察人们的裸体。

使猪肺充气膨胀,观察其长度及宽度是否膨胀,或宽度增大而长度缩短。

1509年,卢卡·帕修黎修士著,并由莱奥纳多设计插图的书《神圣的比例》在威尼斯出版。

备忘录

整理花园

约旦努,《论重物》

调停人,海潮的涨落——

请人做两个放在鞍袋中的盒子。

检查博尔特拉菲奥的车床,请人搬走一块石头。

---

1 萨克森的阿尔伯特(Albert of Saxony,约1320—1390),德意志哲学家、逻辑学家和物理学家。

2 约翰尼斯·马里亚尼(Johannes Marliani),意大利15世纪的物理学家和医师。

3 亚历山德罗·本尼德蒂(Alessandro Benedetti,约1445—1525),帕多瓦大学的解剖学教授,他所著的《解剖学》又名《人类身体的历史》,于1502年在威尼斯首次出版,在当时极具影响力。

把书交给安德里亚·特德斯科先生。

制作一架有控制开关的天平，先称量加热后的物体，然后测量其冷却后的重量。

吕吉师傅的镜子

油；石油

这段备忘录或写于1513年左右。

1513年1月9日

瓦讷里塔楼内的房间

检查死狗的腰椎区，研究横膈膜及肋骨的运动。

阿奎拉的巴蒂斯塔先生手中有我所写的《声论》一书。

这句话记在一张日期为1514年12月14日的信纸的背面，吉安·巴蒂斯塔·布兰科尼是教廷的宠臣。莱奥纳多在这一时期所用的笔记本中再次提到同一本专著。

《声论》——为什么疾风通过管道会发出尖厉的声音？

我想要创造奇迹；也许，比起其他过着平静生活的人，或者那些想要一夜致富的人，我所拥有的较少。我可能会长期过一贫如洗的生活，就像那些炼金术士，那些想让死水变活和永动的工程师，或者那些最大的笨蛋——魔法师和巫师们常有并永远会有的遭遇一样。

账　目

[1489年？]4月28日，我从马奇西诺[马奇西诺·斯坦伽，公爵的秘书]处领得一百零三枚里拉和十二个索尔多。

1490年，圣抹大拉的玛利亚的纪念日[7月22日]，十岁的贾可莫搬来和我同住。他好吃、撒谎、偷东西，还不知悔改。第二天我让人给他做两件衬衫、一条紧身裤和一件短上衣，他却把我备好支付这些衣服的钱——四枚里拉——从钱袋里偷了去，我虽然十分肯定，却无法让他供认。

次日我与贾可莫·安德里亚[1]共进晚餐，另一个贾可莫吃了两个人的晚饭，干了四桩坏事，打碎了三把酒壶，洒光了酒，之后又拿着吃食，到我……

9月7日，他从住在我家的马可[2]的工作室偷去一根银簪针，价值二十二个索尔多。马可找了许久，最终发现藏在贾可莫的箱子里——还有一枚里拉，两个索尔多。

［1491年］1月26日，我在圣塞维利诺的加利亚佐先生家，安排比武会的庆典，一些男仆为试穿庆典上出场所着野人服，脱下了衣服，其中一人的钱袋与其他衣物一并放在床上，贾可莫走向钱袋，掏光了里面的钱——两里拉四索尔多。

另一事也发生于我在加利亚佐先生家中之时。巴维亚的阿戈斯蒂诺师傅送我一张土耳其羊皮，让我做双靴子，但未出一月，这个贾可莫便从我这里偷走了羊皮，以二十个索尔多的价格卖给了修鞋匠。他自己供认说，他用这钱买了甘草蜜饯——两里拉。

另有一事，发生于4月2日，吉安·安东尼奥[3]在他的一幅画上留了根价值二十四个索尔多的银簪针，这个贾可莫便偷了去——一里拉四索尔多。

1 贾可莫·安德里亚（Giacomo Andrea），来自费拉拉的建筑师和技师，依附于卢多维科·斯福尔扎，1499年法国人攻陷米兰时被处决。

2 可能是莱奥纳多的学生马可·道奇奥诺（Marco d'Oggionno，1475—1530）。

3 也许是莱奥纳多的学生乔万尼·安东尼奥·波尔特拉菲奥（Giovanni Antonio Boltraffio，1467—1516）。

第一年：大氅一件2里拉，衬衫六件4里拉，无袖短上衣三件6里拉，紧身裤四条7里拉8索尔多，加有衬里的紧身衣一件5里拉，鞋二十四双6里拉5索尔多，帽子一顶1里拉，腰带饰边若干1里拉。

1402年7月10日

135枚莱茵弗罗林	445里拉
6个索尔多的第纳尔	112里拉16索尔多
5.5个索尔多的第纳尔	201里拉19索尔多
9枚金第纳尔和3枚斯库德	53里拉
共计	811里拉

会遗失的便不是财富，美德才是我们真正的财富，是拥有者的奖赏。美德不会遗失，在生命离开我们之前，也不会弃我们而去。而房产和身外的财富却让持有者焦虑，持有者常因失去它们而遭到鄙薄羞辱。

1493年11月1日，我们结清了账目。

付吉乌利奥四个月的工钱，托马索师傅九个月的工钱。结账后，托马索师傅又做了六个烛台，合十天的工钱。吉乌利奥则做了几把火钳，合十五天的工钱。此后至5月27日，吉乌利奥一直在干私活；5月28日至7月18日，他为我做了根杠杆；7月19日至8月7日，又为他自己干活；15日，为一位女士工作了半天；然后又为我做了两把锁，干至8月20日。

1494年1月29日

紧身裤布料	4里拉3索尔多
衬里	16索尔多
手工	8索尔多

萨莱	8索尔多
碧玉指环一枚	13索尔多
闪亮的石头一块	11索尔多
给卡特琳娜	10索尔多
给卡特琳娜	10索尔多

1494年初，莱奥纳多在斯福尔扎家族建于提契诺河岸的夏宫，对绘制罗马史的场景及哲学家的肖像，用以装饰走廊，做出如下的费用估算。

至宫廷的走廊长128步，宽27意尺。

走廊顶部的窄装饰线，30里拉。

窄装饰线下，每幅画作各自的装饰线，7里拉；蓝色、金色和白色的颜料、石膏、靛青和胶料，3里拉；乘以三天。

装饰线下的画作及壁柱，每幅12里拉。

深蓝、蓝、金，及其他颜料的费用估计为1.5里拉。

绘制构图、制作壁柱等估计需三天。

制作小穹拱，每个7里拉。

蓝色及金色颜料的费用，3.5里拉。

乘以四天。

窗户的费用，1.5里拉。

窗下的檻檐板，每意尺6索尔多。

24幅罗马史场景图，每幅14里拉。

哲学家肖像，10里拉。

壁柱上的蓝色涂料，每盎司10索尔多。

金色涂料，15索尔多。

墙高多少意尺？

123意尺。

厅堂多大?

花环多大?

30枚达克特金币。

8月23日,从普利索纳处收得12里拉。

1494年3月14日,加利亚佐入住我家,他答应于每月14日支付月生活费5里拉。

他的父亲付给我2枚莱茵弗罗林。

7月14日,我从加利亚佐处收得2枚莱茵弗罗林。

1494年9月15日,吉乌利奥开始为我的工作室装锁。

星期二,我购买了早晨喝的葡萄酒。[1495年]9月4日,星期五,我又买了早上喝的酒。

从佛罗伦萨运来一批大谷粒。

卡特琳娜葬礼的开支

3磅细蜡烛	27索尔多
棺材	8索尔多
棺罩	12索尔多
搬运及安放十字架	4索尔多
搬运遗体	8索尔多
支付四名神父及四名神职人员	20索尔多
丧钟、圣经及海绵	2索尔多

支付掘墓人	16索尔多
支付长老	8索尔多
当局许可证	1索尔多
	106索尔多
医疗费	5索尔多
糖和蜡烛	12索尔多
	123索尔多

下面的笔记附有一幅磨针机的草图，它有精巧的齿轮系统、传送带和砂轮。

明天早晨，即1496年1月2日晨，我要让人将传送带做好，然后试验机器。

每次400根针，一小时100次，即每小时40000根针，十二小时则为480000根。假设1000根针卖5个索尔多，那么4000000根针便能卖得20000索尔多，也就是说每做一日，便能获得1000里拉的总收入。若一个月做二十天，则每年可得60000达克特。

1497年4月4日。萨莱的大氅。

4意尺银白色布料	15里拉4索尔多
滚边的绿天鹅绒	9里拉
缎带	4索尔多
撑环	12索尔多
手工	1里拉5索尔多
胸前的缎带	5索尔多
缝纫	

给他的13枚格罗索

26里拉5索尔多

萨莱偷去了那些索尔多。

备忘。1503年4月8日，我，莱奥纳多·达·芬奇借给微型画画师凡特4枚达克特金币。萨莱送去了金币，他亲手接过，并说将于四十天内还。

备忘。在同一天，我付给萨莱3枚金达克特，他说想要这些钱裁制一条玫瑰色的紧身裤。我尚欠他9枚达克特的工钱——但他欠我20枚达克特，他在米兰向我借了17枚，在威尼斯借去3枚。

1504年6月29日，圣彼得日的早晨，我拿出10枚达克特，给佣人托马索1枚，用于开销。

星期一早晨，给萨莱1枚弗罗林，支付房租。

星期二，我自己拿了1个索尔多。

星期三傍晚，在晚饭前给托马索1枚弗罗林。

星期六早晨，给托马索1个索尔多。

星期一早晨，1枚弗罗林，扣除10个索尔多。

星期四，给萨莱1枚弗罗林，扣除10个索尔多。

无袖短上衣一件，1枚弗罗林

无袖短上衣一件，帽子一顶，2枚弗罗林

支付卖裤子的，1枚弗罗林

给萨莱，1枚弗罗林

7月19日，星期五早晨，1枚弗罗林，扣除6个索尔多。

我手边尚余7枚弗罗林，箱中还有22枚。

7月23日，星期二，给托马索1枚弗罗林。

8月4日，星期日，1枚弗罗林。

1504年8月9日，星期五，我从箱中取出10枚达克特。

1504年8月3日，星期六早晨，日耳曼人雅各布入住我家，他同意每日向我支付1个卡莱诺。

[1505年]4月14日，星期二的傍晚，洛伦佐入住我家。他说自己十七岁。4月15日，新圣玛利亚教堂的总管交与我25枚弗罗林。

莱奥纳多为一位米兰贵族的纪念墓所绘制的草图现存于温莎宫。下面选摘的是估算的各项，总值3046达克特。

乔万尼·贾可莫·特乌尔佐先生的纪念墓

制作马匹塑像的材料费和工钱。一匹与真实大小相等的骏马，驮负着骑手。

材料费	500达克特
铸造构架的矿坑和熔炉的费用	200达克特
制作黏土模型及蜡模的费用	432达克特
铸后抛光的工钱	450达克特
纪念墓的大理石费用	389达克特
雕琢大理石的工钱	1075达克特

1508年7月至1509年4月间，国王给我的薪金备忘账：首次100枚斯库多，之后逐次为100、70、50和20枚斯库多，及200法郎，1法郎值48个索尔多。

1508年10月1日，我手头有30枚斯库多，我借给萨莱13枚，为他姐姐补嫁妆，自己留下17枚。

莫借出钱财！借出的钱财总得不到归还，即便归还，也总是拖延，即便不拖延，也不会是值钱的货币，即便是值钱的货币，朋友也做不成了。

米兰圣克里斯托弗洛的运河于1509年5月3日完工。

这一条笔记写在一幅精心绘制的水闸图上。因督理这条运河的修建，法国国王准许可为莱奥纳多提供用水。这一水权的赐予却引发了复杂的纠纷。

也许他们会说从圣克里斯托弗洛取那份水，国王会损失72枚达克特。

陛下知道，他赐予我多少，他自己便会损失多少。然而在如今的情形中，国王陛下并没有任何损失，如今不过是取走了偷水贼的水，那些偷水贼改大了出水口……也许他们会说，我取水会对许多人不利，可那不过是取回那些贼应当归还的水。治安官常随心所欲地取用超过500盎司的水，而允诺赐予我的水量不过为12盎司。

也许他们会说，因为这里的运河水位极低，所以我的那份水每年要值许多钱，可雇人取水，每盎司水不过7个达克特，1达克特4个里拉，每年不过70。也许他们会说，我取水有碍通航，可那是无稽之谈，因为供应这部分水的出水口在航道外。

在罗马铸币

任何边缘不完整的钱币都不能作为合格的钱币流通。为保证钱币边缘完整，首先要确保每一块钱币是完美的圆形，并且重量、大小和厚度完全一致。

因此，制作几块同样宽度和厚度的金属板，将金属板经测量裁成相同尺寸的金属条，然后便可像用特制的筛子甄选栗子那样，用这些金属条冲压很圆的钱币。之后可按照上述方法在这些钱币上冲压花纹……

这样切出的钱币浑圆，厚度和重量也完全一致，而且省去了切割、称重、将钱币修圆的人工，而只需测量尺寸和冲压，并且钱币质量极高。

信　稿

在下面这封致卢多维科·斯福尔扎的信中（1483年前后），莱奥纳多列举了他能效劳之处。

最尊贵的爵爷，我仔细审视研究了各种武器，它们是那些自诩为发明武器的大师们所造，然而我发现，它们的制造和功用却与寻常所用的武器并无不同。下面我愿意不偏不倚地向爵爷您说明我的技艺，展示我的秘密，并公正地说明我的这些秘密。若您有兴趣，我还可在您方便时，演示下面所列出的各项发明的实际效能。

1. 我设计了几款十分便携的桥，轻便而坚固，追击敌人或偶尔避敌时可用。另有几款能经战火，牢固可靠，易于搬运和固定。我还有烧毁敌桥的办法。

2. 围攻城池时，我懂得如何排去壕沟中的水，如何修建众多桥梁、暗道、云梯，以及攻城所需的其他器械。

3. 某些城池因拥有地利，或高大的城墙，使用炮轰并不能攻陷；我则有办法，可摧毁一切堡垒要塞，哪怕它们造于岩石之上。

4. 我设计了几种十分便携的臼炮，几乎可像暴风雨般投掷小型石块，致使烟尘斗乱，令敌人惊恐混乱，损失惨重。

若为海战，我也设计了多种极为有效的攻防器械，以及能抵御最猛烈的炮火硝烟攻击的战船。

5. 我有办法，可无声无息地挖掘曲折的秘密穴道，到达指定地点，哪怕穴道须从壕沟或河流下经过。

6. 我可制造安全而坚固的装甲车，它们可装载大炮，冲入敌群。敌人哪怕全副武装，也无法摧毁装甲车。步兵便可相当安全地跟随在车后，顺利前进。

7. 若需要，我能制造与常用类型不同的加农炮、臼炮及轻型火炮，它们极具实用性，且外形美观。

8. 若炮轰不奏效，我可制造弩炮、投石机，以及其他可广泛使用，并具奇效的武器。简单地说，我可根据战况变化，源源不断地制造出不同的攻防器械。

9. 在和平时期，我相信我可不逊于他人，造出令人十分满意的私人和公共建筑，并可将水从一处导引至另一处。

我也能制作大理石、青铜或黏土的雕塑。我还能用画描绘一切，绝不会逊于任何人。

此外，我可铸青铜骑马像，以纪念您的父亲——亲王大人不朽的光辉和荣耀，及斯福尔扎家族的荣光。

倘若有人认为上述各项中有任何一项不能够实现，我随时以最谦卑的态度向您自荐，可在您的园中或您选中的任何地方进行演示。

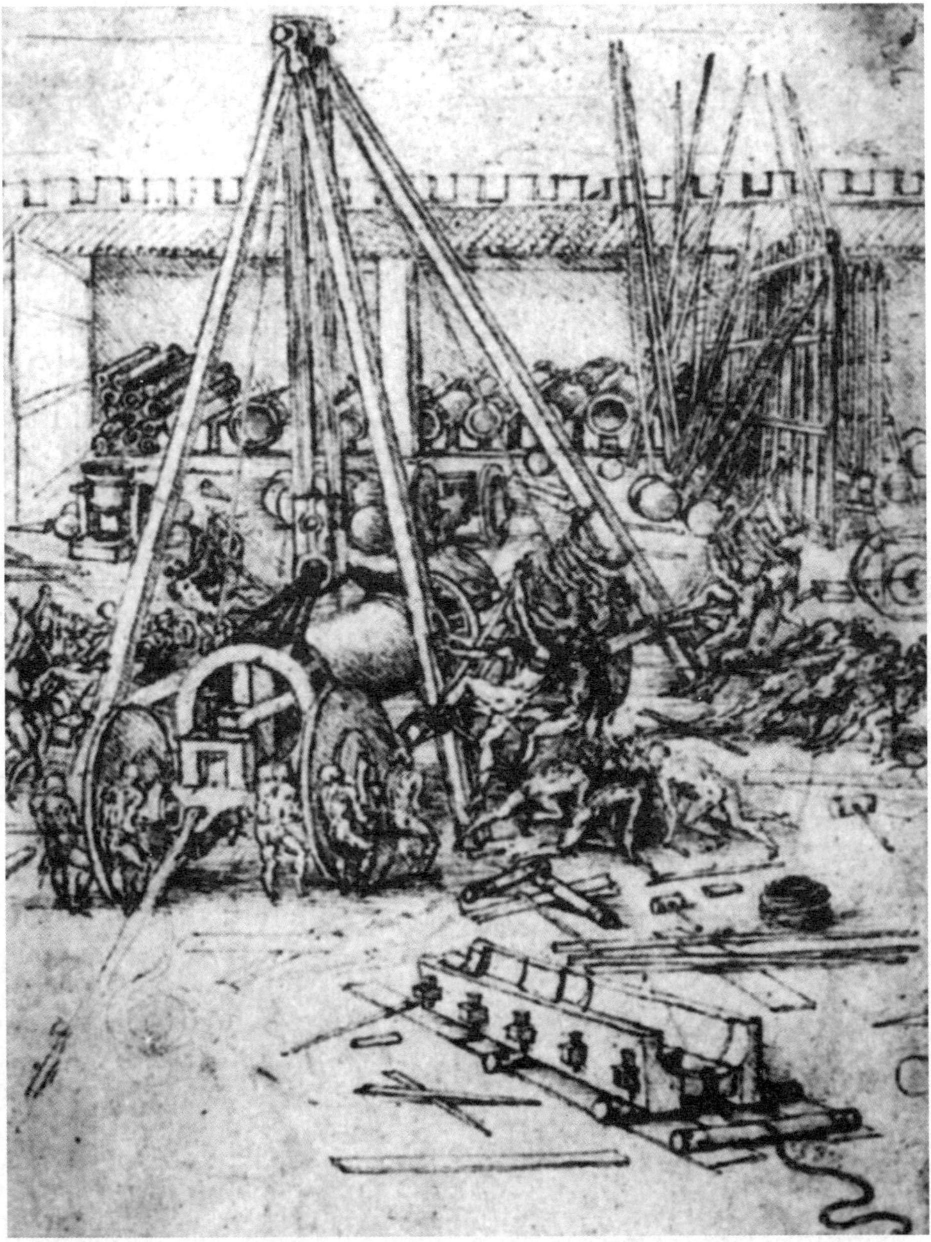

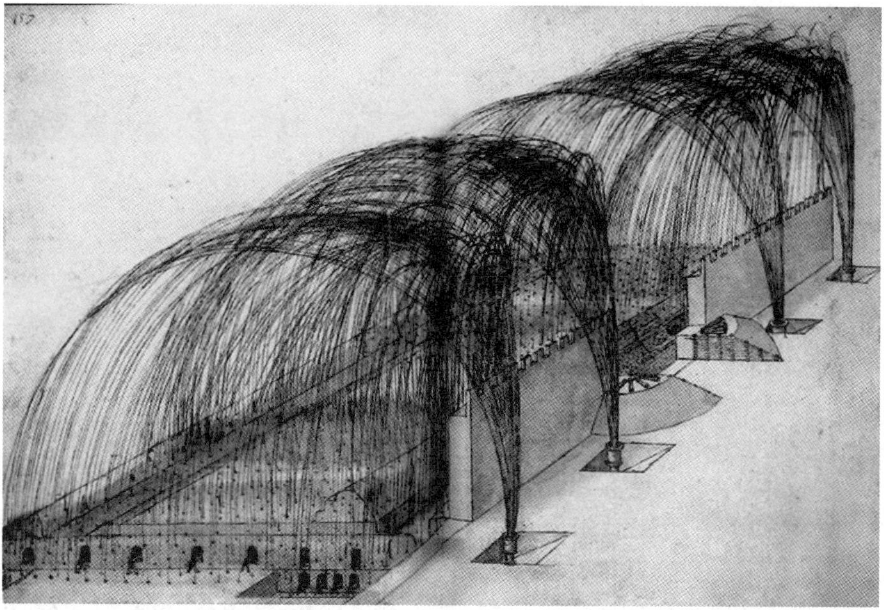

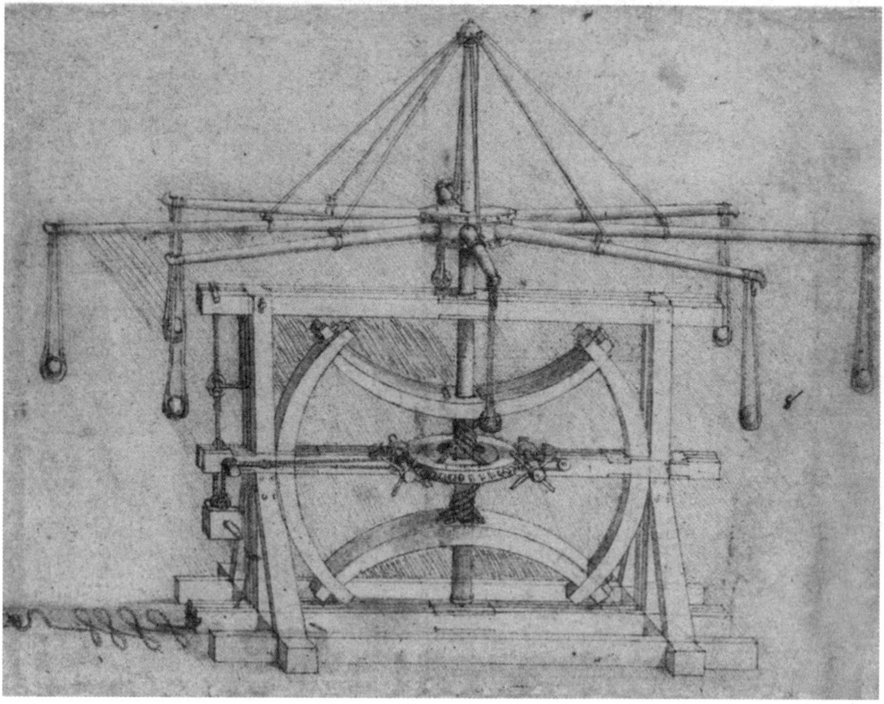

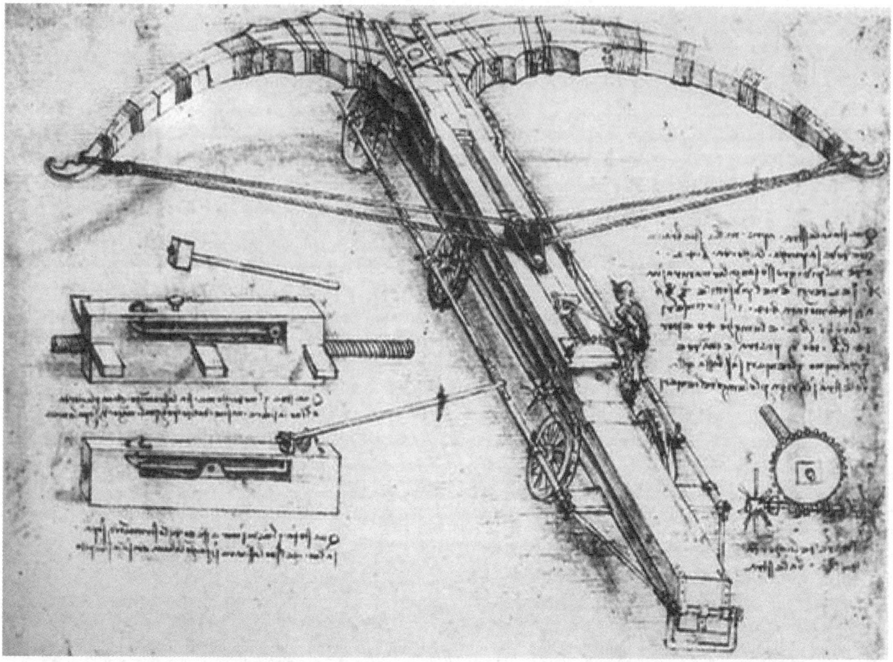

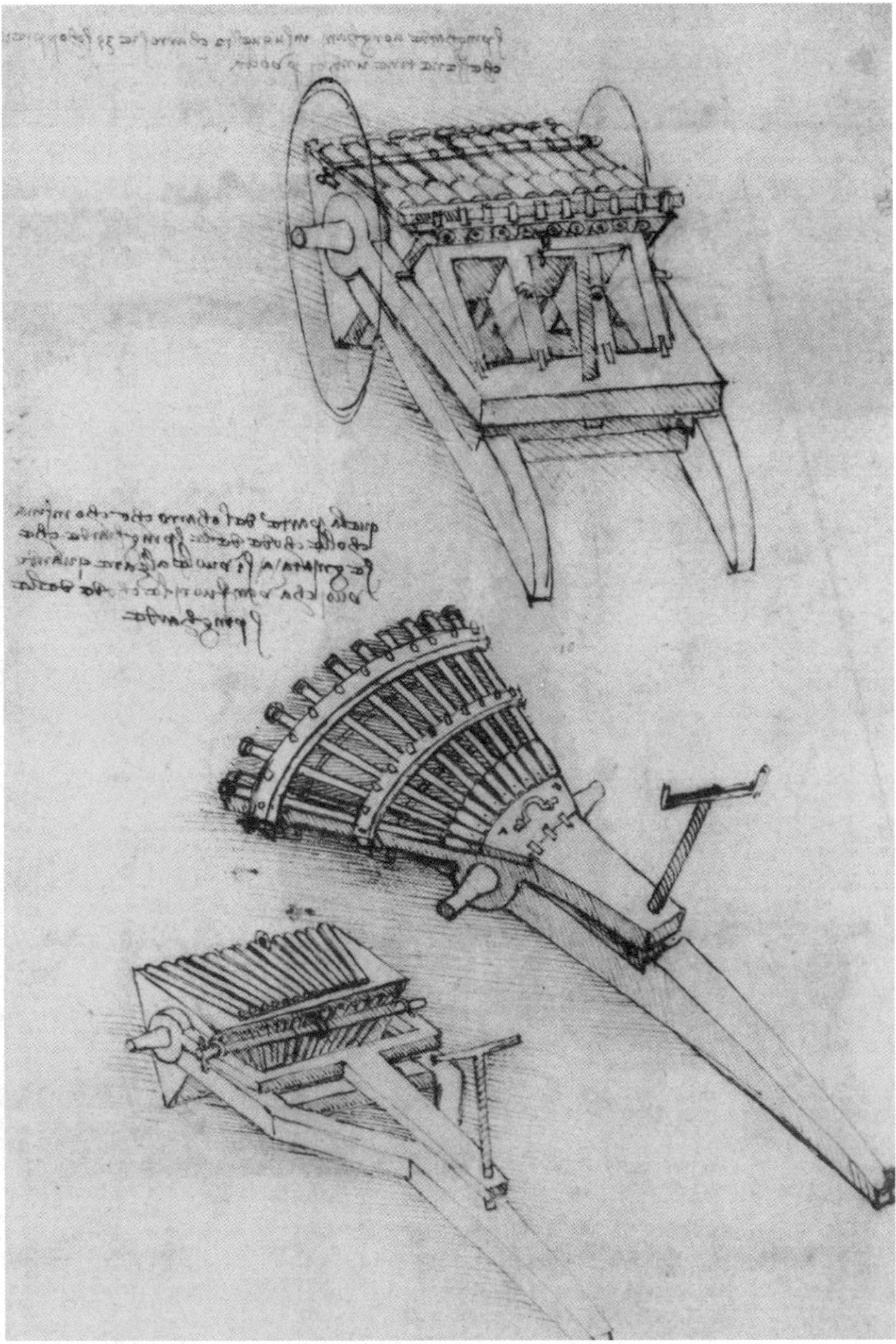

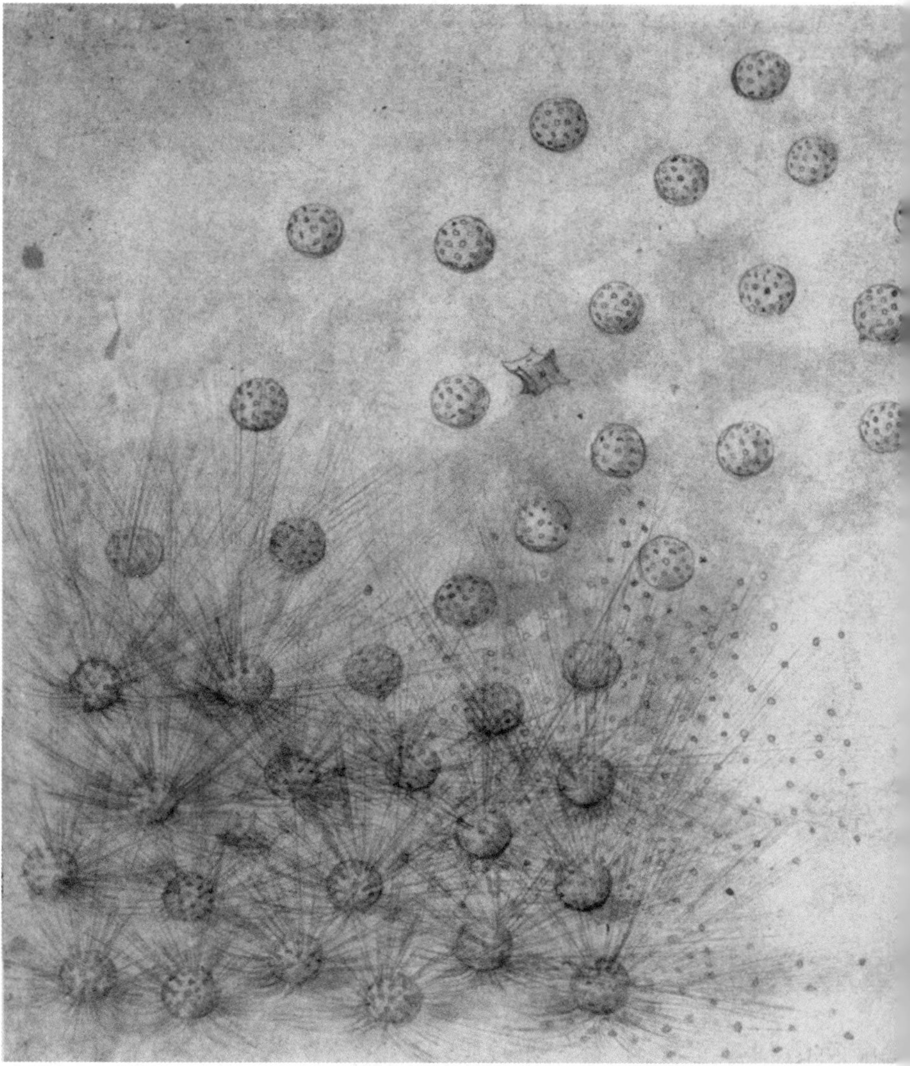

1487年，米兰大教堂的工程部考虑修建教堂中部的拱顶。

莱奥纳多在来自阿比亚特的木匠贝尔纳多·马基的帮助下，制作了教堂穹顶塔楼的模型。随模型呈上还有一封信，信的草稿留存如下。

众位阁下，众位天主的代表，医生、看护和护士必须了解人体的构成，必须了解生命和健康的含义，必须了解人的健康和生命如何通过元素的平衡及和谐得以维持，失谐便会导致毁灭。因此，在这些方面拥有丰富知识的人与对此毫无所知的人相比，便能更有效地给予治疗。

众位知道，用药得当便能使病人恢复健康，而只有了解药性，了解人和人体，了解生命和健康含义的医生，才能合理用药。通晓了这些，便也通晓了疾病，当疾病来临时，便能知晓如何合理治疗……

众位知道，用药得当能使病人恢复健康，而只有了解药性，了解人体，了解生命构成和健康含义的人才能合理用药。通晓了这些，便通晓了疾病，拥有如此正反两方面的知识，便能最有效地治愈病人。未竣工的大教堂所需相似——它需要一位建筑医生。这位建筑医生透彻了解巨型建筑的构造，通晓正确修造建筑的规则，以及这些规则的原理基础和各部的划分。他深知如何能使结构稳固并耐久，他了解重量的性质和力的倾向，他通晓力如何融汇并相互作用，以及合力所产生的效能。在这些方面拥有真知的人将能以他的智慧和工作，令众位满意……

因此，我不贬抑他人，而将努力以论证及工作令众位满意。某些时候，我将阐明因果的关系；某些时候，我则将以实验进行推论……并配以古建筑师的某些规则、他们所修建筑的实例，以及那些建筑损毁或留存的原因等等。

同时，我还要阐明重量的第一定律，阐明建筑因何并如何毁损，并阐明令建筑稳固耐久的条件。但为了不让众位阁下感到冗长，我将以分析大教堂首位建筑师的设计开始。我将清楚地说明，他在开始修建的这座巨型建筑中所体现的意图。了解了这一意图，众位便能一眼看出，我所制作的模型包含对称、和谐及一致的性质，这些是已开始修建的大教堂本身所拥有的。大建筑的结构怎样，正确建造的规则基于什么，这些又统辖哪些部分？

无论是我或是他人，谁能最透彻地阐明这些，那就应放弃一切偏见，选择他。

卢多维科·斯福尔扎于1493年下令，要在米兰附近的马蒂山纳开通一条可通航的运河。莱奥纳多在下面的信稿中，就开凿运河的问题提出了几条有利的建议。

致尊贵的巴里公爵，卢多维科殿下。佛罗伦萨的莱奥纳多·达·芬奇……您当乐于看到一个让您和我都获益的模式，而且它还能让促成我们获益的人得利……殿下，如果能获许享有用水、架设磨坊，及使用航道的权利，当地许多绅士愿分摊开凿运河的费用。待他们的支出收回后，他们愿偿付马蒂山纳运河的费用……

下面是一封可能写于1495年前后的信稿，发往此时尚为米兰公国组成部分的皮亚琴察。

尊敬的建筑专员们！听闻众位专员已决心锻造几件出色的青铜门扇，我因此想向您们提几点建议。第一，众位不应将任务匆忙交托，匆忙会使众位无法挑选出色的模型和优秀的师傅，而意大利拥有不少能人。匆忙所选之人可能会因为能力不逮，而落下口实，令后继的建筑专员可非难众位及众位所处的时代，认为这个时代缺乏智者，也缺乏能工巧匠；而其他城市，尤其是佛罗伦萨，却在将近同一时期，铸成杰出的青铜门，如佛罗伦萨洗礼堂的青铜门……佛罗伦萨同皮亚琴察一样，是众多外宾往来交通之地。往来的外宾见青铜门扇精美，便会以此为证，认为该城的居民值得尊敬。反之，若他们见到耗资巨大却工艺拙劣的青铜门，城市则会蒙羞。那样的话，我认为简单的木门可能还更体面些，因为廉价的木料本不值得精雕细琢。

现今，人们在城中观瞻的主要为教堂，而走近教堂，首先所见的便是入教堂的大门。专员先生们，您们既已下令要开始我所听闻的这般伟大的工程，那便千万小心，莫心急赶工，莫让过于匆忙的赶工使本应为上帝和人类增光的作品，反令这座众多外宾往来汇聚的名城及众位的判识能力蒙受巨大的耻辱。众位专员若因疏失，相信了哪个靠诡计或关系的吹牛者，把这样一桩工作托付给他，这样巨大的耻辱便会永远落在诸位及那个吹牛者身上。

有些人丝毫不考虑自己是否有胜任的能力，更无论其他，却来与我商谈，希望承办如此的大事，想到他们是些什么人，我便不禁感到愤怒。

一个是制壶的，一个是锻造胸甲的，一个是铸钟的，一个是做领子的，甚至还有一个臼炮手。其中一个在公爵驾前效力的吹嘘说，他与安布罗西奥·菲雷雷先生相熟，而且这位有一定影响力的安布罗西奥先生已向他做了某些承诺；若这样还不够，他会打马奔至爵爷驾前，求得公爵的推荐函，您们便无法不将任务交付于他。可是不得不与这样的一些人竞争，胜任此工作的人所遇困窘可想而知。

请众位专员睁眼细辨，切勿用钱为自己买耻辱。我可向众位保证，您们在此地只能觅得手艺粗糙的劣等师傅，得到平庸的铜铸。请相信我，只有佛罗伦萨人莱奥纳多有真才，他正在铸造弗朗切斯科公爵的青铜马。他并不需自荐，因为他所要做的工作将耗费他一生的精力，我怀疑他能否完成，这工作如此宏伟。

不幸的学徒们……他们多么渴望获取酬劳。公爵从佛罗伦萨邀请了这位极有才华的大师来铸骑马像，然而，哦！他需要做那么，那么多的工作，致使他无法完成。美丽的事物和丑陋的事物令人的观感有何不同？

引用普林尼。

两份致公爵的信稿显示（1497年前后），莱奥纳多经济困难。

贫困令我十分伤心，但令我更伤心的是，贫困使我无法顺从心意始终听任爵爷调遣。生计迫使我中断爵爷交托我的工作，去做些小事，我为此痛悔非常。但我希望能于短时间内挣得足够的钱，使我能够听从爵爷调遣，安心制出令您满意的作品。倘若爵爷认为我并不贫困，那便是有人蒙骗了您，因为三年间，我只有五十达克特，却要喂六张嘴。

爵爷没再让加尔蒂耶里先生交托任务，或许已认定我并不贫困……

写于一张被纵向撕裂的笔记上

爵爷，我知道您忙于……让您想起我的小事……我应该保持沉默……我的沉默会令您不快……我终生为您服务，时刻听从……关于那尊马，我无话可说，因为我知道时间……我仍将领取爵爷两年的薪金……一直以来，我要支付两位师傅的薪金及食宿……最后，我发现我已超支了十五里拉……通过这些著名的作品，我可向来人展示我是怎样的……

无论何处，但我不知何处可用我的作品……

我一直在谋生计……

未曾有人告诉我这是什么，我发现自己……

谨记粉刷房间的任务……

我仅向爵爷转达请求……

1500年前后，威尼斯的参议院利用莱奥纳多来到的时机，获取了他对于防守弗留利地区，以及伊松佐河的建议。

最尊贵的众位阁下——我已仔细勘察了伊松佐河的地形，并从当地农人那里得知，无论土耳其人选择哪条陆路，为进逼意大利的这一片地区，他们终将抵达伊松佐河边。因此，我的意见是，尽管河上设防似乎不可能，但最终可利用泛滥的河水摧毁……

父亲遗产的处理导致莱奥纳多和七位异母弟弟之间产生激烈争吵。下面是一封写于早些时候的残缺信件。

最亲爱的父亲，上月底收到您的来信，令我既高兴又苦恼：高兴的是，从信中获悉，您现今身体康健，为此我感谢主。但听闻您的种种麻烦又令我苦恼……

在下面致其继母的信中，莱奥纳多表露，为了结兄弟间的遗产诉讼，他打算回佛罗伦萨作短暂停留。

1507年7月5日，奉天主之名。

我最亲爱的母亲、姐妹及连襟，我借此告知，感谢天主，我一切安好，希望你们也安好。请勿忘交托我留下的宝剑——请把剑带去斯特罗齐广场，确认交于马索·戴勒·维奥勒保管，因为我非常珍视那把剑；那些衣服我则托付你们。请代我向迪亚尼拉致以礼貌的问候，免得她抱怨我忘了她。还请代我向连襟问好，并转告他不久我应会前去，于9月待上整整一月……我将解决与皮耶罗的纠纷，好令他满意。

在下面的信中，他请求红衣主教伊波利多·埃斯特，在此私人纠纷中予以帮助。

最杰出、最尊敬、我独一无二的伊波利多阁下，埃斯特的红衣主教，费拉拉至高无上的领主，最卓越、最尊崇的阁下。

几天前我从米兰返来，发现我的一个兄弟拒绝执行三年前我父亲去世时所留遗嘱的条款，因此事在我心中至关重要，我不能落败，我只得不揣冒昧，恳请最尊敬的阁下写一封支持的荐书，发给拉斐尔洛·西罗尼莫先生，他现今是著名的执政团的成员之一，我的诉讼案由他听审；更具体地说，行政长官阁下已向那位拉斐尔洛先生问询此案，因此那位大人大概不得不在诸圣节[1]来临前，审结此案。

因此，阁下，我以最诚挚的心和方式恳求您，请您以所掌握的巧妙而动人的方式，给那位拉斐尔洛·西罗尼莫先生去封信，托他照拂您最谦卑的仆人莱奥纳多·达·芬奇——我向来这般称呼自己，并始终希望如此，请他、促使他不仅能还我公道，而且能好心地尽快结案。从我拿到的多份报告看，我确信拉斐尔洛先生对阁下怀有挚爱，因此案子将会进展顺利，而这归功于最尊敬的阁下您所写的信。我再次将自己托付给您。

祝您康健。

佛罗伦萨，1507年9月18日

E.V.R.D.

您谦卑的仆人

画师莱奥纳多·达·芬奇

下面的多封信稿是1507和1508年之交的冬天，莱奥纳多在佛罗伦萨逗留期间，写给米兰的朋友和庇护者的。

我得阁下[2]大恩，回报却微小，恐怕已令您对我心生不满，也许这便是我一直收不到阁下回信的缘故吧，尽管我已给阁下写去那么多

1 诸圣节（the festival of All Saints），天主教和东正教共有的节日。天主教将该节日定在11月1日，是第一等级的庆典，包括一个守夜礼和一个八日庆期。东正教则将该节日定在圣灵降临节后的第一个星期日，标志着复活节季度的结束。

2 另一封几乎完全一样的信稿中提及收信人的姓名为安东尼奥·马利亚，因此可能是米兰一位著名的贵族安东尼奥·马利亚·巴拉维其诺，他对伦巴第的陆路和水道系统感兴趣。

封信。我现派萨莱前去向阁下解释，我们兄弟间的诉讼案已近尾声，我有望于此次复活节时，携两幅不同尺寸的圣母像前去见您。这两幅画是为我们最虔诚的国王绘制的，阁下亦可随心赠予想赠之人。我回去时若能知晓可能的住处，将非常高兴，因我不愿再给阁下增添麻烦。另外，因我曾为最虔诚的国王效劳，不知我的酬金能否继续支付。关于国王赐我的用水权，我已致信首席长官[1]，因那时大旱，运河缺水，且运河的出水口尚未规划，所以我未曾得以使用；但首席长官的确答应过我，等规划完成后，我便应有权使用。现在那些出水口已规划完毕，因此我恳请阁下，麻烦您向首席长官提一下给我水权的事，因为我回去后，想在那里制造机器，以及其他一些能令我们最虔诚的国王大悦的东西。此外别无他事。我始终听凭您的调遣。

尊贵的首席长官：因阁下曾多次向我提起的议案时时浮现于脑海，我便冒昧了。我信中想提的是阁下在我上次出行时曾应我的事，亦即最虔诚的国王赐我十二英寸水权的事。阁下您知道，我未曾获得用水，因为赐我水权时，由于大旱，以及出水口尚未规划，运河缺水；但阁下答应我，出水口一旦规划完毕，我便能得到水权。听闻运河修整完毕后，我几次写信给阁下，以及保有这份馈赠契约的吉罗拉莫·达·库萨诺先生；我还给科利吉罗写了信，却没有回音。我现派学生萨莱送去此信，阁下可向他口述有关我向您恳求的这件事的全部情形。我的讼诉已近尾声，因此有望于此次复活节回去，我将携带两幅皇后的画像，我已完美地绘完了这两幅早先开始的画像。此外别无他事。

1507至1508年期间，莱奥纳多结识了贵族弗朗切斯科·梅尔兹，他将成为莱奥纳多的学生和同伴，莱奥纳多的遗作主要留给了他。

---

1 此处的首席长官应是吉弗洛·卡雷斯，他是多菲内的首席长官，米兰的副司法大臣。

日安，弗朗切斯科先生。以上帝之名，为何我写去的所有信件，你始终一封未回。我发誓，等我去了，我要让你写上许多，你或许会后悔没有回信。

亲爱的弗朗切斯科先生，我现派萨莱前去，打探就用水规划一事，首席长官阁下有何结论……

你能不能发发慈悲，回信告诉我发生了何事。若非事已定局，能否看我薄面，帮我稍稍催促一下首席长官和吉若拉莫·库萨诺先生。请在库萨诺先生面前为我美言，并向长官阁下致敬。

在下面致朱利亚诺的书信草稿中（1514年前后），莱奥纳多诉说了自己遇到的麻烦。

听闻最尊贵的大人您如愿康复，欣喜至极，自身的病痛似乎也离我而去。然而，对于未能完全满足您的愿望，我非常懊恼，这都是因为那个邪恶的德意志骗子。我已做了一切应让他感到快活的事。一开始，我便邀请他在我家食宿，以便随时了解他的工作情况，更易于纠正他的错误，此外，他还可以学习意大利语，从而能够更轻松地交谈，不再需要翻译。

他从一开始便预支薪金，后来又要求制作与铁模相仿的木模，并希望将那些木制模型带回他自己的国家去。我拒绝了这一要求，我告诉他，我会在图中标明他所要做的东西的形状及长、宽、高。因此，我们的关系一直不睦。而且，他在卧室内给自己另修了间工作室，配备钳子和工具，接别人的活。后来又去跟瑞士近卫队的士兵吃喝，近卫队里都是些懒散的家伙，可他的懒劲最厉害。他经常溜出去，与一两个人一起携枪去废墟打鸟，一直玩到傍晚……

我见他很少在工作室，消耗又极大，于是告诉他，若他愿意，我可与他协商，以双方商定的公平的定价，出钱买下他所制作的一切；他与他的邻居商量后，退了房，卖光了东西，去找……

另一个人阻碍我的解剖研究，他在教皇面前，以及在医院里，骂我的解剖研究。他用镜子作坊和工匠填满了整个美景宫，在焦尔焦师傅[1]的工作室，他也干过同样的事……

每天他都要将所做的每一件工作与乔万尼探讨，乔万尼随后便四处宣扬，说他是那门艺术的大师，至于他无法理解的部分，他则宣称是我不知道想做什么，从而把对其无知的责备转嫁至我身上。由于他，我的任何制作都无秘密可言，因为两个房间连通，另一位始终近在咫尺。而他的目的不过是占据这些房间，好做镜子。若我让他在那儿制作我的曲面镜模型，他定会公布出去。[莱奥纳多的笔记中绘有打磨并抛光透镜的机器的草图。]

下面的信稿使人认为，莱奥纳多也许曾去过近东，但这一看法缺乏确凿的证据。下面所摘引的段落也有可能是虚构故事的草稿。

书的章节

信仰的劝导

洪灾的突发和结束

城市的毁灭

百姓的绝望和死亡

传教者的搜捕和释放，以及传教者的善行

山崩原因的阐释

山崩所造成的浩劫

雪崩

先知的出现

先知的预言

---

1 焦尔焦·安德烈奥利（Giorgio Andreoli，约1465—1555），意大利文艺复兴时期最重要的制陶大师。

亚美尼亚西部的低地洪水泛滥，切断托罗斯山则可有效排洪。新先知证明了，洪灾的破坏如他所预言般发生。

关于托罗斯山和幼发拉底河的描述

为何托罗斯山的顶峰总发光达半夜或夜晚的三分之一，居住于山西侧的人在日落后观之宛如彗星，而居住于山东侧的人观察到此景则在黎明时。

为何托罗斯山所呈现的彗星形状多变，有时呈圆形，有时呈长条形，有时分成两部分或三部分，有时则合为一体，且时隐时现。

致叙利亚的财务大臣——巴比伦神圣苏丹的大臣阁下。[1]

新近在我们北部各地区发生的灾难定会使您和全世界心中惊骇，我会将灾情及灾难的肇因，按照顺序一一向您汇报。

为了专注而细致地完成您交付于我的职责，为了从那些在我看来最能达到目标的地区着手，我来到了亚美尼亚，进入了靠近边陲的城市卡林德拉。此城位于托罗斯山脉脚下，与幼发拉底河相隔，西向可见雄伟的托罗斯诸峰，它们似乎高可及天，其顶峰是全世界的最高处。天放亮前四小时，东方的阳光已照射在托罗斯诸峰上，因顶峰山石极为洁白，致使顶峰熠熠生辉，对于当地的亚美尼亚人来说，其作用如同漆黑的深夜中美丽的月光。因顶峰极高，比最高的云层更高出四英里的垂直距离，所以从日落直至后半夜，顶峰犹如被日光照亮，可为山西侧的大部分地区所见。在宁静的天气里，曾被认作彗星的便是这光亮。黑夜中光影多变，有时分为两部分，有时分为三部分，有时长，有时短；这是因为地平线上的云团介入山峰和太阳之间，不同形状的云团遮断了射向山峰的阳光，致使山峰所放光芒形状不一。

1　在中世纪，巴比伦常指开罗。

托罗斯山的形状

财政大臣阁下，您的话中似乎流露出指责我懈怠之意，但我并不该受此责备。您无微不至的关怀令我受了众多好处，使我定要以最细致的态度，勤勉地寻找调查如此惊人巨灾的肇因，而这需要时间。为了向您彻底阐释如此巨灾的肇因，我必须先描绘此地的地形，然后进一步汇报灾情，这样应能使您满意……

财政大臣阁下，请不要因为我未能及时答复您急切的询问而感到心焦，因为要阐明您要求我调查的事，本需要一段时间。尤其是，为了解释如此巨灾的肇因，便必须准确描绘此地的性质，这样您往后便可轻易地自行回答您本次的询问。

我将不再赘述小亚细亚的地形，及构成其范围边界的海洋和陆地，因为我知道，通过您细致而勤勉的研究，您对于这些已有了解。我便径直描述造成如此惊人巨灾的托罗斯山的真实形态，这将有助于我们更快地达成目标。据许多人说，高加索山脉的山脊就是托罗斯山。但为了查明这一点，我询问了里海海岸的部分居民，他们告诉我，虽然两座山名的意义相同，但托罗斯山更高。他们承认，托罗斯山应是真正的高加索，因为“高加索”一词在塞西亚语中表示“至高”。事实上，没有资料显示，周围有比托罗斯山更高的山。可证明这一点的是，山脉西侧各区的居民观察到，最长之夜时，阳光照亮大部分山顶的时间占夜晚的四分之一，而山脉东侧的居民观察到的情况也相似。

托罗斯山的体积和构造

六月中旬太阳正午时，托罗斯山脊的阴影可远达需十二天行程的塞玛蒂亚边界。十二月中旬时，阴影则延伸至需向北行一月方可到达的极北群山。托罗斯山脉迎风的一面常云雾密布，这是因为风与山体岩石撞击，便会流散，随后又于山背后汇聚，这样风便将所携

带的四方的云留在与山岩的撞击处。而云团大量汇集，则常产生雷电，致使山岩满布裂缝，缝中堆积大块岩屑。

托罗斯山脚下的居民十分富足，异常动人的泉水和河流处处可见，土地肥沃，物产丰富，那些朝南的地区尤为富饶。而向上攀登约三英里后，便开始是林地，生长着大片的杉树、松树、山毛榉树，以及其他同类型的树种。再上行三英里，则是大片的牧场草甸。山体至顶峰前的其余部分则为经年不化的积雪覆盖，共延伸约十四英里。从顶峰往上一英里，云层已难至。这十五英里的垂直距离约为五英里，托罗斯诸峰的高度大体如此。攀至峰腰时，空气开始变暖，没有一丝风，但没有生物能在这里长期生存。这里生物罕至，只除了几种猛禽，它们在高峰的岩缝间繁育后代，但飞落至云层下方的山林间觅食。云层上方的峰体皆为光裸的岩石，呈纯白色。由于山峰嶙峋险恶，无法登上神圣的绝顶。

我已在信中多次与您分享了您财力日厚的欣喜，我知道作为朋友，在我处于这悲惨境地时，您也会分担我的愁苦。过去的几日中，我与当地不幸的农人一同经历了多少不安、恐惧、危险和损失，以至于开始嫉妒逝者的安乐。由于最初之时，各元素乃是通过分离，而从混沌中生出有序，所以我真想不到它们会如此猛烈地重新聚合，如同我们在此地所目睹、所经历的那样，给人类造成如此的伤害。因此我无法想象，还有什么能比我们在那十个小时内所经历的灾难更深重。我们先遭到狂风猛烈袭击，继而又经历高山雪崩，崩塌的雪吞没了所有山谷，毁去了城市的大半。而这还没有结束，狂风推着突发的洪水，淹没了城市内所有地势较低的地区，再加上骤雨，更确切地说，是毁灭性的风暴夹杂着雨水、泥浆、沙石、各种树木的根茎枝干，以及各式各样的东西，掠空而过，倾落在我们身上。最后的一场大火仿佛不是借着风势，而是借着三万恶魔的力量，将全区彻底付之一炬，至今尚未熄灭。我们仅存的一些生者又惊又怕，呆了一般，几乎没有勇气开口说话。我们抛下一切事务，男的女的，老的少的，像羊群一样混杂一处，挤在几座教堂的废墟中。附近的人原与我们为敌，但出于同情，救助了我们一些水和食物。如果没有这些人的救济，我们全将饿死。现在您可知晓我们的惨状了。但所有这些灾难尚无法与我们最近面临的危险相比。我知道正如在先前的信中，我为您的成功而感到高兴一样，您作为朋友，也会为我的不幸而难过。

遗　嘱

1519年4月23日

令当今及后世所有人得知，在国王陛下昂布瓦斯的法庭面见我们的确是陛下的画师，莱奥纳多·达·芬奇先生本人。他现居于一处叫克劳克斯的地方，距昂布瓦斯不远。因适时地考虑到死亡的必然性，以及死亡来临的不确定性，他于上述法庭中，在我们的面前宣告他已遵从律令立下遗嘱，其宣立的最后遗愿如下：

首先，他将灵魂交托于我们万能的主，交托于光荣的圣母，交托于大天使圣米迦勒和所有神圣的天使，以及天堂中的所有圣者。

第一条：立嘱人希望葬于昂布瓦斯的圣佛罗伦汀教堂，并由该教堂的牧师们将其遗体送至落葬处。

第二条：请圣佛罗伦汀教堂的两位专任牧师，即正、副主事，或请昂布瓦斯的圣丹尼斯教堂的主教代理和牧师们，及其居住地克劳克斯的迈纳斯教堂的圣职人员，将其遗体从上述居住地随护至圣佛罗伦汀教堂。在遗体运送至圣佛罗伦汀教堂前，立嘱人希望在该教堂，由正、副执事做三场大弥撒；举办这三场大弥撒的时日，希望在圣格雷戈里教堂同时做三十场小弥撒。

第三条：望圣丹尼斯教堂也如上举办相似的仪式。

第四条：望克劳克斯的修道院和迈纳斯教堂也举办同样的仪式。

第五条：为报答往日的厚爱与帮助，立嘱人愿将其现今所有的一切书籍、仪器设备，以及与其画家的职业和艺术有关的画作馈赠于米兰贵族弗朗切斯科·达·梅尔兹先生。

第六条：立嘱人有一葡萄园在米兰城外，为酬谢其仆从巴蒂斯塔·德·维拉尼斯和萨莱一直至今周到而体贴的服务，他愿将该园的一半从此永久馈赠于巴蒂斯塔·德·维拉尼斯，另一半则赠予萨莱。萨莱在园中已建有一房屋，该房屋今后将永久归萨莱及其继承人所有。

第七条：为酬谢其侍女玛图丽娜过去周到的服侍，立嘱人将赠她以上好的黑布缝制、毛皮滚边的大氅一件，布……一件，及现金达克特两枚。

第八条：立嘱人希望梅尔兹先生雇六十位贫民，在其葬礼上捧持细烛，酬金的多少由梅尔兹先生自行决定。这六十根细烛应分配至上述四所教堂内。

第九条：立嘱人给上述每所教堂各十磅大烛，在做送终弥撒时于教堂中使用。

第十条：立嘱人希望给予天主收容所及昂布瓦斯圣拉扎尔的穷苦人以救济，为此，应支付给当地兄弟会的司库共计七十枚图尔斯索尔多。

第十一条：只要立嘱人先过身，立嘱人愿将其剩余的养老金、出纳或总司库约翰·萨平先生迄其过世之日的欠付总额，及已从该萨平处收到的每笔养老金的总额（这笔钱据立嘱人所说，现存于其克劳克斯的居所），留赠于弗朗切斯科·梅尔兹先生。同时，他还将其现置于克劳克斯居所中的一切衣物赠予梅尔兹先生。所有馈赠除报答梅尔兹先生迄今以来给予的周到而体贴的照顾外，亦为了补偿执行此份遗嘱或带来的烦扰，虽然执行此遗嘱所需费用由立嘱人承担。在场的梅尔兹先生无异议。

立嘱人还嘱望，将其存于佛罗伦萨城新圣玛利亚教堂的四百枚斯库多，及这笔钱自立嘱人寄托给该教堂的司库至今，司库所积欠立嘱人的总利息，留给其现生活在佛罗伦萨的弟弟们。

第十二条：立嘱人嘱望弗朗切斯科·德·梅尔兹先生为其遗嘱的唯一执行人，并按照本遗嘱内所写条款的原意，严格不苟地执行。按照本文件中规定的各种方式，法定立嘱人莱奥纳多·达·芬奇将其现今及后世一切动产及不动产赠予其继承者们，并明确放弃有悖遗嘱的一切物事。

递交地：立嘱人克劳克斯的居所。根据前述法庭法规所召集的见证人包括：昂布瓦斯圣丹尼斯教堂的主教代理斯皮瑞托·弗莱瑞老师、牧师古列尔摩·克鲁瓦桑先生、高登方济会的希普利安·弗尔钦老师，以及昂布瓦斯小兄弟会的弗朗切斯科·达·米拉诺修士。弗朗切斯科·德·梅尔兹先生也在场，他遵从同一法规，已向我们亲自以信誉发誓，决不会有任何违背的言行。应其要求，他的誓词已封盖皇家印章，作为守信的象征，附在于昂布瓦斯所签的法定契约的背后。

递交日：1518年4月23日，复活节前。

1518年4月23日，在古列尔摩·博里安先生，昂布瓦斯辖区法庭的皇家公证人面前，弗朗切斯科·德·梅尔兹先生及我作为见证，莱奥纳多·达·芬奇先生增补上述遗嘱，愿将米兰公国圣克里斯托弗洛运河的水权作为礼物，妥善地永久赠予巴普蒂斯塔·德·维兰尼斯先生，该水权是立嘱人从新近过世的虔诚的君主路易十二世处得到的赐予。在场的维兰尼斯先生无异议。

同日，即1518年4月23日，莱奥纳多·达·芬奇先生又立嘱，只要其先过身，他愿将其现置于克劳克斯居所的所有家具和用具赠予巴普蒂斯塔·德·维兰尼斯先生。在场的维兰尼斯先生无异议。弗朗切斯科·梅尔兹先生及作为博里安的公证人的我为见证。

1519年5月2日，莱奥纳多在克劳克斯去世。

附录：达·芬奇生活经历年表

第一佛罗伦萨时期
（约1464.9—1482.3）

1452年4月15日，莱奥纳多出生在阿尔巴诺山西坡的芬奇镇。他的祖父安东尼奥记录了他的降生："4月15日星期六凌晨3点，我得了一个孙子，是我儿子皮耶罗的孩子，取名莱奥纳多。芬奇镇的皮耶罗·巴托罗梅神父为他施洗……"莱奥纳多是非婚生子，他的母亲名叫卡特琳娜，是位农家女。

1469年，莱奥纳多来到佛罗伦萨后，便在安德烈·韦罗基奥的艺坊中做学徒。[1]

1472年，莱奥纳多作为佛罗伦萨行会的成员，以"芬奇镇的塞尔·皮耶罗之子，画师莱奥纳多"之名登记入册。

1473年8月5日，白雪圣母日，是莱奥纳多在一幅用硬笔和墨水绘制的风景画上记下的日期。这幅画（《亚诺风景素描》）如今保存在意大利乌菲齐美术馆，是目前所知达·芬奇最早的一张传世作品。

1473—1476年，绘制《圣母领报》和《持花圣母》，与韦罗基奥合

1 安德烈·韦罗基奥（Andrea Verrocchio，1435—1488），意大利雕刻家、画家和金首饰匠，15世纪下半叶最具影响力的艺术家之一。

作绘制《基督受洗》。

1475—1478年，绘制《女子肖像》(*Portrait of Ginevra de'Benci*)。

1476年，一份司法令称，莱奥纳多及其他三个佛罗伦萨的年轻人被指控犯有鸡奸罪，该指控后来被解除。

1478年，(1月)受托为圣贝尔纳多礼拜堂绘制祭坛背后的装饰画，后未完成。(12月底)画下了刺杀朱利亚诺·德·美第奇的罪犯的画像。莱奥纳多的笔记还提到"1478年……月，我开始画两幅圣母像……"，其中一幅可能是《柏诺瓦圣母》。

1481年，受圣多纳托修道院委托绘制一幅三王朝圣图，后未完成。

第一米兰时期
(1481—1499)

1481—1483年之间，莱奥纳多因为在音乐方面的成就被召至米兰，他给斯福尔扎公爵写了一封自荐信。抵达米兰不久后，他为塞西莉亚·加勒兰妮绘制了肖像画(《抱貂女子》)。

1483年，莱奥纳多与普雷迪斯兄弟俩合作，与童贞圣母会[1]签约绘制一幅祭坛画。最终莱奥纳多绘制了两幅《岩间圣母》(一幅藏于巴黎的卢浮宫，另一幅藏于伦敦的英国国立美术馆)。[2]

1487年，米兰大教堂的工程部考虑修建教堂中部的拱顶。莱奥纳多在来自阿比亚特的木匠贝尔纳多·马基的帮助下，制作了教堂穹顶塔楼的模型。

1 新约称圣母玛利亚乃是受圣灵感应而怀孕，从而保有童贞，避免了原罪。

2 因童贞圣母会拒绝增加酬劳，莱奥纳多一怒之下把画作另卖。但几年后，童贞圣母会要求莱奥纳多归还作品。莱奥纳多本想重新创作一幅新作，但遭到童贞圣母会反对，他们坚持要一幅与原作一模一样的作品，于是便有了现藏于英国国立美术馆的"模仿"之作。

1488年，创作斯福尔扎纪念像所跨的骏马。

1489年，开始了一系列对于解剖和头骨的研究。

1490年，（1月）莱奥纳多与诗人贝尔纳多·贝林西奥尼合作，在米兰的斯福尔扎城堡，装点《天堂盛筵》的舞台。开始记一本标为MSC的笔记，专用于论述光和影的问题。

1492年，旅行到伦巴第的科莫湖地区。

1493年，写《马德里抄本》1、2的笔记，开始MSH号笔记，和《福斯特抄本》3（11月）。

1493—1495年，莱奥纳多受托在感恩圣母堂中餐厅的墙壁上，绘制《最后的晚餐》。

1496年，数学家卢卡·帕修黎修士来到米兰，与莱奥纳多合作研究比例、几何与数学。

1497年，帕修黎写成《神圣的比例》，莱奥纳多替该书设计了插图。莱奥纳多在《马德里抄本》1的封面上标注日期，并开始MSSI号和L号笔记。

1498年，设计马里奥罗·德·吉斯卡蒂的乡间别墅；（3月）到热那亚记录了港口码头的损毁情况；（4月）在米兰斯福尔扎城堡西北塔楼中绘制壁画。

1499年，（4月）卢多维科·斯福尔扎将维塞利纳门外一片长约八十米的葡萄园赠予莱奥纳多。年底莱奥纳多离开米兰前往威尼斯，途经曼图亚，为伊莎贝拉·德·埃斯特绘制了一幅侧面像。

第二佛罗伦萨时期
(1500—1506)

1500年，威尼斯征求对于防守弗留利地区的建议，莱奥纳多提出一个淹没乡村的方案。（4月）到达佛罗伦萨，画了一幅圣母子和圣安妮的图稿(已遗失)。

1501年,(4月)诺韦拉腊的皮埃特罗神父给伊莎贝拉·德·埃斯特回信提到,莱奥纳多在画一幅圣母子和一幅纺纱圣母。

1502年夏,莱奥纳多开始为瓦伦蒂诺公爵,任教皇军总领的西泽尔·波尔金[1]服务,担任其"家族建筑师及总设计师"。

1503年,写信给苏丹,对于在博斯普鲁斯海峡上修建一座桥提出建议。(10月)准备绘制《安吉亚里之战》的底图。

1504年,莱奥纳多的父亲去世,引起遗产纠纷。

1505年,(3月)开始记一本关于鸟类飞翔的笔记。

第二米兰时期
(1506—1513)

1506年,驻米兰的法国总督夏尔·德·昂布瓦斯发出邀请,莱奥纳多前往米兰,夏尔·德·昂布瓦斯委托他设计一座郊区的花园别墅。

1507年,(3月)回到佛罗伦萨,(8月)为安其洛·波利恰诺的戏剧《奥菲奥》设计布景,"会开启的山"。夏尔·德·昂布瓦斯要求莱奥纳多回米兰为路易十二作画。莱奥纳多结识了年轻贵族弗朗切斯科·梅尔兹,他将成为莱奥纳多的学生和同伴,莱奥纳多的遗作主要留给了他。

1508年,开始《阿伦德尔抄本》,一系列有关物理学的笔记,"无序的摘录,是我抄录的许多页资料,希望日后能按专题排序"。(4月)

---

1 西泽尔·波尔金(Cesare Borgia,1475—1507),教皇亚历山大六世的私生子,他在23岁时即自请卸除神职,当时的法王路易十二世为了笼络他,封他为瓦伦蒂诺公爵。1499—1503年间,凭借自身的才干及残忍手段,加上背后强硬的后台,他带领一支小规模的雇佣军,在短时间里驱逐了教皇国内的专制势力,迅速扩张了势力,使整个意大利半岛生畏。

回到米兰为路易十二服务，整理关于绘画的笔记Libro A（遗失），后来由梅尔兹选摘成一本绘画专论（《乌尔比诺抄本》）。整理MSD号笔记；开始写《莱切斯特抄本》（至1512年）；开始绘制《圣母子和圣安妮》（至1513/1514年）。

1509年，研究伦巴第和伊西奥湖的水文和地质情况。

1510年，在米兰，法国国王发给他104里拉的年薪。（冬季）与著名的解剖学家马克·安东尼奥·德拉·托尔合作。

1511年，瑞士军队在米兰城中放火，结束法国的统治，莱奥纳多出城避难。

罗马时期
(1513—1516)

1513年，（9月）动身去罗马。开始写MSE号笔记（至1514年）。（12月）朱利亚诺·德·美第奇给他在梵蒂冈宫殿中安排画室。

1515年12月，教皇利奥十世在博洛尼亚与法国国王秘密会晤。莱奥纳多可能在那里第一次见到弗朗索瓦一世。

1516年，（3月）朱利亚诺·德·美第奇去世，莱奥纳多写下："美第奇家族成就了我，也毁了我。"

法国时期
(1516—1519)

1516年，接受弗朗索瓦一世的邀请前往法国，成为皇家画师。居住在离法国宫廷不远的克劳克斯城堡。弗朗索瓦一世极为赞赏莱奥纳多，二十年后对本韦努托·切利尼说，他认为莱奥纳多在雕塑、绘画和建筑上的造诣尚无人超越，而且莱奥纳多还是位非常伟大的哲学家。

1517年，（10月）里纳尔多·阿里奥斯托在一封信中，描述了莱奥纳多为弗朗索瓦一世在阿让唐组织的一场节日庆典，庆典上一只机械狮子大受赞赏。阿拉贡的红衣主教吕吉参观了莱奥纳多的工作室，他随行的秘书写到中风已使莱奥纳多的右手麻痹。（年底）莱奥纳多在罗莫朗坦附近，筹划为弗朗索瓦一世修建宫殿的相关事宜。

1518年，（6月）1518年5月，法国宫廷庆典期间，克劳克斯城堡用机械布景改装为一座舞池，太阳、月亮和群星挂于深蓝色拱顶，上演莱奥纳多设计的"天堂盛筵"。

1519年，（4月）到宫廷去确认遗嘱；（5月2日）在克劳克斯城堡去世；根据遗嘱，他被安葬于昂布瓦斯的圣佛罗伦汀教堂。

1519年6月1日，弗朗切斯科·梅尔兹在信中写道："……他在世时，对我宛如慈父，他的离去令我悲伤得难以言喻，在我的有生之年，这悲伤将一直刺痛我，因为他对我的爱每一日都那样强烈而充满激情。失去他令所有的人悲痛，自然再没有力量造出他这样的人。现在，万能的上帝赐予他永恒的安眠。"

1519年8月12日，昂布瓦斯圣佛罗伦汀教堂的登记册中记入一条："在这间教堂的修道院中，安葬着米兰贵族莱奥纳多·达·芬奇先生，他是国王的首席画师、工程师和建筑师，国家的机械师，并一度担任米兰公爵的绘画总管。"

附：达·芬奇笔记主要手稿一览表

名　　称	年代和卷页数	现藏地点
《大西洋手稿》 （*Codex Atlanticus*）	1478—1519 12卷，1119页	米兰，安布罗齐亚纳 美术馆
《温莎手稿》 （*Codex Windsor*）	1478—1518 153页	温莎， 英国皇家收藏

（续表）

名　　称	年代和卷页数	现藏地点
《阿伦德尔手稿》（*Codex Arundel*）	1480—1518 283页	伦敦， 大英图书馆
《提福兹欧手稿》（*Codex Trivulzianus*）	约1487—1490 55页（原为62页）	米兰， 斯福尔扎古堡
《福斯特手稿》（*Codex Forster*）	1487—1505 分三卷五份，354页	伦敦，维多利亚和艾伯特博物馆
《巴黎手稿》（*Paris Manuscripts*）	1488—1505 12卷，以A—M标注	巴黎，法兰西学会
《马德里手稿》（*Codex Madrid*）	1490年代—1504 两卷	马德里，西班牙国家图书馆
《艾仕本罕手稿》（*Codex Ashburnham*）	约1492 两卷，包括巴黎手稿的A、B	巴黎，法兰西学会
《鸟类飞行手稿》（*Codex on the Flight of Birds*）	可能是1505 巴黎手稿B部分的原始版本	都灵，皇家图书馆
《莱斯特手稿》（*Codex Leicester*）	1506—1510	美国，私人收藏
《乌维纳斯手稿》（*Codex Urbinas*）	约1530 （达·芬奇死后其学生F. 梅尔兹编定的选集）	梵蒂冈， 梵蒂冈宗座图书馆

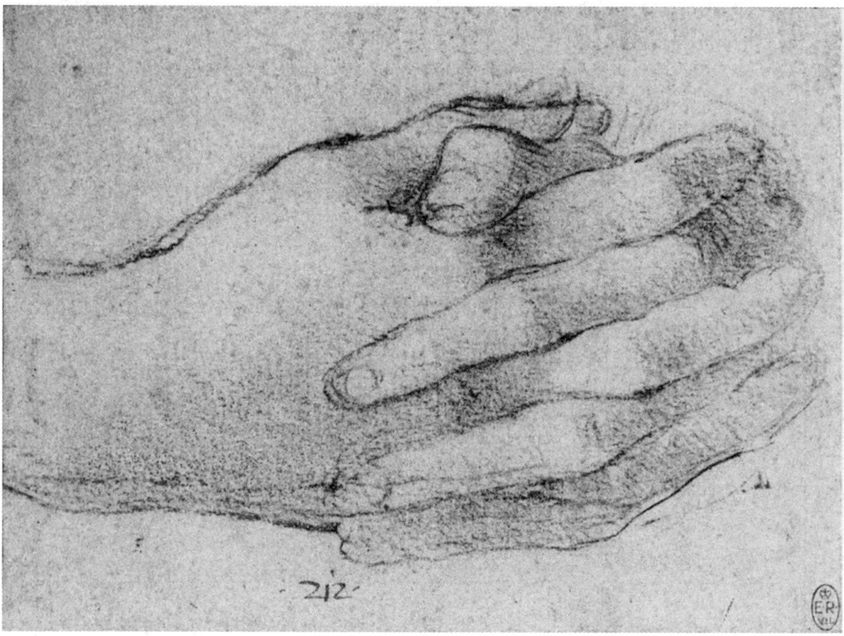

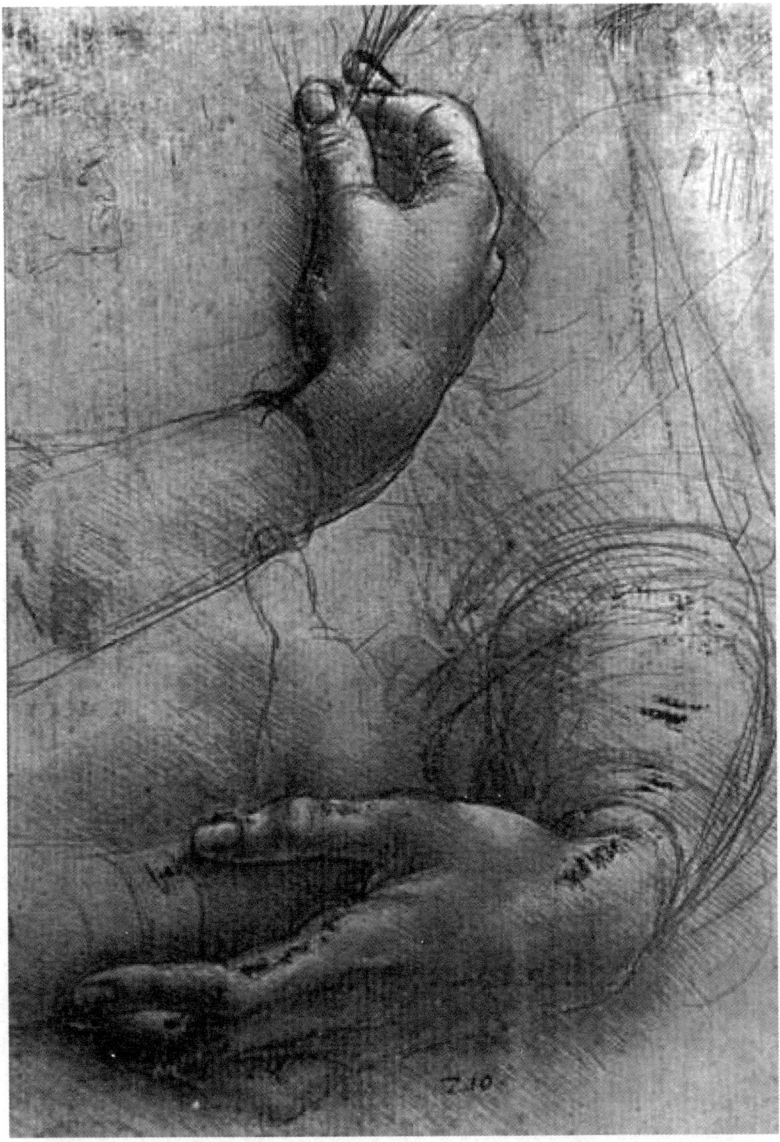

“译林人文精选”书目

01.《精神分析引论》

▪［奥地利］西格蒙德・弗洛伊德 著，洪天富 译

02.《精神分析新论》

▪［奥地利］西格蒙德・弗洛伊德 著，洪天富 译

03.《国富论》

▪［英国］亚当・斯密 著，章莉 译

04.《查拉图斯特拉如是说》

▪［德国］弗里德里希・尼采 著，杨恒达 译

05.《理想国》

▪［古希腊］柏拉图 著，张竹明 译

06.《战争论》

▪［德国］克劳塞维茨 著，张蕾芳 译

07.《达・芬奇笔记》

▪［意大利］莱奥纳多・达・芬奇 著，周莉 译

08.《论人类不平等的起源和基础》

▪［法国］让—雅克・卢梭 著，黄小彦 译

09.《自然史》

▪［法国］布封 著，陈筱卿 译

10.《论美国的民主》

▪［法国］阿列克西・德・托克维尔 著，曹冬雪 译

11.《乌合之众》

▪［法国］古斯塔夫・勒庞 著，陈剑 译

12.《社会契约论》

▪［法国］让—雅克・卢梭 著，黄小彦 译

13.《菊与刀》

▪［美国］鲁思・本尼迪克特 著，陆征 译

14.《沉思录》

▪［古罗马］玛克斯・奥勒留 著，梁实秋 译

15.《君主论》

▪［意大利］尼科洛・马基雅维里 著，阎克文 译

16.《旧制度与大革命》

▪［法国］阿列克西・德・托克维尔 著，李焰明 译